Voltaire
Die Affäre Calas

Herausgegeben und mit einem Nachwort versehen
von Ingrid Gilcher-Holtey

Insel Verlag

Satz: Hümmer GmbH, Waldbüttelbrunn
Druck: Memminger MedienCentrum AG
Printed in Germany
ISBN 978-3-458-17481-3

1 2 3 4 5 6 – 15 14 13 12 11 10

Inhalt

I. Briefe

An Kardinal François-Joachim de Pierre de Bernis

Ferney, 25. März 1762

Gestatten Sie, Monseigneur, daß dieser alte Tintenkleckser Ihnen sehr aufrichtig für das Vergnügen dankt, das er gehabt hat. Ohne Eure Hilfe, ohne Eure Ratschläge, wäre mein sechstägiges Werk immer noch im Durcheinander. Gestatten Sie, daß ich Ihrer Eminenz die kleine historische Erzählung zur Lektüre unterbreite, die ich dem Grafen von Villars gesandt habe. Wenn Sie sie gelesen haben werden, falls Sie denn solches Zeug zu lesen geneigt sind, wird ein wenig Wachs unter dem Siegel eines Ihrer Sekretäre das Paket der Post würdig machen. So sind die seltsamen Unterhandlungen, die ich Ihnen anvertraue.

Alle Ihre Ratschläge sind mir von Nutzen, ich lasse es mir gutgehen, vielleicht ein wenig zu gut, denn es paßt nicht zu mir, für zweihundert Personen ein Souper zu veranstalten. Ich besaß diese Frechheit. *Nota bene*, hatten wir zwei schöne vergitterte Logen. In Arques haben wir gekämpft, wo war der tapfere Crillon? Warum war er in Montélimar?

Wünschen Sie, falls Sie sich zu amüsieren gedenken, daß ich Ihnen *Le Droit du Seigneur* zusende?[1] Es ist heiter und von lauterer Gesinnung; man kann diese Kleinigkeit einem Kardinal zusenden. Ich sage nicht, allen Kardinälen, Gott behüte: *Pauci quos aequus amavit Jupiter*.

Ich habe noch hinzuzufügen, daß ich mir sehr den Hinweis, den Sie mir geben, zu eigen gemacht habe, überhaupt nicht oder nur selten jene Bücher zu lesen, in denen Grafen und Bourgeois den Staat regieren. Kennen Sie, Monseigneur, die dänische Komödie *Der politische Kannengießer*?[2] Es

1 Voltaire, *Le Droit du Seigneur*, eine Komödie in fünf Akten, wurde am 18. Januar 1762 im Théâtre-Français uraufgeführt (Anm. d. Ü.).

2 Ludvig Holberg, *Der politische Kannengießer*, eine Komödie in fünf Akten, wurde am 25. September 1722 im Kopenhagener Theater in der Lille Gronegade uraufgeführt (Anm. d. Ü.).

handelt von einem Zinkgießer, der seine Drehbank aufgibt, um das Glücksrad zu drehen und Europa in Ordnung zu bringen. Man stiehlt ihm sein Geld, seine Frau, seine Tochter, und er kehrt wieder zu seinen Zinkgefäßen zurück.
Darf ich es, ohne meine Zinkgefäße zu verlassen, wagen, Eure Eminenz darum zu bitten, mir mitteilen zu wollen, was ich zu halten habe von der scheußlichen Geschichte jenes Calas, den man in Toulouse gerädert hat, weil er seinen Sohn erhängt hat? Hier behauptet man, daß er völlig unschuldig ist und daß er beim Sterben Gott als seinen Zeugen angefleht hat. Man behauptet, daß drei Richter sich gegen das Urteil ausgesprochen haben: Dieses Schicksal geht mir zu Herzen; es stimmt mich traurig bei meinen Vergnügungen; es verdirbt sie. Man muß entweder das Parlament von Toulouse[1] oder die Protestanten voller Abscheu betrachten. Ich würde dennoch lieber wieder gerne *Cassandre* spielen und meine Felder bestellen.
Oh! Welch gute Entscheidung habe ich getroffen!
Die Maus, die sich in den Gruyère-Käse zurückgezogen hat, wünscht Eurer liebenswerten Eminenz alle Freuden aller Arten, die Euch gefallen; er ist von der aufrichtigsten und tiefsten Hochachtung für Euch durchdrungen.

An Charles-Augustin Ferriol, Graf von Argental, und an Jeanne-Grâce Bosc du Bouchet, Gräfin von Argental

Ferney, 27. März 1762

Sie werden mich, meine göttlichen Engel, fragen, warum ich mich so sehr bemühe um jenen Calas, den man gerädert hat. Weil ich ein Mensch bin, weil ich feststelle, wie aufge-

1 Der Gerichtshof von Toulouse (Anm. d. Ü.)

bracht die Fremden sind, weil alle Eure protestantischen Schweizer Offiziere erklären, sie würden nicht entschlossenen Herzens für eine Nation kämpfen, die einen ihrer Brüder ohne irgendeinen Beweis rädern läßt.

Ich habe mich in meinem Brief an Monsieur de La Marche über die Zahl der Richter getäuscht. Es waren dreizehn, fünf haben beständig Calas für unschuldig erklärt. Hätte es eine Stimme mehr zu seinen Gunsten gegeben, wäre er freigesprochen worden. Wovon hängt also das Leben der Menschen ab? Wovon hängen die fürchterlichsten Strafen ab?

Also, da sich kein sechster verständiger Richter gefunden hat, hat man einen Familienvater zum Rad verurteilt? Hat man ihn angeklagt, den eigenen Sohn erhängt zu haben, während seine vier anderen Kinder erklären, er sei der beste aller Väter? Wiegt der Augenzeugenbericht dieses Unglücklichen nicht schwerer als das Trugbild von acht Richtern, welche die Bruderschaft der weißen Büßermönche angestachelt haben und die die Toulouser Geister gegen einen Calvinisten aufgebracht hat? Dieser arme Mann erklärte auf dem Rad, daß er unschuldig ist, er vergab seinen Richtern, er beweinte seinen Sohn, den er angeblich zu Tode gebracht hat. Ein Dominikaner, der zu seiner Hilfe bestallt war, sagte, daß er eines genauso gottseligen Todes sterben möchte, wie er gestorben ist. Es steht mir nicht zu, das Parlament von Toulouse zu verurteilen, doch es bleibt, daß es keinen Zeugen durch Augenschein gibt. Der Fanatismus des Pöbels konnte bis zu den voreingenommenen Richtern vordringen. Mehrere von ihnen waren weiße Büßermönche. Sie können sich getäuscht haben. Gehört es nicht zur Justiz des Königs und seiner Umsicht, sich zumindest die Gründe für das Urteil vortragen zu lassen? Allein dieses Vorgehen tröstete die Protestanten in Europa und besänftigte ihre Entrüstung. Wollen wir uns wirklich verhaßt machen? Können Sie nicht den Graf de Choiseul dazu bewegen, sich über die-

ses schreckliche Schicksal zu unterrichten, das die menschliche Natur entehrt, entweder weil Calas schuldig ist oder weil er unschuldig ist? Fürchterlichen Fanatismus gibt es sicher auf der einen Seite wie auf der anderen, und es ist nützlich, zur Wahrheit vorzudringen.
Tausendfach meine liebevolle Hochachtung.

V.

An Étienne-Noël Damilville

4. April 1762

Meine lieben Brüder, es hat sich als wahr erwiesen, daß die Toulouser Richter den Unschuldigsten der Menschen gerädert haben. Fast das gesamte Languedoc klagt darüber. Die fremden Nationen, die uns hassen und die uns bekämpfen, empören sich. Seit der Bartholomäusnacht hat nichts die menschliche Natur derart entehrt. Rufen Sie, und man rufe.
Hier ein kleines Werk, an dem ich nur dadurch beteiligt, als ich eine Seite mit unverdientem Lob, das man mir dort gab, weggelassen habe. Ich wäre sehr wütend, wenn man glaubte, ich hätte davon auch nur die geringste Kenntnis besessen; aber es würde mich freuen, wenn es erschiene, weil es von Anfang bis Ende die genaueste Wahrheit enthält und weil ich die Wahrheit liebe. Man muß sie bis in die kleinsten Dinge kennen. Man braucht es nur Granger oder Duchesne zum Druck zu geben. Ich werde Ihnen heute nichts über dieses in sechs Tagen fertiggestellte Werk heidnischer Frömmigkeit berichten. Es gibt über *Cassandre* so viele Dinge zu sagen, daß ich nur eins sage. Man schafft in sechs Tagen das Durcheinander, und anschließend bearbeitet man seine Schöpfung. Man muß sein geringes Talent bis zur letzten Stunde pflegen.
Ich bin besorgt wegen Martinique und meinen Ausschweifungen. Wir sind höchst töricht und höchst fanatisch, aber

die komische Oper macht alles wieder gut. Ich danke Gott, mir einen Bruder wie Sie gegeben zu haben.

An eine unbekannte Empfängerin

Les Délices, 15. April 1762

Es ist wahr, Mademoiselle, daß ich in einem Antwortschreiben an Monsieur de Chazel diesen um Aufklärungen gebeten habe über das schreckliche Schicksal von Calas, dessen Sohn meine Schmerzen in gleicher Weise wie meine Neugier angestachelt hat. Ich habe Monsieur de Chazel von den Gefühlen und Gerüchten sämtlicher Ausländer, die in meiner Umgebung leben, berichtet. Aber ich kann ihm nicht meine Ansicht von dieser grausamen Angelegenheit dargelegt haben, denn ich habe keine darüber. Ich kenne nur die Streitschriften zu seinen Gunsten, und das reicht nicht aus, um es zu wagen, Partei zu ergreifen.

Ich wollte mich in der Eigenschaft eines Historikers kundig machen. Ein dermaßen entsetzliches Ereignis wie das einer ganzen Familie, die eines Sohnesmordes aus religiösem Eifer beschuldigt wird; ein Vater, der sein Leben auf dem Rad aushaucht, weil er seinen eigenen Sohn mit den Händen erwürgt hat wegen des bloßen Verdachts, daß dieser Sohn die Meinungen des Johannes Calvin aufzugeben gedachte; ein Bruder, auf das schwerste beschuldigt, dabei geholfen zu haben, seinen Bruder zu erwürgen; die Mutter angeklagt; ein junger Anwalt verdächtig, als Henker mitgewirkt zu haben an dieser Hinrichtung sondergleichen: dieses Ereignis, sage ich, bildet einen wesentlichen Bestandteil der Geschichte des menschlichen Geistes und zur umgreifenden Darstellung unserer Leidenschaften und unserer Schwächen, von denen ich bereits einen Umriß gegeben habe.

Ich bat also Monsieur de Chazel um Unterrichtungen, aber

ich erwartete nicht, daß er meinen Brief zeigen sollte. Wie dem auch sei, ich wünsche weiterhin mit Nachdruck, daß das Parlament von Toulouse geruhen möge, den Prozeß von Calas öffentlich zu machen, in der gleichen Weise, wie man denjenigen von Damiens veröffentlicht hat. Man stellt sich über die üblichen Verfahren in solch außergewöhnlichen Fällen. Diese beiden Prozesse sind für die menschliche Gattung von Interesse; und wenn irgend etwas unter den Menschen das Wüten des Fanatismus aufhalten kann, dann sind es das Veröffentlichen und der Beweis des Sohnesmordes der Eltern und der Gotteslästerung, die Calas auf das Rad geführt und die die gesamte Familie zum Opfer der schwerwiegendsten Verdächtigungen macht. Dies ist meine Meinung.

Ich habe die Ehre etc.

An Kardinal François-Joachim de Pierre de Bernis

Les Délices, 15. Mai 1762

Ich war, Monseigneur, kurz davor, zu sterben, als Ihre Eminenz so gütig waren, mir den grausamen Verlust mitzuteilen, der Ihnen widerfahren ist. Mein ganzes ein wenig zum Leben zurückgekehrtes Empfinden ist mit Ihnen und mit allem, was Sie berührt. Ich erkenne, welches Ihre Trauer gewesen sein muß; ich teile sie; ich wünschte, die Kraft zu besitzen, mich an Ihre Seite zu versetzen, um Sie zu trösten zu versuchen.

Tronchin und die Natur haben mich von einer Entzündung der Brust und einem anhaltenden Fieber geheilt; aber ich bin noch immer von der allergrößten Schwäche.

Es ist mein Anliegen, Sie vor meinem Tod zu sehen; ist das notwendigerweise ein unglückliches Anliegen?

Ich hatte Sie flehentlich gebeten, sich über die schrecklichen

Begebnisse der Familie Calas zu unterrichten. Maréchal de Richelieu kann über diese Angelegenheit keine zufriedenstellenden Unterrichtungen erhalten haben. Es ist sehr befremdlich, daß man sich bemüht, eine Sache zu verbergen, bei der man sich bemühen sollte, sie öffentlich zu machen. Ich nehme Anteil an dieser Katastrophe, weil ich häufig die Söhne dieses unglücklichen Calas sehe, den man auf dem Rade zu Tode gebracht hat. Wenn Sie sich, ohne sich zu kompromittieren, über die Wahrheit in Kenntnis setzen könnten, wären meine Neugierde und meine Menschlichkeit, Ihnen gegenüber in einer großen Verpflichtung. Ihre Eminenz könnten mir den Bericht zukommen lassen, den man Ihnen von Toulouse geschickt hat, und selbstverständlich würde ich nicht sagen, daß er von Ihnen gekommen ist. Die ganzen Briefe, die ich aus dem Languedoc über diese Angelegenheit erhalten habe, widersprechen sich; es ist ein Durcheinander, das ich nicht in eine Ordnung bringen kann. Aber vielleicht ist Ihre Eminenz schon nicht mehr in Montélimar, vielleicht sind Sie in Vic-sur-Aisne, wo Sie sich Ihres Ruhestandes erfreuen und wo Sie das öffentliche und private Unglück vergessen.

Ihnen, Monseigneur, muß ich mit meiner schwachen Hand unbedingt mitteilen, wie sehr mein Herz mit Ihnen ist. Könnte ich Ihnen nur zuhören, eine Stunde oder zwei! Es scheint mir, Sie würden mir mittels Ihrer Umsicht deutlich werden lassen, mit welchem Schmerz man den gegenwärtigen Zustand Frankreichs betrachten muß. Sie sind gewiß glücklich, nicht mehr in einer Position zu sein, in der man das Unglück nicht verhindern kann und in der man auf die unvermeidlichen Mißgeschicke in der Öffentlichkeit antworten muß. Genießen Sie Ihre Ruhe, Ihre Vernunft, Ihre höheren Einsichten, alle Hoffnungen auf eine bessere Zukunft und vor allem für die Gegenwart.

Ihre Haltung wird Ihnen den Trost über den Schmerz des Verlustes Ihrer Nichte vermitteln.

Empfangen Sie mein Mitgefühl und meine herzliche Hochachtung.

V.

An Charles-Augustin Ferriol, Graf von Argental, und an Jeanne-Grâce Bosc du Bouchet, Gräfin von Argental

11. Juni 1762

Meine göttlichen Engel, ich werfe mich wirklich Euch zu Füßen wie auch Graf von Choiseul. Die Witwe Calas ist in Paris mit dem Vorsatz, Gerechtigkeit zu fordern. Wagte sie es, wenn ihr Mann schuldig gewesen wäre? Sie gehört durch ihre Mutter zum alten Geschlecht Montesquieu (diese Montesquieu sind aus dem Languedoc). Ihre Haltung ist ihrer Herkunft würdig und über ihr schreckliches Unglück erhaben. Sie hat erlebt, wie ihr Sohn das Leben aufgegeben hat und sich vor Hoffnungslosigkeit erhängt hat; wie ihr Gatte, beschuldigt, seinen Sohn erwürgt zu haben, und zum Rade verurteilt, als er sein Leben aushauchte, vor Gott seine Unschuld bezeugte; wie ein zweiter Sohn, angeklagt, an dem Mord mitgewirkt zu haben, verbannt und vor ein Stadttor geführt wurde, durch ein anderes zurückkehrte in ein Kloster, wie ihre beiden Töchter entführt wurden, sie selbst schließlich peinlich verhört wurde und beschuldigt, ihren Sohn getötet zu haben, freigelassen, für unschuldig und dennoch ihres Heiratsgutes verlustig erklärt. Die am genauesten unterrichteten Personen schwören mir gegenüber, daß die Familie im gleichen Maße unschuldig wie unglücklich ist. Wenn deshalb diese Frau trotz aller Beweise, die ich habe, trotz aller Schwüre, die man vor mir abgelegt hat, sich etwas vorzuwerfen hat, verbrenne man sie. Aber wenn es sich, wie ich glaube, um die tugendhafteste und unglücklichste Frau auf der Welt handelt, dann beschützen Sie sie im Namen des menschlichen Geschlechts. Möge der Graf von Choiseul sie anhören. Ich werde ihr ein kleines Papier zukommen lassen, das ihr Nachweis sein wird, um bei Ihnen vorgelassen zu werden. Dieses Papier enthält diese Worte: *die betreffende Person wird bei Monsieur d'Argental vorsprechen, Berater des Parlaments ehrenhalber, Abgesandter von Parma, rue de la Sourdière.*

V.

Meine Engel, dieses gute Werk ist Eures Herzens würdig.

V.

An Charles-Augustin Ferriol, Graf von Argental, und an Jeanne-Grâce Bosc du Bouchet, Gräfin von Argental

Les Délices, 5. Juli 1762

Meine göttlichen Engel, diese unglückliche Witwe hat also den Trost erfahren, Ihnen zu begegnen, und Sie haben sie Ihres Schutzes versichert. Sie haben ohne Zweifel die Schriftstücke gelesen, die ich Ihnen durch Monsieur de Courteilles zugeschickt habe. Wie kann man standhalten gegen die erwiesenen Tatsachen, die diese Schriftstücke enthalten? Und was verlangen wir? Nichts anderes nämlich, als daß die Justiz nicht in dem Maße stumm ist, wie sie blind ist, daß sie spricht, daß sie sagt, warum sie Calas verurteilt hat. Welch schlimmerer Schrecken als ein geheimes Urteil, eine Verurteilung ohne Beweise! Gibt es eine abscheulichere Tyrannei als jene, nach Gutdünken Blut zu vergießen, ohne dafür nur den geringsten Grund anzugeben? Das sei nicht üblich, sagen die Richter; ihr Ungeheuer, das muß üblich werden! Ihr müßt vor den Menschen das menschliche Blut rechtfertigen. Ist der Kanzler stark genug, um das Vorgehen zu verhindern?

Ich meinerseits will immer noch nichts anderes als die öf-

fentliche Darstellung dieses Vorgehens. Man ist nun darauf verfallen, daß diese arme Frau zuerst Schriftstücke aus Toulouse herkommen lasse: wo sollte sie sie finden? wer wird ihr die Höhlen der Kanzleistuben öffnen? wohin verweist man sie, wenn sie allein das ausrichten soll, was einzig der Kanzler oder Berater veranlassen kann? Ich begreife nicht, was diejenigen denken, die der armen Unglücklichen solche Ratschläge erteilen. Im übrigen ist es nicht allein sie, um die es mir geht, es ist die Öffentlichkeit, es ist die Menschheit. Es ist für jedermann wichtig, daß man derartige Urteilssprüche begründet. Das Parlament von Toulouse muß verstehen, daß man es so lange für schuldig hält, bis es bereit ist, zu belegen, daß die Calas es sind. Es kann sicher sein, daß es das Grauen eines großen Teils von Europa sein wird.
Diese Tragödie hat mich alle anderen vergessen lassen, selbst meine. Möge jene, die man in Deutschland aufführt, bald zu Ende gehen!
Ich möchte, daß die arme Calas Kenntnis von dem Brief besitzt, den ihr Sohn ihr geschrieben hat, ich möchte, daß man ihn in Paris drucken läßt und daß der Buchhändler dieser Unglücklichen einige Louis gibt.
Meine allerliebsten Engel, ich danke Euch noch einmal für Eure schöne Seele bei dieser schönen Handlung.

V.

An Dominique Audibert

Les Délices, 9. Juli 1762

Sie konnten, Monsieur, die Briefe von Madame Calas und von ihrem Sohn lesen. Ich habe diese Angelegenheit drei Monate lang geprüft. Ich kann mich täuschen, aber es erscheint mir sonnenklar, daß der Parteieneifer und die Einzigartigkeit des Schicksals zusammen dazu beigetragen haben, auf juristischem Weg mittels des Rades den unschuldigsten und unglücklichsten der Menschen umzubringen, seine Familie zu zerstreuen und sie zur Bettelei zu verdammen. Ich bin in großer Sorge, daß man sich in Paris nur wenig um diese schreckliche Angelegenheit kümmert. Selbst wenn man hundert Unschuldige zum Tod auf dem Rad verurteilte, würde man sich in Paris nur über ein neues Theaterstück unterhalten und an ein gutes Souper denken. Dennoch, gezwungen, die Stimme zu heben, hat man die verschlossensten Ohren erreicht, und zuweilen drangen die Rufe der Unglücklichsten bis zum Hofe vor. Die Witwe Calas ist in Paris bei MM. Dufour und Mallet, rue Montmartre. Der junge Lavaysse ist ebenfalls dort; ich glaube, daß er den Namen gewechselt hat, aber die arme Witwe wird Euch darüber berichten können. Ich erbitte es als eine Gnade, die Neugier zu besitzen, beide vorsprechen zu lassen. Es ist eine Tragödie, deren Ausgang schrecklich und widersinnig ist, deren Knoten jedoch noch nicht vollständig entwirrt ist.

Ich erbitte es als Gnade, diese beiden handelnden Personen zu Wort kommen zu lassen, daraus die möglichen Aufschlüsse zu ziehen und mir über die hauptsächlichen Eigentümlichkeiten Aufschluß zu geben, die Sie in Erfahrung gebracht haben.

Ich beschwöre Sie, Monsieur, mir gleichfalls zu berichten, wenn Madame Calas Not leidet; in diesem Fall werden MM. Tourton und Baur sich an Sie wenden, um ihr beizustehen. Ich habe mich verpflichtet, die Kosten des Prozesses zu bezahlen, den sie beim Staatsrat anstrengen muß. Ich habe sie an M. Mariette, Advocat am Staatsrat, verwiesen, der um einen Auszug aus den Verfahrensunterlagen bittet, um tätig werden zu können. Das Parlament, das sich seines Urteils zu schämen scheint, hat es verboten, daß man Akten, selbst das Urteil, in die Öffentlichkeit trägt. Nur eine besondere Obhut beim König ist fähig, dieses Parlament zu zwingen, die Wahrheit an den Tag zu bringen. Wir versuchen das Unmögliche, um diese Obhut zu erhalten, und wir glau-

ben, daß Aussagen in der Öffentlichkeit das beste Mittel sind, um dies zu erreichen.
Es erscheint mir im Interesse aller Menschen zu sein, diese Angelegenheit gründlich zu betrachten, die von der einen Seite wie von der anderen das Höchstmaß des schrecklichsten Fanatismus darstellt. Es heißt, der Menschheit abzuschwören, wenn eine solche Begebenheit mit Gleichmut behandelt wird. Ich bin mir Eures Bestrebens gewiß, welches dasjenige der anderen anfachen wird, ohne Euch zu kompromittieren.
Ich umarme Euch herzlich, meine teuren Freunde, und bin mit allen Gedanken, die Sie verdienen, mit Euch,
Euer aufrichtiger und folgsamer Diener

V.

An Charles-Augustin Ferriol, Graf von Argental, und an Jeanne-Grâce Bosc du Bouchet, Gräfin von Argental

7. August 1762

Meine göttlichen Engel, ich bin sehr betrübt. Das Mitleid des Bailli Froulai hat mich niedergeschmettert, und ich liebe hundertmal mehr das Mitleid des Bailli in *Droit du seigneur*. Ist es möglich, daß er sich gegen die Schauspieler und jenen herzensguten Pfarrer von Saint-Jean-de-Latran ausgesprochen hat? Seit den Zeiten von Mademoiselle Lecouvreur und des Chevalier d'Aydie gab es keine ähnliche Niederträchtigkeit.
Meine zweite Angst ist die Ungewißheit über die Zarin Katherina; ich fürchte sehr, daß dieser alte Held, der Graf von München, Partei ergriffen hat für den Trunkenbold Karl Peter Ulrich. Er ist Generalissimus. Er mag keine der Zarinnen, seit ihn eine von ihnen nach Sibirien geschickt hat. Er ist eher preußisch, was mir alles Sorge bereitet.

Mein dritter Schmerz ist die Angelegenheit Calas; ich befürchte stets, daß der Kanzler einen Formfehler zum Vorwand nimmt, um nicht gegen das Parlament von Toulouse vorzugehen. Ich wünschte, eine gute Seele würde dem König sagen »Sire, schauen Sie genau, bis zu welchem Punkt man dieses Parlament mögen muß, das als erstes Gott für die Ermordung von Heinrich III. dankte und eine jährliche Prozession zur Feier des Gedenkens an den heiligen Jacques Clément anordnete und die Bestimmung hinzusetzte, man würde jeden, ohne Prozeß, hängen, der sich jemals für die Anerkennung Ihres Großvaters Heinrich IV. zum König ausspräche.

Heinrich IV. gewann seinen Prozeß, doch ich weiß nicht, ob die Familie Calas ebenso glücklich sein wird; Hoffnung setze ich nur in meine teuren Engel und in die öffentlichen Äußerungen: Ich halte es für notwendig, daß MM. Beaumont und Mallart den gesamten Advokatenstand zu lautem Aufschrei zu unseren Gunsten veranlassen und es, von Mund zu Mund, in den Ohren des Kanzlers klingeln läßt, daß man ihm weder Rast noch Ruhe läßt, daß man ununterbrochen Calas! ruft.

Meine vierte Unruhe stammt von der Familie Alexander. Ich habe es dem Kurfürsten der Pfalz zugesandt und ihm gesagt, er möge das keineswegs aufführen, und auf der Stelle hat er die Rollen besetzt. Ich werde ihm schreiben, um ihn zu bitten, es keinesfalls zu drucken, und er wird es drukken.[1] Ich glaube, ich bin verpflichtet, um mich darüber zu trösten, das auch zu tun. Ich bin mit *Cassandre* fast ebenso zufrieden wie der Kurfürst; doch es könnte sich ergeben, daß meine Frömmigkeit in diesem Werk, meine Beichte, meine Kommunion, meine den plötzlichen Tod sterbende

1 Voltaire, *Olympie*, Tragödie in fünf Akten, wurde am 24. März 1762 in Ferney gespielt, in Schwetzingen fanden zwei Aufführungen am 30. September 1762 und am 7. Oktober 1762 statt; der Erstdruck erfolgte in Frankfurt und Leipzig 1763 (Anm. d. Ü.).

Statira, mein Scheiterhaufen meinen guten Freunden Fréron und Konsorten eine Angriffsfläche bieten. Ich habe beim Stück mein Bestes gegeben, doch glaube ich, man muß das Publikum an all diese theatralischen Besonderheiten über den Weg des Drucks gewöhnen; das ist meiner Meinung nach die richtige Entscheidung, zumal auch im Sinne der Kommentare, von denen ich einen über dieses Stück gemacht habe, der außerordentlich tiefgründig und wunderbar ist; Maître Joly de Fleury könnte dadurch verblüfft werden.

Ich werde Ihnen *Heriodes und Marianne* unverzüglich zusenden. Sie werden dort das Exemplar eines Jansenisten, Essener, bemerken, durch den ich Varus ersetzt habe, wie ich glaube, Ihnen bereits gesagt zu haben.[1] Dieser Varus erschien mir eindeutig langweilig. Ich küsse immer aus tiefstem Herzen die Enden Eurer Flügel und bezeuge meine Hochachtung und meinen Dank an Madame d'Argental.

V.

An Kardinal François-Joachim de Pierre de Bernis

Ferney, 7. Oktober 1762

Sie waren vielleicht, Monseigneur, nicht erfreut über die letzten Denkschriften, die ich Ihrer Eminenz über den Fall Calas zugesandt habe. Sie konnten glauben, daß all diese kleinen Schriften nutzlose Neuigkeiten sind. Dennoch habe ich so viel getan, daß die Angelegenheit dem Staatsrat vorliegt. Das ist ein großer Vorteil zugunsten des Anliegens. Die unparteiische Stimme der fünf Advokaten muß diejenige der Richter lenken.

Ich habe Ihnen überhaupt noch nicht *Olympie* zugesandt,

1 Voltaire, *Hérode et Marianne*, Tragödie in fünf Akten, wurde in einer überarbeiteten Fassung am 25. April 1725 an der Comédie-Française uraufgeführt (Anm. d. Ü.).

weil ich es habe spielen lassen, und nachdem ich es gesehen habe, war ich überhaupt nicht zufrieden. Meiner Meinung nach verschwindet Statira schlecht in dieser Situation, und meiner Überzeugung nach ist die Liebe von Olympie nicht hinreichend entfaltet und müssen die Leidenschaften ein klein wenig mehr ausgesprochen werden, um das Herz zu berühren. Ich schreibe also die drei letzten Akte um; denn ich will Ihren Beifall verdienen, und ich glaube nach wie vor, daß man sich verbessern muß, bis der Tod es verhindert, es besser zu tun.

Wir haben in meinem kleinen Ort ein halbes Dutzend teils englischer, teils französischer Pairs gehabt. Für einen Kardinal ist das nichts Ungewöhnliches, aber ich tröste mich überhaupt nicht, daß Sie nicht irgendeine schöne Krankheit hatten *en ique*, die Sie dazu gebracht hätte, Tronchin zu konsultieren. Eure gute Gesundheit ist für mich ein Unglück, aber ich verzeihe Ihrer Eminenz.

Gestatten Sie, daß ich ein kleines Paket für unseren ständigen Sekretär in diesen Umschlag stecke?[1] Denn ich hege den Verdacht, daß er, nachdem er bei Ihnen gewesen ist, es noch immer ist. Gewiß werde ich ihn hiermit ausnutzen. Empfangen Sie wie stets die sanfte Hochachtung des Greises der Alpen, der nicht derselbe ist wie der Alte vom Gebirge.[2]

V.

1 Es handelte sich bei der Beilage um einen Brief an Charles Pinot Duclos.

2 Der »Alte vom Berge« war der Beiname des schiitischen Assassinenführers Raschid ad-Din Sinan (ca. 1133-1192) zur Zeit des Dritten Kreuzzugs (Anm. d. Ü.).

An Pierre Mariette

Ferney, 7. Oktober 1762

Man kann nicht froher sein, als ich es bin, Monsieur, über die Denkschrift, die Sie so freundlich waren zugunsten dieser unglücklichen Familie Calas zu erstellen. Aufgrund dieser Denkschrift wird das Urteil gesprochen. Es ist durch und durch wahr, alles ist dort für jedermann erkennbar dargelegt. Alle Mittel der Revision sind juristisch. Ihnen, Monsieur, werden die Familie Calas und das Publikum die Aufhebung des schändlichsten Urteils verdanken, das man jemals erlassen hat.

Ich glaube nicht, daß die anderen für diese unschuldige Familie erstellten oder in Arbeit befindlichen Denkschriften die Ihre auch nur im geringsten mindern und Ihnen nicht die geringste Sorge bereiten. Man hat mir anempfohlen, eine Konsultation mehrerer Advokaten sei eine notwendige Voraussetzung und die Zeichnung durch vierzehn Rechtsgelehrte sei eine Art in aller Form Rechtens gemachten Urteils, das dem des Staatsrats zuvorkomme und das in bestimmter Weise die Richter zwinge, sich auf diese Entscheidung zu verständigen.

Im Hinblick auf die Streitschrift von Monsieur Lorsel habe ich noch nichts vernommen. Alles, was ich weiß, ist, daß die Familie Calas in der größten Verpflichtung Ihnen gegenüber steht und daß ich sie teile.

Ich habe die Ehre, Ihnen mit allen Gefühlen verbunden zu sein, die ich Ihnen schulde,

Monsieur,

Ihr sehr ergebener und sehr gehorsamer Diener

Voltaire

An Louis Thiroux de Crosne

Ferney, 30. Januar 1763

Monsieur,
ich glaube mich beauftragt, mir die Freiheit zu nehmen, Ihnen zu schreiben: die Liebe zur Wahrheit befiehlt es mir. Pierre Calas, der des Brudermords Beschuldigte und der dessen unzweifelhaft schuldig wäre, wenn sein Vater es gewesen wäre, bleibt in der Nähe meiner Güter. Ich habe ihn oft gesehen. Ich war zuerst mißtrauisch. Ich habe vier Monate lang sein Verhalten und seine Worte ausspähen lassen; sie sind von reinster Unschuld und aufrichtigstem Schmerz. Er ist bereit, sich nach Paris zu begeben, ebenso wie seine Mutter, der das Verbrechen, vorausgesetzt, daß er es begangen hat, nicht verborgen bleiben konnte und die in diesem Fall sein Helfershelfer wäre und deren Reinheit und Tugend Sie kennen.

Ich muß, Monsieur, die Ehre besitzen, Ihnen von einer Tatsache zu berichten, die den Advokaten überhaupt nicht zur Kenntnis gebracht wurde. Sie werden deren Wichtigkeit beurteilen.

Die katholische Dienerin, die alle Kinder der Familie Calas großgezogen hat, ist noch im Languedoc; jede Woche geht sie zur Beichte und empfängt die Kommunion: sie ist Zeugin gewesen, daß Vater, Mutter, Kinder und Lavaysse die ganze Zeit, in der sie den Verwandtenmord begangen haben sollen, zusammengeblieben sind. Wenn sie im Verfahren einen falschen Eid geschworen hat, um ihre Herren zu retten, hätte sie sich dessen in der Beichte bezichtigt: man hätte ihr die Absolution verweigert, sie ginge nicht länger zur Kommunion. Hier handelt es sich um keinen juristischen Beweis, aber er kann dazu dienen, sämtliche anderen zu verstärken; und ich glaubte, es sei meine Pflicht, Ihnen dies zu berichten.

Die Angelegenheit beginnt ganz Europa zu interessieren.

Entweder hat der Fanatismus eine ganze Familie dahin gebracht, sich eines Verwandtenmords schuldig zu machen, oder er hat den Blick der Richter derart verhext, daß sie einen unschuldigen Familienvater rädern ließen: entweder – oder. Jedermann beruft sich auf Ihre Aufgeschlossenheit und auf Ihr billiges Ermessen.
Ich habe die Ehre, mit Hochachtung zu verbleiben etc.

An Jean-Baptiste-François de la Michodière

Ferney, 13. Februar 1763

Wenn ich eine gute Handschrift hätte, Monsieur, besäße ich die Ehre, Ihnen von Hand für den Brief zu danken, mit dem Sie mich geehrt haben. Ich entbiete Ihnen und Monsieur Thiroux de Crosne meine tiefsten Glückwünsche zur Verheiratung Ihrer Tochter. Diejenige von Mademoiselle Corneille ist nicht so glänzend; ich habe sie einem jungen Herren namens Dupuits gegeben, dessen Besitztümer den meinen benachbart sind. Er hat es erst zum Fahnenträger bei der Kavallerie gebracht, aber er hat einen Vorteil mit Monsieur de Crosne gemein, jenen, über den Besitz seiner Frau glücklich zu sein.
Die Angelegenheit, die Monsieur de Crosne vorträgt, ist ein wenig abseits der Annehmlichkeiten, die er genießt; sie ist sehr traurig, und ich kenne kaum eine den menschlichen Geist mehr beschämende. Ich habe mir die Freiheit genommen, Monsieur de Crosne in dieser Angelegenheit zu schreiben. In gewisser Weise muß ich mich für einen Zeugen halten; seit mehreren Monaten ist Pierre Calas, der angeklagt ist, seinem Vater und seiner Mutter bei einem Familienmord geholfen zu haben, zusammen mit einem weiteren seiner Brüder in meiner Umgebung. Lange Zeit war ich unentschieden über die Unschuld dieser Familie; ich konnte nicht glau-

ben, daß Richter durch eine schauerliche Strafe einen unschuldigen Familienvater zu Tode bringen. Es gibt nichts, was ich nicht unternommen habe, um mir Aufklärung über die Wahrheit zu verschaffen; ich habe mehrere Personen in der Nähe der Familie Calas damit beschäftigt, mich über deren Sitten und Verhalten zu unterrichten; ich habe sie selbst sehr oft befragt. Ich wage es, mir der Unschuld dieser Familie genau so sicher zu sein wie meiner eigenen Existenz: deshalb hoffe ich, daß M. de Crosne den Brief, den ich die Ehre hatte, ihm zu senden, mit Güte aufgenommen hat. Es handelt sich keinesfalls um ein Gesuch, das ich zu unterbreiten behaupte, es handelt sich nur um eine Ehrung, die ich der Wahrheit entgegenbringen zu müssen glaubte. Mir scheint es, daß Gesuche in keinem Prozeß statthaft sind, noch weniger in einer Angelegenheit, die für die menschliche Gattung von Belang ist; aus diesem Grund, Monsieur, wage ich es nicht, Sie zu bitten, mir einen Dienst zu erweisen; man darf nur das billige Ermessen und die Vorurteilslosigkeit von Monsieur de Crosne erflehen. Sie haben die Niederschriften gelesen, und ich betrachte die Angelegenheit als bereits entschieden in Ihrem Herzen und in dem Ihres Schwiegersohns. Ich habe die Ehre der großen Wertschätzung etc.

An Étienne-Noël Damilaville

11. März 1763

Es war nun am vergangenen Montag, am siebten dieses Monats, daß der vollzählig versammelte Staatsrat Monsieur de Crosne angehört hat. Ich weiß noch nicht, wie die Entscheidung ausfallen wird, aber ich habe noch immer eine so gute Meinung von den Menschen, um zu glauben, daß die ersten Köpfe des Staates nicht mit dem Urteil der acht Toulouser Richter übereinstimmen werden. Diese acht unwür-

digen Richter haben der Philosophie mehr geholfen, als sie glauben. Gott und die Philosophen verstehen es, aus den größten Übeln das Beste hervorzubringen.
Was sagen Sie zur Geschichte unseres neuen Corneille? Das ist ein wahrer Paukenschlag? Was sagt unser apathischer Freund Thieriot dazu? Sie genießen es, wenn ich Stücke gegen Pompignan verschicke? In Versailles lacht man sehr über die Unterhaltung des Königs mit dem Marquis Simon Lefranc. Man hätte auch unter Ludwig XI. gelacht, und wieso wollen Sie also, daß ich mich nicht auf die Seite von Ludwig XV. stelle, des nachsichtigsten und liebenswürdigsten Herrschers?
Erlauben Sie mir, diesen Brief für Monsieur d'Alembert beizulegen; es ist gut, daß Pindare-Le Brun über die Angelegenheit Bescheid weiß.
Ich umarme meinen Bruder und meine Brüder.
Zermalmt die Infame.
P. S.: Ich habe Eurem Brief entnommen, daß dem *Essai sur les mœurs* noch einige Seiten anzufügen sind; nichts ist so schwierig, als den Menschen die Wahrheit zu sagen.

An Jean Ribote-Charron

Les Délices, 12. März 1763

Am Dienstag, den 1. März, beurteilte das Kassationsbureau das Gesuch der Familie Calas für zulässig.
Am Montag, den 7. März, versammelten sich die beiden Semester des Staatsrats, der Kanzler saß ihm vor, alle Staatsminister waren zugegen und ordneten völlig einstimmig an, was der König billigte, daß das Parlament von Toulouse die gesamten Prozeßunterlagen dem Rat zusende, und, zusätzlich, wurde es verpflichtet, die Begründung seines Urteils zu senden.

Diesem Zusammentreten des Staatsrats des Königs in Versailles kommt mehr Gewicht zu als der Basoche von Toulouse.

An Charles-Augustin Ferriol, Graf von Argental, und an Jeanne-Grâce Bosc du Bouchet, Gräfin von Argental

11. Juni 1764 in Les Délices

ich hege die Hoffnung, daß meine Engel gerne dem Gedächtnis des Grafen Algarotti die beiliegende Anerkennung zollen.

Trifft es zu, daß man *Cromwell* aufführen will und daß es sich um den *Cromwell* von Crébillon handelt, den ein gewisser Clairon fertiggestellt hat? Wenn man diesen Verkünder des Fanatismus so reden ließe, wie er redete, das ergäbe ein richtiggehendes Gefasel, aber mit diesem Gefasel gelang es ihm, England zu regieren, und auf diese Weise das Volk unterwürfig zu machen.

Nun ist also das Urteil der Toulouser Richter aufgehoben, aber die Knochen des armen Calas werden dadurch nicht wieder lebendig. Was erreicht man, wenn man diesen Prozeß weiterverfolgt? Werden die Toulouser Richter dazu verurteilt, die Kosten ihrer Ungerechtigkeit zu bezahlen? Ich küsse demütig die Spitzen der Flügel meiner Engel.

An Anne-Rose Calas

Sie werden, Madame, überhäuft werden mit Briefen und mit Besuchen. Genf ist wie Paris, es klatscht Euren Richtern Beifall. Europa ist gerührt und segnet das Recht, das man Euch erwiesen hat. Ich habe Donat Calas umarmt und Freudentränen vergossen. Sie haben alles Übel von Monsieur Debrus wie die meinen beseitigt. Wir haben nur Ihr Glück innerhalb unserer Schmerzen empfunden. Ich umarme Pierre ganz herzlich. Ertragen Sie es, wenn ich es Ihnen ebenfalls sage, sowie ihren Mesdemoiselles Töchtern. Vergessen Sie meine Wünsche nicht bei Monsieur de Lavaysse, und bemerken Sie innerhalb der öffentlichen Glückwünsche die Gefühle Ihres treuen und gehorsamen Dieners

Voltaire.

17. März 1765 in Ferney.

An Étienne-Noël Damilaville

17. März 1765

Teurer Bruder, Sie werden die Konsultation durch Tronchin erhalten haben; doch ich zittere, daß Sie, trotz der Konsultation, nicht krank sind. Ich habe an das Wesen aller Wesen Wünsche für Ihre Gesundheit gesandt. Beglückwünschen wir beide zu der der Familie Calas widerfahrenen Gerechtigkeit und des Sieges der Vernunft über den Fanatismus. Ich muß 100 Briefe beantworten. Hier nun einer für Monsieur de Beaumont und einer für Madame Calas; und einen, den Sie bitte mit der Stadtpost an Monsieur de Chimène senden.

Man ist berauscht in Genf wie in Paris vom Gewinn unseres Prozesses. Das ist ein schöner Moment in den Jahrbüchern der Vernunft, die nicht zu den dicksten Büchern zählen, die wir haben. Meine Gesundheit wird sehr viel schlechter, aber meine aufrichtige Anhänglichkeit für Sie wird jeden Tag stärker. Mein Brief ist sehr knapp bemessen, meine Gefühle sind es nicht.

Zermalmt die Infame, teurer Bruder, zermalmt die Infame und sagt Bruder Protagoras, zermalmt die Infame am Morgen, zermalmt die Infame am Abend.

II. Authentische Nachrichten, betreffend den Tod des Herren Calas und das in Toulouse gesprochene Urteil

Auszug eines Briefes der verwitweten Frau Calas

Am 15. Juni 1762.

Nein, Monsieur, es gibt nichts, was ich nicht unternehme, um unsere Unschuld zu beweisen, lieber will ich gerechtfertigt sterben als leben und schuldig geglaubt zu werden. Man fährt fort, die Schuldlosigkeit zu unterdrücken und gegen uns und unsere beklagenswerte Familie eine grausame Verfolgung auszuüben. Man hat mir jetzt auch noch, wie Sie wissen, meine geliebten Töchter entführen lassen, den einzigen mir verbliebenen Trost, um sie in zwei verschiedene Klöster von Toulouse zu geleiten: man führt sie an einen Ort, der als Schauplatz für all unser abscheuliches Unglück gedient hat; man hat sie sogar getrennt. Doch wenn der König zu befehlen geruht, daß man sich ihrer annehme, so habe ich ihm nur dankbar zu sein. Hier ganz genau die Umstände unserer unglücklichen Angelegenheit, genau so, wie sie sich in Wahrheit ereignet hat.

Am 13. Oktober 1761, dem für uns unseligen Tag, traf Monsieur Gobert Lavaisse aus Bordeaux (wo er sich eine Zeitlang aufgehalten hatte) ein, um seine Eltern aufzusuchen, die in diesem Fall auf ihrem Landgut waren, und bemühte sich um ein Leihpferd, um zu ihnen zu gelangen, und kam zwischen 4 und 5 Uhr am Abend in unser Haus; und mein Mann fragte ihn, ob er, da er nicht wegfahre, ob er mit uns zu Abendessen wolle, es würde uns Vergnügen bereiten; dem stimmte der junge Herr zu, und er ging, um mich zu sehen, hinauf in mein Zimmer, das ich, entgegen meiner Gewohnheit, nicht verlassen hatte. Als erste Höflichkeit sagt er zu mir: »Ich esse mit Ihnen zu Abend, Ihr Mann hat mich darum gebeten.« Ich bezeugte ihm meine Genugtuung darüber und verließ ihn nach kurzer Zeit, um meiner Dienerin Anweisungen zu geben. Im Zusammenhang damit begab ich mich auch zu meinem ältesten Sohn Marc-Antoine, den ich allein im Geschäftsraum sitzend antraf, tief in Gedanken versunken, um ihn zu bitten, Roquefort-Käse kaufen zu gehen. Er war gewöhnlich für die Besorgung davon zuständig, weil er sich dabei besser auskannte als die anderen; ich sagte also zu ihm: »Hier, geh Roquefort-Käse kaufen, da ist das Geld dafür, und du gibst den Rest deinem Vater«; und ich gehe wieder in mein Zimmer zu dem jungen Lavaisse, den ich dort zurückgelassen hatte. Aber wenige Augenblicke später verließ er mich und sagte, er wolle noch einmal zu den Pferdeverleihern, um nachzusehen, ob nicht irgendein Pferd eingetroffen sei, da er sich morgen unter allen Umständen zum Landgut seines Vaters aufmachen wolle; und er verließ das Haus.

Nachdem mein ältester Sohn den Käse eingekauft hatte, kam bald die Zeit des Abendessens,[1] jeder fand sich ein, um sich zu Tisch zu setzen, und wir nahmen Platz. Während des Abendessens, das nicht sehr lange dauerte, unterhielt man sich über nebensächliche Dinge, unter anderem über die antike Kunst im Hôtel de Ville; mein Jüngster, Pierre, wollte einiges davon loben, und sein Bruder tadelte ihn, da er von ihnen weder gut noch angemessen redete.

Als wir beim Nachtisch waren, erhob sich dieses unglückliche Kind, ich meine damit meinen ältesten Sohn Marc-Antoine, vom Tisch, wie es seine Gewohnheit war, und ging durch die Küche weg.[2] Die Dienerin sagte ihm: »Ist es Ihnen kalt, Herr Calas? Wärmen Sie sich.« Er antwortete ihr: »Ganz im Gegenteil, ich brenne«; danach ging er weg. Wir verblieben noch einige Zeit am Tisch; danach gingen wir in das Zimmer, das Sie kennen und in dem Sie geschlafen haben, Monsieur Lavaisse, mein Ehemann, mein Sohn und ich; die beiden ersten setzten sich auf das Sofa, mein Jüngster auf einen Lehnsessel und ich auf einen Stuhl, und wir unterhielten uns miteinander. Mein jüngster Sohn schlief

1 Um sieben Uhr

2 Die Küche befindet sich neben dem Eßzimmer in der ersten Etage.

ein; und ungefähr um ein Viertel vor 10 Uhr verabschiedete sich Monsieur Lavaisse von uns, und wir weckten meinen Jüngsten, damit er besagten Lavaisse begleite, und gaben ihm die Fackel in die Hand, um ihm den Weg zu weisen; dann stiegen sie zusammen die Treppe hinunter.
Aber kaum waren sie einen Augenblick unten angekommen, hörten wir mächtige Bestürzungsschreie, ohne unterscheiden zu können, was man sagte, mein Ehemann lief hinzu, und ich, ich blieb zitternd auf der Galerie, wagte nicht, hinunterzugehen, und wußte nicht, was sein konnte.
Dennoch, da ich niemanden kommen sah, entschloß ich mich, hinunterzugehen: was ich tat; aber ich fand unten an der Treppe Monsieur Lavaisse, den ich überstürzt fragte, was es gäbe. Er antwortete mir, daß er mich bitte, wieder nach oben zu gehen, daß ich es erfahren würde; und er drängte mich so sehr, daß ich mit ihm wieder in mein Zimmer ging. Ohne Zweifel war dies, um mir den Schmerz zu ersparen, meinen Sohn in diesem Zustand zu sehen, und er ging wieder nach unten; aber die Ungewißheit, in der ich war, war ein zu ungestümer Zustand, um länger in ihm verharren zu können; ich rief folglich meine Dienerin und sagte ihr: »Jeanette, schauen Sie nach, was es da unten gibt; ich weiß nicht, was es ist, ich zittere vor Schrecken«; und ich gab ihr die Kerze in die Hand, und sie stieg hinunter; aber da ich sie nicht zurückkommen sah, um mir zu berichten, ging ich selbst nach unten. Großer Gott! Welcher Schmerz, welche Trauer kam über mich, als ich diesen lieben Sohn ausgestreckt auf der Erde liegen sah! Dennoch glaubte ich nicht, daß er tot sei, und ich lief weg, um Ungarisches Wasser zu suchen, da ich glaubte, es sei ihm schlecht geworden; und da die Hoffnung das ist, was uns am letzten verläßt, gab ich ihm alle Hilfe, die mir möglich war, um ihn wieder zum Leben zu erwecken, da ich mich nicht dazu überreden konnte, daß er tot sei. Wir alle bildeten uns dies ein, da man den Wundarzt hatte kommen lassen und er ne-

ben mir stand, ohne daß ich ihn gehört oder wahrgenommen hätte, bis er mir sagte, es sei unnütz, ihm noch Weiteres zu tun, da er tot sei. Ich behauptete daraufhin, daß das nicht sein könne, und ich bat ihn, seine Bemühungen zu verdoppeln und ihn aufs genaueste zu untersuchen, was er überflüssigerweise tat. Denn es war nur allzu wahr: und während dieser ganzen Zeit war mein Mann, der sich auf einen Ladentisch stützte, vollster Verzweiflung; derart, daß mein Herz zerrissen war zwischen dem bedauernswerten Anblick meines Sohnes und der Furcht, diesen lieben Ehemann zu verlieren, dem Schmerz, dem er sich ganz auslieferte, ohne auf irgendeine Tröstung zu hören; und es waren diese Umstände, unter denen die Gerichtsbedienten uns antrafen, uns in unser Zimmer einsperrten, in das man uns zurückgehen geheißen hatte.
So hat sich die Angelegenheit abgespielt, genau so; und ich flehe Gott an, der meine Unschuld kennt, mich auf ewig zu verdammen, wenn ich ein Jota hinzugefügt oder verkleinert habe, wenn ich nicht die reine Wahrheit bei allen Umständen gesagt habe. Ich bin bereit, diese Wahrheit durch mein Blut zu besiegeln.

Brief von Donat Calas, dem Sohn, an die verwitwete Madame Calas, seine Mutter

Châtelaine, 22. Juni 1762.

Meine liebe, unglückliche, verehrte Mutter, ich habe Euren Brief vom 15. Juni in den Händen eines Freundes gesehen, der weinte, als er ihn las; auch ich benetzte ihn mit Tränen. Ich bin auf die Knie gefallen; ich habe Gott gebeten, er möge mich auslöschen, wenn irgend jemand aus meiner Familie für den scheußlichen Mord schuldig sei, dessen man meinen Vater und meinen Bruder bezichtigt und an dem Sie

selbst, die beste und tugendhafteste aller Mütter, mitbeteiligt sein sollen.
Da ich genötigt war, vor einigen Monaten in die Schweiz zu reisen wegen meines Handelsgeschäfts, habe ich dort vom unvorstellbaren Unheil meiner Familie erfahren. Ich wußte sofort, daß Sie, meine Mutter, mein Vater, mein Bruder Pierre Calas, Monsieur Lavaisse, ein für seine Redlichkeit und Sanftmütigkeit bekannter junger Mann, in Toulouse in Ketten gefangen ward; daß mein älterer Bruder Marc-Antoine eines scheußlichen Todes gestorben ist und daß der Haß, der so häufig aus der Verschiedenheit der Religionen erwächst, Euch alle dieses Mordes beschuldigte. Die Stärke meiner Trauer machte mich krank, und ich hätte sterben wollen.
Man berichtete mir bald, daß ein Teil des Pöbels von Toulouse beim Anblick meines toten Bruders vor unserer Tür geschrien hat: »Es ist sein Vater, es ist seine protestantische Familie, die ihn ermordet hat; er wollte katholisch werden,[1] er sollte am kommenden Tag abschwören; sein Vater hat ihn mit seinen Händen erwürgt, da er glaubte, ein gottgefälliges Werk zu tun; er ist bei diesem Opfer unterstützt worden durch seinen Sohn Pierre, durch seine Frau, durch den jungen Lavaisse.«
Man fügte an, daß der aus Bordeaux angekommene Lavaisse, 20 Jahre alt, am selben Tag von einer Versammlung der Protestanten zum Henker der Sekte ausgesucht wurde, um jeden zu erwürgen, der die Religion wechseln möchte. Man schrie in Toulouse, so sei das Recht der Protestanten.
Die sinnlose Narretei dieser Verleumdungen beruhigte mich;

1 Man hat gesagt, daß man ihn in einer Kirche gesehen hat: Ist das ein Beweis dafür, daß er übertreten wollte? Begegnet man nicht alle Tage Katholiken, die den berühmten Predigern in der Schweiz, in Amsterdam, in Genf lauschen? Schließlich ist bewiesen, daß Marc-Antoine Calas keine Maßnahme für einen Religionswechsel ergriffen hatte; folglich gab es keinen Anlaß für den behaupteten Zorn seiner Eltern.

um so größer der zutage tretende Unsinn war, um so größer die Hoffnung auf die Weisheit ihrer Richter.
Wirklich, ich zitterte, als alle Neuigkeiten mich unterrichteten, daß man begonnen hatte, meinen Bruder Marc-Antoine, wegen der ausgedachten Unterstellung, er wolle die Religion wechseln, in einer katholischen Kirche zu begraben. Man teilte uns mit, daß die Bruderschaft der Büßermönche für ihn wie für einen Märtyrer eine feierliche Messe abgehalten hat, daß man ihm ein Grabmal errichtet hat und daß man auf diesem Mausoleum seine Gestalt plaziert hat, die einen Palmzweig in den Händen hält.
Ich erahnte nur allzu stark die Auswirkungen dieser Übereilung und dieses unausweichlichen Eiferns. Ich wußte, daß man, da man meinen Bruder Marc-Antoine als einen Märtyrer betrachte, in meinem Vater, in Ihnen, in meinem Bruder Pierre, im jungen Lavaisse nur die Henker sah. Ich verharrte einen ganzen Monat in dumpfem Schrecken. Ich sagte mir vergebens: Ich kenne meinen unglücklichen Bruder, ich weiß, daß er überhaupt nicht die Absicht hatte, abzuschwören; ich weiß, daß mein Vater und meine Mutter niemals sein Gewissen gezwungen hätten, wenn er die Religion hätte wechseln wollen; sie haben es für gut gehalten, daß mein anderer Bruder Louis Katholik geworden ist; sie haben ihm eine Pension ausgesetzt; nichts ist üblicher in den Familien dieser Gegenden als Brüder mit verschiedenen Religionen; die brüderliche Liebe ist keinesfalls erkaltet; die glückliche Toleranz, diese heilige und göttliche Lehre, zu der wir uns bekennen, gestattet uns nicht, irgendeine Person zu verdammen; wir erlauben uns nicht, den Ratschlüssen Gottes vorzugreifen; wir folgen den Antrieben unseres Gewissens, ohne das der anderen in Unruhe zu versetzen.
Es ist unbegreiflich, sagte ich, daß mein Vater und meine Mutter, die kein einziges ihrer Kinder jemals schlecht behandelt haben, bei denen ich niemals Zorn oder Trübsinn bemerkt habe, die niemals in ihrem Leben die geringste Ge-

walt ausgeübt haben, auf einmal aus ihrer dreißig Jahre lang geübten Milde in die unerhörte Raserei verfallen sind, mit den eigenen Händen ihren ältesten Sohn zu erwürgen wegen der eingebildeten Furcht, er verlasse die Religion, die er überhaupt nicht verlassen wollte.

Dies, meine Mutter, waren die Gedanken, die mich beruhigten; aber mit jeder Post war neuer Schrecken. Ich wollte zu Euch kommen, mich zu Euren Füßen werfen und Eure Ketten küssen. Eure Freunde, meine Beschützer, hielten mich durch Erwägungen davon ab, die ebenso stark waren wie mein Schmerz.

Nachdem ich fast zwei Monate in dieser schrecklichen Ungewißheit verbracht habe, ohne von Euch Briefe erhalten zu können noch Euch meine zukommen zu lassen, sah ich endlich die Memoranden zur Begründung der Unschuld. Ich sah in zwei dieser Schriften genau dieselbe Sache, wie Ihr sie mir in Eurem Brief vom 15. Juni gesagt habt, daß mein unglücklicher Bruder Marc-Antoine vor seinem Tod mit Euch zu Abend gegessen hat und daß keiner von denen, die an dieser letzten Mahlzeit meines Bruders teilgenommen haben, von der Gesellschaft vor dem unseligen Moment wegging, als man sein tragisches Ende bemerkte.[1]

1 Die allergrößte Wahrscheinlichkeit ist, daß Marc-Antoine Calas sich selbst getötet hat: er war unzufrieden über seine Lage; er war finster, schlechter Stimmung und las häufig Werke über den Selbstmord. Lavaisse traf ihn vor dem Abendessen völlig in Gedanken versunken an. Seine Mutter hatte dies auch bemerkt. Diese Worte »Ich brenne« als Antwort zur Dienerin, die ihm vorschlug, näher ans Feuer zu gehen, sind von großem Gewicht. Er geht nach dem Abendessen allein nach unten. Er führt seinen verhängnisvollen Entschluß durch. Zwei Stunden später wird sein Bruder, der Lavaisse nach unten führt, Zeuge dieses Geschehens. Alle beide schreien auf; der Vater kommt herbei; man hängt den Leichnam ab: dies der erste Grund für das über diesen unglücklichen Vater verkündete Urteil. Er will den Nachbarn, den Wundärzten nicht sagen: »Mein Sohn hat sich erhängt; man muß ihn auf einem Rost wegbringen und meine Familie verliert ihre Ehre.« Er gesteht die Wahrheit, als sie nicht länger verborgen werden kann. Es war sein väterliches Mitleid, das ihn hat zugrunde gehen

Verzeihen Sie mir, wenn ich diese schreckenerregenden Bilder wieder in Ihr Gedächtnis rufe; es ist notwendig. Unser neues Unglück erinnert uns ununterbrochen an das alte, und Ihr würdet mir nicht verzeihen, wenn ich Eure Wunden überhaupt nicht wieder öffnete. Ihr könnt nicht glauben, meine Mutter, welch vorteilhafte Auswirkung auf jedermann dieser Beweis hatte, daß mein Vater und Sie und mein Bruder Pierre und Monsieur Lavaisse, daß Ihr Euch nicht einen Augenblick voneinander entfernt habt in der Zeit zwischen dem traurigen Abendessen und Eurer Gefangennahme.

Man hat sich in allen Gegenden Europas, denen unser Unheil zu Ohren gekommen ist, dies gedacht; ich bin darüber in genauer Kenntnis, und Sie müssen es wissen. Man sagte: Wenn Marc-Antoine Calas von jemandem aus seiner Familie erwürgt worden wäre, dann sicherlich durch die gesamte Familie: denn es ist erwiesen, daß diese Familie und Lavaisse und die Dienerin[1] immer zusammen waren; die Richter stimmen darin überein; nichts ist zutreffender. Entweder sind alle Gefangenen schuldig oder keiner von ihnen; einen Mittelweg gibt es nicht. Nun liegt es nicht in der Natur einer bis dahin unbescholtenen Familie, eines milden Vaters, der besten der Mütter, eines Bruders, der seinen Bruder liebte, eines Freundes, der in der Stadt ankam und aus Zufall mit ihnen zu Abend aß, daß sie alle gemeinsam in einem Augenblick, ohne irgendeinen Grund, ohne den geringsten Anlaß den unerhörten Entschluß gefaßt haben, einen solchen Mord zu begehen. Eine solche Verschwörung ist unter derartigen Umständen unmöglich;[2] die Ausfüh-

lassen; man hat geglaubt, daß er am Tod seines Sohnes schuldig war, weil er nicht als erstes seinen Sohn anklagen wollte.

1 Diese Dienerin ist katholisch und fromm; sie war seit dreißig Jahren im Haus; sie hat viel zum Übertritt eines der Kinder von Monsieur Calas beigetragen: Ihr Zeugnis ist von größtem Gewicht. Wieso galt es nicht mehr als die irrigsten Vermutungen?

2 Zu welcher Zeit hätte der Vater seinen Sohn erhängen können? Nicht

rung ist noch weniger möglich. Es ist daher äußerst wahrscheinlich, daß die Richter die Kränkung der Unschuld wieder rückgängig machen werden.
Diese Überlegungen stützten mich ein wenig in meiner Niedergedrücktheit.
Aber alle diese tröstenden Gedanken wurden hinfällig. Im März traf die Nachricht über die Marter meines Vaters ein. Ein Brief, den man vor mir verstecken wollte und den ich herauszog, lehrte mich, was auszudrücken ich nicht die Kraft habe und was Sie schon so oft haben hören müssen.
Unterstützen Sie mich, meine Mutter, in diesem Augenblick, in dem ich Ihnen zitternd schreibe, und geben Sie mir Ihren Mut: er entspricht Eurer schrecklichen Lage. Eure Kinder verstreut, Euer ältester Sohn vor Euren Augen tot, Euer Ehemann, mein Vater, der sein Leben aushaucht unter der grausamsten der Marter, Eure Heiratsmitgift verloren, Armut und Schande folgen auf Ansehen und Reichtum, so ist Euer Zustand! Aber Gott bleibt Euch, er hat Euch nicht aufgegeben; die Ehre meines Vaters ist Euch teuer; Ihr bietet den Schrecken der Armut, der Krankheit, selbst der Schande die Stirn, um 200 Meilen zurückzulegen und am Fuß des Thrones die Gerechtigkeit des Königs zu erbitten.
Was könnte man den Klagen und Tränen wie den Darlegungen der Vernunft einer Mutter und einer Witwe entgegenhalten? Es ist erwiesen, daß mein Vater, während mein Bruder unten im Hause tot war, nicht von Euch weggegangen ist, daß er ständig mit Euch und allen anderen Angeklagten im Zimmer oben gewesen ist. Das genügt. Man hat meinen

vor dem Abendessen, da man zusammen das Essen einnahm; nicht während des Essens; nicht nach dem Essen, da der Vater und die Familie oben waren, als der Sohn nach unten gegangen war. Wie hätte der Vater, selbst wenn ihm ein Beistand geholfen hätte, seinen Sohn an den beiden Flügeltüren im Erdgeschoß erhängen können ohne einen gewaltigen Kampf, ohne furchtbares Getöse? Schließlich, warum hätte dieser Vater seinen Sohn erhängen sollen? Um ihn abzuhängen? Welch ein Widersinn liegt in diesen Anschuldigungen!

Vater zur äußersten und zur entsetzlichsten Marter verurteilt; durch ein zweites Urteil hat man meinen Bruder verbannt; und trotz seiner Verbannung steckt man ihn in ein Jakobinerkloster in derselben Stadt. Ihr seid nicht mehr angeklagt, Lavaisse ist nicht mehr angeklagt. Niemand hat diese außergewöhnlichen und widersprüchlichen Urteile verstanden. Warum wird mein Bruder nur verbannt, wenn er des Mordes an seinem Bruder schuldig ist? Warum wird er, wenn er aus dem Languedoc verbannt ist, in einem Toulouser Kloster eingesperrt? Man versteht nichts. Jeder sucht nach einem Grund für diese Verordnungen, und keiner findet ihn.

Alles, was ich weiß, ist, daß die Richter, aufgrund täuschender Hinweise, alle Angeklagten zum Rädern verurteilen wollten und daß sie sich darauf verständigten, meinen Vater sterben zu lassen, in dem Gedanken, dieser Unglückliche werde, wenn er sein Leben aushauche, das Verbrechen der gesamten Familie gestehen. Sie waren, wie man mir sagte, erstaunt, als mein Vater inmitten der Qualen Gott zum Zeugen seiner und Eurer Unschuld anrief und starb, indem er diesen Gott der Barmherzigkeit anrief, diesen Richtern der Strenge, die durch die Verleumdung getäuscht wurden, zu vergeben.

Daraufhin verkündeten sie das Urteil, das Euch die Freiheit zurückgab, aber weder Euren vernichteten Besitz noch Eure schmachvoll geschändete Ehre, wenn denn die Ehre von der Ungerechtigkeit der Menschen abhängt.

Nicht die Richter klage ich an: sie haben zweifellos nicht den Unschuldigen mit gesetzlichen Mitteln ermorden wollen; ich rechne alles den Verleumdungen zu, den falschen, schlecht dargestellten Anzeichen, den irrigen Schilderungen,[1]

1 Als Vater und Mutter gegen zehn Uhr am Abend weinend bei ihrem schon toten und kalten Sohn, bei Marc-Antoine waren, stießen sie Schreie des Mitleids, brachen sie in Schluchzer aus; diese Schluchzer, diese Schreie der Eltern hat man für Schreie von Marc-Antoine Calas gehalten; und we-

der ungereimten Verachtung einiger Zeugen, den Schreien eines besinnungslosen Pöbels und des wütenden Eifers, der meint, daß diejenigen, die nicht so denken wie wir, der größten Verbrechen fähig sind.

Es wird Euch zweifellos leicht sein, die Vorspiegelungen[1] zu zerstreuen, die die sonst redlichen und klugen Richter in die Irre geführt haben: denn schließlich hat mein Vater, da er als einziger verurteilt wurde, notwendigerweise allein die Mordtat begangen. Aber wie kann das sein, daß ein 68jähriger Greis, der, wie ich weiß, seit zwei Jahre unter Rheumatismus in den Beinen leidet, allein einen jungen, 28jährigen Mann gehängt haben soll, dessen herausragende Stärke und einzigartige Gewandtheit bekannt waren?

Wenn das Wort »lächerlich« bei soviel Schrecken angebracht wäre, genügte die alles Maß übersteigende Lächerlichkeit dieser Annahme für sich, ohne weitere Prüfung, damit wir die uns zustehende Wiedergutmachung erhalten. Welche erbärmlichen Hinweise, welche ungenauen Aussagen, welche Geschichten des Pöbels könnten gegen die bewiesene physische Unmöglichkeit bestehen?

Daran halte ich mich. Es ist unmöglich, daß mein Vater, ja daß sogar zwei Personen meinen Bruder hätten erwürgen können; es ist, noch einmal, unmöglich, daß mein Vater allein schuldig sein soll, da alle Angeklagten ihn nicht einen Augenblick lang verlassen haben. Es ist also vollständig unabweislich, daß die Richter entweder einen Unschuldigen

gen dieses Irrtums hat man geglaubt, daß ein Vater und eine Mutter, die ihren toten Sohn beweinen, diesen Sohn ermordeten; and deshalb hat man verurteilt.

1 Ein Zeuge hat behauptet, man habe gehört, wie Vater Calas seinen Sohn einige Wochen zuvor beschimpft habe. In welcher Beziehung können väterliche Drohungen mit einer Mordtat stehen? Marc-Antoine Calas verbrachte seine Zeit mit Ballspielen, mit Billard, im Fechtsaal; der Vater drohte ihm, wenn er sich nicht ändern würde. Beweisen diese angebrachte Zurechtweisung und vielleicht eine gewisse Heftigkeit das härteste und widernatürlichste Verbrechen?

verurteilt haben oder ihre Pflicht verletzten, da sie die Erde nicht von vier Ungeheuern reinigten, die des schrecklichsten Verbrechens schuldig sind.
Je mehr ich Euch liebe und schätze, meine Mutter, um so weniger vermeide ich die Ausdrücke. Das Übermaß an Schrecklichem, mit dem man Euch beladen hat, ist nur dazu gut, das Übermaß Eures Unglücks und Eurer Tugend hervorzuheben. Jetzt verlangen Sie den Tod oder die Rechtfertigung meines Vaters; ich schließe mich Ihnen an, und ich verlange wie Sie den Tod, wenn mein Vater schuldig ist.
Erreichen Sie zumindest, daß die Richter die Prozeßakten vorlegen: das ist alles, was ich wünsche, das ist alles, was alle wollen und das man nicht ablehnen kann. Alle Nationen, alle Religionen nehmen daran Anteil. Die Gerechtigkeit wird mit einer Binde vor den Augen gemalt, aber muß sie stumm sein? Warum, wenn Europa Rechenschaft verlangt über ein Urteil, beeilt man sich nicht, sie zu geben?
Es ist wegen der Öffentlichkeit, daß die Verbrecher der Bestrafung überführt werden: die Anschuldigungen, wegen deren man sie bestraft, müssen also öffentlich sein. Man kann nicht mehr länger im verborgenen halten, was im Licht der Öffentlichkeit erscheinen muß. Wenn man eine gewisse Vorstellung von den Tyrannen der Antike geben will, sagt man, daß sie mutwillig über Menschenleben entschieden. Die Toulouser Richter sind keineswegs Tyrannen, sie sind Gesetzesdiener, sie urteilen im Namen eines gerechten Königs; wenn sie sich getäuscht haben, so deshalb, weil sie Menschen sind. Sie können dies erkennen und ihrerseits Eure Anwälte beim Thron werden.
Wendet Euch also mit Vertrauen an den Kanzler,[1] an die

1 Monseigneur werden sich zweifellos an diese Äußerungen seines Vorgängers anläßlich der siebzehnten Gerichtseröffnung erinnern: »Wer könnte glauben, daß ein erster Eindruck in bestimmten Momenten über Leben und Tod entscheidet? Ein verhängnisvolles Zusammentreffen von Umständen, von dem man sagen muß, das Schicksal habe sie versammelt, um einen

Staatsräte. Ihr seid schüchtern, Ihr habt Angst vor dem Reden; aber Eure Angelegenheit wird reden. Glaubt überhaupt nicht, daß man am Hof so unempfindlich, so hart, so ungerecht ist, wie unverschämte Rechthaber schreiben, denen die Menschen aus allen Ständen gleichermaßen unbekannt sind. Der König spricht recht: das ist der Grund seiner Herrschaft; sein Staatsrat hat überhaupt kein Interesse daran, daß diese Gerechtigkeit sich nicht durchsetzt. Glaubt mir, in den Herzen dort gibt es Mitleid sowie Recht und Billigkeit: die ungestümen Leidenschaften und die Vorurteile ersticken in uns häufig diese Gefühle, und der Staatsrat hat in dieser Angelegenheit gewiß weder Leidenschaft noch Vorurteil, die seine Einsichten schwächen.
Was also wird geschehen? Wird der Kriminalprozeß dem Publikum unterbreitet? Dann wird man sehen, ob der widersprüchliche Bericht eines Wundarztes[1] und einige leicht-

Unglücklichen zugrunde gehen zu lassen, eine Menge stummer und deshalb um so gefährlicherer Zeugen scheinen gegen die Unschuld auszusagen; der Richter ist schnell bei der Sache, seine Empörung feuert ihn an, und sein Eifer reißt ihn mit sich. Weniger Richter als Ankläger, erkennt er nicht mehr, was zur Verurteilung beiträgt, und er opfert menschlichen Vorstellungen denjenigen, den er gerettet hätte, wenn er nur die vom Gesetz anerkannten Beweise zugelassen hätte. Ein unerwartetes Ereignis läßt zuweilen in der Folge die unter dem Gewicht der Vermutungen niedergedrückte Unschuld hervortreten und widerlegt diese trügerischen Hinweise, deren falsches Licht den Geist des Magistrats geblendet hat. Die Wahrheit tritt aus dem Ungefähren der Wahrscheinlichkeit hervor; aber sie tritt zu spät hervor: das Blut des Unschuldigen verlangt Genugtuung angesichts der Voreingenommenheit seines Richters, und der Magistrat ist dazu verdammt, sein ganzes Leben lang ein Unglück zu beklagen, das seine Reue nicht mehr wiedergutmachen kann.«

1 Sehr schlechte Mediziner haben behauptet, es sei nicht möglich, daß Marc-Antoine sich erhängt habe. Indes, nichts ist so möglich wie eben das: was nicht möglich ist, das ist, daß ein Greis, unten in seinem Haus, einen starken jungen Mann erhängt, während dieser Greis oben war.
Nachbemerkung: Der Vater wollte, nachdem er an dem Platz angekommen war, an dem sein Sohn hing, die Schur durchtrennen; sie hat von sich aus nachgegeben; er glaubte, sie durchtrennt zu haben: er irrte sich in die-

fertige Irrtümer die Oberhand behalten über die offensichtlichsten Beweise, die jemals für eine Unschuld sprachen. Dann wird man die Richter bedauern, die in einer derart wichtigen Angelegenheit nicht mit eigenen Augen betrachtet und sich auf unwissende Berichte gestützt haben; danach werden die Richter[1] ihre Stimme mit der unseren ver-

sem unwichtigen Sachverhalt vor den Richtern, die ihn für schuldig hielten.

Man berichtet auch, daß dieser Vater, geschunden und außerhalb seiner selbst, in seinem Verhör gesagt hätte: »Alle Eingeladenen gingen, nach der Aufhebung des Tisches, in dasselbe Zimmer.« Pierre entgegnete ihm: »Aber, mein Vater, vergeßt Ihr nicht, daß mein Bruder Marc-Antoine vor uns wegging, die Treppe hinunter?« – »Sie haben recht«, erwiderte der Vater. – »Sie richten sich selbst, Sie sind schuldig«, sagten die Richter. Wenn diese Begebenheit wahr ist, von was hängt das Leben der Menschen ab?

1 Man halte Hinweis gegen Hinweis, Erklärung gegen Erklärung. Vermutung gegen Vermutung; und die Advokaten, die die Sache der Angeklagten verteidigt haben, sind bereit, die Unschuld desjenigen klar zutage treten zu lassen, der geopfert wurde. Wenn es sich nur um eine Überzeugung handelt, dann beziehe man sich auf das ganze Europa; wenn es sich um eine juristische Untersuchung handelt, beziehe man sich auf alle Magistrate, selbst die in Toulouse, denen es im Lauf der Zeit eine Ehre und eine Verpflichtung sein wird, ein Unglück wiedergutzumachen, wenn dies möglich ist, das viele unter ihnen gegenwärtig in Schrecken versetzt. Sie sollen in sich selbst hinabsteigen, um zu sehen, durch welche Überlegungen sie sich haben leiten lassen. Haben sie nicht gesagt: Marc-Antoine Calas hat sich nicht selbst erhängen können: also haben ihn andere erhängt; er hat mit seiner Familie und mit Lavaisse zu Abend gegessen: also ist er von seiner Familie und von Lavaisse erwürgt worden; man hat ihn, erzählt man, ein oder zwei Mal in einer Kirche gesehen: also hat ihn seine protestantische Familie aus religiösen Prinzipien erwürgt. So sehen ihre Vermutungen aus, die sie entschuldigen.

Aber jetzt sagen sich die Richter: Marc-Antoine hat durchaus sein Leben aufgeben können; es ist physisch unmöglich, daß sein Vater allein ihn erdrosselt hat: also durfte sein Vater nicht allein zugrunde gehen; es ist erwiesen, daß seine Mutter, sein Sohn Pierre, Lavaisse und die Dienerin, die mit dem Vater hätten schuldig sein können, alle unschuldig sind, da wir sie freigelassen haben: also ist bewiesen, daß der Vater Calas, der sie nicht einen einzigen Augenblick verlassen hat, ebenso unschuldig ist wie sie.

Es ist bekannt, daß Marc-Antoine Calas seinem Glauben nicht abschwö-

einen. Werden sie es ablehnen, die Wahrheit aus ihren Archiven zu holen? Dann wird sich diese Wahrheit mit noch größerer Kraft erheben.

Fahrt also, meine Mutter, in Eurem Unternehmen fort; setzen wir dorthinein unser Glück: wir sind Kinder ohne Brot, aber alle haben wir eine Ehre, und sie ziehen wir wie Sie dem Leben vor. Ich werfe mich Euch zu Füßen, ich wasche sie mit meinen Tränen; ich bitte Euch um Euren Segen mit einer Ehrfurcht, die Euer Unglück vergrößert.

Donat Calas.

An Ihre Gnaden, den Kanzler

Châtelaine, 7. Juli 1762.

Ihre Gnaden,

Wenn es einem Untertan erlaubt ist, den König anzuflehen, wenn es einem Sohn, einem Bruder erlaubt ist, Fürsprache für seinen Vater, für seine Mutter und für meinen Bruder zu halten, so werfe ich mich voller Vertrauen zu Euren Füßen.

Meine ganze Familie und der Sohn eines berühmten Anwalts namens Lavaisse wurden angeklagt, aus religiösen Gründen in Toulouse einen meiner Brüder erwürgt und aufgehängt zu haben. Das Parlament hat meinen Vater zum Sterben durch das Rad verurteilt. Es war ein Greis von

ren wollte: also ist es unmöglich, daß sein Vater ihn im Eifer des Fanatismus umbrachte. Wir haben keinen Augenzeugen, und es kann dafür auch keinen geben. Es existieren nur Berichte nach dem Hörensagen; aber diese eitlen Berichte können keineswegs weder die Erklärung von Calas auf dem Rad aufwiegen noch die erwiesene Unschuld der anderen Angeklagten: also war der von uns auf dem Rad zu Tode Gebrachte unschuldig: also müssen wir trauern wegen des von uns erlassenen Urteils; und dies ist nicht das erste Beispiel einer derart angemessenen und noblen Reue.

68 Jahren, dessen Beine, wie ich weiß, Beschwerde bereiteten. Ihre Gnaden begreifen, daß es unmöglich ist, daß er allein einen zehnmal kräftigeren jungen Mann von 28 Jahren erhängt hat. Er hat vor Gott seine Unschuld bezeugt, als er sein Leben aushauchte. Durch die Prozeßakten ist belegt, daß mein Vater nicht einen Augenblick den Rest seiner Familie verlassen hat, noch Monsieur Lavaisse, in der Zeit, in der man ihm unterstellt, den Mord begangen zu haben.

Mein Bruder Pierre Calas, angeklagt wie mein Vater, wurde verbannt: was zuviel ist, falls er unschuldig ist, viel zuwenig, wenn er schuldig ist. Trotz seiner Verbannung hat man ihn in Toulouse in ein Kloster getan.

Meine Mutter, ohne jeglichen Rückhalt außer ihrer Unschuld, und die in dieser Angelegenheit ihren gesamten Besitz verloren hat, findet noch niemanden, der sie Ihnen vorstellt. Ich wage es, Ihr Gnaden, in ihrem Namen und in meinem zu reden: man versichert mir, daß die angefügten Nachrichten auf Ihren Geist und Ihr Herz Eindruck machen werden, wenn Sie sie zu lesen geruhen.

Zum beklagenswertesten Zustand verdammt, bitte ich um nichts anderes, als daß die Wahrheit hervortritt. Alle, die in ganz Europa von diesem schrecklichen Geschehen haben reden hören, unterstützen mit ihrer Stimme die meine. Solange das Parlament von Toulouse, das mir meinen Vater und meinen Besitz entrissen hat, nicht die Gründe für ein solches Unglück offenlegt, wird man zu Recht glauben, daß es sich getäuscht hat und daß bloßer parteiischer Geist infolge der Verleumdungen bei den redlichsten Richtern obsiegt hat. Ich werde vor allem das Recht haben, erneut das unschuldige Blut meines unglücklichen Vaters zu verlangen.

Mein Besitz, den ich vollständig verloren habe, ist kein Gegenstand, um den ich klage; ich erbitte von Eurer Justiz und der des Staatsrats des Königs nichts weiter, als daß das Verfahren, das mir meinen Vater, meine Mutter, meinen Bru-

der, mein Vaterland entrissen hat, Euch zumindest mitgeteilt wird.
Ich verbleibe, mit der größten Hochachtung etc.

Donat Calas.

Bittschrift an den König und den Staatsrat

Châtelaine, 7. Juli 1762.

Donat Calas, Sohn von Jean Calas, Händler aus Toulouse, und von Anne-Rose Cabibel, trägt ergebenst vor:
Daß am 13. Oktober 1761 sein älterer Bruder Marc-Antoine Calas gegen 10 Uhr am Abend, nach dem Abendessen, im Haus seines Vaters tot aufgefunden wurde;
Daß das gemeine Volk, angefacht durch einige Feinde der Familie, glaubt, daß der Tote von seiner eigenen Familie erdrosselt wurde aus Haß auf die katholische Religion;
Daß der Vater, die Mutter und einer der Brüder des Vortragenden sowie der Sohn eines Advokaten, Gobert Lavaisse mit Namen, 28 Jahre alt, in Ketten gelegt wurden;
Daß bewiesen wurde, daß keiner der Angeklagten während der Zeit, in der ihnen unterstellt wird, diesen Mord begangen zu haben, auch nicht einen einzigen Augenblick sich von den anderen getrennt hat;
Daß Jean Calas, Vater des Klägers, zum Tode auf dem Rad verurteilt worden ist und daß er im Sterben seine Unschuld beteuert hat;
Daß alle anderen Angeklagten freigelassen wurden;
Daß es physisch unmöglich ist, daß Jean Calas, der 68jährige Vater, allein seinen 28jährigen Sohn aufhängen konnte, der zu den kräftigsten Männern der Gegend zählte;
Daß kein einziger der trügerischen Beweise, aufgrund deren er verurteilt wurde, diese physische Unmöglichkeit wettmachen kann;

Daß Pierre Calas, Bruder des Vortragenden, ebenso wie sein Vater des Mordes angeklagt, zur Verbannung verurteilt worden ist; was offensichtlich zuviel ist, wenn er unschuldig ist, und viel zuwenig, wenn er schuldig ist;
Daß man ihn durch das eine Stadttor herausgebracht, durch ein anderes hereingebracht hat;
Daß man ihn in ein Jakobinerkloster gesteckt hat;
Daß alle Besitztümer der Familie aufgelöst wurden;
Daß der Vortragende, der damals abwesend war, zum äußersten Elend verurteilt ist;
Daß dieses schreckliche Vorkommnis, von beiden Seiten, die Auswirkung des schrecklichsten Fanatismus ist;
Daß es von größter Wichtigkeit ist, daß Seine Majestät sich darüber Rechenschaft ablegen läßt;
Daß besagter Vortragender um keine andere Sache bittet außer der, daß Seine Majestät sich die Prozeßakten vortragen läßt, aufgrund deren, obwohl alle Angeklagten entweder gleichermaßen schuldig oder gleichermaßen unschuldig waren, man meinen Vater gerädert, den Sohn verbannt und zurückgerufen, die Mutter zugrunde gerichtet, Lavaisse vom Gerichtshof entfernt hat; und wie man so widersprüchliche Urteile fällen kann.
Donat Calas beschränkt sich darauf, darum zu bitten, daß die Wahrheit bekannt wird; und, wenn sie es sein wird, bittet er um Gerechtigkeit.

Memorandum von Donat Calas für seinen Vater, seine Mutter und seinen Bruder

Ich gestehe gleich zu Beginn, daß unsere ganze Familie in einer Religion entstanden ist, die nicht die herrschende ist. Man weiß, wie schwer es der Redlichkeit fällt, dies zu ändern. Mein Vater und meine Mutter haben die Religion ihrer

Vorfahren übernommen. Man hat uns vielleicht getäuscht, als man uns gesagt hat, daß diese Religion diejenige ist, zu der sich früher Frankreich, Deutschland und England bekannt haben, als das von Karl dem Großen in Frankfurt einberufene Konzil die Bilderverehrung verbot, als Ratram zur Zeit Karls des Kahlen an hundert Stellen seines Buches schrieb, indem er Jesus Christus sagen ließ: »Glaubt nicht, daß ihr körperlich meinen Leib eßt und mein Blut trinkt«; als man in den meisten der Kirchen diese in vielen Bibliotheken aufbewahrte Predigt erzählte: »Wir empfangen den Leib und das Blut von Jesus Christus nicht körperlich, sondern geistig.«

Nachdem man sich, so hat man mir gesagt, erhabenere Vorstellungen über dieses Mysterium gemacht hatte; nachdem man glaubte, die Wirtschaft der Kirche ändern zu müssen, änderten mehrere Bischöfe überhaupt nichts: vor allem Claudius von Turin behielt die Glaubenslehren und den Kult bei, wie er in Frankfurt angenommen worden war und von denen er glaubte, sie seinen diejenigen der Urkirche; er hatte immer eine diesen Kult befolgende Gemeinde. Die große Zahl überwog und verteilte an unsere Vorfahren großzügig Namen wie Manichäer, Bulgaren, Patarener, Lollarden, Waldenser, Albigenser, Hugenotten, Kalvinisten.

So sind die von mir während der Prüfung, die meine Jugend mir hat erlauben können, erworbenen Vorstellungen: ich führe sie hier nicht an, um eine eitle Gelehrsamkeit auszubreiten, sondern um mich zu bemühen, den Haß im Geist unserer katholischen Brüder abzumildern, der sie gegen ihre Brüder vorgehen läßt; meine Kenntnisse mögen fehlerhaft sein, aber meine Aufrichtigkeit ist keineswegs schuldhaft.

Wir haben große Fehler begangen, wie alle anderen Menschen auch: wir haben das Wüten der Guisen nachgeahmt; aber wir haben uns geschlagen für Henri IV, der Louis XV so wertvoll war. Die von unverständigen Bauern in den Cevennen begangenen Schreckenstaten, die durch die Zügel-

losigkeit der Dragoner ins Leben gerufen wurde, sind ins Vergessen geraten, genauso wie die Schreckenstaten der Fronde. Wir sind die Kinder von Louis XV ebenso wie seine anderen Untertanen; wir verehren ihn; wir lieben in ihm unseren gemeinsamen Vater; wir befolgen alle seine Gesetze; wir zahlen mit Freuden die für Fortführung seines gerechten Krieges notwendigen Steuern; wir achten den französischen Klerus, für den es eine Ehre ist, wie wir seiner königlichen und väterlichen Autorität unterworfen zu sein; wir ehren die Parlamente; wir betrachten sie als die Verteidiger von Thron und Staat gegen ultramontanistische Umtriebe. In diesen Überzeugungen bin ich erzogen worden, und genauso denkt jeder unter uns, der lesen und schreiben kann. Wenn wir um eine Gnade zu bitten haben, erwarten wir sie schweigend durch die Güte des besten der Könige.
Es steht einem jungen Mann, einem Unseligen, nicht zu, zu entscheiden, welche der beiden Religionen die dem Höchsten Wesen angemessenste ist; alles, was ich weiß, ist, daß in ihrem innersten Gehalt die Religion bei allen wohlmeinenden Menschen sich ähnelt: daß alle gleichermaßen Gott, ihr Vaterland und ihren König lieben.
Das schreckliche Geschehen, über das ich berichten werde, wird die Gerechtigkeit dieses wohltätigen Königs und seines Conseils bewegen können, die Barmherzigkeit des Klerus, der uns bedauert, weil er uns im Irrtum glaubt, ja selbst das allgemeine Mitgefühl des Parlaments, das uns in das abscheulichste Unheil gestürzt hat, in das eine ehrenhafte Familie sich verstricken kann.
Wir sind gegenwärtig fünf verwaiste Kinder: denn unser Vater ist umgekommen durch die größte aller Marter und unsere Mutter bemüht sich, entfernt von uns, ohne Hilfe und ohne Unterstützung, um die dem Andenken meines Vaters geschuldete Gerechtigkeit. Unser Anliegen ist das aller Familien; es ist dasjenige der Natur: es betrifft den Staat, die Religion und die benachbarten Nationen.

Mein Vater, Jean Calas, war ein in Toulouse seit 40 Jahren ansässiger Händler. Meine Mutter ist Engländerin; aber sie stammt, durch ihre Großmutter, aus dem Hause La Garde-Montesquieu und zählt zum alten Adel des Languedoc. Alle beiden haben ihre Kinder liebevoll erzogen; niemals hat irgendeiner von uns unter Schlägen oder schlechter Laune zu leiden gehabt: es hat vielleicht niemals bessere Eltern gegeben. Falls es nötig sein sollte, meinem Zeugnis fremde Zeugnisse anzufügen, werde ich mehrere vorlegen.[1]
All jene, die mit uns gelebt haben, wissen, daß unser Vater uns niemals zur Wahl einer Religion gedrängt hat: er hat sich dabei immer auf Gott und unser Gewissen berufen. Er war so weit entfernt von jenem starrsinnigen Eifer, der die Geister verwirrt, daß er in seinem Haus immer eine katholische Dienerin hatte.
Diese sehr fromme Dienerin trug zum Glaubenswechsel meines Bruders Louis bei; sie blieb nach diesem Geschehen bei uns; man machte ihr keine Vorwürfe. Es gibt überhaupt keinen stärkeren Beweis für die Herzensgüte meiner Eltern. Mein Vater erklärte im Beisein seines Sohnes Louis vor Monsieur de Lamotte, Berater des Parlaments, daß »unter der Voraussetzung, daß der Glaubenswandel seines Sohnes aufrichtig war, er dies nicht mißbilligen konnte, weil das Bedrängen des Gewissens nur Heuchelei bewirkt«. Das waren seine eigenen Worte, die mein Bruder Louis in einer öffentlichen Erklärung zur Zeit unseres Unglücks bezeugt hat.

1 Ich bezeuge vor Gott, daß ich vier Jahre lang in Toulouse im Haus von Monsieur und Madame Calas gewohnt habe; niemals habe ich eine trautere Familie erlebt oder gar einen sanfteren Vater, der, innerhalb der vier Jahre, niemals wütend geworden ist; daß ich, wenn ich ein Gefühl von Ehre, Rechtschaffenheit und Zurückhaltung besitze, dies der Erziehung verdanke, die ich bei ihnen erhalten habe.

Genf, 1. Juli 1762

Gezeichnet: J. Calvet, Kassierer der Post der Schweiz, Deutschlands und Italiens.

Mein Vater seinerseits zahlte ihm 400 Livres, und niemals hat irgendeiner von uns ihm den geringsten Vorwurf wegen seines Wandels gemacht. So waren die Gefühle der Milde und der Einheit, die mein Vater und meine Mutter in der Familie durchgesetzt hatten. Gott segne sie; wir verfügten über ein ehrliches Auskommen; wir hatten Freunde; und vierzig Jahre lang hatte unsere Familie in Toulouse weder einen Prozeß noch Auseinandersetzungen mit irgend jemandem. Vielleicht stachelten einige Händler, die eifersüchtig auf das Gedeihen eines Kaufhauses waren, das zu einer anderen Religion gehörte, die Leute gegen uns auf; aber unsere ständige Zurückhaltung schien ihren Haß besänftigen zu können.

Hier nun, wie wir von diesem glücklichen Zustand in das schrecklichste Mißgeschick geraten sind. Unser ältester Bruder, Marc-Antoine Calas, der Ursprung all unseres Unglücks, besaß einen düsteren und melancholischen Charakter; er hatte einige Begabung, aber es gelang ihm nicht, seine Zulassung als Anwalt zu erlangen, weil er katholische Dokumente hätte vorlegen oder Bescheinigungen erwerben müssen; er konnte kein Händler sein, denn dazu war er nicht geeignet; da er sich auf allen Wegen des Vorankommens zurückgestoßen fühlte, überließ er sich tiefstem Schmerz. Ich sah ihn häufig beim Lesen von Auszügen verschiedenster Autoren über den Selbstmord, mal von Plutarch oder Seneca, mal von Montaigne: Er kannte die gereimte Übersetzung des in England so bekannten, berühmten Hamlet-Monologs und Passagen einer französischen Tragikomödie mit dem Titel *Sidney*. Ich glaubte nicht, daß er eines Tages derartig traurige Lektionen in die Tat umsetzen würde.

Eines Tages schließlich, es war der 13. Oktober 1761 (ich war nicht dabei; aber man wird mir wohl glauben, daß ich genauestens unterrichtet bin); an diesem Tag, meine ich, wollte ein aus Bordeaux angereister Sohn seinen Vater, Monsieur Lavaisse, einen berühmten Toulouser Anwalt, aufsuchen, der sich auf dem Lande aufhielt; er bemühte sich überall um Pferde, fand aber keine: zufällig trafen ihn mein Vater und mein Bruder Marc-Antoine, sein Freund, und luden ihn zum Abendessen; um 7 Uhr saß man am Tisch, wie es in unserer ordentlichen und beschäftigten Familie der Brauch ist, die den Tag früh beendet, um vor Sonnenaufgang aufzustehen. Der Vater, die Mutter, die Kinder, ihr Freund nahmen ein bescheidenes Mal im ersten Stock ein. Die Küche befand sich neben dem Speisezimmer; besagte katholische Dienerin servierte das Essen, hörte und sah alles. Ich kann hier nur wiederholen, was meine unglückliche und aufrichtige Mutter mir berichtet hat. Mein Bruder Marc-Antoine erhebt sich ein wenig früher vom Tisch als die anderen; er geht in die Küche; die Dienerin sagt zu ihm: »Gehen Sie näher ans Feuer.« »Oh, ich brenne«, antwortet er. Nachdem er diese Worte von sich gegeben hat, die alles zu Genüge sagen, geht er nach unten, Richtung Laden, traurig und tief in Gedanken versunken. Meine Familie, unterhält sich, gemeinsam mit dem jungen Lavaisse, ganz ruhig bis Viertel vor zehn, ohne daß irgendeiner weggeht. Monsieur Lavaisse bricht auf; meine Mutter bittet ihren zweitältesten Sohn, eine Fackel zu nehmen und ihm hinunterzuleuchten. Sie gehen nach unten; aber welches Schauspiel bietet sich ihnen! Sie bemerken, daß die Tür zum Laden offensteht, die beiden Flügel aufgemacht, ein Stab, der dazu gebraucht wird, die Ballen zusammenzupressen und zu befestigen, oben über die beiden Flügel gelegt, eine Schnur mit einer Schlinge, und meinen unglücklichen Bruder aufgehängt, ohne Anzug, die Haare gefaltet, seine Kleidung gefaltet auf dem Ladentisch.

Bei diesem Anblick schreien sie: »O mein Gott! O mein Gott!« Sie gehen die Treppe nach oben; sie rufen den Vater; die Mutter folgt zitternd: sie halten sie auf, flehen sie an, nicht weiterzugehen: Sie eilen zum Chirurgen, zu den Polizisten. Die erschütterte Mutter geht, mit der Dienerin, nach

unten; die Klagen und Schreie werden immer stärker: was tun? Soll man dem Körper des eigenen Sohnes keine Hilfe zukommen lassen? Der Vater umarmt seinen toten Sohn; die Schnur gibt schon bei der ersten Berührung nach, da die Enden des Stocks ungehindert über die Flügel rollten und weil der vom Vater hochgehobene Körper sich nicht mehr an diesem Holzblock befestigen ließ. Die Mutter will Ihrem Sohn alkoholische Getränke einflößen; die Dienerin vervielfacht ihre vergeblichen Hilferufe; mein Bruder war tot. Mit den Schreien und Klagen meiner Eltern fand sich immer mehr Pöbel um das Haus ein: ich weiß nicht, welcher Fanatiker sich als erster ausdachte, daß mein Bruder ein Märtyrer sei; daß seine Familie ihn erwürgt habe, um seinem Abschwören zuvorzukommen. Ein anderer fügt an, daß dieses Abschwören am nächsten Tag stattfinden sollte. Ein dritter sagt, daß die protestantische Religion den Vätern und Müttern befiehlt, ihre Kinder zu erdrosseln oder zu erwürgen, wenn sie katholisch werden wollen. Ein vierter sagt, nichts sei wahrer als dies; daß die Protestanten, in ihrer letzten Zusammenkunft, einen Henker für ihre Sekte benannt haben; daß der junge Lavaisse, im Alter zwischen 19 und 20, der Henker ist; daß dieser junge Mann, die Unschuld und Sanftmut selbst, eigens aus Bordeaux nach Toulouse gekommen ist, um seinen Freund zu hängen. So ist das Volk! So sieht ein zu genaues Bild seiner Maßlosigkeit aus!
Diese Gerüchte flogen von Mund zu Mund. Diejenigen, die die Schreie meines Bruders Pierre und von Monsieur Lavaisse sowie die Wehklagen meines Vaters und meiner Mutter um Viertel vor zehn Uhr gehört hatten, ließen nicht davon ab, zu behaupten, daß sie die Schreie meines erwürgten Bruders gehört hätten, der schon zwei Stunden vorher tot war.
Um das Unglück vollständig zu machen, trifft der Magistratsbeamte, angelockt vom Geschrei, am Platz mit seinen Assessoren ein und läßt den Leichnam zum Stadthaus brin-

gen. Das Protokoll wird im Stadthaus aufgesetzt, statt an demselben Ort aufgezeichnet zu werden, an dem man den Toten gefunden hat, wie es, so hat man mir gesagt, das Gesetz vorschreibt.[1] Einige Zeugen haben gesagt, daß dieses im Stadthaus gefertigte Protokoll auf das Haus des Toten ausgestellt war; das wäre ein großer Beweis für die Abneigung, die meine Familie zugrunde gehen läßt. Aber von welcher Bedeutung ist es, daß der Richter in erster Instanz diesen Fehler begangen hat? Wir haben nicht die Absicht, irgend jemanden zu beschuldigen; es war nicht diese Unregelhaftigkeit, die uns zum Verhängnis wurde.
Diese ersten Richter schwankten nicht zwischen einem Selbstmord, der in dieser Gegend sehr selten ist, und einer furchtbaren Mordtat, die noch tausendmal seltener ist. Sie glaubten an die Mordtat; sie gründeten sie auf den behaupteten Religionswechsel, den der Tote machen wollte; und man soll seine Papiere, seine Bücher, genau auf Beweise für diesen Wechsel durchsehen; man findet dafür keinen.
Schließlich wird ein Arzt mit Namen Lamarque gerufen, um den Magen meines Bruders zu öffnen und um zu berichten, ob er Nahrungsmittelreste gefunden hat. Der Bericht besagt, daß die Nahrung vier Stunden vor seinem Tod aufgenommen wurde. Er irrte sich offensichtlich um mehr als zwei. Es ist klar, daß er sich hervortun wollte, indem er äußerte, welche Zeit es zur Verdauung braucht, daß die Verschiedenheit der Temperamente sie mehr oder weniger langsam macht. Dieser kleine Fehler eines Arztes, sollte er die Leiden meines Vaters einleiten? Über das Leben der Menschen entscheidet also schlechtes Nachdenken!
Es gab überhaupt keinen Beweis gegen meine Eltern, und es konnte auch keinen geben: man griff alsbald auf ein Monitorium zurück. Ich prüfe nicht, ob dieses Monitorium in Übereinstimmung mit den Bestimmungen ist; man unter-

1 Erlaß von 1760, Artikel 1, Ziffer IV.

stellt dort das Verbrechen, und man verlangte die Aufdekkung von Beweisen. Man nahm die Beauftragung von Lavaisse von Bordeaux aus an, der Henker zu sein, und man nahm an, die Versammlung, die Lavaisse zum Henker wählte, habe an genau dem Tag der Ankunft von Lavaisse stattgefunden, am 13. Oktober. Man stellte sich vor, daß man, wenn man jemanden aus religiösen Gründen erdrosselt, ihn sich hinknien läßt; und man fragte, ob man nicht den unglücklichen Marc-Antoine auf den Knien vor seinem Vater gesehen habe, als er ihn erdrosselte, während der Nacht, an einem Ort, an dem es kein Licht gab.

Man war sicher, daß mein Bruder als Katholik gestorben war, und man verlangte Beweise seiner Katholizität, obwohl es genau belegt war, daß mein Bruder die Religion überhaupt nicht gewechselt hatte und auch keinesfalls wechseln wollte. Man war vor allem überzeugt, daß eine Lehre aller Protestanten sei, den eigenen Sohn zu erwürgen, sobald sie den geringsten Verdacht haben, daß ihr Sohn katholisch werden will; und dieser Glaubenseifer wurde bis zu dem Punkt getrieben, daß die Kirche von Genf sich verpflichtet fühlte, eine Versicherung ihres Entsetzens über solche abscheulichen und widersinnigen Vorstellungen zu senden sowie die ihres Erstaunens, daß ein solcher Verdacht den Richtern jemals in den Sinn kommen konnte.

Bevor dieses Monitorium erlassen wurde, erhob sich eine Stimme aus dem Volk, die sagte, mein Bruder Marc-Antoine wollte am nächsten Tag der Bruderschaft der Büßermönche beitreten: daher ordneten die Magistrate an, daß man meinen Bruder pompös auf dem Gebiet der Kirche Saint-Étienne begrabe. Vierzig Priester und alle Büßermönche sollten den Zug begleiten.[1]

1 Es gibt in Toulouse vier Bruderschaften von Büßermönchen, die weißen, die blauen, die grauen, die schwarzen; sie tragen eine lange Kutte mit einer Maske in derselben Farbe, in die zwei Löcher für die Augen gebohrt sind.

Vier Tage später hielten die Büßermönche eine stille Messe für ihn in ihrer Kapelle; die Kirche war weiß ausgekleidet; in der Mitte hatte man einen Katafalk errichtet, auf dem man ein menschliches Skelett sah, das ein Arzt bereitgestellt hatte: dieses Skelett trug in der einen Hand ein Blatt Papier, auf dem man die Worte lesen konnte: der Ketzerei abschwören; und in der anderen einen Palmzweig, das Symbol seines Martyriums.

Am nächsten Tag hielten die Franziskaner eine ähnliche Messe für ihn. Man kann sich denken, wie ein solches Aufsehen alle Geister in Aufregung versetzt; die Büßermönche und die Franziskaner schrieben, ohne es zu wissen, den Tod meines Vaters vor.

Die Mitglieder des Parlaments beschäftigten sich bald mit dieser Angelegenheit. Sie erklärten zunächst das Vorgehen der Magistratsbeamten für nichtig, das, da fehlerhaft in all seinen Formen, nicht beibehalten werden konnte; aber die Voreingenommenheit bestand weiterhin mit voller Gewalt. Aber die Eiferer wollten eine Aussage ablegen; der eine hatte in der Dunkelheit, durch das Schlüsselloch der Haustür, Menschen gesehen, die rannten; der andere hatte, im Keller eines entfernten Hauses am anderen Ende der Straße, die Stimme von Calas gehört, der sich darüber beklagte, erwürgt worden zu sein.

Ein Maler namens Matei sagt, daß seine Frau ihm gesagt hatte, daß ein gewisser Mandrille ihr gesagt hat, daß eine Unbekannte ihm gesagt hat, sie habe die Schreie von Marc-Antoine Calas am anderen Ende der Stadt gehört.

Aber für alle Angeklagten, meinen Vater, meine Mutter, meinen Bruder Pierre, den jungen Lavaisse und die Dienerin gilt, sie waren einstimmig einer Meinung über alle wesentlichen Punkte: jeder in Ketten gelegt, jeder einzeln befragt, bestätigten sie die Wahrheit, ohne sie jemals abzuwandeln bei der Aufnahme des Protokolls noch bei der Gegenüberstellung.

Ihr tödliches Durcheinander konnte freilich ihre Erinnerung über einige kleine Umstände ins Wanken geraten lassen, die sie nur durch von Tränen verwirrte und vernebelte Augen wahrnehmen konnten; doch keiner von ihnen zögerte nicht einen Moment über all das, das ihre Unschuld festlegen konnte. Die Schreie der Menge, die unwissenden Ausführungen des Arztes Lamarque, Ohrenzeugen, die zunächst die widersinnigsten Anschuldigungen in die Welt gesetzt hatten und sie danach nicht zurückziehen wollten, gewannen die Überhand über die offensichtlichste Wahrheit.

Den Juristen lagen, einerseits, leichtfertige Aussagen vor; andererseits die bewiesene Unmöglichkeit, daß mein 68 Jahre alter Vater allein einen jungen, vierundzwanzigjährigen und viel stärkeren Mann hätte aufhängen können, worauf man schon andernorts verwiesen hat; sie stimmten zwar darin überein, daß dieses Verbrechen schwer zu begehen sei, behaupteten aber, daß es noch viel schwieriger sei, daß mein Bruder Marc-Antoine Calas selbst sein Leben beendet habe.

Vergebens bezeugten Lavaisse und die Dienerin die Unschuld meines Vaters, meiner Mutter und meines Bruders Pierre; Lavaisse und die Dienerin wurden ihrerseits angeklagt; die Hilfe dieser notwendigen Zeugen wurde uns gegen den Geist aller Gesetze entzogen.

Es ist eindeutig, und jedermann stimmt damit überein, daß Marc-Antoine Calas, wenn er ermordet wurde, von der gesamten Familie ermordet wurde, und von Lavisse wie von der Dienerin, daß sie entweder alle unschuldig oder alle schuldig sind, da erwiesen wurde, daß auch nicht einer von ihnen weder während des Abendessens noch nach dem Abendessen nur einen Moment lang allein war.

Mir ist nicht bekannt, aufgrund welcher Umstände die Richter meinen Vater eines Verbrechens für schuldig glaubten und warum der Anschein über die wirkliche Lage siegte.

Man hat mir versichert, daß mehrere unter ihnen lange Zeit die Unschuld meines Vaters vertraten, schließlich aber der Mehrzahl nachgaben. Diese Mehrzahl glaubte, daß meine ganze Familie und der junge Lavaisse gleichermaßen schuldig waren. Es ist gewiß, daß sie meinen unglücklichen Vater zum Rädern verurteilten, weil sie in der Vorstellung befangen waren, er werde die Qualen nicht ertragen und er werde im Grauen der Strafe die angeblichen Mittäter gestehen.

Ich habe es schon gesagt, und ich kann es nicht oft genug wiederholen, sie waren überrascht, zu sehen, daß er, als er starb, Gott, vor dem er erscheinen werde, als Zeugen für seine Unschuld nahm. Wenn die öffentlichen Stimmen mich nicht getäuscht haben, haben die beiden Dominikaner mit Namen Bourges und Caldaguès, die man ihm beigegeben hat, um ihm in diesen grausamen Momenten beizustehen, Zeugnis darüber abgelegt, wie er sich in sein Schicksal fügte; sie erlebten, wie er seinen Richtern vergab und sie bemitleidete; sie wünschten, eines Tages mit so anrührendem Erbarmen zu sterben.

Die Richter waren sehr bald darauf verpflichtet, meine Mutter, den jungen Lavisse und die Dienerin freizulassen; sie verbannten meinen Bruder Pierre aus der Stadt; und ich habe immer, wie die öffentliche Meinung, gesagt: Warum ihn verbannen, wenn er unschuldig ist, und warum ihn nur verbannen, wenn er schuldig ist?

Ich habe immer gefragt, warum man ihn, nachdem man ihn durch das eine Tor aus der Stadt herausgeführt hat, ihn auf der Stelle durch ein anderes zurückkehren ließ oder zurückgebracht hat; warum er drei Monate in einem Dominikanerkloster eingesperrt war. Wollte man ihn bekehren, statt ihn zu verbannen? Machte man seine Rückkehr vom Glaubenswandel abhängig? Bestrafte man, ließ man Gnade walten nach Willkür? Und war die entsetzliche Marter seines Vaters ein Mittel der Überzeugung?

Meine Mutter hatte nach diesem schrecklichen Unglück den Mut, auf ihr Heiratsgut und ihren Besitz zu verzichten; sie ist nach Paris gegangen ohne einen anderen Rückhalt als ihre Tugend, um die Gerechtigkeit des Königs zu erflehen: Sie wagt es, zu hoffen, daß der Conseil Seiner Majestät sich noch einmal mit dem Vorgehen, wie es in Toulouse stattfand, beschäftigt. Wer weiß, ob nicht die Richter, berührt durch das edelmütige Verhalten meiner Mutter, viel klarer die bereits anzunehmende Unschuld dessen erkennen, den sie verurteilt haben? Bemerken sie, daß eine hilflose Frau es sicher nicht wagen würde, die Wiederaufnahme eines Prozesses zu verlangen, wenn ihr Ehemann schuldig wäre? Hätte sie 200 Meilen hinter sich gebracht, um in den Tod zu gehen, den sie verdiente? Das gehört genausowenig zur menschlichen Natur wie das Verbrechen, dessen man meinen Vater beschuldigt hat. Denn, ich sage es erneut mit Schrecken, wenn mein Vater dieses grauenvollen Verbrechens schuldig gewesen ist, sind meine Mutter und mein Bruder Pierre Calas es auch; Lavaisse und die Dienerin sind, ohne Zweifel, am Verbrechen beteiligt. Hätte meine Mutter diese Reise auf sich genommen, um sie alle der Folter auszusetzen, und sich selbst auch?

Ich erkläre, daß ich wie sie denke, daß ich, wie sie, bereit bin zu sterben, wenn mein Vater gegen Gott, die Natur, den Staat und die Religion das Verbrechen begangen hat, das man ihm unterstellt.

Ich schließe mich also durch diesen, ob rechtmäßig oder nicht, aber öffentlichen Akt meiner tugendhaften Mutter an. Die Advokaten, die ihre Verteidigung übernehmen, können die Ungültigkeit des Verfahrens zutage bringen: ihnen kommt es zu, zu zeigen, daß Lavaisse und die Dienerin, obwohl angeklagt, notwendige Zeugen waren, die unwiderlegbar zugunsten meines Vaters ausgesagt haben. Sie werden die Zwangslage hervorheben, in die sich die Richter gebracht haben durch die Annahme, daß ein Greis von 68 Jahren, dessen Beine, wie ich weiß, Beschwerden haben, allein den eigenen Sohn, den kräftigsten Menschen, erhängt hat, und die vollständige Unmöglichkeit einer solchen Verrichtung.

Sie werden abwägen zwischen einerseits dieser körperlichen Unmöglichkeit, den Gerüchten der Menge andererseits. Sie werden die Wahrscheinlichkeiten beurteilen; sie werden die Zeugnisse aufgrund von Hörensagen untersuchen.

Was werden sie zu all den von uns seit drei Monaten unternommenen Anstrengungen sagen, um in den Besitz der Schriftstücke zu kommen, und von der Ablehnung, auf die wir gestoßen sind! Wird es nicht den Unmut und das Mitleid der Öffentlichkeit und des Conseil erregen, wenn sie erfahren, daß ein Ankläger von uns, einer arm gewordenen Familie, 200 Louis d'or verlangt hat, um uns auf illegalem Wege diese Akten zukommen zu lassen?

Ich verlange von den Richtern keine Gnade, wenn ich meine Stimme gegen ihr Urteil erhebe; sie verzeihen mir ohne Zweifel wegen meiner Sohnesliebe; sie verachteten mich sehr, wenn ich ein anderes Verhalten an den Tag legte, und vielleicht benetzen einige unter ihnen mein Memoire mit ihren Tränen.

Dieses schreckliche Vorkommnis erregt die Neugier aller Religionen und aller Nationen; es ist für den Staat von Wichtigkeit, zu wissen, von welcher Seite der gefährlichste Glaubenseifer kommt. Ich erschauere, wenn ich daran denke, und mehr als ein empfindsamer Leser wird mit mir erschauern.

In meiner Verlassenheit, ohne jeden Rat, Beistand, Trost, erkläre ich gegenüber Monseigneur Le Chancelier und gegenüber dem gesamten Conseil d'État: diese Bittschrift, die ich Ihnen zu Füßen lege, ist außergesetzlich; aber machen Sie sie zu einer juristischen durch Eure Autorität und Eure Justiz. Haben Sie kein Mitleid mit meiner Familie, sondern lassen Sie die Wahrheit hervortreten. Möge das Parlament

von Toulouse den Mut haben, die Schriftstücke zu veröffentlichen: Europa verlangt nach ihnen, und wenn sie sie nicht herausgeben, wird man sehen, was Europa entscheidet.
Châtelaine, 22. Juli 1762

Gezeichnet: Donat Calas.

Erklärung von Pierre Calas

Als ich bei meinem Bruder Donat Calas eintraf, um mit ihm zu weinen, fand ich jene Denkschrift bei ihm, die er gerade zur Rechtfertigung unserer unglücklichen Familie fertiggestellt hatte. Ich schließe mich meiner Mutter und ihm an; ich bin bereit, die Wahrheit all dessen zu bezeugen, was er gerade geschrieben hat; ich bestätige all das, was meine Mutter gesagt hat und, mutiger geworden durch ihr Beispiel, verlange ich mit ihr, zu sterben, wenn mein Vater ein Verbrecher gewesen ist.
Ich bezeuge, und ich verspreche, juristisch folgendes zu bezeugen.
Der junge Gobert Lavaisse, zwischen 19 und 20 Jahre alt, ein junger Mann von größter Umgänglichkeit, von seinem Vater, einem berühmten Advokat, zur Tugend erzogen, war der Freund von Marc-Antoine, meinem Bruder; und dieser Bruder war ein Gelehrter, der studiert hatte, um Advokat zu werden. Lavaisse aß mit uns, am 13. Oktober 1761, zu Abend, wie bereits dargelegt wurde. Nach dem Essen bin ich kurze Zeit eingeschlafen bis zu dem Zeitpunkt, als Monsieur Lavaisse sich verabschieden wollte. Meine Mutter weckte mich und sagte mir, ich solle unserem Freund mit der Fackel den Weg erleuchten.
Man kann meine schreckliche Überraschung beurteilen, als ich meinen Bruder, ohne Anzug, an den beiden Flügeln

der Tür zum Laden hängen sah. Ich stieß grauenerregende Schreie aus; ich rief meinen Vater; er kommt außer sich nach unten; er schließt den unglücklichen Sohn in beide Arme, indem er den Stock und die Schnur, die ihn halten, in Bewegung versetzt; er lockert die Schnur am Hals dadurch, daß er den Knoten weitermacht; er zitterte, er weinte, er schrie während dieser traurigen Handlungen mir zu: »Geh um Gottes willen zum Wundarzt Camoire, unserem Nachbar, vielleicht ist mein armer Sohn noch nicht wirklich tot.«
Ich fliege zum Wundarzt; ich treffe nur Monsieur Gorse an, seinen Gehilfen, und ich nehme ihn mit. Mein Vater stand zwischen meiner Mutter und einem unserer Nachbarn mit Namen Delpech, Sohn eines katholischen Händlers, der wie sie weinte. Meine Mutter versuchte vergeblich, meinem Bruder weingeisthaltiges Wasser einzuflößen und rieb ihm die Schläfen. Der Wundarzt fühlte ihm den Puls und den Herzschlag; er stellte fest, daß er tot und schon kalt war; er nahm ihm sein Halsband aus schwarzem Taft ab; er sah den Abdruck einer Schnur und erklärte, daß er erwürgt worden sei.
Sein Hemd war nicht im geringsten zerknittert, seine Haare waren wie immer, und ich bemerkte seinen sorgfältig zusammengefalteten Anzug auf dem Ladentisch. Ich mache mich auf den Weg, in alle Richtungen um Rat zu bitten. Mein Vater sagt mir im Übermaß seines Leids: »Verbreite nicht die Kunde, daß dein Bruder sich selbst getötet hat; rette zumindest die Ehre deiner bedauernswerten Familie.« Ich eile, ganz außer mir, zu Monsieur Caseing, einem Freund des Hauses und Händler, der an der Börse wohnte; ich führe ihn zu uns nach Hause; er rät uns, sofort die Justizangestellten zu unterrichten. Ich fliege zu Monsieur Clausade, einem Magistratsangestellten; Lavaisse eilt zum Gerichtsschreiber der Capitoul, zum Assessor, Maître Monier. Ich kehre eilig zurück an die Seite meines Vaters, während Lavaisse und Clausade den Assessor aufwecken lassen, der

sich bereits schlafen gelegt hatte, und den Capitoul selbst benachrichtigen gingen.
Der Capitoul hatte sich bereits aufgrund der allgemeinen Unruhe zu uns nach Hause auf den Weg gemacht. Er kam mit vierzig Soldaten herein; ich war unten, um ihn zu empfangen; er befiehlt, daß man mich bewacht.
In genau diesem Augenblick kam der Assessor mit Messieurs Clausade und Lavaisse. Die Wächter wollten Lavaisse überhaupt nicht hereinlassen und stießen ihn zurück: nur durch den großen Lärm, den er machte, indem er darauf drang und sagte, er habe mit der Familie zu Abend gegessen, erreichte er, daß der Capitoul ihn eintreten ließ.
Wer auch nur die geringste Kenntnis des menschlichen Herzens besitzt, erkennt er nicht in all diesen Anstrengungen unsere Unschuld: wie konnte man sie beargwöhnen? Gibt es irgendein Beispiel in der Geschichte der Menschheit und der Verbrechen, für einen ähnlichen Mord, der ohne Plan, ohne eine Absicht, ohne einen Grund begangen wurde?
Der Capitoul hatte Monsieur Latour, Arzt, und Messieurs Lamarque und Perronet, Wundärzte, rufen lassen; sie untersuchten in meiner Gegenwart die Leiche, schauten nach blauen Flecken am Körper und fanden nichts. Die Schnur untersuchten sie nicht: sie erstatteten dem Capitoul einen geheimen, bloß mündlichen Bericht; danach brachte man uns alle ins Hôtel de Ville, also meinen Vater, meine Mutter, Monsieur Lavaisse, unseren Freund Monsieur Caseing, die Dienerin und mich. Man nahm den Leichnam und die Kleider auf und trug sie ebenfalls ins Hôtel de Ville.
Ich wollte im Korridor im Erdgeschoß eine Fackel angezündet lassen, um bei unserer Rückkehr eine Beleuchtung zu haben. So war meine Gewißheit und die meines Vaters, daß wir dachten, nur zum Hôtel de Ville gebracht zu werden, um die Wahrheit zu bezeugen, und so überzeugt waren wir, zurückzukommen und zu Hause zu schlafen; aber der Capitoul, der über meine Einfalt lächelte, ließ die Fak-

keln ausmachen und sagte, wir würden so bald nicht zurückkommen. Mein Vater und ich wurden in ein dunkles Verlies gesteckt; meine Mutter in ein erhelltes ebenso wie Lavaisse, Caseing und die Dienerin. Die Niederschriften des Capitoul und diejenige des Mediziners und der Wundärzte wurden am nächsten Tag im Hôtel de Ville erstellt. Caseing, der mit uns gar nicht zu Abend gegessen hatte, wurde kurz darauf freigelassen; all die anderen, wir wurden zur peinlichen Befragung verurteilt und am 18. November in Ketten gelegt. Wir legten dagegen beim Parlament Widerspruch ein, der den in mehreren Punkten unregulären Entscheid des Capitoul aufhob und seinerseits das weitere Vorgehen übernahm.

Man verhörte mich mehr als fünfzigmal: Man fragte mich, ob mein Bruder Marc-Antoine Katholik werden wollte: Ich antwortete, daß ich des Gegenteils sicher sei; aber als gebildeter Mensch und Musikliebhaber ging er zuweilen zu Predigern, die er für wortgewaltig hielt und zur Musik, wenn sie gut war: und was hätte es mir, lieber Gott!, ausgemacht, ob mein Bruder Marc-Antoine katholisch war oder reformiert? Und habe ich in geringerem Einverständnis mit meinem Bruder Louis gelebt, weil er zur Messe ging? Habe ich nicht mit ihm zu Mittag gegessen? Hatte ich nicht immer Umgang mit den Toulouser Katholiken? Hat sich jemals irgendeiner über meinen Vater und mich beklagt? Habe ich nicht durch den berühmten Hirtenbrief des Erzbischofs von Soissons gehört, daß man selbst die Türken wie seine Brüder behandeln soll: warum sollte ich meinen Bruder wie ein wildes Tier behandeln? Welche Vorstellung! Welche Verrücktheit!

Ich wurde häufig meinem Vater gegenübergestellt, der, wenn er mich sah, in Schluchzen ausbrach und nicht mehr aufhörte zu weinen. Das Übermaß seines Unglücks leitete zuweilen seine Erinnerung fehl. »Hilf mir«, sagte er zu mir; und ich brachte ihn wieder auf die richtige Spur betreffend völlig unwichtiger Sachen: zum Beispiel war ihm der Satz entschlüpft, wir hätten alle zusammen den Tisch verlassen. »Aber, mein Vater«, rief ich, »solltet Ihr vergessen haben, daß mein Bruder einige Zeit vor uns weggegangen ist?« »Du hast recht«, sagte er zu mir, »verzeih, ich bin durcheinander.«

Ich wurde mehr als fünfzig Zeugen gegenübergestellt. Die Herzen werden schwer vor Mitleid, wenn sie sehen, welches die Zeugen und die Zeugnisse waren. Da war ein gewisser Popis, ein Posamentiergehilfe, der, als er in einem Nachbarhaus die Schreie hörte, die ich beim Anblick meines Bruders ausstieß, zu der irrigen Meinung kam, die Schreie meines Bruders zu hören; da war eine brave Dienerin, die, als ich ausrief »O mein Gott« glaubte, daß ich »Hilfe, Diebe!« rief; da waren Berichte vom Hörensagen nach den übersteigertsten Berichten vom Hörensagen. Es handelte sich um fast nichts anderes als vergleichbare Irrtümer.

Demoiselle Peyronet sagte aus, daß sie mich am 13. Oktober um 10 Uhr abends in der Straße gesehen habe, wie ich »mit einem Taschentuch weglief, mir die Tränen abwischte und sagte, mein Bruder sei durch einen Degenstoß getötet worden«. Nein, ich sagte dazu nichts, und wenn ich etwas gesagt hätte, hätte ich vergebens die Ehre meines lieben Bruders zu retten versucht. Hätten die Richter nicht dem falschen Teil dieser Erklärung größere Aufmerksamkeit geschenkt als dem völlig wahren Teil, der meine Verwirrung und mein Weinen bezeichnete? Und dieses Weinen, ist es nicht auf unwiderlegbare Weise der Beleg gegen alle leichtfertigen Anschuldigungen, denen die reinste Unschuld zum Opfer gefallen ist? Es ist möglich, daß irgendwann mein Vater wegen der Unzufriedenheit mit meinem älteren Bruder, der seine Zeit und sein Geld mit Billardspielen vertat, diesem erklärte: »Wenn du dich nicht änderst, werde ich dich bestrafen, entweder werde ich dich wegjagen, oder du richtest dich selbst zugrunde, kommst ums Leben.« Aber heißt das, daß ein Zeuge, ein ungestümer Fanatiker, daraus ein

Verständnis zieht, das die väterlichen Sätze entstellt, und er böswillig an die Stelle der Worte: *Wenn du dein Verhalten nicht wechselst*, diese furchtbaren Worte setzt: *Wenn du die Religion wechselst*? Müssen die Richter unbedingt angesichts eines unbilligen Zeugen und eines beschuldigten Vaters zugunsten der Verleumdung wider die Natur entscheiden?
Gegen uns gab es nicht ein einziges zuverlässiges Zeugnis; und man wird dies sogleich beim Lesen der Prozeßakten bemerken, wenn es gelingen sollte, sie dem Gerichtsschreiber zu entwinden, dem verboten worden war, darüber etwas weiterzugeben.
Alles, was folgt, entspricht genau dem, was meine Mutter und mein Bruder Donat Calas geschrieben haben. Die Unschuld war niemals deutlicher erwiesen. Einer der zwei Jakobiner, der bei der Marter meines Vaters anwesend war und der von Castres gekommen war, sagte öffentlich: »Ein Gerechter ist gestorben.« Weshalb also, fragte man mich, wurde Euer Vater verurteilt? Ich werde es nun sagen, und man wird staunen.
Der Capitoul, der Assessor Monsieur Monieur, der Ankläger des Königs, der Anwalt des Königs gingen einige Tage nach unserer Gefangennahme in Begleitung eines Sachverständigen in das Haus, in dem mein Bruder Marc-Antoine gestorben war. Welcher Sachverständige war das? Konnte man ihm glauben? Es war der Henker. Man fragte ihn, ob ein Mann sich an den beiden Flügeltüren zum Laden, wo ich meinen Bruder getroffen hatte, aufhängen könne. Dieser Bedauernswerte, der nur sein eigenes Vorgehen kannte, antwortete, das sei nicht durchführbar. Es handelte sich demnach um ein physisches Problem? Ach! Selbst der am wenigsten Kenntnisreiche hätte sehen können, daß das nur eine allzu leichte Angelegenheit war; und Lavaisse, den man zusammen mit mir befragen konnte, hatte mit eigenen Augen den offenkundigen Beweis dafür gesehen.

Der Wundarzt Lamarque, der dazu bestimmt war, den Leichnam zu untersuchen, konnte gegen mich voreingenommen sein, weil ich einmal, in einem seiner juristischen Berichte, der das rechte Auge mit dem linken Auge verwechselte, sein Versehen aufgedeckt hatte. Auf diese Weise fiel mein Vater dem Unwissen gleichermaßen wie den Vorurteilen zum Opfer. Es wäre notwendig gewesen, daß die Richter einstimmig urteilten; aber die Mehrheit genügte.
Nach dieser schrecklichen Hinrichtung mußte ich vor den Richtern erscheinen; einer von ihnen erklärte mir: »Wir haben Ihren Vater verurteilt; nehmen Sie sich in acht, wenn Sie nicht gestehen.« Großer Gott! Was konnte ich gestehen, außer daß irregeleitete Menschen das Blut eines Unschuldigen vergossen hatten.
Einige Tage später suchte mich Pater Bourges, einer der beiden Jakobiner, die man meinem Vater zur Seite gegeben hatte als Zeugen seiner Marter und seiner Gefühle, im Kerker auf und drohte mir mit derselben Todesart, wenn ich nicht zum Katholizismus überträte. Vielleicht hätte sich früher, bei den übersteigerten Verfolgungen, von denen man uns berichtet, ein römischer Prokonsul, der mit willkürlicher Macht ausgestattet war, so verhalten. Ich gestehe, daß ich die Schwäche hatte, der Furcht vor einer entsetzlichen Marter nachzugeben.
Danach teilte man mir mein Verbannungsurteil mit; es war vier Tage im Amtszimmer geblieben, ohne unterzeichnet zu werden. Welche Unregelmäßigkeiten! Welche Ungewißheit? Die Hand der Richter mußte zittern beim Unterzeichnen gleich welchen Urteils, nachdem man den Tod meines Vaters unterzeichnet hatte. Der Amtschreiber des Kerkers las mir aus meinem nur zwei Zeilen vor.
Das Urteil, das meinen tugendhaften Vater zur fürchterlichsten Marter verdammte, sah ich niemals; es wurde nie bekannt; dies ist ein undurchdringliches Geheimnis. Diese Urteile werden wegen der Öffentlichkeit gefällt; früher wurden

sie dem König zugesandt und niemals ohne dessen Zustimmung ausgeführt: so verfährt man noch heute in einem großen Teil Europas. Doch bei dem Urteil, das meinen Vater verurteilte, hat man, wenn ich es wagen darf, dies so zu sagen, die gleiche Mühe aufgewandt, es der Kenntnis des Volkes vorzuenthalten, wie sie normalerweise Verbrecher auf sich nehmen, um ihre Verbrechen zu verbergen.
Mein Urteil überraschte mich, wie es jedermann überraschte: denn wenn mein unglücklicher Bruder ermordet werden konnte, dann konnte er das nur durch mich und Lavaisse, nicht durch einen schwachen Greis. Mir hätte die schrecklichste Marter zukommen müssen.
Es ist deutlich, daß ein Mittelweg zwischen einem Mord und der Unschuld unmöglich ist.
Ich wurde sofort zu einem Stadttor geführt; ein Abt begleitete mich und brachte mich den nächsten Augenblick in das Jakobinerkloster: Pater Bourges erwartete mich an der Tür; er sagte mir, man schere sich nicht um die Verbannung, wenn ich mich zur römisch-katholischen Lehre bekenne; ich hatte vier Monate in diesem Kloster auszuharren, wo ich bewacht wurde.
Schließlich bin ich diesem Gefängnis entronnen und bereit, mich in jenes zu begeben, das der König in seinem Urteil bestimmen wird, und darauf gefaßt, mein Blut für die Ehre meines Vaters und meiner Mutter zu vergießen.
Das blinde Vorurteil hat uns zugrunde gerichtet; der aufgeklärte Verstand bemitleidet uns heute; das Volk, Richter über Ehre und Schmach, stellt das Gedächtnis an meinen Vater wieder her; der Staatsrat wird das Urteil des Volkes bestätigen, wenn er sich nur herabläßt, die Akten zu lesen.
Hier handelt es sich um alles andere als einen Prozeß, den man staubbedeckt in den Archiven läßt, weil es nichts nützt, ihn dem Volk vorzulegen; ich glaube fest, daß es für das Menschengeschlecht wichtig ist, daß man es bis in die letzten Einzelheiten unterrichtet über das, was der Fanatismus

hervorbringen kann, jene verabscheuungswürdige Geisel des Menschengeschlechts.

Châtelaine, 23. Juli 1762

Gezeichnet: Pierre Calas.

III. Die Geschichte von Elisabeth Canning und der Familie Calas

1753 war ich in London, als das Schicksal der jungen Elisabeth Canning soviel Aufsehen erregte. Elisabeth war einen Monat lang aus dem Haus ihrer Eltern verschwunden gewesen; sie tauchte abgemagert, geschwächt, in zerrissenen Kleidern wieder auf. »O mein Gott! In welchem Zustand kommt Ihr zurück! Wo seid Ihr gewesen? Von wo kommt Ihr? Was ist Ihnen zugestoßen?« – »Liebe Tante, ich ging durch Moorfields auf dem Weg nach Hause, als zwei kräftige Banditen mich zu Boden warfen, mich ausraubten und mich in ein Haus 10 Meilen von London entfernt verschleppten.«

Die Tante und die Nachbarn weinen bei dieser Erzählung. »Ah, mein liebes Kind, war es nicht diese ehrlose Frau Web, zu der diese Straßenräuber Euch gebracht haben? Denn sie wohnt genau 10 Meilen von hier.« – »Ja, Tante, bei Frau Web.« – »In diesem großen Haus auf der rechten Seite?« – »Ganz genau, Tante.« Die Nachbarn stellten Frau Web nun im schlimmsten Licht dar; und die junge Canning bestätigte, daß diese Frau genau so beschaffen ist, wie sie es sagen. Eine unter ihnen erklärte Frau Canning, daß im Hause dieser Frau die ganze Nacht hindurch gespielt wird, daß es eine Räuberhöhle ist, in der die jungen Leute ihr Geld verlieren; »Ach Gott, eine Räuberhöhle«, erwiderte Frau Canning. – »Es ist da noch schlimmer«, sagte eine andere Nachbarin, »diese beiden Banditen, Cousins von Frau Web, schleppen von den großen Straßen alle jungen Mädchen weg, denen sie begegnen, und geben ihnen nur Wasser und Brot zu essen, so daß sie gezwungen sind, sich den Männern hinzugeben, die sich in dem Haus aufhalten.« – »Ach, hat man dich, meine Liebe, auch auf Brot und Wasser gesetzt?« »Ja, meine Mutter.« Sie wird gefragt, ob diese beiden Banditen sie mißbraucht haben und ob sie sich prostituiert hat. Sie antwortet, daß sie sich gewehrt hat, daß man sie mit

Schlägen überhäuft hat und daß ihr Leben in Gefahr war. Von neuem schreien und weinen die Mutter und die Nachbarn daraufhin.
Man bringt die kleine Canning sogleich zu Mister Adamson, Beschützer der Familie seit langem, einem Ehrenmann, der in der Pfarrgemeinde einen sehr guten Leumund besaß. Er nimmt mit einem seiner ebenso eifrigen Freunde das Pferd, um das Haus von Frau Web in Augenschein zu nehmen; als sie es sehen, bezweifeln sie nicht, daß die Kleine dort eingesperrt war; sie gelangen sogar zur Überzeugung, als sie eine kleine Scheune mit Heu entdecken, daß man in ihr Elisabeth als Gefangene gehalten hat: Das Mitleid des guten Adamson wird größer: er läßt sich bei seiner Rückkehr von Elisabeth bestätigen, daß sie dort festgehalten wurde; er versetzt das ganze Viertel in Aufregung; schließlich macht man eine Eingabe für das so fürchterlich behandelte Fräulein.
In dem Maße, in dem die junge Canning zunimmt und ihre Schönheit wiedergewinnt, erhitzen sich die Gemüter für sie. Mister Adamson unterbreitet dem Sheriff eine Klage im Namen der geschändeten Unschuld. Frau Web und alle jene, die sich ganz friedlich in ihrer Gesellschaft aufhielten, wurden verhaftet, und man warf sie alle ins Gefängnis.
Der Sheriff läßt, um sich genauer über die wahre Situation zu instruieren, ganz freundlich eine Dienerin von Frau Web zu sich kommen und bringt sie durch sanfte Reden dazu, alles zu sagen, was sie weiß. Die Dienerin, die in ihrem Leben Miss Canning niemals gesehen hatte noch von ihr hatte reden hören, antwortete zunächst gerade heraus, daß sie nichts von dem wisse, wonach man sie frage; nachdem aber der Sheriff ihr gesagt hatte, daß man vor dem Gericht antworten müsse und daß sie unausweichlich gehängt würde, wenn sie nicht gestehe, sagte sie alles, was man von ihr verlangte: am Ende traten die Geschworenen zusammen, und neun Personen wurden zum Tod durch den Strang verurteilt.

Glücklicherweise gibt es in England keine geheimen Prozesse, weil die Bestrafung der Verbrechen der öffentlichen Erziehung dienen soll und nicht der Rache einer Privatperson. Alle Befragungen finden bei geöffneten Türen statt, und alle belangreichen Prozesse erscheinen im Druck in den Zeitungen.
Mehr noch: in England hat man ein altes Gesetz Frankreichs beibehalten, das es nicht erlaubt, irgendeinen Verbrecher zu Tode zu befördern, ohne daß der Prozeß dem König vorgetragen worden ist und er das Urteil unterzeichnet hat. Dieses so weise, so menschliche, so notwendige Gesetz ist, wie so viele andere, in Frankreich in Vergessenheit geraten; fast in ganz Europa wird es jedoch beachtet: gegenwärtig gilt es auch in Rußland, gilt es in China, diesem alten Vaterland der Moral, das die göttlichen Gesetze niedergeschrieben hat, bevor sie in Europa üblich wurden.
Kurz vor dem Zeitpunkt der Hinrichtung der neun Angeklagten fielen die für alle Sitzungen notwendigen Schriftsätze einem Philosophen namens Ramsay in die Hände; er las die Akten und fand sie von Anfang bis Ende widersinnig. Bei der Lektüre entrüstete er sich; er setzte sich hin und schrieb ein Pamphlet, in dem er das Prinzip aufstellte, daß es erste Pflicht der Geschworenen ist, sich des gesunden Menschenverstandes zu bedienen. Er stellte heraus, daß Frau Web, ihre beiden Cousinen und die übrigen Hausbewohner aus anderem Teig gebildet seien als die anderen Menschen, wenn sie junge Frauen mit der Absicht auf Brot und Wasser setzten, sie zum Prostituieren zu bringen; daß sie sich, im Gegenteil, gut ernähren und zurechtmachen müßten, um sich liebenswürdig zu machen; daß Händler die Ware, die sie verkaufen wollen, weder beschmutzen noch zerstören. Er stellte heraus, daß Miss Canning nie in diesem Haus gewesen war; daß sie nur das wiederholt hat, was die Dummheit ihrer Tante ihr vorgesprochen hat; daß der brave Adamson in seinem Übereifer diesen außergewöhnlichen Kriminalprozeß

fabriziert hat; daß es schließlich neun Bürger das Leben kosten werde, weil Miss Canning hübsch sei und weil sie gelogen habe.
Die Dienerin, die dem Sheriff in ihrer freundschaftlichen Art alles gestanden hatte, was nicht wahr war, könne juristisch gesehen nicht widerrufen. Wer immer, aus Überschwang oder Angst, ein falsches Zeugnis abgegeben hat, bleibt in der Regel dabei und lügt weiter aus Furcht, als Lügner zu gelten.
Es ist sinnlos, so Mr. Ramsay, daß das Gesetz es will, daß zwei Zeugen hinreichen, um einen Angeklagten zu hängen. Wenn der Kanzler und der Erzbischof von Canterbury aussagen, daß sie gesehen haben, wie ich meinen Vater und meine Mutter umbringe und sie vollständig zu Mittag in weniger als einer Viertelstunde gegessen habe, müßte man die Herrn Kanzler und Erzbischof nach Bedlam bringen, statt mich aufgrund dieser wunderbaren Zeugenaussage zu verbrennen. Wenn Sie auf die eine Seite eine widersinnige und unwahrscheinliche Angelegenheit stellen, auf die andere tausend Zeugen und tausend Mutmaßungen, muß die Unmöglichkeit die Zeugenaussagen und Mutmaßungen widerlegen.
Im Gefolge dieses kleinen Pamphlets fielen dem Sheriff und den Geschworenen die Schuppen von den Augen. Sie waren gezwungen, den Prozeß wiederaufzugreifen: es stellte sich heraus, daß Miss Canning eine Spitzbübin ist, die ein Kind zur Welt gebracht hatte in der Zeit, in der sie angeblich bei Frau Web im Gefängnis gewesen war; und die ganze Stadt London, die für sie Partei ergriffen hatte, war genauso sehr verhöhnt worden wie damals, als ein Scharlatan anbot, in eine Flasche vom Umfang von zwei Pint zu schlüpfen, und, nachdem zweitausend Menschen zu diesem Ereignis gekommen waren, ihr Geld mitnahm und ihnen seine Flasche daließ.
Möglicherweise hat man sich bei einigen Umständen die-

ses Ereignisses getäuscht; die hauptsächlichen sind wahr und werden so in ganz England anerkannt.

Die Geschichte der Familie Calas

Diese lächerliche Begebenheit hätte durchaus tragisch werden können, wenn sich nicht ein Philosoph gefunden hätte, der zufällig die öffentlichen Akten las. Hätte Gott gewollt, daß es in Toulouse, bei einem nicht weniger sinnwidrigen und tausendmal schrecklicheren Prozeß, einen Philosophen unter so vielen weißen Büßermönchen gegeben hätte! Man seufzte heute nicht über das Blut der Unschuld, daß das Vorurteil hat fließen lassen.

Es gab gleichwohl in Toulouse einen Weisen, der seine Stimme gegen das Geschrei des außer Rand und Band geratenen Pöbels und gegen die Vorurteile der vorschnellen Gerichtsbeamten erhoben hat. Dieser Weise, den man gar nicht zuviel preisen kann, war Monsieur de Lassalle, Conseiller am Parlament, der einer der Richter werden sollte.

Er legte zuerst die Unregelmäßigkeit des Monitoire offen; er verdammte eindeutig die Überstürzung, mit der man drei Seelenmessen für einen Mann, den man vermutlich auf dem Rost hätte schleifen müssen, hatte lesen lassen: er erklärte, man könne nicht einen Toten in ein Leichentuch schlagen und zum Märtyrer erheben, der, allem Anschein nach, sich selbst hingerichtet hatte und der ganz gewiß überhaupt nicht katholisch war. Man wußte, daß Maître Chalier, Advokat im Parlament, erklärt hatte, daß Marc-Antoine Calas (der, so die Annahme, am folgenden Tag seinem Glauben abschwören sollte) im Gegenteil den Plan hatte, nach Genf zu reisen, um sich vorzustellen und um unter die Pastöre der evangelischen Kirchen aufgenommen zu werden.

Monsieur Caseing war im Besitz eines Briefes von selbigem

Marc-Antoine, in dem er seinen Bruder Louis, der katholisch geworden war, als Abtrünnigen behandelt: »Unser Abtrünniger«, erklärte er in diesem Brief, »stiftet Unfrieden.« Der Pfarrer von Saint-Étienne hat glaubwürdig ausgesagt, daß Marc-Antoine Calas zu ihm gekommen sei, um ihn um eine Bestätigung seines Katholizismus zu bitten, daß er sich nicht der Pflichtverfehlung habe schuldig machen wollen, indem er einem Protestanten ein Katholikenzeugnis gab.

Conseiller de Lassalle bewertete all diese Gründe; er merkte vor allen Dingen an, daß es im Verfolg der Bestimmungen der im Languedoc befolgten Erlasse und des römischen Rechts »weder Anzeichen noch Vermutungen, selbst wenn sie Recht darstellen sollten, gibt, die es erlauben, einen Vater am Mord seines Sohnes für schuldig zu betrachten und die natürliche und geheiligte Annahme zu widerlegen, die Väter gegen jeden Verdacht des Mordes an ihren Kindern schützen«.

Schließlich gelangte der ehrenwerte Magistrat zu dem Schluß, daß der junge Lavaisse, der mit dieser ganzen fürchterlichen Geschichte nichts zu schaffen hat, und die katholische Dienerin, da sie nicht der angeblichen Ermordung von Marc-Antoine Calas angeklagt werden konnten, als Zeugen gelten mußten und daß den Angeklagten nicht deren notwendigen Zeugenaussagen verwehrt werden dürfen.

Gegründet auf derart unwiderlegbare Überlegungen und von gerechtem Mitgefühl durchdrungen, sprach Monsieur de Lassalle davon mit einem Eifer, wie ihn die Überzeugung des Geistes und die Güte des Herzens eingeben. Einer der Richter sagte zu ihm: »Ah! Monsieur, Sie sind ganz Calas.« – »Ah! Monsieur, Sie sind ganz der Pöbel«, erwiderte Monsieur de Lassalle.

Es ist sehr traurig, daß diese edle Herzlichkeit, die er erkennen ließ, zum Unglück der Familie gedient hat, die er aus Rechtschaffenheit verteidigte: denn nachdem er sich mit lau-

ter Stimme und in der Öffentlichkeit ausgesprochen hatte, besaß er das Feingefühl, sich für befangen zu erklären, und die Calas verloren einen aufgeklärten Richter, der wahrscheinlich die anderen aufgeklärt hätte.
Monsieur Laborde hingegen, der sich zugunsten der Vorurteile des Pöbels ausgesprochen hatte und der einen Eifer an den Tag gelegt hatte, den er selbst für übertrieben hielt; Monsieur Laborde, der auch darauf verzichtet hatte, in dieser Angelegenheit zu urteilen, der sich auf das Land in der Nähe von Albi zurückgezogen hatte, kam dennoch zurück, um einen Familienvater zum Rad zu verurteilen.
Es gab, wie schon gesagt wurde und wie man immer sagt, keinen einzigen Beweis gegen diese unglückliche Familie: man stützte sich nur auf Indizien; und dazu welche Indizien! Der menschliche Verstand errötet darüber.
Monsieur David, der Toulouser Capitoul, hatte den Scharfrichter befragt über die Weise, in welcher Marc-Antoine Calas erhängt werden konnte; es war die Meinung des Scharfrichters, die zur Verhaftung führte, wohingegen man die Meinungen aller Advokaten vernachlässigte.
Als man zu den Richtersprüchen kam, ließ sich der Berichterstatter nur über Vater Calas aus und vertrat den Standpunkt, daß dieser unschuldige Vater »zunächst verurteilt werde zur gewöhnlichen und außergewöhnlichen Folter, um seine Komplizen zu enthüllen, dann auf dem Rad bei lebendigem Leib gebrochen, sein Leben auf dem Rad aushauchen soll, nachdem er dort zwei Stunden gewesen war, um schließlich verbrannt zu werden«.
Dieser Meinung stimmten sechs Richter zu; drei andere entschieden sich nur für die Folter; zwei andere waren der Meinung, man möge an Ort und Stelle feststellen, ob es möglich sei, daß Marc-Antoine Calas sich selbst erhängen konnte; ein einziger sprach sich dafür aus, den Prozeß einzustellen.
Am Schluß sehr langer Debatten ergab sich die Vielzahl für

gewöhnliche und außergewöhnliche Folter und für das Rädern.
Dieser unglückliche Familienvater, der niemals mit irgend jemandem Streitereien hatte, der niemals auch nur ein einziges seiner Kinder geschlagen hat, dieser schwache, 68jährige Greis wurde also zur schrecklichsten der Strafen verurteilt, weil er mit seinen altersschwachen Händen, aus Haß auf die katholische Religion, einen starken und kräftigen Sohn erwürgt und aufgehängt hat, der größere Neigung für die katholische Kirche hatte als der Vater selbst.
Er antwortete unter den Schrecken der Folter auf die Frage nach seinen Mittätern mit diesen Worten: »Ach! Wie kann es Komplizen geben, wenn es kein Verbrechen gibt?«
Als er aus der Folterkammer zum Bestrafungsplatz gebracht wird, begleitet ihn dieselbe Ruhe der Seele. Alle seine Mitbürger, die sehen, wie er auf den verhängnisvollen Karren steigt, wurden in Rührung versetzt; selbst der Pöbel, der seit einiger Zeit von seinem Fanatismus abgelassen hatte, verströmte über sein Unglück aufrichtige Tränen. Der Offizier, der die Hinrichtung beaufsichtigte, unterzog ihn der letzten Befragung; er erhielt von ihm dieselben Antworten. Pater Bourges, Jakobinermönch und Theologieprofessor, der, mit Pater Caldaguès, Mönch desselben Ordens, beauftragt war, ihm in seinen letzten Momenten beizustehen und vor allem ihn anzuhalten, nichts von der Wahrheit zurückzuhalten, fand ihn völlig bereit, Gott das Opfer seines Lebens anzubieten zur Sühne für seine Sünden; doch je mehr er in die Entschlüsse der Vorsehung einwilligte, um so standhafter verteidigte er seine Unschuld und die der anderen Angeklagten.
Ein einziger, sehr zurückhaltender Schrei entfuhr ihm beim ersten ihm versetzten Hieb, die anderen entrissen ihm keine Klage. Nachdem er schließlich auf das Rad gelegt worden war, um dort den Augenblick abzuwarten, der seine Marter und sein Leben beenden sollte, äußerte er nur noch Re-

den voller christlicher Überzeugungen; er ereiferte sich keinesfalls gegen seine Richter; seine Barmherzigkeit ließ ihn sagen, daß er sie nicht für seinen Tod schuldig mache und daß sie durch falsche Zeugen getäuscht worden sein müßten. Schließlich, als der Moment kam, an dem der Scharfrichter sich anschickte, ihn den Martern auszuliefern, waren die letzten Reden zu Pater Bourges diese: »Ich sterbe unschuldig; Jesus Christus, die Unschuld selbst, starb unter einer noch grausameren Marter. Es tut mir überhaupt nicht leid um ein Leben, dessen Ende mich, hoffe ich, zu ewigem Glück führen wird. Ich bedaure meine Ehefrau und meinen Sohn; doch jener arme Unbeteiligte, dem ich eine Höflichkeit zu erweisen glaubte, indem ich ihn zum Abendessen bat, der Sohn von Monsieur Lavaisse, steigert noch mein Bedauern.«

So sprach er, als der Capitoul, der erste Urheber dieser Katastrophe, der Zeuge seiner Marter und seines Todes sein wollte, obwohl er nicht zum Kommissar bestallt worden war, sich ihm näherte und zu ihm sagte: »Unglücklicher! Dieser Scheiterhaufen wird deinen Körper einäschern, also sprich die Wahrheit!« Monsieur Calas einzige Antwort bestand darin, den Kopf leicht abzuwenden, und im gleichen Moment waltete der Scharfrichter seines Amtes und tötete ihn.

Obwohl Jean Calas als Protestant gestorben war, haben Pater Bourges und sein Kollege, Pater Caldaguès, die größten Lobreden zu seinem Gedächtnis gesprochen: »Genau so«, haben sie zu jedermann gesagt, der es hören wollte, »genau so sind früher unsere Märtyrer gestorben.« Und aufgrund eines umlaufenden Gerüchts, Monsieur Calas habe seine Aussage widerrufen und das angebliche Verbrechen gestanden, sah sich Pater Bourges in der Pflicht, selbst vor den Richtern Rechenschaft abzulegen über die letzten Äußerungen von Jean Calas und ihnen zu versichern, daß er immer seine Unschuld und diejenige der anderen Angeklagten beteuert hat.

Man begann nach dieser befremdlichen Hinrichtung mit dem Verfahren gegen Jean Calas, Sohn; er galt als der schuldigste unter den Lebenden; hier aus welchem Grund.
Ein junger Mann aus dem Pöbel namens Cazères war in der Fortsetzung der Untersuchung von Montpellier aus zur Zeugenaussage gerufen worden; er, der als Gehilfe bei einem Schneider mit Namen Bou arbeitete, der einen zum Hause von Monsieur Pierre Calas gehörigen Laden betrieb, hatte erklärt, Pierre Calas habe eines Tages diesen Laden betreten, und Demoiselle Bou, die das Glockenläuten zur Segnung hörte, habe ihren Gehilfen befohlen, ihn zu empfangen, worauf Pierre Calas ihr erklärte: »Sie denken nur an Ihren Segen; man kann seine Seele in beiden Religionen retten; zwei meiner Brüder denken wie ich: wenn ich wüßte, daß sie die Religion wechseln wollten, brächte ich es fertig, sie zu erdolchen; und wenn ich an der Stelle meines Vaters gewesen wäre, als Louis Calas, mein anderer Bruder, katholisch wurde, hätte ich ihn nicht verschont.«
Warum bestimmt man, diesen Zeugen aus Montpellier kommen zu lassen, um eine Sache zu bezeugen, die, wie jener Zeuge behauptet, sich im Beisein von Demoiselle und zweier ihrer Gehilfen abgespielt hat, die alle in Toulouse waren? Warum will man Demoiselle und ihre beiden Gehilfen nicht verhören, vor allem nachdem aus den Memoranden der Familie Calas hervorgetreten ist, daß Demoiselle Bou und diese beiden Gehilfen ganz stark behaupteten, daß alles, was Cazères auszusagen gewagt hatte, nur eine von den Feinden des Angeklagten und dem Parteienhaß eingegebene Lüge war? Wie! Der genannte Cazères hat öffentlich gehört, was man seinen Meistern sagte, und seine Meister und seine Mitgehilfen haben es nicht gehört! Und die Richter hören ihn, und sie hören nicht seine Mitgehilfen und ihre Meister!
Erkennt man nicht, daß die Aussage dieses Elenden ein Widerspruch in sich selbst war? »Man kann seine Seele in bei-

den Religionen retten«: das heißt, Gott hat Mitleid mit der menschlichen Unwissenheit und Schwäche, aber ich, ich werde kein Mitleid mit meinem Bruder haben! Gott nimmt die aufrichtigen Wünsche von jedem, der sich an ihn wendet, aber ich, ich werde jeden töten, der sich an Gott in einer Weise wendet, die mir nicht gefällt! Kann man etwas erklären, das so voller abscheulicher Widersinnigkeiten ist?

Ein anderer, allerdings weit weniger wichtige Zeuge, der erklärte, daß Pierre Calas schlecht über die römische Religion sprach, begann seine Aussage mit den Worten: »Ich habe eine unüberwindbare Abneigung gegen alle Protestanten.« Das ist sicher ein zulässiges Zeugnis.

Das war alles, was man gegen Pierre Calas zusammentragen konnte: der Berichterstatter glaubte darin einen hinreichend starken Beweis zu finden, um ihn lebenslänglich zur Galeere zu verurteilen; er war allein in seinem Urteil. Einige urteilten, Pierre sei freizusprechen, andere, ihn zu lebenslanger Verbannung zu verurteilen; der Berichterstatter gab sich mit diesem Urteil zufrieden, das die Mehrheit erhielt.

Man wandte sich anschließend der Witwe Calas zu, dieser verehrungswürdigen Mutter. Gegen sie gab es keinerlei Beweise, weder Indizien noch Hinweise; der Berichterstatter urteilte dennoch gegen sie auf Verbannung; alle anderen Richter urteilten, sie freizulassen und den Prozeß einzustellen.

Erst danach kam der junge Lavaisse an die Reihe. Die Verdächtigungen gegen ihn waren unsinnig. Wie hätte dieser junge, in Bordeaux lebende Mann von 19 Jahren in Toulouse zum protestantischen Henker gewählt werden können? Die Mutter sollte ihm erklärt haben: »Sie kommen richtig, unser ältester Sohn ist umzubringen; Sie sind sein Freund, Sie essen mit ihm zu Abend, um ihn dann zu erhängen; einer unserer Freunde wird beim Abendessen zugegen sein, er würde uns beistehen, aber wir werden auf ihn verzichten«?

Dieser übersteigerte Grad an Unsinn konnte nicht länger Bestand haben; dennoch schlug der Berichterstatter vor, Lavaisse zur Verbannung zu verurteilen; alle anderen Richter, mit Ausnahme von Monsieur Darbou, stimmten gegen dieses Urteil.

Schließlich ging es um die Dienerin der Familie Calas, wo der Berichterstatter die Freilassung aufgrund ihres Katholizismus vorschlug; dieses Urteil wurde einstimmig angenommen.

Ist es möglich, daß es heute in Toulouse Richter gibt, die nicht über die Unschuld einer solcherart behandelten Familie weinten? Zweifellos weinen sie, und sie erröten: ein Beweis, daß sie sich für dieses grausame Urteil schämen, besteht darin, daß sie vier Monate lang die Offenlegung des Prozesses, ja sogar des Urteils, für jedermann, der es verlangt, abgelehnt haben.

Jeder von ihnen sagt sich heute auf dem Grund seines Herzens: »Ich erkenne voller Schrecken alle Vorurteile, alle Erdichtungen, die die Natur und den gesunden Menschenverstand erschauern lassen. Ich erkenne, daß ich durch ein Urteil einen Greis auf dem Rade habe sterben lassen, der nicht schuldig sein konnte; und daß ich durch ein anderes Urteil all jene freigelassen habe, die notwendigerweise ein Verbrechen wie er begangen haben könnten, wenn das Verbrechen möglich gewesen wäre. Mir ist bewußt, daß ein Urteil das andere widerlegt; ich gestehe, daß ich, wenn ich den Vater auf dem Rad habe sterben lassen, ich Unrecht begangen habe, mich darauf zu beschränken, den Sohn zu verbannen, und ich gestehe, daß ich in der Tat mir vorzuwerfen habe die Verbannung des Sohns, den fürchterlichen Tod des Vaters und das Eisen, in das ich eine geachtete Mutter und den jungen Lavaisse sechs Monate lange gehalten habe.

Wenn wir die Prozedur nicht offenlegen wollten für jene, die uns darum gebeten haben, dann deshalb, weil unsere Tränen sie haben vergessen machen; zu diesen Tränen gehört

die Entschädigung, die einer ehrbaren Familie zusteht, die wir in die Trostlosigkeit und Armut gestürzt haben; ich sage nicht in die Schande, denn Schande ist kein Teil der Unschuldigen; geben wir der Mutter den Besitz zurück, den dieser abscheuliche Prozeß ihr geraubt hat. Ich möchte hinzufügen: Bitten wir sie um Verzeihung; doch wer von uns, wagt es, ihre Gegenwart auszuhalten?
Nehmen wir zumindest die öffentlichen Vorhaltungen an, bedauerliche Frucht eines ungerechten Pöbels; wir richten sie an den König, wenn er von seinem Volk die absolut unumgängliche Unterstützung verlangt, um selbiges Volk gegen die Schwerter seine Feinde zu verteidigen: seien wir nicht erstaunt, daß die ganze Erde sie uns macht, wenn wir den unschuldigsten unter den Menschen zu Tode gebracht haben. Sehen wir nicht, daß diese Vorhaltungen mit seinem Blut geschrieben sind?«
Gewiß haben die Richter mehrmals im geheimen diese Überlegungen angestellt. Wie schön wäre es, wenn sie sich der Angelegenheit annehmen würden! Und sie sind zu bedauern, falls eine falsche Scham sie in ihrem Herzen erstickte!

IV. Philosophisches Wörterbuch

Fanatismus

I

Der Fanatismus verhält sich zum Aberglauben wie der Wahn zum Fieber oder die Raserei zum Zorn.

Wer in Ekstase verfällt und Visionen hat, wer Träume für Wirklichkeit nimmt und seine Einbildungen für Prophezeiungen, ist ein angehender Fanatiker, von dem viel zu erwarten ist: Bald wird er aus Liebe zu Gott zum Mörder werden können.

Bartolomeo Diaz war ein fanatischer Mönch. In Nürnberg hatte er einen Bruder mit Namen Johann, der als begeisterter Lutheraner fest überzeugt war, daß der Papst der Antichrist mit allen Merkmalen des Tieres sei. Bartolomeo, noch fester überzeugt, daß der Papst Gott auf Erden sei, brach von Rom auf, um einen Bruder zu bekehren oder zu töten, und er ermordete ihn. Das sind Tatsachen. Wir haben uns an anderer Stelle mit diesem Diaz genauer beschäftigt.

Polyeuktes,[1] der an einem Festtag in den Tempel stürmt, um die Standbilder umzustürzen und die Verzierungen abzuschlagen, ist zwar ein nicht so gräßlicher, aber ebenso dummer Fanatiker wie Diaz. Die Mörder des Herzogs François de Guise, des Prinzen Wilhelm von Oranien, der Könige Heinrich III. und Heinrich IV. und die vieler anderer waren von der gleichen Tollwut wie Diaz besessen.

Das abscheulichste Beispiel von Fanatismus lieferten die Pariser, als sie in der Bartholomäusnacht ihre Mitbürger, die nicht zur Messe gingen, ermordeten, aus dem Fenster stürzten und in Stücke rissen.

Guyon, Patouillet, Chaudon, Nonnotte und der ehemalige Jesuit Paulian sind nur unbedeutende Fanatiker, elende

1 Polyeuktes, römischer Offizier und christlicher Märtyrer. Held eines gleichnamigen Märtyrerdramas von Corneille (1643) (Anm. d. Hg.).

Schurken, die man ignoriert; aber an einem Bartholomäustag würden sie von sich reden machen.
Es gibt kaltblütige Fanatiker. Das sind die Richter, die Menschen nur deshalb zum Tode verurteilen, weil sie anderer Ansicht sind als sie selbst. Die Schuld dieser Richter wiegt um so schwerer, sie verdienen um so mehr den Abscheu der Menschheit, als sie nicht im Affekt handeln wie Clément, Chastel, Ravaillac und Damiens, sondern auf die Stimme der Vernunft hören könnten.
Hat der Fanatismus das Gehirn einmal verpestet, so ist die Krankheit fast unheilbar. Ich habe Verzückte gesehen, die sich im Gespräch über die Wunder des heiligen Paris in immer größere Raserei steigerten. Ihre Augen begannen zu glühen, sie zitterten am ganzen Leib, der Wahnsinn verzerrte ihr Gesicht, und sie hätten jeden getötet, der gewagt hätte, ihnen zu widersprechen.
Gegen diese Seuche gibt es kein anderes Mittel als den Geist der Philosophie, der, wenn er allmählich um sich greift, schließlich die Sitten der Menschen läutert und den Anfällen des Übels vorbeugt; denn wenn dieses Übel erst einmal Fortschritte macht, muß man flüchten und abwarten, bis die Luft wieder rein ist. Gesetze und Religion vermögen wenig gegen die Verpestung der Seelen. Die Religion ist keine bekömmliche Nahrung für solche verseuchten Seelen; in den infizierten Gehirnen wird sie zum Gift. Diese Elenden denken ständig an Aod, der den König Eglon ermordet, an Judith, die mit Holofernes schläft und ihm den Kopf abschneidet, an Samuel, der den König Agag in Stücke hackt, an den Priester Jojada, der seine Königin ermordet, wo die Rosse zum Hause des Königs gehen, usw. Sie denken immer nur an solche Taten, die in alten Zeiten achtbar gewesen sein mögen, in unserer Zeit aber Abscheu erregen müssen. Sie nähren ihren Fanatismus gerade mit der Religion, die ihn verdammt.
Die Gesetze vermögen noch weniger gegen solche Wahn-

sinnsanfälle: Das ist, als lese man einem Tobsüchtigen einen Ratsbeschluß vor. Solche Leute sind überzeugt, daß der Geist, von dem sie besessen sind, über den Gesetzen steht, daß ihre Verzückung das einzige Gesetz ist, dem sie Gehör schenken sollen.

Was soll man einem Menschen entgegenhalten, der sagt, er wolle lieber Gott als den Menschen gehorchen, und daher überzeugt ist, in den Himmel zu kommen, wenn er einem den Hals abschneidet?

Fast immer sind es Schurken, die die Fanatiker lenken und ihnen den Dolch in die Hand spielen. Sie gleichen dem Alten vom Berge, der, wie man sich erzählt, die Freuden des Paradieses Schwachköpfen zu kosten gab und ihnen diese Wonnen, von denen er ihnen einen Vorgeschmack gewährt hatte, für alle Ewigkeit versprach, falls sie alle umbringen würden, die er ihnen nannte. Nur eine einzige Religion in der Welt hat sich nicht mit dem Fanatismus besudelt, die der Gebildeten Chinas. Die Schulen der Philosophen waren nicht nur frei von dieser Seuche, sondern boten auch das Heilmittel gegen sie; denn die Philosophie bewirkt die Ruhe der Seele, und der Fanatismus ist mit der Gemütsruhe unvereinbar. Wenn unsere heilige Religion so oft durch diesen Höllenwahn korrumpiert worden ist, so ist das auf die Torheit der Menschen zurückzuführen.

Von dem Gefieder, das man ihm gab,
machte Ikarus falschen Gebrauch:
Es sollte zum Heile ihm dienen,
doch nahm er nur Schaden davon.
(Bertaud, Bischof von Séez)

11*

Die Fanatiker führen nicht immer die Kriege des Herrn, ermorden nicht immer Könige und Fürsten. Es gibt unter ihnen Tiger, aber noch mehr Füchse.
Was für ein Netz von Betrügereien, Verleumdungen, Schurkereien haben die Fanatiker der römischen Kurie gegen die Fanatiker Calvins, die Jesuiten gegen die Jansenisten gesponnen, et vicissim! Gehen wir weiter zurück, so erweist sich die Kirchengeschichte nicht nur als eine Schule der Tugend, sondern auch als eine Schule der Ruchlosigkeit in den Beziehungen der Sekten untereinander. Sie tragen alle die gleiche Binde vor den Augen, ob es nun darum geht, die Städte und Dörfer ihrer Gegner in Brand zu stecken und die Einwohner zu erwürgen oder zu foltern, oder ganz einfach darum, zu betrügen, sich zu bereichern und zum Herrn aufzuwerfen. Der Fanatismus macht sie blind, sie glauben, recht zu tun. Alle Fanatiker sind Schurken mit gutem Gewissen und morden in gutem Glauben an eine gute Sache.
Man lese, falls man dazu imstande ist, die fünf- oder sechstausend Bände mit all den Vorwürfen, die sich Jansenisten und Molinisten hundert Jahre lang ihrer Schurkereien wegen machten: Scapin und Trivelin[1] kommen da nicht mit.
**Eine besonders hübsche theologische Schurkerei hat sich meines Erachtens einmal ein kleiner Bischof geleistet (in der Erzählung wird uns versichert, es sei ein biskayischer Bischof gewesen; eines Tages werden wir schon seinen Namen und sein Bistum ergründen). Seine Diözese gehörte teils zur Biskaya und teils zu Frankreich.
Im französischen Teil lag ein Kirchspiel, das früher einmal

* Questions sur l'encyclopédie, 6e partie (1771).

1 Typen des verschlagenen Dieners in der comédie italienne (Anm. d. Hg.).

** Das folgende bezieht sich auf den berühmt gewordenen Streit Voltaires mit dem Bischof von Annecy, Biord.

von marokkanischen Mauren bewohnt worden war. Der Herr des Kirchspiels war kein Mohammedaner, sondern ein guter Katholik, wie die Allgemeinheit es sein sollte, da ja das Wort *katholisch* »allgemein« bedeutet.

Dieser arme Mann, der nur Gutes tat, wurde vom Bischof verdächtigt, in der Tiefe seines Herzens schlechte Gedanken und schlechte Gefühle zu hegen, so etwas wie ein Ketzer zu sein. Der Bischof beschuldigte ihn sogar, einmal im Scherz gesagt zu haben, in Marokko gäbe es ebenso anständige Menschen wie in der Biskaya und ein anständiger Marokkaner brauche durchaus kein Feind Gottes zu sein, der ja der Vater aller Menschen sei.

Unser Fanatiker schrieb einen großen Brief an den König von Frankreich, den Lehnsherrn dieses armen kleinen Pfarrherrn. In seinem Brief bat er den Lehnsherrn, dem verirrten Schäflein einen Wohnsitz in der Bretagne oder in der Normandie zuzuweisen, ganz wie es Seiner Majestät beliebe, damit er die Basken nicht mehr durch seine schlechten Scherze beeinflussen könne.

Der König von Frankreich und seine Räte machten sich mit Recht über diesen Narren lustig.

Als unser biskayischer Hirt einige Zeit später erfuhr, daß sein französisches Schäflein erkrankt war, untersagte er dem Hostienpriester des Kantons, ihm das Abendmahl zu reichen, falls es nicht einen Beichtzettel vorweise, aus dem hervorgehen müsse, daß der Sterbende nicht beschnitten sei, die mohammedanische Ketzerei und jede andere Ketzerei dieser Art, wie etwa den Calvinismus und Jansenismus, von ganzem Herzen verabscheue und in allen Dingen so denke wie er, der biskayische Bischof.

Beichtzettel waren damals sehr Mode. Der Sterbende ließ seinen Pfarrer, einen schwachköpfigen Trunkenbold, zu sich kommen und drohte, er werde ihn durch das Parlament von Bordeaux hängen lassen, wenn er ihm nicht sofort die heilige Wegzehrung reiche, nach der er dringendes Verlangen trage. Der Pfarrer hatte Angst. Er spendete dem Mann die Sakramente, und der erklärte nach der Zeremonie vor Zeugen laut und vernehmlich, der biskayische Seelenhirt habe ihn beim König fälschlich der Neigung zur mohammedanischen Religion beschuldigt, er sei ein guter Christ, der andere sei ein Verleumder. Diese Erklärung unterzeichnete er vor einem Notar.* Damit war die Sache geregelt. Sein Zustand besserte sich, und die Ruhe eines guten Gewissens machte ihn bald ganz gesund.

Der kleine Biskayer war außer sich, daß ein todkranker alter Mann sich über ihn lustig gemacht hatte, und beschloß, sich an ihm zu rächen. Das machte er folgendermaßen.

Er ließ vierzehn Tage danach in seiner Mundart ein angebliches Glaubensbekenntnis fabrizieren, das der Pfarrer entgegengenommen haben wollte. Unterzeichnet wurde es von dem Pfarrer und von drei oder vier Bauern, die der Zeremonie gar nicht beigewohnt hatten. Dann ließ man die Fälschung registrieren, als ob sie dadurch rechtsgültig würde.

Ein solches Dokument, einzig nicht unterzeichnet von dem, den es anging, vierzehn Tage nach dem Vorfall von Unbekannten unterschrieben und von glaubwürdigen Zeugen in Abrede gestellt, war offensichtlich eine Fälschung. Da es sich um Glaubenssachen handelte, mußte das Verbrechen den Pfarrer samt seinen falschen Zeugen in dieser Welt ins Zuchthaus und in jener in die Hölle bringen.

Der kleine Schloßherr, der ein Spaßvogel und nicht bösartig war, hatte Mitleid mit Leib und Seele jener Elenden. Er wollte sie nicht der menschlichen Gerechtigkeit ausliefern und begnügte sich damit, sie lächerlich zu machen. Doch erklärte er, er werde sich gleich nach seinem Tode den Spaß erlauben, den ganzen Schwindel nebst den Beweisen aufschreiben und drucken zu lassen, nicht etwa, um die Menschheit zu unterrichten, sondern um die wenigen Le-

* All das ist keine Erfindung.

ser zu amüsieren, die solche Geschichten lieben. Es gibt so viele Autoren, die sich an die ganze Menschheit wenden, sich einbilden, die Aufmerksamkeit aller zu erregen, und meinen, alle gäben sich mit ihnen ab, daß der Schloßherr nicht daran glaubte, von einem Dutzend Menschen in der ganzen Welt gelesen zu werden. Doch zurück zum Fanatismus!

Jene Bekehrungswut, jene Sucht, andere für seine Ansicht zu gewinnen, veranlaßte die Jesuiten Castel und Routh, den sterbenden Montesquieu aufzusuchen. Die beiden Besessenen wollten sich rühmen können, ihn von den Vorzügen der Zerknirschung und der ausreichenden Gnade Gottes überzeugt zu haben. Wir haben ihn bekehrt, sagten sie, er war im Grunde ein guter Kerl und hatte für die Gesellschaft Jesu viel übrig. Es hat uns einige Mühe gekostet, seine Zustimmung zu gewissen Grundwahrheiten zu erlangen, aber da man in solchen Augenblicken immer besonders klar denkt, hatten wir ihn bald überzeugt.

Diese Bekehrungswut ist so stark, daß der ausschweifendste Mönch seine Geliebte verlassen würde, um am andern Ende der Stadt eine Seele zu bekehren.

Wir haben erlebt, wie der Franziskanerpater Poisson in Paris sein Kloster ruinierte, um seine Freudenmädchen bezahlen zu können, und wie er seiner sittlichen Verkommenheit wegen ins Gefängnis gesperrt worden ist. Er gehörte zu den beliebtesten Pariser Kanzelrednern und zu den wildesten Proselytenmachern.

Dies gilt auch für den berühmten Pfarrer Fantin in Versailles. Die Aufzählung ließe sich fortsetzen, aber man soll die Torheiten gewisser Leute, die gewisse Stellungen einnehmen, nicht ans Licht ziehen. Es ist bekannt, was Ham geschah, weil er die Schande seines Vaters enthüllte; er wurde schwarz wie Kohle.

Wir wollen uns darauf beschränken, Gott morgens und abends zu bitten, uns von den Fanatikern zu erlösen, so wie die Mekka-Pilger ihn bitten, unterwegs keinen traurigen Gesichtern begegnen zu müssen.

III*

Ludlow, der eher ein Freiheitsschwärmer als ein religiöser Fanatiker war, jener wackere Mann, der Cromwell mehr haßte als den König Karl I., berichtet, daß die Soldaten des Parlaments in der ersten Zeit des Bürgerkrieges immer von den Truppen des Königs geschlagen worden sind, ähnlich wie zur Zeit der Fronde die königlichen Truppen dem großen Condé nicht gewachsen waren. Cromwell sagte zu General Fairfax: »Wie sollen die undisziplinierten Londoner Lastträger und Ladengehilfen einem Adel Widerstand leisten, den das Phantom der Ehre begeistert? Wir wollen ihnen ein stärkeres Phantom, den Fanatismus, zeigen. Unsere Feinde kämpfen nur für den König; wir wollen unseren Leuten einreden, daß sie für Gott in den Krieg ziehen. Gebt mir eine Vollmacht, dann will ich ein Regiment von Mördern aufstellen, und ich garantiere Euch, daß ich sie zu unbesiegbaren Fanatikern mache.«

Cromwell hielt Wort. Er bildete sein Regiment roter Brüder aus melancholischen Narren und machte sie zu willfährigen Wüterichen. Bessere Soldaten hatte Mohammed nicht gehabt.

Aber um solchen Fanatismus zu schüren, muß man sich auf den Geist der Zeit stützen können. Ein französisches Parlament würde heute vergeblich versuchen, ein derartiges Regiment aufzustellen; es würde nicht einmal zehn Marktweiber zusammentrommeln können.

Es gehört Geschick dazu, Fanatiker aus den Menschen zu machen und sie dementsprechend zu lenken. Aber Schwin-

* Questions sur l'encyclopódie, 6e partie (1771).

del und Dreistigkeit allein genügen nicht; wir haben bereits gesehen, daß alles davon abhängt, im richtigen Augenblick auf die Welt zu kommen.

Toleranz

I

Was ist Toleranz? Sie ist Menschlichkeit überhaupt. Wir sind alle gemacht aus Schwächen und Fehlern; darum sei erstes Naturgesetz, daß wir uns wechselseitig unsere Dummheiten verzeihen.

Laßt an der Börse von Amsterdam, London, Surat oder Basra den zarathustrischen Perser, den Banian, den Juden, den Muslim, den zur Gottheit betenden Chinesen, den griechischen Christen, den römischen Christen, den protestantischen Christen, den christlichen Quäker miteinander Handel treiben: keiner wird den Dolch gegen den andern zücken, um seiner Religion neue Seelen zu gewinnen. Warum dann haben wir uns beinahe pausenlos seit dem ersten Konzil von Nizäa die Hälse durchgeschnitten?

Konstantin begann mit einem Erlaß, der alle Religionen gestattete; am Ende wurde er zum Verfolger. Vor ihm erhob man sich gegen die Christen nur, weil sie eine Partei im Staate zu bilden anfingen. Die Römer ließen allen ihre Götter, selbst den Juden und Ägyptern, für welche sie so viel Verachtung empfanden. Warum duldete Rom deren Religionen? Weil weder Ägypter noch Juden versuchten, die alte Religion des Reiches auszutilgen; weil sie nicht Länder und Meere bereisten, um Jünger zu gewinnen: sie trachteten nur Geld aufzuhäufen; aber die Christen wollten unbestreibar, daß ihre Religion herrsche. Den Juden war die Statue Jupiters ärgerlich in Jesusalem, den Christen aber war sie ärgerlich auf dem Kapitol. Der heilige Thomas gibt aufrichtig zu, daß die Christen nur darum die Kaiser nicht entthronten, weil sie es nicht konnten. Ihre Meinung war, daß die ganze Erde christlich sein müsse. Notwendig waren sie also der ganzen Erde feind, solange diese nicht bekehrt war.

Sie waren untereinander feind in allen Punkten ihrer Auseinandersetzung. Soll man zunächst Jesus Christus für Gott ansehen, so werden jene, welche das leugnen, als Ebioniten verflucht und verfluchen ihrerseits die Anbeter des Jesus. Wollen einige von ihnen, daß alles Gut gemein sei, wie man das von der Apostelzeit behauptet, so schimpfen ihre Gegner sie Nikolaiten und beschuldigen sie der ruchlosesten Frevel. Streben manche zu einer mystischen Andacht, so schimpft man sie Gnostiker und erhebt sich rasend gegen sie. Erörtert Marcion die Dreieinigkeit, so schmäht man ihn als Götzendiener.
Tertullian, Praxeas, Origenes, Novatian, Sabellius, Donatus werden allesamt vor Konstantin von ihren Brüdern verfolgt, und kaum hat Konstantin die christliche Religion zur Herrschaft erhoben, zerfleischen sich die Athanasianer und Eusebianer. Seit jener Zeit ist die christliche Kirche bis zu unseren Tagen in Blut getaucht.
Das jüdische Volk war gewiß sehr barbarisch. Es metzelte mitleidlos alle Bewohner eines unglücklichen Ländchens, worauf es nicht mehr Recht besaß als heute auf Paris und London. Doch als Naaman nach siebenmaligem Eintauchen im Jordan von seinem Aussatz geheilt ist und er dem Elisa, welcher ihn dies Geheimnis gelehrt hatte, zum Dank verheißt, er wolle seiner Erkenntlichkeit halber den Gott der Juden anbeten, da behält er sich vor, weiterhin den Gott seines Königs zu verehren; er fragt den Elisa dazu um Erlaubnis, und der Prophet zögert nicht mit seiner Einwilligung. Die Juden verehrten ihren Gott; aber sie waren nicht erstaunt, daß jedes Volk seinen eigenen habe. Sie fanden in Ordnung, daß Chamos den Moabitern einen bestimmten Landstrich gegeben hatte, sofern nur ihr eigener Gott auch ihnen solch einen gab. Jakob freite ohne Zaudern die Töchter eines Götzendieners. Laban hatte seinen Gott wie Jakob auch. Das sind einige Beispiele für Toleranz beim intolerantesten und grausamsten Volk des ganzen Altertums: wir ha-

ben seine unsinnigen Greuel nachgeahmt, nicht aber seine Duldsamkeit.
Eindeutig ist jeder ein Scheusal, wer seinen menschlichen Bruder verfolgt, weil dieser nicht seiner Meinung ist. So zu urteilen fällt niemandem schwer. Aber Regierung, Amtspersonen und Fürsten, wie verfahren denn sie mit jenen, die einen anderen Gottesdienst haben als sie selber? Sind es Mächtige im Ausland, so wird ein Fürst gewiß mit ihnen Bündnisse schließen. Der allerchristlichste Franz I. verbündet sich mit den Muselmanen gegen den allerkatholischsten Karl V. Franz I. gibt den deutschen Lutheranern Geld, um sie bei ihrem Aufruhr gegen den Kaiser zu unterstützen; doch vorher brennt er die Lutheraner bei sich zuhaus, wie es der Brauch ist. Der Politik halber bezahlt er sie in Sachsen, der Politik halber schmort er sie in Paris. Allein was geschieht? Die Verfolgungen schaffen neue Jünger; bald ist Frankreich voller Protestanten. Zunächst lassen sie sich hängen, dann hängen sie selber andere. Bürgerkriege brechen aus; endlich kommt die Bartholomäusnacht, und in diesem Erdenwinkel tut sich Schlimmeres, als was die Alten und Modernen jemals von der Hölle gesagt haben.
Ihr Wahnsinnigen, die ihr niemals in Reinheit dem Gott habt dienen können, der euch schuf! Ihr Unseligen, welche das Beispiel der Nochaiden, der Gebildeten Chinas, der Parsen und aller Weisen niemals hat leiten können! Ihr Scheusale, die ihr den Aberglauben nötig habt wie der Rabenmagen das Aas! Man hat es euch schon gesagt und kann es nur wiederholen: habt ihr zwei Religionen, so werden sie sich die Kehle abschneiden; habt ihr dreißig, so werden sie in Frieden leben. Seht den Großtürken: er herrscht über zarathustrische Perser, über Banianen, über griechische, syrische und römische Christen. Wer als erster Lärm schlagen will, wird gepfählt, und alle Welt hält Ruhe.

II

Von allen Religionen ist es wohl die christliche, welche am meisten für die Toleranz begeistern muß, obwohl bis heute die Christen am intolerantesten von allen Menschen sind. Jesus, der seinen Brüdern gleich in Armut und Niedrigkeit geboren werden wollte, mochte auch niemals die Kunst des Schreibens üben. Die Juden hatten ein geschriebenes Gesetz in größter Ausführlichkeit, wir aber haben nicht eine Zeile von der Hand Jesu. Die Apostel zerstritten sich über mehrere Punkte. Der heilige Petrus und der heilige Barnabas aßen mit den neubekehrten fremdländischen Christen verbotenes Fleisch und enthielten sich dessen vor den jüdischen Christen. Der heilige Paulus tadelte sie um dies Betragen; aber der gleiche Paulus, ein pharisäischer Jünger des Pharisäers Gamaliel, ebendieser heilige Paulus, welcher die Christen rasend verfolgt hatte und nach seinem Bruch mit Gamaliel selber Christ geworden war, ging später zu Zeiten seines Apostelamtes nichtsdestoweniger in den Tempel von Jerusalem, um zu opfern. Er befolgte öffentlich acht Tage lang alle Feierlichkeit des jüdischen Gesetzes, dem er abgeschworen hatte; er hielt sogar Andacht und Reinigung mehr als nötig; er ward Jude bis zum letzten Buchstaben. Der Christenheit größter Apostel tat acht Tage lang all das, wofür man bei einem großen Teil der christlichen Völker die Menschen zum Scheiterhaufen verdammt.

Theudas und Judas hatten sich vor Christus als der Messias bezeichnet. Nach Christus bezeichneten sich Dositheus, Simon und Menander als der Messias. Es entstanden schon im ersten Jahrhundert der Kirche, und sogar noch bevor der christliche Name bekannt wurde, ungefähr zwanzig Sekten in Judäa.

Die andächtigen Gnostiker, die Dositheaner und Cerintheaner waren vorhanden, bevor die Jünger des Jesus sich Christen nannten. Bald gab es dreißig Evangelien, die jedes zu

einer andern Gemeinde gehörten, und seit dem Ende des ersten Jahrhunderts kann man in Kleinasien, Syrien, Alexandria und sogar in Rom dreißig christliche Sekten zählen.
Alle diese Sekten waren verachtet von den römischen Herrschern und verborgen in der eigenen Dunkelheit; indessen verfolgten sie sich gegenseitig in den Kellergewölben, wo sie krochen, das heißt sie beschimpften und schmähten einander; mehr konnten sie in ihrer Niedrigkeit nicht tun: fast immer bestanden sie aus dem Bodensatz des Volkes.
Als schließlich einige Christen sich den Dogmen des Platon zugewandt und ihrer Religion, die von der jüdischen abgetrennt war, ein wenig Philosophie beigemischt hatten, erwarben sie unmerklich mehr Ansehen, blieben aber weiterhin zerteilt in Sekten, und so hat es nie eine Zeit gegeben, wo die christliche Kirche eins gewesen wäre. Sie ist geboren mitten aus den Zwistigkeiten der Juden: jener Samariter, Pharisäer, Sadduzäer, Essener, Judaiten, Johannesjünger und Therapeuten. Zerteilt war sie schon in ihrer Wiege, zerteilt ist sie sogar in den Verfolgungen gewesen, die sie unter den ersten Kaisern manchmal ausstand. Häufig galt der Märtyrer seinen Brüdern für abtrünnig; unter dem Schwert römischer Henker starb der karpokratianische Christ, verstoßen vom ebionitischen Christen, welchen der sabellianische Christ verfluchte.
Diese gräßliche Zwietracht, die schon so viele Jahrhunderte dauert, ist eine aufrüttelnde Lehre, uns wechselseitig unsere Irrtümer zu verzeihen. Der menschlichen Gattung schlimmstes Übel ist die Zwietracht, und deren alleiniges Heilmittel ist die Toleranz.
Niemand, welcher diese Erkenntnis nicht zugibt: sei es, daß er ruhigen Blutes in seinem Studierzimmer darüber nachsinnt oder daß er beschaulich mit seinen Freunden die Wahrheit prüft. Warum erheben sich aber die gleichen Menschen öffentlich mit soviel Wut gegen jene Tugenden, denen sie jeder einzeln zustimmen: Duldsamkeit, Wohltätigkeit, Ge-

rechtigkeit? Warum? Weil sie ihren Nutzen anbeten, weil sie jenem Scheusal alles opfern.
Ich besitze Amt und Macht, die sich auf Unwissenheit und Leichtgläubigkeit gründen; ich schreite über die Köpfe von Menschen, die zu meinen Füßen im Staub liegen; wenn sie wieder aufstehen und mir ins Gesicht sehen, bin ich verloren; sie müssen also mit Eisenketten am Boden gefesselt bleiben.
So haben Menschen gedacht, welche durch fanatische Jahrhunderte mächtig geworden sind. Sie halten andere Mächtige unter sich und diese wiederum andere, die sich an der Haut des Armen bereichern, von seinem Blute fett werden und seine Einfältigkeit verlachen. Sie hassen alle die Toleranz, ähnlich den Parteigängern, die sich zu Lasten der Allgemeinheit bereichert haben und Rechenschaft abzulegen fürchten, und ähnlich den Unterdrückern, die vor dem Worte »Freiheit« bangen. Obendrein schließlich halten sie ein paar Fanatiker im Sold, welche lauthals schreien: »Seid ehrfürchtig gegen die Unsinnigkeiten meines Herrn; zittert, zahlt und hütet eure Zunge!«
Das hat man lange Zeit in einem großen Teil der Erde getrieben; allein wie soll man heute mit so vielen Sekten verfahren, deren Macht sich die Waage hält? Jede Sekte, wie man weiß, ist ein Stück Irrtum; es gibt keine Sekte von Geometern, von Algebraikern, von Arithmetikern, weil alle Sätze der Geometrie, der Algebra, der Arithmetik wahr sind. In jeder anderen Wissenschaft kann man sich täuschen. Welcher thomistische oder scotistische Theologe könnte ernsthaft den Satz wagen, daß er seiner Sache sicher ist?
Wenn überhaupt eine Sekte an die Zeit der ersten Christen erinnert, so sind es unbestritten die Quäker. Die Apostel empfingen den Geist, und die Quäker empfangen den Geist. Die Apostel und Jünger redeten zu dritt oder viert auf einmal vor ihrer Gemeinde im dritten Stock, und die Quäker tun es zu genauso vielen im Erdgeschoß. Dem heiligen Pau-

lus zufolge war den Weibern das Predigen erlaubt, und zufolge dem gleichen Paulus war es ihnen verboten; die Quäkerinnen predigen kraft der ersten Erlaubnis.
Die Apostel und die Jünger schworen mit ja und nein; die Quäker schwören nicht anders. Kein Zeichen der Würde, kein unterschiedlicher Zierat war unter Jüngern und Aposteln; die Quäker gehen hemdsärmelig ohne Manschettenknöpfe und sind alle gleich gekleidet.
Jesus Christus taufte keinen seiner Apostel; die Quäker sind nicht getauft.
Es wäre leicht, die Parallele zu verlängern; es wäre noch leichter zu zeigen, um wieviel die christliche Religion heute von jener abweicht, die Jesus übte. Jesus war Jude; wir sind keine Juden. Jesus enthielt sich des Schweins, weil es unrein ist, wie auch des Kaninchens, weil es wiederkäut und die Klauen nicht spaltet; wir essen keck das Schwein, weil es für uns nicht im geringsten unrein ist, und wir essen das Kaninchen, welches die Klauen spaltet und nicht wiederkäut.
Jesus war beschnitten, und wir hüten unsere Vorhaut. Jesus aß das Osterlamm mit Lattich, er feierte das Laubhüttenfest, und wir tun nichts dergleichen. Er befolgte den Sabbat, und wir haben ihn verändert; er opferte, und wir opfern nicht.
Jesus verbarg immer das Geheimnis seiner Fleischwerdung und seiner Würde; niemals sagte er, daß er wie Gott sei. Der heilige Paulus sagt in seinem Brief an die Juden, daß Gott den Jesus geringer als die Engel geschaffen habe, und trotz aller Worte des heiligen Paulus ist Jesus auf dem Konzil von Nizäa für Gott erkannt worden.
Jesus hat dem Papst weder die Mark Ancona noch das Herzogtum Spoleto gegeben, und dennoch besitzt der Papst beides nach göttlichem Recht.
Jesus hat weder aus der Ehe noch aus der Priesterweihe ein Sakrament geschaffen; aber Priesterweihe und Ehe sind bei uns Sakramente.

Will man nur aufmerksam hinsehen, so zeigt sich die katholische, apostolische und römische Religion als das Gegenteil der Religion des Jesus.
Wie dann? Müssen wir alle das jüdische Gesetz bekennen, weil ihm Jesus sein Leben lang gehorsam war?
Wenn im Bereich der Religion folgerichtig zu denken erlaubt wäre, so müßten wir offenkundig allesamt Juden werden, da Jesus Christus unser Retter als Jude zur Welt kam, als Jude lebte und als Jude starb, zumal er ausdrücklich gesagt hat, er befolge und erfülle das Gesetz. Aber noch klarer ist, daß wir uns wechselseitig dulden müssen; denn alle sind wir schwach, schwankend und der Unbeständigkeit wie dem Irrtum verfallen. Wird ein Schilfrohr, das vom Wind in den Schlamm geduckt ist, zum andersherum geduckten Schilfrohr so sprechen: »Kriech wie ich, du Elender; sonst will ich Klage führen, daß man dich ausreißt und verbrennt?«

V. Über die Toleranz; veranlasst durch die Hinrichtung des Johann Calas im Jahre 1762

Über die Toleranz

1. Kurze Geschichte der Hinrichtung des Johann Calas

Die Ermordung des Calas, die in Toulouse mit dem Schwerte der Gerechtigkeit den 9. März 1762 begangen ist, ist eine der seltsamsten Begebenheiten, die die Aufmerksamkeit unseres Zeitalters und der Nachwelt verdienen. Man vergißt bald den zahllosen Haufen von Toten, der im Schlachtfeld umkömmt, nicht nur weil es unvermeidliches Schicksal im Kriege ist, sondern auch weil die, die diesem Schicksal unterliegen, ihre Feinde wieder töten können und nicht umkommen, ohne sich zu verteidigen. Da, wo Gefahr und Vorteile gleich sind, hört das Erstaunen auf, und selbst das Mitleiden wird schwach. Aber wenn ein unschuldiger Hausvater dem Irrtum, der Leidenschaft oder dem Fanatismus unter die Hände gerät; wenn der Angeklagte keinen Verteidiger hat als seine Tugend; wenn die Schiedsrichter über sein Leben auf den Fall, daß sie ihn erwürgen, weiter keine Gefahr laufen als – sich zu irren; wenn sie ungestraft durch ein Urteil morden können: dann erhebt sich die Stimme des Publikums; jedem wird bang für sich selbst; man sieht, daß vor einem Tribunal, das errichtet worden ist, um über das Leben der Bürger zu wachen, niemand seines Lebens sicher ist; und alle Stimmen schreien gemeinschaftlich um Rache.

Es kam bei dieser seltsamen Geschichte auf Religion, Selbstmord und Vatermord an. Es kam darauf an, zu wissen, ob ein Vater und eine Mutter ihren Sohn erdrosselt hätten, um Gott einen Dienst zu tun; ob ein Bruder seinen Bruder, ein Freund seinen Freund ermordet und ob die Richter sich vorzuwerfen hätten, entweder einen unschuldigen Vater auf dem Rade sterben oder eine schuldige Mutter, einen schuldigen Bruder, einen schuldigen Freund ungestraft gelassen zu haben.

Johann Calas, ein Mann von achtundsechzig Jahren, lebte seit länger als vierzig Jahren zu Toulouse als Handelsmann, und alle, die ihn kannten, hielten ihn für einen guten Vater. Er war Protestant und seine Frau und Kinder gleichfalls, außer ein Sohn, der die Ketzerei abgeschworen hatte und dem der Vater ein kleines Jahrgeld auszahlte. Er schien so entfernt von dem unsinnigen Fanatismus, der alle gesellschaftliche Bande zerreißt, daß er gegen die Bekehrung seines Sohnes *Ludwig Calas* nichts einwandte und seit dreißig Jahren eine eifrige Katholikin zur Magd hatte, die dabei alle seine Kinder groß zog.

Einer seiner Söhne, *Mark-Anton*, hatte sich auf Wissenschaften gelegt, und jedermann hielt ihn für einen unruhigen, düstern und hastigen Kopf. In der Handlung war es dem jungen Menschen nicht geglückt, weil er dazu nicht taugte, und als Advokat hatte man ihn auch nicht annehmen wollen, weil dazu Beglaubigungsscheine des Katholizismus erfordert wurden, die er nicht erhalten konnte. Aus Verdruß beschloß er, seinem Leben ein Ende zu machen, und ließ sich dies auch merken gegen einen seiner Freunde. Er las alles, was nur über den Selbstmord geschrieben war, und wurde dadurch noch fester in seinem Entschluß.

Endlich, als er einmal sein Geld im Spiel verloren hatte, wählte er gerade diesen Tag zur Ausführung seines Vorhabens. Ein Freund vom Hause und zugleich sein Freund, namens Lavaisse, ein junger Mensch von neunzehn Jahren, bekannt durch seinen aufrichtigen und sanften Charakter und Sohn eines berühmten Advokaten zu Toulouse, war den Abend vorher, den 12. Oktober 1761, von Bordeaux angekommen und aß diesen Abend von ohngefähr in Calas' Hause. Der Vater, die Mutter, Mark-Anton, ihr ältester, und Peter, ihr zweiter Sohn, aßen zusammen. Nach Tische ging man in einen kleinen Saal. Mark-Anton verschwand. Endlich, als der junge Lavaisse weggehen wollte und Peter Calas und er hinuntergingen, fanden sie unten neben dem Laden den Mark-Anton im Hemde an der Türe hängen und sein Kleid zusammengelegt auf dem Schreibtisch. Sein Hemd war nicht in der mindesten Unordnung; seine Haare waren ordentlich gekämmt; er hatte an seinem Körper keine Wunde, keine blaue Flecken.[1]

Wir übergehen hier alle kleinen Umstände, welche die Advokaten hinlänglich berichtigt haben. Wir lassen den Schmerz und die Verzweiflung des Vaters und der Mutter ungeschildert. Die Nachbarn hörten das Geschrei. Lavaisse und Peter Calas liefen ganz außer sich nach Wundärzten und nach der Obrigkeit.

Während daß sie so ihre Pflicht erfüllten, während Vater und Mutter in Tränen und Schluchzen lagen, lief das Volk von Toulouse um das Haus zusammen. Dies Volk ist abergläubisch und ungestüm. Seine Brüder, die nicht mit ihm einerlei Religion haben, sind Ungeheuer in seinen Augen. In Toulouse war es, wo man Gott feierlich für den Tod Heinrichs III. dankte, wo man sich verschwur, den ersten, der den großen, den guten Heinrich IV. anerkennen würde, um's Leben zu bringen. Diese Stadt feiert noch jährlich mit einer Prozession und Freudengeschrei den Tag, wo sie vor zweihundert Jahren viertausend ketzerische Bürger niedermetzelte. Vergebens haben sechs Edikte des Rats dies verhaßte Fest verboten. Die Toulousaner feiern es demohngeachtet wie ihre *Jeux floreaux*.

Irgendein fanatischer Kopf aus dem Pöbel rief, Johann Calas hätte seinen eignen Sohn Mark-Anton erhängt. Im Augenblick wiederholte dies ein einstimmiges Geschrei. Einige setzten noch hinzu, der Tote hätte den Tag darauf ab-

1 Nachdem der Leichnam aufs Rathaus gebracht war, fand man nur eine kleine Schramme an der Nase und einen kleinen Fleck auf der Brust, die wahrscheinlich von einer Unachtsamkeit beim Transport des Körpers herrührten.

schwören wollen, und deswegen hätte ihn seine Familie erdrosselt, aus Haß gegen die katholische Religion. Den Augenblick drauf zweifelte man schon nicht mehr. Die ganze Stadt war überzeugt, daß es bei den Protestanten ein Religionsartikel sei, daß Eltern ihre Kinder umbringen müssen, sobald sie abtrünnig werden wollen.

Wenn die Köpfe einmal in Gärung sind, so machen sie nicht leicht halt. Man bildete sich ein, die Protestanten von Languedoc hätten sich den Abend vorher versammelt; sie hätten durch die Wahrheit der Stimmen einen Henkersknecht aus ihrer Sekte gewählt, und die Wahl wäre auf den jungen Lavaisse gefallen. Dieser junge Mensch hätte in vierundzwanzig Stunden die Nachricht von seiner Wahl vernommen und wäre von Bordeaux hergekommen, um dem Johann Calas, seiner Frau und ihrem Sohn Peter bei der Ermordung eines Sohnes, eines Bruders, eines Freundes zu helfen.

Der Capitoul oder Bürgermeister David, den dieser Lärm in Bewegung brachte, wollte sich durch eine schnelle Exekution in Kredit setzen und verfuhr gegen Regel und Gesetz. Er ließ die Familie Calas, die katholische Magd und den Lavaisse in Fesseln legen.

Man publizierte ein Monitorium, das ebenso ordnungswidrig als die Prozedur war. Man ging noch weiter. Mark-Anton Calas war als Calvinist gestorben, und wenn er Hand an sich selbst gelegt hatte, mußte er ausgeschleift werden. Aber man begrub ihn mit dem größten Pomp in der St. Stephanskirche, so sehr auch der Pfarrer gegen diese Entheiligung protestierte.

Es sind in Languedoc vier Pönitentenbrüderschaften, die weiße, die blaue, die graue und die schwarze. Die andächtigen Brüder tragen eine lange Kutte mit einer Maske von Tuch, die zwei Löcher hat, damit sie sehen können. Sie haben den Herrn Fitz-James, Commandanten der Provinz, bewegen wollen, in ihre Gesellschaft zu treten. Er hat es aber abgeschlagen. Die weißen Pönitentenbrüder erwiesen dem Mark-Anton Calas wahre Märtyrerehre. Nie ist in einer Kirche das Fest eines wirklichen Märtyrers mit mehrerem Pomp gefeiert. Aber dieser Pomp war schrecklich. Auf einem prächtigen Trauergerüste hatte man ein Skelett aufgestellt, das man Bewegungen machen ließ und das den Mark-Anton vorstellte, wie er in der einen Hand eine Palme und in der andern eine Feder hielt, mit der er die Abschwörung der Ketzerei unterzeichnen sollte und die in der Tat das Todesurteil seines Vaters schrieb.

Nun fehlte dem Unglücklichen, der Hand an sich selbst gelegt hatte, nichts mehr als die Kanonisation. Das ganze Volk sah ihn an als einen Heiligen. Einige riefen ihn an; andre beteten auf seinem Grabe; einige forderten Wunder von ihm; andre erzählten die Wunder, die er schon getan hatte. Ein Mönch brach ihm einige Zähne aus, um dauerhafte Reliquien zu haben. Eine andächtige Person, die taub war, sagte, sie habe läuten gehört. Ein apoplektischer Priester wurde kuriert, nachdem er etwas zu brechen eingenommen hatte. Man registrierte förmlich diese Wunder. Der Verfasser dieser Erzählung besitzt ein Zeugnis von einem jungen Menschen aus Toulouse, der verrückt geworden ist, weil er mehrere Nächte auf dem Grabe des neuen Heiligen gebetet hatte und ein Wunder nicht erhalten konnte, um das er ihn anrief.

Einige Magistratspersonen waren von der weißen Pönitentenbrüderschaft. Von diesem Augenblick an schien Johann Calas ohne weitres Bedenken des Todes schuldig.

Was seine Hinrichtung noch beschleunigte, war die Nähe des berüchtigten Festes, das die Toulousaner jährlich zum Andenken der Niedermetzelung der viertausend Hugenotten feiern. Das Jahr 1762 war gerade das zweite Jubeljahr des Festes. Man machte in der Stadt schon Anstalten zu dieser Feierlichkeit. Alles dies setzte die erhitzte Einbildungskraft des Pöbels noch mehr in Flammen. Man sagte öffentlich, das Schafott, auf dem man die Calas rädern würde, würde die größte Zierde des Festes sein. Man sagte, die Vorsehung habe diese Schlachtopfer beschert, damit sie unsrer heiligen Religion geopfert werden könnten. Zwanzig Personen haben diese und noch weit ärgre Reden gehört. Und dies geschah in unsern Tagen; geschah zu einer Zeit, wo die Philosophie solche Fortschritte gemacht hat; zu einer Zeit, wo hundert Akademien schreiben, um sanfte Sitten einzuflößen! Es scheint, als ob der Fanatismus, aufgebracht über die kleinen Fortschritte der Vernunft, sich mit desto größerer Wut gegen sie auflehnte.

Dreizehn Richter versammelten sich täglich, um den Prozeß zu beendigen. Man hatte keinen Beweis gegen die Familie. Man konnte keinen haben. Aber die betrogne Religion diente an Beweises statt. Lange Zeit bestanden sechs Richter darauf, man sollte ohne Umstände den Johann Calas, seinen Sohn und den Lavaisse zum Rade und die Frau des Johann Calas zum Scheiterhaufen verdammen. Die sieben übrigen waren gemäßigter und wollten, daß man sie wenigstens erst verhörte. Der Streit darüber wurde lange und zu wiederholten Malen geführt. Einer der Richter, überzeugt von der Unschuld der Angeklagten und von der Unmöglichkeit des Verbrechens, sprach lebhaft zu ihrer Verteidigung. Er stellte dem Eifer der Strenge den Eifer der Menschlichkeit entgegen. Er wurde öffentlicher Schutzredner der Calas in allen Häusern zu Toulouse, wo das fortdauernde Geschrei der getäuschten Religion das Blut dieser Unglücklichen verlangte. Ein andrer, durch seine Heftigkeit bekannter Richter sprach in der Stadt mit ebenso vieler Hitze gegen die Calas, als der erste Wärme in ihrer Verteidigung zeigte. Endlich wurde der Lärm so groß, daß beide sich genötigt sahen, auf ihre Stimmen Verzicht zu tun und sich auf das Land zu begeben.

Aber hier ereignete sich ein besondres Unglück. Der Richter, der den Calas günstig war, war so gewissenhaft, bei sei-

ner Verzichtleistung zu beharren. Der andre hingegen kam wieder und gab seine Stimme gegen die, über die er nicht richten durfte; und gerade diese Stimme gab der Verurteilung zum Rade den Ausschlag. Denn es waren nur acht Stimmen gegen fünf, und einer der Richter von der Gegenpartei war erst gegen das Ende nach vielen Streitigkeiten zu der strengern Partei übergegangen.
Wenn von Ermordung eines Blutsfreundes die Rede ist und es darauf ankömmt, einen Hausvater zur abscheulichsten Strafe zu verdammen, so scheint es, daß immer das Urteil einstimmig gesprochen werden sollte. Die Beweise eines so unerhörten Verbrechens[1] sollten von einer Evidenz sein, die jedermann einleuchtete. Der mindeste Zweifel sollte bei einem Fall wie diesem den Richter zittern machen, der ein Todesurteil unterzeichnen will. Täglich zeigt sich die Schwäche unsrer Vernunft und die Unzulänglichkeit unsrer Gesetze; aber wann sieht man dieses Elend mehr ein, als wenn das Übergewicht einer einzigen Stimme einen Bürger aufs Rad bringt? In Athen wurden fünfzig Stimmen über die Hälfte erfordert, eh man ein Todesurteil auszusprechen wagte. Was folgt daraus? Das, was wir längst wissen, ohne daß es uns

1 Mir sind aus der Geschichte nur zwei Beispiele von Vätern bekannt, die ihre Kinder der Religion halber ermordet haben. Das erste ist der Vater der *heiligen Barbara*, die man in Frankreich Sainte Barbe nennt. Er hatte in seiner Badstube zwei Fenster bestellt. Barbara ließ in seiner Abwesenheit ein drittes dazu machen, zu Ehren der heiligen Dreieinigkeit. Sie machte mit der Fingerspitze das Zeichen des heiligen Kreuzes auf marmorne Säulen, und dies Zeichen grub sich tief ein in den Marmor. Ihr Vater lief aufgebracht mit dem Degen hinter ihr her; aber sie entfloh mitten durch einen Berg, der sich für sie auftat. Der Vater lief um den Berg herum und holte seine Tochter wieder ein, ließ sie ganz nackt ausziehen und peitschen; aber Gott bedeckte sie mit einer weißen Wolke. Endlich hieb ihr der Vater den Kopf ab. Dies berichtet die *Fleur des Saints*.
Das zweite Beispiel ist der Prinz *Hermengild*. Er empörte sich gegen den König, seinen Vater, lieferte ihm ein Treffen im Jahre 584, wurde überwunden und von einem Offizier getötet. Man hat einen Märtyrer aus ihm gemacht, weil sein Vater ein Arianer war.

etwas hilft; daß die Griechen vernünftiger und menschlicher waren als wir.
Es schien unmöglich, daß Johann Calas, ein alter Mann von achtundsechzig Jahren, der geschwollene und schwache Füße hatte, allein einen Sohn von achtundzwanzig Jahren, der noch dazu von ungewöhnlicher Stärke war, erdrosselt haben sollte. Seine Frau, sein Sohn Peter Calas, Lavaisse und die Magd mußten ihm durchaus Hülfe geleistet haben. Sie hatten einander an dem Abend, wo sich die unglückliche Geschichte zutrug, nicht einen Augenblick verlassen. Aber die letzte Vermutung war noch unvernünftiger als die erste. Denn wie konnte eine eifrige katholische Magd zugeben, daß die Hugenotten einen von ihr erzogenen jungen Menschen umbrächten, um ihn dafür zu bestrafen, daß er die Religion dieser Magd liebte? Wie sollte wohl Lavaisse gerade deswegen von Bordeaux gekommen sein, um seinen Freund zu erhenken, dessen vorgebliche Religionsänderung unbekannt war? Wie hätte eine zärtliche Mutter Hand an ihren Sohn legen können? Wie wären alle zusammen imstande gewesen, einen jungen Menschen, der so stark war als sie sämtlich, zu erhenken, ohne lange und heftige Gegenwehr, ohne ein entsetzliches Geschrei, das die Nachbarschaft hätte in Bewegung setzen müssen, ohne wiederholte Schläge, ohne Beulen, ohne Kleider zu zerreißen?
Konnte die Ermordung begangen werden, so waren unstreitig alle Angeklagten in gleichem Grade schuldig; denn alle hatten einander nicht einen Augenblick verlassen. Offenbar aber waren sie es nicht. Offenbar konnt' es der Vater allein unmöglich sein. Und das Urteil verdammte bloß den Vater, auf dem Rade zu sterben.
Der Grund, auf den sich dies Urteil stützte, war so unbegreiflich als alles übrige. Die Richter, welche für die Hinrichtung des Johann Calas entschieden hatten, überredeten die andern, daß dieser alte schwache Mann die Martern nicht aushalten und unter den Stößen der Henker sein und seiner

Mitschuldigen Verbrechen gestehen würde. Wie groß war ihre Bestürzung, als der alte Mann, indem er auf dem Rade starb, Gott zum Zeugen seiner Unschuld anrief und ihn bat, seinen Richtern zu vergeben!

Sie sahen sich genötigt, ein zweites Urteil abzufassen, das dem ersten widersprach und wodurch die Mutter, der Sohn, der junge Lavaisse und die Magd losgelassen werden sollten. Aber einer der Räte machte es ihnen begreiflich, daß dieses Urteil das vorige zu Schanden machte, daß sie sich selbst verdammten und daß die Loslassung der Überlebenden offenbar die Unschuld des hingerichteten Hausvaters bewiese, indem alle Angeklagten zu der Zeit, wo der Mord geschehen sein sollte, immer beisammen gewesen wären. Man ergriff also den Ausweg, Peter Calas, den Sohn, Landes zu verweisen. Hatte diese Landesverweisung ein weniger inkonsequentes, weniger ungereimtes Ansehen als alles vorige? Peter Calas hatte teil an der Ermordung seines Bruders, oder nicht. War das erstere, so verdiente er gerädert zu werden, wie sein Vater. War das letztere, so verdiente er keine Landesverweisung. Aber die Richter, bestürzt über die Hinrichtung des Vaters und die rührende Frömmigkeit, mit der er gestorben war, dachten ihre Ehre zu retten, wenn sie glauben machten, daß sie dem Sohne Gnade für Recht ergehen ließen. Als wenn hier Begnadigung nicht eine neue Ungerechtigkeit gewesen wäre! Sie glaubten, daß die Verbannung dieses armen, hülflosen jungen Menschen von keiner Bedeutung und nach dem, was sie unglücklicherweise einmal getan hatten, keine Ungerechtigkeit mehr wäre.

Man fing damit an, den Peter Calas in seinem Kerker zu bedrohen, daß man ihn wie seinen Vater behandeln würde, wofern er nicht seine Religion abschwören wolle. Dies bezeugt dieser junge Mensch endlich.[1]

1 »Ein Jakobiner kam in mein Gefängnis und drohte mir ebendieselbe Todesart an, wofern ich nicht abschwüre. Dies bezeuge ich vor Gott. Den 23. Jun. 1762.« Peter Calas.

Als Peter Calas aus der Stadt ging, begegnete er einem Abbé, der das Bekehrungsgeschäft trieb und ihn wieder mit sich zurück nach Toulouse nahm. Man sperrte ihn in ein Dominikanerkloster ein und zwang ihn, alle Verrichtungen des katholischen Gottesdienstes mitzumachen. Das war es zum Teil, worauf man es angelegt hatte. Das war der Preis für das Blut seines Vaters. Die Religion, die man rächen wollte, schien dadurch befriedigt.

Der Mutter nahm man ihre Töchter weg und sperrte sie gleichfalls in ein Kloster. Diese Frau, beinahe besprützt mit dem Blute ihres Mannes, die ihren ältesten Sohn tot in ihren Armen gehalten hatte, den zweiten Landes verwiesen und ihrer Töchter und ihres ganzen Vermögens sich beraubt sah, war nun allein auf der Welt, ohne Brot, ohne Hoffnung und hinsterbend im äußersten Elend. Verschiedne Personen, die die Umstände dieses schrecklichen Vorfalls reiflich geprüft hatten, wurden davon so sehr gerührt, daß sie der Madame Calas, die sich in die Einsamkeit zurückgezogen hatte, dringende Vorstellungen tun ließen, sie sollte es wagen, vor dem Throne um Gerechtigkeit zu flehen. Sie konnte sich damals kaum aufrecht halten und war ganz zerfallen. Überdem, als eine geborne Engländerin, die in ihrer frühen Jugend in eine Provinz von Frankreich versetzt worden war, schauderte ihr vor dem bloßen Namen der Stadt Paris. Die Hauptstadt des Königreichs, glaubte sie, müßte noch barbarischer sein als die Hauptstadt von Languedoc. Endlich siegte die Pflicht, das Andenken ihres Mannes zu rächen, über ihre Schwäche. Sie kam, dem Tode nahe, zu Paris an und fand hier zu ihrem Erstaunen gütige Aufnahme, Hülfe und Tränen.

In Paris hat die Vernunft die Oberhand über die Schwärmerei, sie mag so stark sein, als sie will, statt daß in der Provinz die Schwärmerei fast immer die Oberhand über die Vernunft gewinnt.

Herr von Beaumont, berühmter Parlamentsadvokat zu Paris, übernahm sogleich ihre Verteidigung und setzte eine Consultation oder rechtliche Weisung auf, die von fünfzehn Advokaten unterschrieben wurde. Herr Loisteau schrieb mit nicht minderer Beredsamkeit ein Memoire zu Gunsten der Familie. Herr Mariette, Ratsadvokat, setzte eine juristische Supplik auf, die jedermann überzeugte.

Diese drei edlen Verteidiger der Unschuld und der Gesetze ließen der Witwe den Ertrag der Herausgabe ihrer vor Gericht gehaltenen Reden, die indes in verschiednen Städten nachgedruckt wurden, so daß für Madame Calas die Frucht dieser edlen Handlung verlorenging. Paris und ganz Europa wurden von Mitleid gerührt und forderten Gerechtigkeit zugleich mit der unglücklichen Frau. Das Urteil war lange zuvor, eh es vom Pariser Conseil unterzeichnet werden konnte, vom ganzen Publikum ausgesprochen.

Das Mitleid drang bis ins Ministerium, ohngeachtet des immerwährenden Stroms von Geschäften, der oft dem Mitleiden den Zutritt versagt, und ohngeachtet der Gewohnheit, Unglückliche zu sehen, die das Herz noch mehr abhärten kann. Man verschaffte der Mutter ihre Töchter wieder. Man sah sie alle drei mit Flor bedeckt und mit Tränen benetzt ihre Richter zu Tränen bringen.

Indes hatte diese Familie noch immer einige Feinde; denn die Religion war im Spiel. Mehrere Leute der Art, die man in Frankreich *Dévots*[1] nennt, sagten laut, es sei besser, einen alten Calvinisten unschuldig rädern zu lassen, als acht Räte von Languedoc in die Notwendigkeit zu setzen, einmütig zu gestehen, daß sie sich geirrt hätten. Man bediente sich sogar des Ausdrucks: »Es gibt mehr obrigkeitliche Personen als Calas«, und folgerte daraus, man müsse die Familie Calas der Ehre der Obrigkeit aufopfern. Daran dachte man wohl nicht, daß die Ehre aller Richter so gut wie and-

1 *Devot* kommt her vom lateinischen Worte *devotus*, und *devoti* nannte man im alten Rom diejenigen, die sich für das Wohl der Republik aufopferten: die Curtius, Decius etc.

rer Menschen auch darin bestehe, ihre Fehler wieder gutzumachen. Man glaubt in Frankreich nicht, daß der Papst, unterstützt von seinen Kardinälen, untrüglich sei. Man hätte also auch wohl glauben können, daß es acht Richter von Toulouse ebensowenig sind. Alle übrigen vernünftigen und uninteressierten Leute sagten, daß das Urteil von Toulouse in ganz Europa kassiert werden würde, selbst dann, wenn besondre Rücksichten eben dies im Pariser Conseil verhinderten.

So stand es mit dieser erstaunenswürdigen Sache, als sie unparteiischen, aber empfindungsvollen Männern die Idee eingab, dem Publikum einige Bemerkungen über Toleranz, Nachsicht und Mitleiden vorzulegen, ohnerachtet der Abbé Houtteville in seiner schwülstigen und in Tatsachen irrigen Deklamation das letztere ein *abscheuliches Dogma* nennt. Die Vernunft nennt das Mitleiden ein *Erbteil der Natur*.

Entweder haben die Richter von Toulouse, vom Fanatismus des Pöbels hingerissen, einen Hausvater unschuldig rädern lassen – eine Geschichte ohne Beispiel –, oder dieser Hausvater und seine Frau haben ihren ältesten Sohn umgebracht, wobei ihnen ein andrer Sohn und ein Freund hülfreiche Hand geleistet haben – eine Geschichte gegen die Natur. In beiden Fällen hat der Mißbrauch der heiligsten Religion ein großes Verbrechen veranlaßt. Es muß also der Menschheit daran gelegen sein, zu untersuchen, ob die Religion Milde oder Barberei zur Pflicht macht.

2. Folgen aus der Hinrichtung des Johann Calas

Wenn die weißen Pönitentenbrüder die Ursache zur Hinrichtung eines Unschuldigen, zum gänzlichen Ruin einer Familie, zur Zerstreuung derselben und zu der Beschimpfung waren, die eigentlich nur die Ungerechtigkeit treffen sollte und leider die Hinrichtung trifft; wenn die Eilfertigkeit, womit diese weißen Pönitenten einen Menschen, der nach unsern barbarischen Gebräuchen hätte ausgeschleift werden müssen, als einen Heiligen verehrten, einen rechtschaffenen Hausvater aufs Rad gebracht hat: so verdienten sie, dieses Unglück ihre ganze Lebenszeit hindurch als wahre Pönitenten abzubüßen; so müßten sie sowohl als die Richter Tränen vergießen, aber nicht im langen weißen Habit und mit einer Maske übers Gesicht, um ihre Tränen zu verbergen.

Man hat insgemein Hochachtung vor den geistlichen Brüderschaften. Sie sind erbaulich. Aber welcher große Nutzen, den sie dem Staate schaffen können, hält dem abscheulichen Elend, das sie wirklich angerichtet haben, die Waage? Wie es scheint, verdanken sie ihre Stiftung dem Religionseifer, der die Katholiken in Languedoc gegen die sogenannten *Hugenotten* beseelt. So hätte man denn ein Gelübde abgelegt, seine Brüder zu hassen! Denn zum Hassen und Verfolgen haben wir Religion genug, aber nicht zum Lieben und Helfen. Und wie, wenn diese Brüderschaften von Schwärmern regiert würden, wie ehemals verschiedne der Versammlungen von Handwerkern und Herrschaften, bei denen man die Gewohnheit, Erscheinungen zu haben, in Kunst und System gebracht hatte, wie eine unsrer beredtesten und gelehrtesten Magistratspersonen sagt? Wie, wenn man in den Brüderschaften dunkle sogenannte *Meditationskammern* anlegte, wo man Teufel mit Hörnern und Krallen, feurige Schlünde, Kreuze und Dolche malte, und oben übers Gemälde den heiligen Namen Jesu! Welch ein Schauspiel könnte dies werden, für Augen, die schon durch Gaukeleien verblendet, und für die Einbildungskraft solcher Köpfe, die ebenso warm als ihren Obern untertänig sind?

Es sind schon Zeiten gewesen, wir wissen's nur noch zu gut, wo die Brüderschaften gefährlich wurden. Die Frerots und Flagellanten, die zu dieser Klasse gehörten, haben Empörun-

gen veranlaßt, und die Ligue fing sich mit solchen Verbindungen an. Warum wollte man sich auf diese Art von andern Bürgern unterscheiden? Etwa um vollkommener zu werden? Das hieße, den übrigen Teil der Nation auf eine geringschätzige Art zum besten haben. Denn sollten alle Geister in die Brüderschaft treten? Ein herrliches Schauspiel: ganz Europa unter Anzug und Maske mit zwei kleinen runden Löchern vor den Augen! Glaubt man denn im Ernst, daß Gott diese Ausstaffierung einem ordentlichen Kleide vorzieht? Aber das ist's noch nicht alles. Ein solcher Habit ist eine Uniform der Kontrovertisten, die ihre Gegner auffordern, sich unter Waffen zu stellen, und kann einen bürgerlichen Krieg in den Köpfen erregen, der vielleicht einen traurigen Ausgang haben würde, wenn der König und seine Minister nicht in eben dem Grade vernünftig wären, als die Fanatiker närrisch sind.
Es ist bekannt genug, wie teuer die dogmatischen Streitigkeiten der Christen der Menschheit zu stehen gekommen sind. Blut ist vergossen in Schlachten und auf Schaffotten vom vierten Jahrhundert bis auf unsre Zeit. Wir wollen uns hier auf die Kriege und Abscheulichkeiten, die durch die Reformationszänkereien veranlaßt worden sind, einschränken und ihre Quelle in Frankreich aufsuchen. Vielleicht wird eine kurze und getreue Darstellung alles dieses Elends einigen nicht genug unterrichteten Menschen die Augen öffnen und gutgeartete Herzen rühren.

3. Über die Reformation im sechzehnten Jahrhundert

Als bei der Wiederauflebung der Wissenschaften der Verstand der Menschen sich aufzuklären anfing, beklagte man sich allgemein über Mißbräuche, und jedermann muß gestehen, daß diese Klage gegründet war.

Der Papst Alexander VI. hatte die dreifache Krone öffentlich gekauft, und seine fünf unehelichen Kinder teilten unter sich die Vorteile derselben. Sein Sohn, der Kardinal Herzog von Borgia, rottete im Einverständnis mit dem Papst, seinem Vater, die Familien Vitelli, Urbino, Gravina, Oliveretto und hundert andere aus, um ihre Güter und Herrschaften an sich zu reißen. Julius II., der eben dieses Sinnes war, exkommunizierte Ludwig XII., schenkte sein Königreich dem ersten, der Lust hätte, es in Besitz zu nehmen; und er selbst, den Helm auf dem Kopfe und den Panzer auf der Brust, verheerte mit Feuer und Schwert einen Teil von Italien. Leo X., um seine Vergnügungen bezahlen zu können, handelte mit Ablaß, wie man Lebensmittel auf öffentlichem Markte verkauft. Wer gegen diese Räubereien seine Stimme erhub, hatte wenigstens nach Grundsätzen der Moral nicht Unrecht. Ob er es nach Grundsätzen der Politik hatte, wollen wir sehen.

Sie sagten, da Christus nie Annaten und Reservate gefordert, auch weder Dispensationen für diese noch Ablässe für jene Welt verkauft hätte, so könnte man wohl der Notwendigkeit überhoben sein, einem ausländischen Fürsten alle diese Dinge zu bezahlen. Wenn die Annaten, die Prozesse bei den römischen Gerichtshöfen, und die Dispensationen, die bis auf diesen Tag fortdauern, uns jährlich nur fünfhunderttausend Franken kosteten, so hätten wir seit den Zeiten Franz des Ersten binnen zweihundertundfünfzig Jahren hundertundzwanzig Millionen bezahlt, und wenn man den verschiednen Wert der Mark Silber evolviert, so beträgt diese Summe in heutigem Gelde auf zweihundertundfünfzig Millionen. Man kann also ohne Gotteslästerung der Meinung sein, daß die Ketzer, indem sie die Aufhebung aller dieser seltsamen Auflagen, worüber die Nachwelt erstaunen wird, vorschlugen, dem Reiche kein sonderliches Übel androhten und vielmehr gute Rechenmeister als schlechte Untertanen waren. Dazu kommt noch, daß sie allein griechisch verstanden und die Altertümer studierten. Wir wollen daher nicht ableugnen, daß wir ihnen, ihrer Irrtümer ungeachtet, die Entwickelung des menschlichen Verstandes, der lange Zeit in der dicksten Barbarei gelegen hatte, verdanken. Aber weil sie das Fegefeuer leugneten, woran man nicht zweifeln darf und das überdem den Mönchen viel einbrachte; weil sie die Reliquien nicht verehrten, die man verehren muß und die noch mehr einbrachten; kurz, weil sie hochverehrte Dogmen[1] angriffen, so antwortete man ihnen gleich zum Anfang damit, daß man sie verbrennen ließ. Der König, der sie in Deutschland beschützte und besoldete, ging in Paris an der Spitze einer Prozession, nach welcher man mehrere dieser Unglücklichen hinrichtete. Man hing sie an dem Ende eines langen Balkens auf, der wie eine Schwinge an einem aufgerichteten Baume beweglich angebracht war. Dann zündete man unter ihnen ein großes Feuer an, tauchte

1 Sie erneuerten die Meinung des Berengar vom heiligen Abendmahl. Sie leugneten, daß ein Körper an hunderttausend verschiedenen Orten, selbst durch die göttliche Allmacht, zugegensein könne; sie leugneten, daß Eigenschaften ohne Gegenstand stattfinden könnten; sie hielten es für durchaus unmöglich, daß dasjenige, was für die Augen, für den Geschmack und für den Magen Brot und Wein ist, noch in dem Augenblick, da es vorhanden ist, vernichtet sei. Sie behaupteten alle diese Irrtümer, die schon längst an Berengar verdammt waren. Sie beriefen sich auch auf verschiedene Stellen aus den Kirchenvätern.
Sie wiederholten alles, was man in den ersten Jahrhunderten gegen die Verehrung der Reliquien gesagt hatte. Sie führten die Worte des Vigilantius an: »Ist es notwendig, daß ihr gemeinen Staub verehrt oder gar anbetet? Lieben die Seelen der Märtyrer noch ihre Asche? Man führt die Gebräuche der Götzendiener in der Kirche ein. Man zündet Fackeln an bei hellem Mittage. Solange wir leben, können wir einer für den andern beten; aber was nützen diese Gebete nach dem Tode?«
Aber sie sagten nicht, wie sehr der heilige Hieronymus gegen diese Reden des Vigilantius geeifert hat. Kurz, sie wollten sich in allen Stücken auf die apostolischen Zeiten berufen und nicht einräumen, daß die Kirche, seitdem sie erweitert und verstärkt worden, notwendigerweise auch habe ihre Disziplin erweitern und verstärken müssen. Sie verdammten die Reichtümer, die doch notwendig schienen, um die Majestät des Gottesdienstes zu behaupten.

sie unter und zog sie wieder in die Höhe, eins ums andre. So fühlten diese Unglücklichen recht stufenweise die Qualen des Todes, bis sie unter den langwierigsten und abscheulichsten Martern, die jemals die Barberei erfunden hat, endlich ihren Geist aufgaben.
Kurz vor dem Tode Franz I. baten einige Mitglieder des Parlaments von Provence, durch die Geistlichen in Eifer gegen die Einwohner von Merindol und Cabrières gesetzt, den König um Truppen, um die Exekution von neunzehntausend Menschen in diesen Gegenden, die sie verurteilt hatten, zu unterstützen. Sechstausend ließen sie wirklich erwürgen, ohne des Geschlechts, des Alters und der Kindheit zu schonen. Dreißig Flecken verwandelten sie in Aschenhaufen. Diese bisher unbekannten Leute hatten sehr unrecht daran getan, daß sie geborne Waldenser waren; denn dies war ihr einziges Verbrechen. Sie hatten sich seit dreihundert Jahren in Wüsten und Gebürgen niedergelassen und diese mit unglaublicher Arbeit fruchtbar gemacht. Ihr stilles Hirtenleben rief die Unschuld der ersten Zeitalter der Welt zurück. Die benachbarten Städte waren ihnen weiter nicht bekannt als durch den Verkauf der Früchte, die sie dahin trugen. Sie kannten weder Prozeß noch Krieg. Sie wehrten sich nicht. Man schlachtete sie wie schüchternes Wild, das man in einem Gehege umbringt.[1]

1 Der wahrhafte und achtungswürdige Präsident de Thon sagt von diesen so unschuldigen und unglücklichen Menschen: »Es waren Leute, die vor etwa dreihundert Jahren ein rauhes, unbebautes Land von den Eigentümern auf Grundzins empfingen. Mit unsäglicher Arbeit haben sie den Boden zu Ackerbau und Viehzucht geschickt gemacht. Sie waren zu Arbeit und Hunger abgehärtet, kannten keine Prozesse, waren mildtätig gegen die Armen, entrichteten mit der größten Gewissenhaftigkeit Steuern und Gebühren an ihren Fürsten und ihren Grundherrn, setzten die Gottesverehrung in fleißiges Beten und unschuldigen Lebenswandel, gingen aber selten in eine Kirche, außer wenn sie etwa in benachbarten Städten etwas einzukaufen oder sonst Geschäfte hatten. Wenn sie aber in eine Kirche traten, fielen sie vor keiner Bildsäule Gottes oder eines Heiligen nieder, opferten ihnen auch nie Wachslichter und andre Gaben, baten auch nie die Priester,

Nach dem Tode Franz' I., dieses mehr durch seine Galanterien und Unglücksfälle als durch seine Grausamkeiten bekannten Fürsten, brachte die Hinrichtung von tausend Ketzern, vorzüglich des Parlamentsrats Dubourg, und endlich das Blutbad in Vassy, die Verfolgten, deren Sekte sich im Angesicht der Scheiterhaufen und unter dem Schwerte der Henker vermehrt hatte, zu den Waffen. Die Wut trat an die Stelle der Geduld. Sie ahmten die Grausamkeiten ihrer Feinde nach. Neue bürgerliche Kriege verheerten Frankreich; und ein Friede, der noch unseliger war als der Krieg, ward Ursach der Bartholomäusnacht, die in den Jahrbüchern der Verbrechen kein Beispiel findet.

Die Ligue ermordete Heinrich III. und Heinrich IV. durch die Hand eines Jakobiners und eines Ungeheuers, der weißer Barfüßer (Feuillant) gewesen war. Es gibt Leute, die behaupten, daß Menschlichkeit, Duldung und Gewissensfreiheit schreckliche Dinge sind; aber, ehrlich gestanden, hätten sie wohl jemals solches Elend hervorgebracht?

für sie oder die Seelen ihrer Abgeschiednen Messe zu lesen, machten auch nicht, wie es Sitte ist, vor ihre Stirn das Zeichen des Kreuzes. Beim Gewitter besprengten sie sich nicht mit Weihwasser, sondern flehten zu Gott mit himmelwärts gekehrten Blicken. Sie taten keine Pilgrimschaften, nahmen auf der Straße vor keinem aufgerichteten Kreuze den Hut ab und verrichteten ihre gottesdienstlichen Gebräuche auf ihre eigne Weise und in ihrer eignen Sprache. Um Papst und Bischöfe bekümmerten sie sich nicht, sondern wählten sich aus ihren eignen Mitteln Vorsteher und Lehrer, usw.«

Die Frau von Cental, welcher ein Teil der verwüsteten Landgüter gehörte, wo man nun nichts mehr als die Leichen ihrer Bewohner sah, suchte Gerechtigkeit beim König Heinrich II., der sie an das Pariser Parlament verwies. Der Generaladvokat der Provence, namens Guérin, der vornehmste Urheber des Blutbades, wurde verurteilt, enthauptet zu werden! De Thon sagt, er habe allein für die andern Schuldigen mitbüßen müssen, *quod aulicorum favore destitueretur*, weil er bei Hofe keine Gönner hatte.

4. Ist die Toleranz gefährlich? Und bei welchen Völkern ist sie erlaubt?

Es haben verschiedne behauptet, daß, wenn wir gegen unsre irrenden Brüder, die in schlechtem Französisch zu Gott beten, väterliche Nachsicht hätten, dies nichts geringers hieße, als ihnen die Waffen in die Hände geben und neue Schlachten bei Jarnac, Moncontour, Coutras, Dreux, St. Denis usw. veranlassen. Davon verstehe ich nichts; denn ich bin kein Prophet. Aber es scheint mir doch nicht ganz konsequent geurteilt, wenn man sagt: »Diese Leute haben sich empört, als ich sie übel behandelte; folglich werden sie sich empören, wenn ich sie gut behandle.«

Ich möchte mir wohl die Freiheit nehmen, diejenigen, die an der Spitze der Regierung stehn oder zu wichtigen Posten bestimmt sind, zu bitten, daß sie die Frage reiflich überlegen, ob man zu befürchten hat, daß Milde ebensolche Empörungen hervorbringe, als Grausamkeit hervorgebracht hat; ob das, was unter gewissen Umständen eingetreten ist, auch unter andern Umständen eintreten muß; ob die Zeiten, Meinungen und Sitten unveränderlich immer dieselben sind?

Die Hugenotten sind so gut als wir vom Fanatismus betört gewesen und haben so gut als wir Blut vergossen. Aber ist denn die gegenwärtige Generation noch so barbarisch als ihre Väter? Sollte die Zeit und die so mächtig fortschreitende Vernunft, sollten gute Bücher und Milde im Umgang bei denen, die den Verstand dieser Völker leiten, keinen Eingang gefunden haben? Sehn wir denn nicht, daß fast ganz Europa sich seit fünfzig Jahren geändert hat?

Die Regierung hat allenthalben mehr Stärke gewonnen, so wie sich die Sitten gemildert haben. Die allgemeine und noch dazu von zahlreichen stehenden Armeen unterstützte Polizei erlaubt doch wohl nicht, die Rückkehr jener anarchischen Zeiten zu befürchten, wo calvinische Bauern gegen

katholische Bauern, zwischen der Saatzeit und Ernte eilig angeworben, zu Felde zogen.
Andre Zeiten, andre Sorgen. Es würde ungereimt sein, die heutige Sorbonne zu dezimieren, weil sie vormals das Gesuch anbrachte, das Mädchen von Orleans verbrennen zu lassen; weil sie Heinrichs III. Recht zum Throne für verfallen erklärte; weil sie den großen Heinrich IV. exkommunizierte und in den Bann tat. Ebensowenig wird man andre Kollegien des Königreichs aufsuchen, die in den Zeiten der Phrenesie ähnliche Ausschweifungen begingen. Nicht nur ungerecht wäre dies, sondern gerade so lächerlich, als wenn man allen Einwohnern von Marseille etwas abzuführen eingeben wollte, weil sie im Jahr 1720 die Pest gehabt haben.
Sollen wir, wie Karls V. Truppen, hingehen und Rom verwüsten, weil Sixtus V. im Jahr 1585 allen Franzosen, die gegen ihren Souverän die Waffen ergreifen würden, auf neun Jahre Ablaß bewilligte? Ist es nicht genug, wenn wir Rom abhalten, jemals wieder solche Exzesse zu begehen?
Die Wut, die der Dogmengeist und der Mißbrauch der mißverstandnen christlichen Religion einflößt, hat in Deutschland, England und selbst in Holland ebensoviel Blut vergossen, ebensoviel Unheil angerichtet als in Frankreich; und heutigentages veranlaßt die Religionsverschiedenheit in diesen Staaten nicht die mindeste Unruhe. Der Jude, der Katholik, die Grieche, der Lutheraner, der Calvinist, der Anabaptist, der Sozinianer, der Mennonit, der mährische Bruder u. a. m. leben in diesen Ländern wie Brüder und tragen jeder das seinige bei zum Wohl des Ganzen.
Man befürchtet in Holland nicht mehr, daß die Streitigkeiten eines Gomar[1] über die Prädestination dem Großpensio-

1 Franz Gomar war ein protestantischer Theolog. Er behauptete gegen seinen Kollegen Arminius, daß Gott von Ewigkeit her den größten Teil der Menschen bestimmt habe, ewig gebraten zu werden. Dies höllische Dogma wurde, wie sich's gehörte, durch Verfolgung unterstützt. Der Großpen-

när den Kopf kosten. Man befürchtet in England nicht mehr, daß die Streitigkeiten der Presbyterianer mit den Episkopalen über eine Liturgie und ein Chorhemd ein Schafott mit Königsblute besprützen.[1] Das bevölkerte und reicher gewordne Irland wird nie wieder sehen, wie seine katholischen Bürger zwei Monate hindurch ihre protestantischen Mitbürger Gott opfern, sie lebendig begraben, die Mütter an Galgen aufhängen und die Töchter am Halse ihrer Mütter festbinden und so zusehen, wenn sie gemeinschaftlich ihren Geist aufgeben; es wird nie wieder sehen, wie sie schwangern Frauen den Leib aufschneiden, die halbgebildete Frucht herausreißen und sie den Hunden und Säuen vorwerfen; wie sie ihren geknebelten Gefangenen einen Dolch in die Hand zwingen und ihnen den Arm führen, um damit ihren Weibern, Eltern und Kindern ins Herz zu stoßen, in der Meinung, sie dadurch gegenseitig zu Mördern ihrer Blutsfreunde zu machen und sie zugleich mit ihrer Ausrot-

sionär Barnevelt, der der Gegenpartie Gomars zugetan war, wurde in seinem 72. Jahre den 13. Mai 1619 enthauptet, »weil er auf alle mögliche Art die Kirche Gottes gekränkt habe«.

1 Ein Deklamator sagt in seiner Verteidigung der Aufhebung des Edikts von Nantes folgendes von dem englischen Parlamente: »Eine falsche Religion muß notwendig solche Früchte hervorbringen. Nur eine dieser Früchte war noch nicht zur völligen Reife gediehen, und diese wird von jenen Insulanern gebrochen. Dafür sind sie auch ein Auswurf der Nationen.« Würklich, der Verfasser wählte seine Zeit sehr übel, um die Engländer in einem so verächtlichen Lichte zu zeigen. Man sollte doch denken, daß es dann, wenn eine Nation sich durch Bravour und Edelmut auszeichnet und in allen vier Weltteilen Siegerin ist, nicht der Augenblick ist, um zu behaupten, sie sei verächtlich und werde verachtet. Das Kapitel, in welchem jene seltsame Stelle vorkömmt, handelt von der Intoleranz. Wer Intoleranz predigt, verdient auch, so zu schreiben. Dies abscheuliche Buch, das nicht anders aussieht, als ob es der Narr von Berberies geschrieben hätte, hat gewiß keinen Missionsgenossen zum Verfasser. Welcher Pastor würde so schreiben? Der Unsinn ist dann bis zur Verteidigung der Bartholomäusnacht getrieben. Man sollte glauben, daß eine Schrift voll so abscheulicher Paradoxien in jedermanns Händen wäre, sollt' es auch nur der Seltenheit wegen sein. Aber sie ist kaum bekannt.

tung in die Verdammnis zu stoßen. Dieses nämlich berichtet uns Rapin Thoiras, ein irländischer Offizier, der gleich nach diesen Zeiten lebte. Dies berichten alle Annalen, alle Geschichten von England; und hoffentlich wird es nirgends nachgeahmt werden. Die Philosophie, sie allein, diese Schwester der Religion, hat die Hände entwaffnet, die durch den Aberglauben so lange von Blut trieften. Der Menschenverstand erstaunte beim Erwachen aus seiner Trunkenheit über die entsetzlichen Dinge, zu welchen ihn der Fanatismus verleitet hatte.

Wir selbst haben in Frankreich eine reiche Provinz, wo das Luthertum stärker ist als der Katholizismus. Unsre Universität im Elsaß ist in den Händen der Lutheraner. Ein Teil der Stellen in den kleinern Städten wird mit ihnen besetzt. Niemals hat die mindeste Religionszänkerei die Ruhe dieser Provinz gestört, seitdem sie zu Frankreich gehört. Warum? Man hat hier niemanden verfolgt. Tut nur den Herzen keine Gewalt an, und aller Herzen werden euer sein. Ich will damit gar nicht sagen, daß diejenigen, die nicht der Religion des Landesfürsten zugetan sind, mit denen, die sich zur herrschenden Religion bekennen, die Ämter und Ehrenstellen teilen sollen. In England kann kein Katholik ein öffentliches Amt bekleiden, weil man glaubt, daß alle Katholiken dem Prätendenten anhängen. Sie müssen selbst doppelte Taxen bezahlen. Übrigens aber genießen sie aller bürgerlichen Rechte. Man hat gegen einige französische Bischöfe den Verdacht gehegt, daß sie es ihrer Ehre und ihrem Vorteile entgegen fänden, in ihren Diözesen Calvinisten zu haben, und daß dieses das größte Hindernis der Toleranz wäre. Ich kann es nicht glauben. Das Corps der französischen Bischöfe besteht aus Leuten von Stande, die auf eine ihrer Abkunft gemäße Art edel denken und handeln. Sie sind mildtätig und großmütig.

Diese Gerechtigkeit muß ihnen jeder widerfahren lassen. Sie müssen es einsehen, daß die Calvinisten, die aus ihren Diözesen entfliehen, sich sicherlich nicht in andern Ländern bekehren werden und daß sie vielmehr, wenn sie zu ihren Pfarrern zurückkehren, durch den Unterricht derselben aufgeklärt und durch ihr Beispiel ermuntert werden könnten. Sie zu bekehren würde eine Ehre sein, und die zeitlichen Vorteile würden darunter nicht leiden. Je mehr Bürger, desto mehr Einkünfte für die Prälaten, denen die Grundstücke gehören.

Ein Bischof von Ermeland in Polen hatte einen Anabaptisten zum Pächter und einen Sozinianer zum Einnehmer. Man tat ihm den Vorschlag, beide abzuschaffen und zu verfolgen, den einen, weil er nicht an die Konsubstantialität glaubte, und den andern, weil er seinen Sohn erst nach dem vierzehnten Jahre taufte. In jener Welt, antwortete der Bischof, werden beide ewig verdammt werden, aber in dieser Welt sind sie mir unumgänglich notwendig.

Wenn wir itzt unsre enge Sphäre verlassen und einen Blick auf den übrigen Teil unsers Erdbodens werfen, was sehen wir dann? Der Großsultan regiert im Frieden zwanzig Völker von verschiednen Religionen. Zweihunderttausend Griechen leben in völliger Sicherheit in Konstantinopel. Der Mufti selbst ernennt den griechischen Patriarchen und stellt ihn dem Kaiser vor. Auch ein lateinischer Patriarch wird geduldet. Der Sultan ernennt lateinische Bischöfe für einige Inseln Griechenlands, und zwar mit folgender Formel: »Ich verordne ihn hiemit zum Bischof auf der Insel Chio nach ihrer alten Gewohnheit und ihren eitlen Gebräuchen.« Außerdem gibt es im türkischen Reiche eine Menge Jakobiten, Nestorianer, Monotheliten, Kopten, Johanneschristen, Juden, Guebern, Banianen. Die türkischen Annalen wissen nichts von einem Aufstande, der jemals durch eine dieser Religionen erregt worden wäre.

In Indien, Persien und der Tatarei herrscht eben die Toleranz und eben die Ruhe. Peter der Große hat alle Arten von Gottesdienst in seinem ungeheuren Reiche begünstigt.

Die Handlung und der Ackerbau haben dadurch gewonnen, und der Staatskörper hat nicht den geringsten Schaden gelitten.
Die Regierung von China hat seit länger als viertausend Jahren, solange sie bekannt ist, nie eine andre Religion als die der Noachiden angenommen, die einfache Verehrung eines einzigen Gottes. Dabei duldet sie den Aberglauben des Fo und eine Menge Bonzen, die gefährlich sein würden, wenn die Weisheit der Obrigkeit sie nicht stets in Ordnung hielte. Es ist wahr, der große Kaiser Chontchin, der vernünftigste und großmütigste vielleicht, den China jemals gehabt hat, hat die Jesuiten vertrieben; aber nicht, weil er intolerant war, sondern weil es die Jesuiten waren. Sie berichten selbst in ihren *Merkwürdigen Briefen* die Worte, die der gute Kaiser zu ihnen sagte: »Ich weiß, daß eure Religion intolerant ist. Ich weiß, was ihr auf den Manillen und in Japan getan habt. Meinen Vater habt ihr betrogen. Hofft nicht, mich auch zu betrügen.« Wenn man alle Gespräche liest, die er mit ihnen gehalten hat, so muß man sehen, daß er ein sehr vernünftiger und gütiger Mann war. Konnte er europäische Physiker bei sich behalten, die unter dem Vorwande, dem Hofe Thermometer und Luftkugeln zu zeigen, schon einen Prinzen von Hause zum Aufruhr gereizt hatten? Und was würde dieser Kaiser vollends gesagt haben, wenn er unsre Geschichtsschreiber gelesen und unsre Zeiten der Ligue und der Pulververschwörung kennen gelernt hätte!
Es war ihm schon hinreichend, von den unanständigen Zänkereien der Jesuiten, Dominikaner, Kapuziner und Weltgeistlichen, die vom andern Ende der Welt in seine Staaten geschickt waren, unterrichtet zu sein. Sie kamen, die Wahrheit zu predigen, und anathematisierten einander. Der Kaiser tat also nichts weiter, als daß er fremde Störer der öffentlichen Ruhe wieder nach Haus schickte. Und wie gütig schickte er sie nicht nach Haus! Welche väterliche Sorgfalt trug er nicht für sie auf ihrer Reise und um zu verhüten, daß sie un-

terwegs nicht verspottet würden! Selbst ihre Verweisung war ein Beispiel von Toleranz und Menschlichkeit.

Die Japaneser waren, nach Kämpfers und andrer Berichten, das toleranteste Volk von der Welt. Zwölf Religionen herrschten friedlich in ihrem Staate. Die Jesuiten kamen und machten die dreizehnte aus; aber bald wollten sie keine andre neben sich dulden, und man weiß, was daraus entsprang. Ein bürgerlicher Krieg, ebenso schrecklich als der Krieg der Ligue, verheerte das Land. Die christliche Religion wurde endlich in Blut ertränkt. Die Japaneser verschlossen ihr Reich vor allen übrigen Menschen und sahen uns an wie reißende Tiere gleich denen, von welchen die Engländer ihre Insel gesäubert haben. Der Minister Colbert, der fühlte, wie sehr wir der Japaneser bedürfen, die unser nicht bedürfen, versuchte vergebens, den Handel mit diesem Reiche wieder herzustellen. Sie waren nicht dahin zu bringen. So beweiset uns unsre ganze Hälfte der Erdkugel, daß man Intoleranz sowenig verkündigen als ausüben muß.

Werfen wir einen Blick auf die andre Hemisphäre, so sehen wir zuerst Carolina, dessen Gesetzgeber der weise Locke war. Sieben Hausväter braucht es daselbst nur, um einen öffentlichen Gottesdienst einzuführen, den das Gesetz billigt; und nie hat diese Freiheit eine Unordnung veranlaßt. Gott sei dafür, daß wir dies Beispiel anführen sollten, um Frankreich zur Nachahmung aufzumuntern. Wir führen es bloß an, um zu zeigen, daß selbst der höchste Grad der Toleranz nicht einmal Uneinigkeit veranlaßt. Aber was für eine aufblühende Kolonie sehr gut und nützlich sein kann, taugt nicht immer für ein altes Königreich.

Was sollen wir von den Nachfolgern der ersten Kirche sagen, die man spottweise *Quäker* nennt und die bei vielleicht lächerlichen Gebräuchen immer so tugendhaft gewesen sind und den übrigen Teil der Menschen vergebens den Frieden gelehrt haben? Ihre Zahl beläuft sich in Pennsylvanien auf hunderttausend. Uneinigkeit und Zänkereien kennt man nicht in ihrem von ihnen selbst gestifteten glücklichen Vaterlande. Schon der Name ihrer Stadt Philadelphia, der die Menschen jeden Augenblick erinnert, daß sie Brüder sind, dient allen Völkern, die die Toleranz noch nicht kennen, zum Beispiel und zur Beschämung.

Kurz, die Toleranz hat nie einen bürgerlichen Krieg veranlaßt; die Intoleranz hat Blutvergießen über die Erde ausgebreitet. Itzt richte man zwischen diesen beiden Nebenbuhlerinnen, der Mutter, die will, daß man ihren Sohn erwürge, und der Mutter, die ihn hingibt, damit er am Leben bleibe. Ich rede hier indes nur vom Interesse der Nationen und sehe mit schuldiger Achtung für die Theologie in diesem Artikel nur auf das physische und moralische Beste der menschlichen Gesellschaft. Ich ersuche jeden Leser, diese Wahrheiten zu erwägen, zu berichtigen und zu erweitern. Aufmerksame Leser, die einander ihre Ideen mitteilen, gehen stets weiter als der Verfasser.[1]

1 Herr de la Bourdonnaie, Intendant von Rouen, sagt, daß die Hutmanufakturen zu Caudebec und Neufchatel durch die Flucht der Calvinisten in Verfall geraten sind. Herr Foucoult, Intendant von Caen, sagt, daß der Handel im Ganzen um die Hälfte gesunken ist. Hr. von Maupeou, Intendant von Poitiers, sagt, daß die Wollenmanufaktur zugrunde gegangen ist. Hr. von Bezous, Intendant von Bordeaux, beklagt sich, daß der Handel von Clérac und Nérac nicht mehr besteht. Hr. von Miroménit, Intendant von Touraine, sagt, daß sich der Handel in Tours jährlich um 10 Millionen vermindert; und dies alles durch die Verfolgung; laut den Berichten der Intendanten vom Jahre 1698. Rechnet man dazu noch alle Land- und Seeoffiziere und Matrosen, die genötigt worden sind, gegen Frankreich zu dienen, so kann man sehen, ob die Intoleranz dem Staat keinen Schaden zugefügt hat.

Man unterfängt sich hier nicht, den Staatsministern, deren Genie und erhabne Gesinnung bekannt sind und deren Herz nicht minder edel ist als ihre Geburt, Maßregeln vorzuschreiben. Sie werden ohnehin sehen, daß die Wiederherstellung unsrer Marine einige Nachsicht gegen die Küstenbewohner notwendig macht.

Ich glaube annehmen zu dürfen, daß ein aufgeklärter und edeldenkender Minister, ein menschlicher und einsichtsvoller Prälat, ein Fürst, der weiß, daß sein Vorteil in der Menge seiner Untertanen und sein Ruhm in dem Glück derselben besteht, wenn er auf diese unvollkommne und mangelhafte Schrift ein Auge zu werfen für gut findet, durch seine eignen Einsichten die Mängel derselben ersetzen und sich fragen wird: Was wage ich denn dabei, das Land durch mehr arbeitsame Hände angebauet und verschönert, die Einkünfte vermehrt und den Staat blühender zu sehen?

Deutschland wäre eine Wüste, bedeckt mit den Gebeinen der Katholiken, Lutheraner, Reformierten, Anabaptisten, die einander aufgerieben haben würden, wenn nicht der westfälische Friede endlich Gewissensfreiheit zuwege gebracht hätte.

Wir haben Juden zu Bordeaux, zu Metz und im Elsaß. Wir haben Lutheraner, Molinisten, Jansenisten.

Können wir nicht die Calvinisten auf eben die Art dulden und im Zaum halten, wie man in London die Katholiken duldet? Je mehr Sekten sind, desto weniger Gefahr ist von jeder einzelnen zu besorgen. Die Menge macht sie schwach. Alle werden in Ordnung gehalten durch gerechte Gesetze, welche tumultierende Versammlungen, Injurien und Aufstand verbieten und stets durch die vollziehende Gewalt Nachdruck erhalten.

Wir wissen, daß mehrere Häupter von Familien, die sich ein großes Vermögen erworben haben, bereit sind, in ihr Vaterland zurückzukehren. Sie verlangen nichts als den Schutz des Naturrechts, Gültigkeit ihrer Heiraten, Gewißheit des Standes für ihre Kinder, das Recht, ihre Väter zu beerben, und persönliche Freiheit; keine öffentlichen Kirchen, kein Recht an Ämtern und Würden, so wenig wie dies die Katholiken in London und andern Ländern haben. Es ist gar nicht mehr die Rede davon, einer Partei unangemeßne Privilegien und sichere Plätze einzuräumen, sondern ein friedliches Volk leben zu lassen, Edikte, die ehmals vielleicht notwendig waren, zu mildern, weil sie nicht mehr so notwendig sind. Es ist nicht unsre Sache, dem Ministerium zu zeigen, was es tun könnte. Wir flehen nur um Hülfe für die Unglücklichen.

Wie viele Mittel gibt es nicht, sie nützlich zu machen und zu verhindern, daß sie nie gefährlich werden! Die von Macht unterstützte Klugheit des Ministeriums und des Staatsrats wird mit leichter Mühe diese Mittel ausfündig machen, deren sich andre Nationen so glücklich bedienen.

Es gibt noch Schwärmer unter dem calvinistischen Pöbel; aber es gibt ihrer sicherlich noch mehrere unter dem Pöbel der Konvulsionärs. Der Auswurf der Wahnsinnigen von St. Medard wird in der Nation für nichts geachtet, und die calvinistischen Propheten rottet man aus. Das große Mittel, die Zahl der Besessenen, wenn es ihrer noch gibt, zu vermindern, ist, daß man diese Krankheit des Verstandes der Heilung der Vernunft überläßt, welche die Menschen langsam aber untrüglich aufklärt. Diese Vernunft ist sanft, menschenfreundlich, flößt Nachsicht ein, erstickt die Zwietracht, stärkt die Tugend und erzeugt eine Liebe zum Gehorsam gegen die Gesetze, die noch stärker ist als die Gewalt, die diese Gesetze unterstützt. Und rechnet man denn das Lächerliche, das heutigentages der Schwärmerei bei allen vernünftigen Leuten anklebt, für nichts? Dies Lächerliche ist eine mächtige Schutzmauer gegen die Ausschweifungen aller Sektierer. Die vergangnen Zeiten sind anzusehen, als ob sie gar nicht gewesen wären. Man muß ausgehen von dem Punkte, wo man ist und zu welchem die Nationen gelangt sind.

Es war eine Zeit, wo man glaubte, gerichtliche Verfügungen gegen diejenigen treffen zu müssen, die eine Lehre behaupteten, welche den Kategorien des Aristoteles, dem Abscheu vor dem Leeren, den Quidditäten und dem Allgemeinen von seiten der Sache entgegen lief. Wir haben in Europa mehr als hundert juristische Bände über die Hexerei und die Kennzeichen, woran man falsche Hexen von wahren unterscheiden soll. Die Exkommunikation der Heuschrecken und andrer dem Getreide schädlicher Insekten ist sehr üblich gewesen und steht noch in mehreren Ritualen. Sie ist nicht mehr üblich. Man läßt den Aristoteles, die Hexen und die Heuschrecken zufrieden. Die Beispiele dieser ernsthaften, ehemals so wichtigen Torheiten sind unzählig. Von Zeit zu Zeit entstehen andre; aber wenn sie ihre Würkung getan haben, wenn man ihrer müde ist, verschwinden sie wieder. Wenn heutigestages jemand auf den Einfall geriete, ein Karpokratianer, ein Eutychianer, ein Monothelit, ein Monophysit, ein Nestorianer, ein Manichäer usf. zu werden, was würde dabei herauskommen? Man würde ihn auslachen wie einen, der sich nach der alten Mode mit Halskragen und Brustlatz kleidete.

Die Nation fing schon an, hin und wieder die Augen aufzutun, als die Jesuiten le Tellier und Doucin die Bulle *Unigenitus* schmiedeten und nach Rom schickten. Sie glaubten noch in jenen Zeiten der Unwissenheit zu sein, wo das Volk ohne Prüfung die ungereimtesten Behauptungen annahm. Sie wagten es, den Satz zu verdammen, der in allen Fällen und zu allen Zeiten eine allgemein anerkannte Wahrheit gewesen ist: »Die Furcht vor ungerechter Exkommunikation muß niemanden abhalten, seine Pflicht zu tun.« Dies hieß mit andern Worten, die Vernunft, die Freiheit der gallikanischen Kirche und die Grundwahrheiten der Moral verdammen. Das hieß den Leuten sagen: »Gott befiehlt euch, nie eure Pflicht zu tun, sobald ihr euch vor Ungerechtigkeiten fürchtet.« Nie hat man doch wohl den gesunden Menschenverstand auf eine verwegnere Art vor den Kopf gestoßen. Die Herren in Rom dachten daran nicht. Man machte der römischen Kurie weis, daß diese Bulle notwendig wäre und daß die Nation sie verlangte. Sie wurde unterzeichnet, untersiegelt und hergeschickt. Die Folgen davon sind bekannt; und sicherlich, wenn man sie vorhergesehen hätte, würde man die Bulle gemildert haben. Die Streitigkeiten wurden lebhaft, bis sie die Klugheit und Güte des Königs endlich zur Ruhe brachte.

Ebenso sieht es aus mit einem großen Teil der Punkte, die uns von den Protestanten trennen. Einige darunter sind ernsthafter; aber die Wut des Streits über dieselben hat sich so sehr gelegt, daß die Protestanten selbst itzt keine Kontroverspredigten mehr in ihren Kirchen halten.

Dieser Zeit des Elends und Überdrusses oder vielmehr der Vernunft muß man sich als einer Epoche und einer Gewährleistung der öffentlichen Ruhe bedienen. Die Religionszänkerei ist eine epidemische Krankheit, die sich ihrem Ende nähert. Die Pest, von der wir geheilt sind, verlangt nur eine sanfte Behandlungsart. Kurz, das Staatsinteresse verlangt, daß verstoßene Kinder mit Bescheidenheit ins Haus ihrer Väter zurückkehren; die Menschlichkeit fordert es, die Vernunft rät es an, und die Politik braucht sich nicht davor zu fürchten.

6. Ist die Intoleranz den natürlichen und menschlichen Rechten gemäss?

Naturrecht ist das Recht, das die Natur alle Menschen lehrt. Wer sein Kind erzogen hat, dem ist es Achtung als seinem Vater und Dankbarkeit als seinem Wohltäter schuldig. Wer die Erde mit seinen Händen bearbeitet hat, hat Recht an den Produkten derselben. Wer ein Versprechen getan oder erhalten hat, muß es halten und kann verlangen, daß es gehalten werde.

Das Menschenrecht kann auf nichts anderes als auf dies Naturrecht gegründet werden, und der große Grundsatz beider über den ganzen Erdboden ist: *Was du nicht willst, das man dir tun soll, das tue du auch nicht.* Nach diesem Grundsatz ist's aber nicht einzusehen, wie ein Mensch zum andern sagen kann: *Glaube, was ich glaube und was du nicht glauben kannst, oder du sollst des Todes sein.* So spricht man indes in Portugal, in Spanien und zu Goa. In verschiednen andern Ländern begnügt man sich itzt, den Satz so zu fassen: *Glaube, oder ich verabscheue dich. Glaube, oder ich tue dir Böses, soviel ich nur kann. Ungeheuer, du hast nicht meine Religion; du hast also keine Religion. Du mußt deinen Nachbarn, deiner Stadt, deiner Provinz ein Greuel sein.*

Wenn es dem Menschenrechte gemäß wäre, sich so zu betragen, so müßte notwendig der Japaneser den Chineser verabscheuen und dieser wiederum den Sianer verfluchen. Der Sianer müßte die Gangariden verfolgen, die dann wieder über die Bewohner Indiens herfallen würden. Ein Mongol müßte dem ersten Malabaren, den er fände, das Herz aus dem Leibe reißen. Der Malabar hätte das Recht, den Perser zu erwürgen, der Perser den Türken, und alle zusammen würden auf die Christen losgehen, die sich so lange schon untereinander aufgerieben haben.

Das Recht der Intoleranz ist also ebenso unvernünftig als barbarisch. Es ist das Recht der Tiger; ja noch schrecklicher als dies. Die Tiger zerreißen nur, um ihren Hunger zu stillen; wir vertilgen einander um Paragraphen.

7. Kannten die Griechen die Intoleranz?

Die Völker, von denen uns die Geschichte einige schwache Kenntnis gibt, haben alle ihre verschiednen Religionen als Bande angesehen, die sie zusammen vereinigten, als Verbindungen der Menschheit. Es herrschte eine Art von Gastfreundschaft unter den Göttern wie unter den Menschen.

Ein Fremder, der in einer Stadt ankam, verehrte zuerst die Götter des Landes. Man unterließ sogar nicht, zu den Göttern seiner Feinde zu beten. Die Trojaner richteten Gebete an die Götter, die für die Griechen stritten. Alexander fragte in den lydischen Wüsten den Gott Ammon um Rat, den die Griechen Zeus und die Römer Jupiter nannten, obgleich beide ihren Zeus und Jupiter zu Haus hatten. Wenn man eine Stadt belagerte, opferte man den Göttern der Stadt, um sie sich geneigt zu machen. So vereinigte die Religion die Menschen mitten im Kriege und milderte zuweilen ihre Wut, wenn diese ihnen grausame und unmenschliche Handlungen befahl.

Ich kann mich irren; aber mir scheint es, daß keins von allen alten polizierten Völkern die Denkfreiheit eingeschränkt hat. Alle hatten eine Religion; aber mit den Göttern gingen sie, wie es scheint, wie mit den Menschen um. Sie erkannten alle einen höchsten Gott, gaben ihm aber eine entsetzliche Menge Untergottheiten. Sie hatten nur einen Gottesdienst, aber sie gestatteten einen ganzen Haufen besondrer Systeme. Die Griechen zum Beispiel, so religiös sie waren, hatten nichts dagegen, daß die Epikureer die Vorsehung und die Existenz der Seele leugneten. Ich rede nicht von andern Sekten, die alle die Begriffe, die man von dem höchsten Wesen haben muß, beleidigten und alle geduldet wurden.

Sokrates, der der Erkenntnis des wahren Gottes am nächsten kam, trug, sagt man, den Vorteil davon, daß er als Märtyrer seiner Gottheit starb; er ist der einzige, den die Griechen seiner Meinungen halber mit dem Tode bestraften. War dies würklich die Ursach seiner Verdammung, so kann sich die Intoleranz darauf sehr wenig einbilden; denn man bestrafte den, der allein der Gottheit Ehre machte, und ehrte die, welche von derselben die unwürdigsten Begriffe gaben. Die Feinde der Toleranz müssen, denk' ich, sich nicht auf das verhaßte Beispiel der Richter des Sokrates stützen.

Überdem ist es ausgemacht, daß er das Opfer einer wütenden, gegen ihn aufgebrachten Partei war. Er hatte sich Sophisten, Redner, Dichter, die in den Schulen lehrten, und alle Lehrer, die die Erziehung der Kinder von Stande besorgten, zu Feinden gemacht. Er gesteht selbst in seiner Rede, die ihn Plato halten läßt, daß er von Haus zu Haus gegangen sei, um diesen Lehrern zu beweisen, daß sie Ignoranten wären. Ein solches Betragen war des Mannes, den das Orakel für den Weisesten erklärt hatte, nicht würdig. Man hetzte einen Priester und einen Rat von den fünfhundert Männern gegen ihn auf, die ihn anklagten, und ich gestehe, daß ich eigentlich nicht weiß, weswegen. Ich sehe gar nichts Bestimmtes in seiner *Apologie*. Man läßt ihn nur im allgemeinen sagen, daß man ihm vorwerfe, er flöße den jungen Leuten Grundsätze gegen die Religion und die Regierung ein. So haben es die Verleumder in der ganzen Welt von jeher gemacht; aber vor ein Tribunal gehören begründete Fakta, genaue und umständliche Anklagungsartikel; und davon liefert uns der Prozeß des Sokrates nichts. Man weiß nur, daß er sogleich zweihundertundzwanzig Stimmen für sich erhielt. Das Tribunal der Fünfhundert hatte also zweihundertzwanzig Philosophen unter seinen Beisitzern; das ist würklich viel, und ich zweifle, ob sich anderwärts so viele finden werden. Die Mehrheit der Stimmen verdammten ihn endlich zum Schirlingstrank. Aber man vergesse nicht, daß die Athenienser, sobald sie zu sich selbst gekommen waren, die Ankläger und die Richter verabscheuten, daß Melitus, der Haupturheber jenes Urteils, für diese Ungerechtigkeit zum Tode verurteilt und die übrigen des Landes verwiesen wurden, und daß man dem Sokrates einen Tempel erbauete. Niemals ist die Philosophie so gerächt und geehrt. Das Beispiel des Sokrates ist also im Grunde das schrecklichste Beispiel gegen die Intoleranz.

Die Athenienser hatten einen Altar, der fremden Göttern geweiht war, Göttern, die sie gar nicht kannten. Kann es für alle Nationen einen stärkern Beweis nicht nur der Duldung, sondern selbst der Achtung ihres Gottesdienstes geben? Ein gutdenkender Mann, der weder der Vernunft, noch der Literatur, noch der Frömmigkeit, noch seinem Vaterlande feind ist, führt bei der Verteidigung der Bartholomäusnacht den Krieg der Phokier an, den man den *heiligen Krieg* nennt. Als wenn dieser Krieg um den Gottesdienst, um ein Dogma, um Religionssätze entstanden wäre! Es ging hier wie bei allen Kriegen. Es kam darauf an zu wissen, wem ein Stück Feldes gehören sollte. Getreide ist kein Glaubensartikel. Um Meinungen hat nie eine griechische Stadt die Waffen ergriffen. Überdem, was will dieser bescheidne und sanfte Mann eigentlich sagen? Will er etwa, daß auch wir einen heiligen Krieg anfangen sollen?

8. Waren die Römer tolerant?

Bei den alten Römern sehen wir von Romulus an bis auf die Zeiten, wo die Christen sich mit den Priestern um die Herrschaft stritten, nicht, daß ein einziger Mensch seiner Meinungen wegen verfolgt worden wäre. Cicero zweifelte an allem; Lukrez leugnete alles; und beiden machte man nicht den geringsten Vorwurf. Die Freiheit ging so weit, daß Plinius der Naturforscher sein Buch damit anfing, es sei kein Gott, und wenn einer sei, so sei es die Sonne. Cicero sagt, da er von der Hölle spricht: »Non est anus tam excors quae credat – Kein altes Weib ist dumm genug, daran zu glauben.« Juvenal sagt: »Nec pueri credunt – Nicht einmal die Kinder glauben daran.« Man sang auf dem römischen Theater: »Post mortem nihil est, ipsaque mors nihil – Nach dem Tode ist nichts mehr, und der Tod selbst ist nichts.« – Solche Grundsätze wollen wir verabscheuen und sie aufs höchste einem Volke verzeihen, das nicht durch das Licht des Evangeliums aufgeklärt war. So falsch und gottlos sie aber sind, so sehr beweisen sie doch, wie tolerant die Römer waren, da sie nicht das mindeste Murren erregten.

Der große Grundsatz des römischen Senats und Volks war: »Deorum offensae Diis curae – Beleidigungen, die den Göttern widerfahren, müssen die Götter rächen.« Dies königliche Volk dachte nur darauf, den Erdboden zu erobern, zu regieren und zu polizieren. Sie wurden unsre Gesetzgeber wie unsre Überwinder; aber nie hat Cäsar, der uns Ketten, Gesetze und Spiele gab, den Versuch gemacht, uns zu zwingen, seinetwegen unsre Druiden zu verlassen, ohngeachtet er Oberpriester der Nation war, die uns beherrschte.

Die Römer bekannten sich nicht zu allen Arten von Gottesdienst; sie gaben nicht allen öffentliche Sanktion; aber sie gestatteten alle. Unter Numa hatten sie noch keinen materiellen Gegenstand der Anbetung, weder Bildnisse noch Statuen. Bald errichteten sie dieselben den Göttern vom ersten Range (Deos maiorum gentium), deren Kenntnis sie von den Griechen erhielten. Das Gesetz der zwölf Tafeln: »Deos peregrinos ne colunto – Fremde Götter sollen nicht angebetet werden«, schränkte sich darauf ein, daß man nur den obern Gottheiten, die vom Senat gebilligt waren, öffentliche Verehrung gestattete. Die Isis hatte einen Tempel zu Rom bis auf die Zeiten Tibers, der ihn zerstören ließ, weil die Priester desselben sich von einem gewissen Mundus hatten bestechen und ihn im Tempel unter dem Namen des Gottes Anubis bei einer gewissen Paulina schlafen lassen. Indes erzählt außer Josephus niemand diese Geschichte, und der war nicht einmal Zeitgenoß und noch dazu leichtgläubig und ein Freund von Übertreibungen. Es ist auch nicht wahrscheinlich, daß zu einer so aufgeklärten Zeit als unter Tiber eine Frau vom ersten Range schwach genug gewesen sein sollte, an die Gunstbezeugungen des Gottes Anubis zu glauben.

Diese Anekdote mag übrigens wahr oder falsch sein, so bleibt es gewiß, daß der ägyptische Aberglaube in Rom mit öffentlicher Bewilligung einen Tempel erbauet hatte. Die Juden trieben hier ihren Handel seit den Zeiten der punischen Kriege. Zu Augusts Zeiten hatten sie auch Synagogen, so wie im heutigen Rom. Braucht es noch Beispiele, daß die Römer die Toleranz als ein durch das Völkerrecht geheiligtes Gesetz ansahen?

Aber, sagt man uns, sobald die Christen erschienen, wurden sie von eben den Römern verfolgt, die sonst niemand verfolgten. Mir scheint es ausgemacht, daß dies Faktum grundfalsch ist, und ich berufe mich auf den Apostel Paulus selbst. Die Apostelgeschichte belehrt uns,[1] daß Paulus von den Juden angeklagt wurde, er wolle das Gesetz Mosis durch Christum zerstören. Der heil. Jakobus riet dem Paulus, er solle sich das Haar abscheren und sich nebst vier Juden im Tempel reinigen, »damit jedermann wisse, daß das, was man von euch sagt, falsch ist, und daß ihr fortfahret, das Gesetz Mosis zu halten«.

Paulus, der Christ, unterwarf sich also auf sieben Tage allen jüdischen Gebräuchen; aber die sieben Tage waren noch nicht verflossen, als ihn die Juden erkannten, und da sie sahen, daß er nicht nur mit Juden, sondern auch mit Heiden in den Tempel gegangen war, schrien sie über Entheiligung. Man ergriff ihn, führte ihn vor den Gouverneur oder Landpfleger Felix und wandte sich nachher an das Tribunal des Festus. Die Juden bestanden auf seinem Tod. Festus aber antwortete ihnen: »Es ist nicht Gebrauch bei den Römern, einen Menschen zu veruteilen, er habe denn seinen Ankläger vor sich und sei imstande, sich zu verantworten«.[2]

Diese Worte im Munde eines Römers sind um so merkwürdiger, da er dem Anscheine nach gar nicht sonderlich auf Paulus achtete und ihn vielmehr gering schätzte. Von seinen irrigen Einsichten betrogen, hielt er ihn für närrisch. Er sagte

1 Kap. 21 und 22.
2 Kap. 25, V. 16.

es ihm selbst: »Paule, du rasest.«[1] Festus hatte also nichts vor Augen als die Billigkeit der römischen Gesetze, indem er seinen Schutz einem Menschen verlieh, den er nicht achten konnte.
So erklärt der heilige Geist selbst, daß die Römer gerecht und keine Verfolger waren. Die Römer waren es nicht, die gegen Paulus aufstanden, sondern die Juden. Der heilige Jakobus, Jesu Bruder, wurde auf Anstiften nicht eines Römers, sondern eines jüdischen Sadduzäers gesteinigt. Die Juden allein steinigten den heiligen Stephanus, und als Paulus noch den Verfolgern die Mäntel bewahrte, handelte er wahrlich nicht als römischer Bürger.
Die ersten Christen hatten wahrscheinlicherweise gar nichts mit den Römern zu verkehren. Sie hatten keine Feinde als die Juden, von denen sie anfingen sich zu trennen. Man weiß, welchen unversöhnlichen Haß alle Sektierer gegen diejenigen tragen, die ihrer Sekte untreu werden. Wahrscheinlich gab es einen Tumult in den römischen Synagogen. Sueton sagt im *Leben des Claudius*: »Judaeos impulsore Christo assidue tumultuantes Roma expulit – Er vertrieb die Juden, die auf Anstiften Christi immer Lärm machten.« Das war ein Irrtum, wenn er Christum zum Anstifter machte; er konnte nicht wohl nähere Nachrichten von einem Volke haben, das in Rom so verachtet war als die Juden; aber er irrte sich schwerlich in Ansehung des Lärms. Sueton schrieb unter Adrian, im zweiten Jahrhundert, und damals waren die Christen in den Augen der Römer noch nicht von den Juden unterschieden. Auf diese Art zeigt die Stelle im Sueton, daß die Römer, weit entfernt, die ersten Christen zu unterdrükken, vielmehr die Juden, die die Christen verfolgten, im Zaum hielten. Sie wollten, daß die Synagoge zu Rom gegen ihre abtrünnigen Brüder eben die Nachsicht haben sollte, die der Senat gegen die Synagoge hatte. Die vertriebnen Juden

1 Kap. 26.

kamen auch bald wieder zurück und drangen sogar in Ehrenstellen ein, ohngeachtet die Gesetze dagegen waren. Dies melden uns Dion Cassius und Ulpian.[1] Ist es möglich, daß die Kaiser nach der Zerstörung Jerusalems den Juden Ämter erteilt und die Christen, die man als eine jüdische Sekte ansah, verfolgt und durch Henkers Hände und wilde Tiere hingerichtet haben sollten?

Nero, sagt man, verfolgte sie. Tacitus belehrt uns, daß man ihnen die Feuersbrunst in Rom zur Last legte und sie der Wut des Volks überließ. War bei einer solchen Beschuldigung die Rede von Glauben? Wahrlich nicht. Sonst könnte man auch sagen, daß die Chineser, welche von den Holländern vor einigen Jahren in den Vorstädten von Batavia niedergemetzelt wurden, Schlachtopfer ihrer Religion geworden wären. So viel Lust auch jemand haben mag, so unmöglich ist es doch, das unter Nero einigen armen Halbjuden und Halbchristen begegnete Unglück der Intoleranz zuzuschreiben.[2]

1 Ulpian, Digest., II, tit. II: »Eis qui judaicam superstitionem sequuntur honores adipisci permiserunt – Diejenigen, die dem jüdischen Aberglauben anhängen, haben die Erlaubnis erhalten, Ehrenstellen zu bekleiden.«

2 Tacitus sagt: »Quos per flagitia invisos vulgus christianos appellabat – diese wegen allerlei Bubenstücken verhaßten Leute nannte man gewöhnlich Christen.« Schwerlich aber war der Name *Christen* damals schon in Rom bekannt. Tacitus schrieb unter Vespasian und Domitian und sprach von den Christen, so wie man zu seiner Zeit davon sprach. Ich möchte beinahe behaupten, daß die Worte: »Odio humani generis convicti« im Stil des Tacitus ebensogut bedeuten können: »überführt, daß sie der Menschheit verhaßt waren«, als »überführt, daß ihnen die Menschheit verhaßt war.«

Was taten auch im Grunde die ersten Missionärs zu Rom? Sie suchten einige Seelen zu gewinnen, lehrten diese die reinste Moral und lehnten sich gegen keine Macht auf. Ihre Herzen waren so demütig, als ihr Stand und ihre Lage niedrig war. Kaum waren sie bekannt; kaum von andern Juden unterschieden. Wie konnten sie der Menschheit verhaßt sein, die sie nicht kannte? Wie konnte man sie überführen, daß sie die Menschheit verabscheuten?

Als London abbrannte, gab man den Katholiken die Schuld; aber dies

9. Über die Märtyrer

Es gab in der Folge christliche Märtyrer; aber aus welchen Gründen sie eigentlich verurteilt wurden, ist schwer zu sagen. Kaum kann ich glauben, daß unter den ersten Cäsa-

geschah, nachdem bürgerliche Kriege und die Pulververschwörung vorhergegangen waren, woran unwürdige Katholiken bewiesenermaßen wirklich teilgenommen hatten.

Die ersten Christen zur Zeit des Nero waren zuverlässig nicht in ähnlicher Lage. Es ist hier schwer, das Dunkel der Geschichte zu durchschauen. Tacitus gibt keinen Grund an von dem Verdacht, den man hegte, Nero selbst habe Rom einäschern wollen. Weit mehr Ursach hätte man gehabt zu vermuten, daß Karl II. London in Brand gesteckt habe; aber Nero hatte weder Entschuldigung, noch Vorwand, noch Grund. Solche unvernünftigen Gerüchte kann der Pöbel zu allen Zeiten ausbreiten. Wir haben davon so lächerliche als ungerechte Beispiele erlebt.

Tacitus, der den Charakter der Fürsten so gut kannte, mußte auch den Charakter des Volks kennen, das immer ungewiß, immer übertrieben in seinen heftigen und vorüberwallenden Meinungen, unfähig ist, irgend etwas zu sehen, und fähig, alles zu sagen, alles zu glauben und alles zu vergessen.

Philo sagt, daß Sejan sie verfolgt, daß sie aber, nach Sejans Tode, Tiber wieder in ihre Rechte eingesetzt hätte. Sie hatten damals, so verachtet sie übrigens waren, einerlei Rechte mit den römischen Bürgern. Sie hatten Anteil an den Getreideausteilungen, und wenn die Austeilung auf einen Sabbat geschah, erhielten sie ihren Teil des folgenden Tages. Dies geschah wahrscheinlich in Rücksicht auf die Geldsummen, die sie dem Staate bezahlt hatten; denn in allen Ländern haben sie die Toleranz gekauft und sich für das, was sie ihnen gekostet hat, sehr bald schadlos zu halten gewußt.

Diese Stelle des Philo erläutert zur Genüge die Stelle des Tacitus, welcher sagt, daß man viertausend Juden oder Ägyptier nach Sardinien geschickt habe, und wenn sie durch die Ungewohntheit des Klimas umgekommen wären, so wäre es ein unbedeutender Verlust, »vile damnum«, gewesen.

Ich muß zu dieser Anmerkung noch hinzusetzen, daß Philo den Tiber als einen vernünftigen und gerechten Fürsten betrachtet. Es mag wohl sein, daß er nur gerecht war, solange sich seine Gerechtigkeit mit seinem Vorteile vertrug. Indes erregt doch das Gute, was Philo von ihm sagt, einigen Zweifel gegen die Abscheulichkeiten, die ihm Sueton und Tacitus vorwerfen. Es scheint mir nicht wahrscheinlich, daß ein alter schwacher Greis von 70 Jahren sich auf die Insel Capreä verfügt haben soll, um sich daselbst den ausgesuchtesten, unnatürlichsten und selbst der ausschweifendsten römischen Jugend unbekannten Wollüsten zu überlassen. Sueton so we-

ren nur ein einziger der bloßen Religion halber sollte hingerichtet worden sein. Denn da man alle Religionen duldete, wie hätte man darauf verfallen sollen, unbekannte Leute, die eine besondere Art von Gottesdienst hatten, zu einer Zeit, wo jeder Gottesdienst erlaubt war, aufzusuchen und zu verfolgen?

Die Titus, die Trajane, die Antonine, die Decius waren nichts weniger als Barbaren. Kann man sich's denken, daß sie die Christen allein einer Freiheit beraubt hätten, deren die ganze Erde genoß? Sollte man sie allein wegen ihrer Mysterien angeklagt haben, da die Mysterien der Isis, des Mithras und der syrischen Göttin, die alle in Rom fremd waren, ohne Widerspruch erlaubt wurden? Die Verfolgung muß wohl andre Gründe gehabt haben, und es ist zu vermuten, daß ein besondrer Haß, durch Staatsursachen unterstützt, die Vergießung des Christenbluts bewirkt hat.

Zum Beispiel, als der heilige Laurentius das Geld der Christen, das er in seiner Verwahrung hatte, dem Präfectus von Rom Cornelius Secularis verweigerte, war es natürlich, daß der Präfectus und der Kaiser aufgebracht wurden. Sie wußten nicht, daß der heilige Laurentius dies Geld unter die Armen ausgeteilt und ein christliches und heiliges Werk getan

nig als Tacitus hatten diesen Kaiser gekannt und sammelten gern Stadtgeschichten. Oktav, Tiber und ihre Nachfolger waren verhaßt, weil sie über ein Volk herrschten, das eigentlich hätte frei sein sollen. Die Geschichtsschreiber machen sich ein Vergnügen daraus, sie anzuschwärzen, und man glaubt diesen Geschichtsschreibern aufs Wort, weil es damals keine Memoiren, keine Zeitungen, keine Dokumente gab. Die Geschichtsschreiber zitieren auch keinen ältern. Man kann ihnen nicht widersprechen. Sie schwärzten an, wen sie wollten, und entschieden nach Belieben über das Urteil der Nachwelt. Der vernünftige Leser sieht zu, wie weit man sich auf Geschichtsschreiber verlassen kann, welchen Glauben öffentliche Fakta verdienen, die von ernsthaften und in einer aufgeklärten Nation lebenden Schriftsteller bezeugt werden, und welche Grenzen man seiner Leichtgläubigkeit setzen muß, wenn eben diese Schriftsteller Anekdoten ohne Beweis erzählen.

hatte. Sie sahen ihn als einen Widerspenstigen an, und dafür mußte er sterben.[1]

Ebenso der Märtyrertod des heiligen Polyeuktes. Verurteilte man ihn bloß der Religion wegen? Er geht in den Tempel, wo man den Göttern für den Sieg des Kaisers Decius dankt; er beleidigt die Opferpriester, stößt die Altäre um und wirft die Statuen entzwei. In welchem Lande der Welt werden dergleichen Gewalttätigkeiten zugute gehalten? Der Christ, der öffentlich das Edikt des Kaisers Diokletian zerriß und dadurch seinen Brüdern die große Verfolgung in den beiden letzten Regierungsjahren dieses Kaisers zuzog, hatte keinen überlegten Religionseifer. Er ist zu bedauern, daß er Ursach des Unglücks wurde, das seine Partei traf. Dieser unbedachtsame Religionseifer, der so oft losbrach und selbst von mehreren Kirchenvätern verdammt wurde, ist wahrscheinlich die Ursach aller Verfolgungen gewesen.

Ich will im mindesten nicht die Protestanten, die mit uns über die Sakramente streiten, mit den ersten Christen vergleichen. Ich werfe nicht Irrtum und Wahrheit zusammen. Aber Farel, der Vorgänger Johann Calvins, machte es in Arles gerade so, wie der heilige Polyeuktes es in Armenien

1 Wir haben zuverlässig Ehrfurcht, wo uns die Kirche Ehrfurcht zu haben gebietet. Wir beten zu den heiligen Märtyrern. Aber kann man nicht den heiligen Laurentius verehren und doch bezweifeln, daß ihm der heilige Sixtus gesagt habe: »In drei Tagen wirst du mir folgen«? Daß gerade in diesem kurzen Zwischenraum der Präfectus von Rom das Geld der Christen von ihm gefordert habe? Daß der Diakonus Laurentius Zeit gehabt habe, alle Armen der Stadt zu versammeln, daß er vor dem Präfectus vorangegangen sei, um ihn hinzuführen, wo die Armen waren? Daß man ihm da den Prozeß gemacht habe? Daß er auf die Folter geworfen sei? Daß der Präfectus bei einem Schmiede einen Rost bestellt habe, der groß genug wäre, einen Menschen darauf zu braten? Daß die erste Magistratsperson von Rom selbst bei dieser seltsamen Hinrichtung hülfreiche Hand geleistet habe? Daß der heilige Laurentius auf dem Rost gesagt habe: »Ich bin gar genug auf der einen Seite. Laß mich auf die andre legen, wenn du mich essen willst!« Das Menschenrösten ist gar nicht im Charakter der Römer. Wie wär's auch möglich, daß kein einziger heidnischer Schriftsteller diese seltsamen Geschichten erwähnte?

gemacht hatte. Man trug die Statue des heiligen Antonius des Einsiedlers in Prozession auf den Straßen herum. Farel fiel mit einigen von seiner Partei über die Mönche her, die den heiligen Antonius trugen, schlug sie, jagte sie auseinander und warf den heiligen Antonius ins Wasser. Er hatte das Leben verwürkt und kam davon, weil er Zeit hatte zu entfliehen. Hätte er sich damit begnügt, diesen Mönchen zuzurufen, er glaube nicht, daß ein Rabe dem heiligen Antonius dem Einsiedler ein halbes Brot gebracht, auch nicht, daß der heilige Antonius mit Kentauren und Satyrn Unterredungen gehalten hätte, so hätte er einen tüchtigen Verweis verdient als ein Störer der öffentlichen Ruhe. Aber wenn er den Abend nach der Prozession die Geschichte von dem Raben, den Kentauren und den Satyrn ruhig untersucht hätte, so verdiente er gar keinen Vorwurf.

Wie? Die Römer sollten geduldet haben, daß man den schändlichen Antinous den Göttern vom zweiten Range beigestellt, und hätten doch diejenigen, denen man nichts vorwerfen konnte, als daß sie im Stillen einen gerechten Gott anbeteten, zerrissen und den Tieren vorgeworfen? Sie hätten einen höchsten, einen unumschränkten Gott[1], ein

1 Man braucht nur den Vergil aufzuschlagen, um zu sehen, daß die Römer einen höchsten Gott, ein Oberhaupt aller himmlischen Wesen, erkannten:

»... O qui res hominumque Deumque
Aeternis regis imperiis, et fulmine terres.
O pater, o hominum divumque aeterna potestas!« etc.
»Der du Menschen und Götter
Mit dem ewigen Zepter regierst und schreckenden Blitzen.
Vater! Ewiger, höchster Herrscher der Menschen und Götter!« usw.

Horaz drückt sich noch stärker aus:

»Unde nil maius generatur ipso,
Nec viget quidquam simile aut secundum.«
»Über den die Welten nichts Höh'res zeugen,
Nichts ihm Ähnliches, nichts am Range Gleiches.«

In den Mysterien, worin beinahe alle Römer eingeweiht waren, besang man nichts als die Einheit Gottes.

Man sehe den schönen Hymnus des Orpheus und den Brief des Maximus

Oberhaupt aller untergeordneten Götter verehrt, wie die Formel *Deus optimus maximus* bezeugt, und diejenigen wie Verbrecher aufgesucht, die einen einigen Gott anbeten? Es ist nicht glaublich, daß unter den Kaisern jemals inquisitionsmäßig gegen die Christen verfahren ist, das heißt, daß man sie über ihre Glaubensartikel verhört hat. Was diesen Punkt betraf, so ließ man Juden, Syrer und Ägypter, Barden, Druiden und Philosophen ungestört. Die Märtyrer waren es also, die sich gegen die falschen Götter auflehnten. Nicht daran zu glauben war so vernünftig als fromm; aber wenn sie, nicht zufrieden, einen Gott im Geist und in der Wahrheit anzubeten, mit Ungestüm gegen den hergebrachten Gottesdienst losbrachen, so muß man, dieser Gottesdienst mochte so unvernünftig sein, als er wollte, gestehen, daß sie selbst intolerant waren.

Tertullian gesteht in seinem *Apologetikon*, daß man die Christen für Aufrührer ansah. So ungerecht diese Beschuldigung war, so bewies sie doch, daß nicht die Religion allein ihnen die Strenge der Gerichte zuzog. Er gesteht[1], daß die Christen sich weigerten, bei den öffentlichen Freudenfesten wegen der von den Kaisern erfochtenen Siege ihre Türen mit Lorbeerzweigen auszuschmücken. Wie leicht konn-

von Madaura an den heiligen Augustin, worin er sagt, *daß nur Schwachköpfe an einem höchsten Gott zweifeln können.* Longinian der Heide schreibt an eben den heiligen Augustin, Gott sei *einzig, unbegreiflich, unaussprechlich*. Laktanz selbst, dem man keine zu große Nachsicht Schuld geben kann, gesteht in seinem fünften Buche, *daß die Römer alle Götter einem höchsten Gott unterordnen*: »Illos subjicit et mancipat Deo.« Tertullian gesteht in seinem *Apologetikon*, daß das ganze römische Reich einen Gott als Herrn der Welt von unendlicher Macht und Majestät anerkenne; »principem mundi perfectae potentiae et majestatis.« Vor allen Dingen aber braucht man nur den Platon, Ciceros Lehrer in der Philosophie, aufzuschlagen; da wird man sehen, »daß es nur Einen Gott gibt, den man anbeten und lieben und dem man durch Heiligkeit und Gerechtigkeit ähnlich zu werden trachten muß«. Epiktet hat in seinen Ketten und Mark-Aurel auf dem Thron in hundert Stellen dasselbe gesagt.

1 Kap. 25.

te man diese tadelnswürdige Affektation für ein Verbrechen der beleidigten Majestät ansehen!
Die erste gegen die Christen verübte juristische Strenge war unter Domitian; aber sie schränkte sich auf eine Verweisung ein, die nicht einmal ein Jahr dauerte. »Facile coeptum repressit, restitutis etiam quos ipse relegaverat«, sagt Tertullian. Laktanz, der sonst so heftig schrieb, gesteht, daß von Domitian bis auf Decius die Kirche in Frieden geblühet habe. Dieser Friede, sagt er, wurde unterbrochen, als das verfluchte Tier Decius die Kirche zu bedrücken anfing: »Post multos annos exstitit execrabile animal Decius qui vexaret ecclesiam.«
Es ist hier nicht der Ort, die Meinung des gelehrten Dodwells über die kleine Anzahl der Märtyrer zu untersuchen. Aber wenn die Römer die christliche Religion verfolgt hätten, wenn der Senat so viele Christen durch ungewöhnliche Martern hätte hinrichten, sie in siedendes Öl werfen und die Mädchen nackend den wilden Tieren im Zirkus aussetzen lassen: wie wäre es denn gekommen, daß er alle ersten römischen Bischöfe in Ruhe ließ? Der heilige Irenäus führt unter den Märtyrern nur den einzigen Bischof Telesphorus auf, im Jahr 139 der gewöhnlichen Zeitrechnung; und daß dieser Telesphorus würklich hingerichtet worden sei, kann gar nicht bewiesen werden. Zephyrin regierte die Herde achtzehn Jahre hindurch und starb ruhig im Jahr 219. Freilich, in den alten Martyrologien findet man beinahe alle ersten Päpste: allein damals nahm man das Wort *Martyr* oder *Märtyrer* noch in seiner ursprünglichen wahren Bedeutung; es hieß *Zeugen*, und nicht *Hingerichtete*.
Ebenso schwer ist es, diese Verfolgungswut mit der Freiheit zusammenzureimen, mit der die Christen die dreiundfünfzig Konzilien hielten, welche von den Kirchenschriftstellern in die ersten drei Jahrhunderte gesetzt wurden.
Es hat Verfolgungen gegeben; aber wären sie so heftig gewesen, als man sagt, so wäre Tertullian, der mit solchem Un-

gestüm gegen den hergebrachten Gottesdienst schrieb, sicherlich nicht auf dem Bette gestorben. Man weiß zwar, daß die Kaiser sein *Apologetikon* nicht lasen; daß eine unbekannte in Afrika verfaßte Schrift nicht zu denen gelangt, die mit der Regierung der Welt zu tun haben. Aber sie mußte doch denen bekannt werden, die um den Prokonsul von Afrika waren; sie mußte notwendig dem Verfasser viele Feindschaften zuziehen; und er starb doch nicht den Märtyrertod.

Origenes lehrte öffentlich zu Alexandria und wurde nicht hingerichtet. Eben der Origenes, der mit gleicher Freiheit zu Heiden und Christen redete, jenen Jesum verkündigte und gegen diese die Dreieinigkeit leugnete, gesteht ausdrücklich in seinem dritten Buch gegen den Celsus, »daß es sehr wenig Märtyrer gebe und diese sehr weit voneinander entfernt seien; indes«, fährt er fort, »verabsäumen die Christen nichts, um jedermann zu ihrer Religion zu bekehren. Sie laufen in Städte, Flecken und Dörfer.«

Dergleichen herumstreifende Scharen konnten doch von den Priestern, die ihnen nicht günstig waren, sehr leicht als Aufwiegler des Volks ausgeschrien werden. Und doch wurden diese Missionen geduldet, trotz dem ägyptischen Volke, diesem unruhigen, aufrührerischen, feigen Volke, das einen Römer zerriß, weil er eine Katze getötet hatte, diesem, was auch die Bewundrer der Pyramiden sagen, zu allen Zeiten verächtlichen Volke.[1]

1 Diese Behauptung muß bewiesen werden. Es ist unleugbar, daß seit der Zeit, da die Fabeln der Geschichte platzgemacht haben, die Ägypter sich stets als ein ebenso feiges als abergläubisches Volk bewiesen haben. Kambyses bemächtigt sich Ägyptens durch eine einzige Schlacht. Alexander schreibt ihnen Gesetze vor, ohne ein Treffen nötig zu haben, ohne daß eine einzige Stadt es wagte, eine Belagerung abzuwarten. Die Ptolemäer bemächtigten sich des Landes ohne Schwertstreich. Cäsar und August unterjochten es mit ebenso leichter Mühe. Omar nahm ganz Ägypten in einem einzigen Feldzuge weg. Die Mamelucken, ein Volk aus Kolchis und der Nachbarschaft des Kaukasus, eroberten es nach Omar. Sie, und

Wer konnte die Priester und die Regierung mehr gegen sich aufbringen als der heilige Gregor der Wundertäter, der Schüler des Origenes? Gregor hatte des Nachts einen von Gott gesandten Greis nebst einer von Licht glänzenden Frau gesehen. Die Frau war die heilige Jungfrau und der Greis St. Jo-

nicht die Ägypter, waren es, die die Armee des heiligen Ludwig schlugen und diesen König gefangen bekamen. Nachher, als die Mamelucken Ägypter, das heißt weichlich, feig, unbrauchbar, leichtsinnig wie die natürlichen Bewohner dieses Klimas geworden waren, unterwarfen sie sich in drei Monaten dem Joche Selims, der ihren Sultan aufhängen ließ und diese Provinz an das türkische Reich geknüpft hat, bis sich einmal andre Barbaren ihrer bemächtigten.

Herodot erzählt, daß in den fabelhaften Zeiten ein ägyptischer König Namens Sesostris ausgezogen sei, in der förmlichen Absicht, den Erdboden zu erobern; ein Projekt, das eines Pitrokoles und Donquichots würdig war; und ohne in Betracht zu ziehen, daß der Name Sesostris gar nicht ägyptisch ist, kann man diese Begebenheit sowohl als alle vorherigen Fakta mit den *tausend und eine Nacht* in eine Klasse setzen. Nichts ist bei besiegten Völkern gewöhnlicher, als daß sie Fabeln von ihrer Größe in alten Zeiten auskramen, wie in gewissen Ländern gewisse elende Familien sich von alten hohen Häuptern herleiten. Die ägyptischen Priester erzählten dem Herodot, daß dieser König, den er Sesostris nennt, ausgezogen sei, um Kolchis zu erobern. Das klingt gerade, als wenn man sagte, ein König von Frankreich sei aus Touraine gezogen, um sich Norwegen zu unterwerfen.

Alle diese Märchen mag man in tausend und aber tausend Bänden erzählen; sie werden dadurch um nichts wahrscheinlicher. Weit natürlicher ist es anzunehmen, daß die starken und wilden Bewohner des Kaukasus, die Kolchidier und andre Skythen, die so oft Asien verwüstet haben, in Ägypten eingedrungen sind; und wenn die kolchischen Priester in der Folge die Beschneidung einführten, so beweiset dies nicht, daß sie den Ägyptern unterwürfig gewesen sind. Diodor von Sizilien berichtet uns, daß alle von Sesostris überwundenen Könige jährlich aus dem Innern ihrer Reiche kamen, um ihren Tribut zu überbringen, und daß sie Sesostris als Kutschpferde gebrauchte, indem er sie an seinen Wagen spannte, um in den Tempel zu fahren. Diese Geschichten von Gargantua schreiben wir noch immer getreulich ab. Wenigstens waren die Könige sehr gutmütig, daß sie so weit herkamen, um sich als Pferde gebrauchen zu lassen.

Die Pyramiden und andere Altertümer beweisen nichts als den Stolz und den schlechten Geschmack der ägyptischen Prinzen von der einen, und von der andern Seite die Sklaverei des schwachen Volks, das seine Arme,

hannes der Evangelist. St. Johannes diktierte ihm ein Glaubensbekenntnis, das Gregor nunmehr predigte. Auf seiner Reise nach Neocäsarea kam er vor einem Tempel vorbei, wo man Orakel erteilte und wo ihn der Regen die Nacht zuzubringen nötigte. Er machte verschiednemal das Zeichen des heiligen Kreuzes. Des folgenden Morgens war der Oberpriester des Tempels erstaunt, daß seine Dämonen, die sonst ordentlich antworteten, kein Orakel mehr geben wollten. Er rief sie. Die Teufel kamen und sagten, daß sie nicht wiederkommen würden; sie könnten nicht länger im Tempel bleiben, weil der heilige Gregor die Nacht darin zugebracht

sein einziges Gut, gebrauchte, dem plumpen Hochmut seiner Herren zu frönen. Die Regierung dieses Volks, selbst in den so sehr gerühmten Zeiten, scheint absurd und tyrannisch. Man behauptet, daß alle Ländereien dem Monarchen gehört haben sollen. Für solche Sklaven schickte sich's wohl, die Welt zu erobern?

Die tiefe Weisheit der ägyptischen Priester gehört gleichfalls zu den ungeheuren Lächerlichkeiten der alten Geschichte, das heißt, der Fabel. Leute, die behaupteten, daß binnen elftausend Jahren die Sonne zweimal im Westen auf- und zweimal in Osten untergegangen und dann wieder in ihren ordentlichen Lauf zurückgetreten sei, stehen doch wahrhaftig unter dem Verfasser des Lütticher Kalenders. Die Religion dieser Priester, die den Staat regierten, verdient nicht mit der Religion der wildesten amerikanischen Völker verglichen zu werden. Wir wissen, daß sie Krokodile, Affen, Katzen und Zwiebeln anbeteten; und vielleicht gibt es heutigestages, die Verehrung des Lama abgerechnet, auf dem ganzen Erdboden nichts so Ungereimtes.

Ihre Künste sind so wenig wert als ihre Religion. Nicht eine einzige ägyptische Statue gibt es, die nur erträglich wäre. Alles, was sie Gutes gehabt haben, ist in Alexandrien unter den Ptolemäern und Cäsaren von griechischen Künstlern verfertigt. Ein Grieche mußte kommen und ihnen Geometrie beibringen.

Der berühmte Boffuet gerät in seiner an den Sohn Ludwigs XIV. gerichteten *Abhandlung über die allgemeine Weltgeschichte* ganz außer sich über die Verdienste der Ägypter. Einem jungen Prinzen mag es die Augen verblenden, aber nicht Gelehrte überzeugen. Es ist eine sehr beredte Deklamation; aber ein Geschichtsschreiber muß mehr Philosoph als Redner sein. Übrigens gibt man diese ganze Bemerkung über die Ägypter nur für Mutmaßung aus. Welchen Namen kann man allem andern geben, was man vom Altertum gesagt hat?

und Zeichen mit dem heiligen Kreuze gemacht hätte. Der Oberpriester ließ den heiligen Gregor festnehmen; aber dieser antwortete ihm: »Ich kann die Teufel vertreiben, wo ich will, und sie einkehren lassen, wo ich will.« – »So laß sie dann wieder in meinem Tempel einkehren,« sagte der Oberpriester. Sogleich riß Gregor ein Stückchen von seinem Buche ab, das er in der Hand hielt, und schrieb die Worte darauf: »Ich, Gregorius, gebiete dir, Satan, wieder einzukehren in diesem Tempel.« Man legte dies Billet auf den Altar, die Teufel gehorchten und gaben wie gewöhnlich ihre Orakel. Bald darauf verstummten sie, wie man weiß.

Der heilige Gregor von Nyssa erzählt diese Begebenheit in seiner Lebensbeschreibung des heiligen Gregors des Wundertäters. Offenbar mußten die Priester der Abgötterei gegen Gregor aufgebracht werden und ihn bei der Obrigkeit angeben. Und doch geschah ihrem großen Feinde gar nichts Leides.

In der Geschichte des heiligen Cyprian wird erzählt, daß er der erste Bischof von Karthago gewesen, der zum Tode verurteilt worden sei. Der Tod des heiligen Cyprians fällt in das Jahr 258 unsrer Zeirechnung. Folglich wurde binnen einer sehr langen Zeit kein Bischof von Karthago das Schlachtopfer seiner Religion. Die Geschichte verschweigt uns, was für Verleumdungen dem heiligen Cyprian nachgesagt wurden, was er für Feinde hatte und warum der Prokonsul von Afrika gegen ihn aufgebracht war. Er selbst schrieb an den Bischof Cornelius von Rom: »Vor kurzem ereignete sich in Karthago ein Aufruhr, und man schrie, man müsse mich den Löwen vorwerfen.« Wahrscheinlich wurden die Unruhen des unbändigen Volks von Karthago zuletzt die Ursach zum Tode des heiligen Cyprian. Daß ihn der Kaiser Gallus selbst soweit her wegen seiner Religion verurteilt haben soll, ist ganz unwahrscheinlich, da er den Cornelius, der vor seinen Augen lebte, in Ruhe ließ.

Es mischen sich oft so viel geheime Gründe in den anscheinenden Grund, es können so viel unbekannte Triebfedern mitwirken, einen Menschen zu verfolgen, daß es den folgenden Zeiten unmöglich wird, die versteckte Quelle des Unglücks der merkwürdigsten Menschen auszufinden; um wieviel mehr die Ursach der Hinrichtung eines Privatmanns, der nur unter seiner Partei bekannt sein konnte!

Es verdient auch bemerkt zu werden, daß der heilige Gregor der Wundertäter und der heilige Dionysius, Bischof zu Alexandria, die mit dem heiligen Cyprian zu gleicher Zeit lebten, nicht hingerichtet worden sind. Sie waren doch wenigstens ebenso bekannt als dieser Bischof von Karthago. Warum ließ man sie in Ruhe? Warum starb der heilige Cyprian? Ist es nicht zu vermuten, daß er persönlichen und mächtigen Feinden und der Verleumdung unter dem Vorwande von Staatsursachen, ein Vorwand, den man so oft gegen die Religion gebraucht, unterlag und daß die andren das Glück hatten, der Bosheit der Menschen zu entgehen?

Daß der heilige Ignaz unter dem gütigen und gerechten Trajan auf die bloße Beschuldigung, daß er ein Christ wäre, hingerichtet worden sei, ist ganz unmöglich. Man erlaubte ja den Christen, ihn zu begleiten und zu trösten, als er nach Rom geführt wurde.[1] In Antiochien, einer stets unruhigen

1 Wir bezweifeln den Tod des heiligen Ignatius im mindesten nicht. Aber man lese die Geschichte seines Märtyrertums. Sollten da nicht in dem Kopfe eines vernünftigen Menschen verschiedne Zweifel aufsteigen? Der unbekannte Verfasser dieser Erzählung sagt, daß der Kaiser Trajan geglaubt habe, es würde ihm etwas an seinem Ruhme abgehen, wenn er nicht auch den Gott der Christen seiner Herrschaft unterwürfe. Welche Idee! Trajan war wohl der Mann, dem es einfallen konnte, über Götter zu triumphieren! Als Ignatius vor dem Kaiser erschien, soll ihn dieser so angeredet haben: »Wer bist du, unreiner Geist?« Schwerlich hat der Kaiser so mit einem Gefangenen geredet. Schwerlich hat er ihn selbst verdammt. So machen's die Fürsten nicht. Wenn Trajan den heiligen Ignatius vor sich kommen ließ, so brauchte er ihn nicht zu fragen: »Wer bist du?« Das wußte er ja. Und des Wortes *unreiner Geist* sollte ein Mann wie Trajan sich bedient haben? Ist das nicht offenbar der Ausdruck eines Exorzisten, den ein

Stadt, wo der heilige Ignaz geheimer Bischof der Christen gewesen war, hatten sich öfter Empörungen ereignet. Vielleicht legte man diese boshafterweise den Christen zur Last, machte die Regierung aufmerksam und betrog sie, wie schon oft geschehen ist.

Christ dem Kaiser in den Mund legt? Ist das, um Gotteswillen, in Trajans Stile gesprochen?

Kann man sich denken, daß ihm Ignaz geantwortet habe, er hieße Theophorus (Gottesträger), weil er Jesum im Herzen trüge, und daß Trajan mit ihm über Christum sich unterhalten habe? Zum Beschluß der Unterredung läßt man den Kaiser sagen: »Wir befehlen, daß Ignatius, der sich rühmt, den Gekreuzigten im Herzen zu tragen, in Ketten gelegt werde«, usw. Ein Sophist, der den Christen feind war, konnte bei einer solchen Gelegenheit Jesum den Gekreuzigten nennen; aber schwerlich bediente man sich dieses Ausdrucks in einem Urteile. Die Kreuzigung war bei den Römern so üblich, daß man im gesetzlichen Stile durch »den Gekreuzigten« nicht den Gegenstand der Verehrung der Christen andeuten konnte. Gesetze und Kaiser sprechen auch so nicht in ihren Urteilen.

Man läßt hierauf den heiligen Ignatius einen langen Brief an die römischen Christen schreiben. »Ich schreibe euch«, sagt er, »so wie ich hier bin, in Fesseln«, usw. Wenn er an die Christen in Rom schreiben durfte, so wurden doch diese nicht verfolgt und aufgesucht; so hatte doch Trajan nicht die Absicht, ihren Gott seiner Herrschaft zu unterwerfen. Oder, wenn die Christen unter der Geißel der Verfolgung standen, so war es eine große Unbesonnenheit von dem heiligen Ignatius, daß er an sie schrieb und sie dadurch gewissermaßen auslieferte und sich zu ihrem Angeber machte.

Diejenigen, die diese Erzählungen zusammengetragen haben, hätten doch ein klein wenig mehr auf Wahrscheinlichkeit und Schicklichkeit Rücksicht nehmen sollen. Der Märtyrertod des heiligen Polykarp erregt noch mehr Zweifel. Eine Stimme vom Himmel soll gerufen haben: »Mutig, Polykarp!« Und dies sollen die Christen gehört haben und die andern nicht. Als der heilige Polykarp, heißt es weiter, an den Pfahl gebunden und der Scheiterhaufen angesteckt war, entfernten sich die Flammen von ihm und bildeten einen Bogen über seinem Kopf, woraus eine Taube aufstieg, und der Heilige, vor dem die Flammen Ehrfurcht hatten, hauchte einen Weihrauchduft aus, der die ganze Versammlung erfüllte. Und doch konnte der, den das Feuer nicht zu berühren wagte, der Schärfe des Schwerts nicht widerstehen! Man muß doch gestehen, daß man es einigen nicht übel nehmen kann, wenn sie in dergleichen Geschichten mehr Frömmigkeit als Wahrheit finden.

Der heilige Simeon zum Beispiel wurde vor dem König Sapor angeklagt, er sei ein römischer Spion. Die Geschichte seines Märtyrertums erzählt, daß ihm der König Sapor befohlen habe, die Sonne anzubeten. Aber man weiß, daß die Perser der Sonne selbst nicht göttliche Ehre erwiesen, sondern daß sie ihnen ein Sinnbild des guten Grundwesens Oromades oder Oromasdes war, des Gottes, den sie als Weltschöpfer anerkannten.

So tolerant man auch sein mag, so kann man sich doch des Unwillens gegen diejenigen nicht enthalten, die dem Kaiser Diokletian vorwerfen, er habe seit seiner Thronbesteigung die Christen verfolgt. Wir brauchen uns nur an Eusebius von Cäsarea zu halten. Sein Zeugnis ist unverwerflich. Dieser Günstling und Lobredner Constantins, der geschworne Feind aller vorhergehenden Kaiser, verdient Glauben, wenn er die letztern rechtfertigt. Hier sind seine Worte[1]: »Die Kaiser gaben den Christen lange Zeit hindurch große Beweise ihres Wohlwollens. Sie vertraueten ihnen Provinzen an. Mehrere Christen wohnten in Palästen. Einige Kaiser nahmen sogar Christinnen zu Gemahlinnen. Diokletian vermählte sich mit der Priska, deren Tochter wieder den Maximianus Galerius heiratete usw.«

Aus diesem entscheidenden Zeugnis lerne man, nicht mehr zu verleumden, und beurteile, ob die nach einer neunzehnjährigen Regierung voller Güte und Wohltaten von Galerius angestifteten Verfolgungen nicht ihren Grund in einer Intrigue haben müssen, die wir nicht kennen.

Ist nicht die Fabel von der thebanischen Legion, die ganz und gar der Religion wegen niedergehauen sein soll, äußerst ungereimt? Es ist lächerlich, daß man diese Legion aus Asien über den großen St. Bernhard kommen läßt. Es ist unmöglich, daß man sie von Asien hergerufen haben soll, um einen Aufruhr in Gallien zu stillen, der schon das Jahr vor-

1 Histor. ecclesiastic. Lib. VIII.

her unterdrückt worden war. Es ist ebensowenig möglich, daß man sechstausend Mann zu Fuß und siebenhundert zu Pferde in einem engen Passe, wo ein paar hundert Mann eine ganze Armee aufhalten können, niedergehauen habe. Die Erzählung dieser angeblichen Metzelei hebt gleich mit einer tüchtigen Lüge an: »Als die Erde unter der Tyrannei Diokletians seufzte, ward der Himmel mit Märtyrern erfüllt.« Nun soll diese Begebenheit, wie schon gesagt, sich im Jahr 286 zugetragen haben, also zu einer Zeit, wo Diokletian die Christen am meisten begünstigte, wo sich das römische Reich am glücklichsten befand. Was endlich alle diese Untersuchungen unnütz macht, ist, daß es niemals eine thebanische Legion gegeben hat. Die Römer waren zu stolz und zu vernünftig, um eine Legion von Ägyptern zu unterhalten, die in Rom als Sklaven dienten; *Verna Canopi*. Das wäre gerade, als wenn sie eine Legion Juden gehabt hätten. Wir haben die Namen von zweiunddreißig Legionen, die die hauptsächlichste Stärke des römischen Reichs ausmachten; darunter findet sich keine thebanische Legion. Wir werfen daher billig diese Märchen in eine Klasse mit den Versen der Sybille, deren Anfangsbuchstaben die Wunder Christi vorhersagten, und mit allen den untergeschobenen Stücken, die ein falscher Religionseifer ausstreuete, um die Leichtgläubigen zu täuschen.

10. Gefahr, die mit falschen Legenden sowohl als mit Verfolgungen verknüpft ist

Die Lüge hat nur zu lange die Menschen getäuscht. Es ist endlich einmal Zeit, die wenigen Wahrheiten aufzudecken, die man zwischen dem Gewebe von Märchen, die die römische Geschichte von Tacitus und Sueton an und fast die Annalen aller andern alten Nationen verunstalten, kaum herausfinden kann.

Wie kann man zum Beispiel glauben, daß die Römer, dieses ernsthafte und strenge Volk, von dem wir unsre Gesetze erhalten haben, christliche Jungfrauen von Stande verurteilt haben sollten, preisgegeben zu werden? Man müßte mit der finstern Würde unsrer Gesetzgeber, die die Schwachheiten der Vestalinnen so hart bestraften, wenig bekannt sein. Die *aufrichtigen Geschichten* Ruinarts berichten diese Schändlichkeiten. Aber muß man denn der Geschichte Ruinarts glauben wie der Apostelgeschichte? Diese aufrichtigen Geschichten erzählen nun nach dem Bollandus, daß in Ancyra sieben christliche Jungfrauen, jede von etwa siebzig Jahren, gewesen wären, die der Gouverneur Theodaktes verurteilt habe, den jungen Leuten der Stadt preisgegeben zu werden. Da indes diese Jungfrauen, wie billig – sie waren siebzig Jahre alt – unangetastet blieben, so nötigte er sie, nackend bei den Mysterien der Diane zu dienen, bei denen übrigens niemand ohne Schleier erscheinen durfte. Der heilige Theodot, der eigentlich Wirt in einer Schenke, dabei aber ein Mann von vielem Religionseifer war, bat Gott inbrünstig, er möchte doch diese heiligen Jungfrauen sterben lassen, damit sie nicht der Versuchung unterlägen. Sein Gebet wurde erhört. Der Gouverneur ließ sie, mit einem Stein am Halse, in den See werfen. Bald darauf erschienen sie dem Theodot und baten ihn, nicht zuzugeben, daß ihre Körper von den Fischen gefressen würden. Dies waren ihre eigenen Worte. Der heilige Wirt ging demnach mit seinen Gesellen bei Nacht aus seiner Schenke an das Ufer des Sees, das mit Soldaten besetzt war. Eine himmlische Flamme wandelte vor ihnen her. Als sie an Ort und Stelle kamen, griff ein himmlischer Ritter in voller Rüstung mit seiner Lanze die Wache an und jagte sie auseinander, und der heilige Theodot zog die Leichname der Jungfrauen aus dem See. Er wurde deshalb vor den Gouverneur geführt und mußte den Kopf hergeben, ohne daß es der himmlische Ritter verhinderte. – Noch einmal, wir verehren alle wahren Märtyrer, aber es

ist schwer, diese Geschichte von Bollandus und Ruinart zu glauben.
Soll ich noch die Jugendgeschichten des heiligen Romanus erzählen? Man warf ihn, sagt Eusebius, ins Feuer, und die Juden, die gegenwärtig waren, spotteten über Christum, daß er seine Bekenner verbrennen ließe, nachdem Gott die drei Männer Sadrach, Mesach und Abednego im glühenden Ofen erhalten hätte. Kaum hatten die Juden ausgeredet, als der himmlische Romanus von seinem Scheiterhaufen triumphierend herabstieg. Der Kaiser befahl, daß man ihn begnadigte, und sagte zu dem Richter, er wolle mit Gott nicht streiten. Seltsame Reden im Munde Diokletians! Der Richter befahl, ohngeachtet der Begnadigung des Kaisers, daß man dem heiligen Romanus die Zunge ausschnitte, und ließ diese Operation durch einen Arzt verrichten, obgleich Henkersknechte zugegen waren. Der heilige Romanus, der von der Geburt an gestammelt hatte, sprach, sobald ihm die Zunge abgeschnitten war, mit einer unglaublichen Geläufigkeit. Der Arzt erhielt einen Verweis. Um zu zeigen, daß die Operation nach allen Regeln der Kunst geschehen sei, ergriff er einen der Vorübergehenden und schnitt ihm gerade so viel von der Zunge ab, als er dem heiligen Romanus abgeschnitten hatte, wovon er auf der Stelle starb; denn, setzte der Erzähler sehr gelehrt hinzu, »die Anatomie lehrt uns, daß ein Mensch ohne Zunge nicht leben kann.« – Hat Eusebius wirklich dergleichen Seichtigkeiten geschrieben und sind sie nicht in seinen Schriften eingeschoben, wie kann man dann auf seine Geschichte bauen?
Wir haben eine Erzählung von dem Märtyrertode der heiligen Felicitas und ihrer sieben Kinder, die der weise und fromme Antonin soll haben hinrichten lassen. Der Urheber der Erzählung ist unbekannt. Wahrscheinlich hat derselbe mit mehr Eifer als Wahrheitsliebe die Geschichte der Makkabäer nachahmen wollen. Er fängt seine Erzählung so an: »Die heilige Felicitas war eine Römerin und lebte zu den

Zeiten Antonins.« Aus diesen Worten erhellet, daß der Verfasser kein Zeitgenoß der heiligen Felicitas war. Ferner sagte er, der Prätor habe sie vor seinem Richterstuhle auf dem Marsfelde verurteilt. Das Marsfeld aber, das vormals dazu gedient hatte, die Volksversammlungen darauf zu halten, diente damals bloß zu Musterungen der Truppen, zu Wettläufen und kriegerischen Spielen. Dies allein beweiset die Unwahrheit des Geschichtchens.

Ferner soll nach gesprochenem Urteil der Kaiser die Exekution desselben verschiednen Richtern übertragen haben. Auch dies ist gegen alle Formalitäten der damaligen Zeit und aller Zeiten.

Ebenso gibt es einen heiligen Hippolyt, der von Pferden geschleift worden sein soll, gerade wie Hippolyt, der Sohn des Theseus. Diese Art der Strafe kannten die alten Römer gar nicht, und die bloße Ähnlichkeit des Namens hat die Erfindung der Fabel veranlaßt.

Noch verdient bemerkt zu werden, daß man in den Nachrichten von Märtyrern, die alle bloß von Christen verfaßt sind, stets einen Haufen Christen zu den Märtyrern ungehindert ins Gefängnis kommen sieht, daß sie sie zum Tode begleiten, ihre Leichname begraben und mit ihren Reliquien Wunder verrichten. Wenn man die Religion verfolgt hätte, würde man dann wohl die erklärten Christen, die ihren verurteilten Brüdern beistanden und denen man Schuld gab, daß sie mit den Resten der im Märtyrertode entseelten Körper Zauberei trieben, frei haben gehen lassen? Würde man sie nicht behandelt haben wie wir die Waldenser, Albigenser, Hussiten und mehrere Sekten von Protestanten? Wir haben sie, ohne Unterschied des Alters und Geschlechts, haufenweise erwürgt und verbrannt. Läßt sich in den zuverlässigen Nachrichten von den Verfolgungen der Alten ein einziger Zug auffinden, der mit der Bartholomäusnacht und dem irländischen Blutbade zu vergleichen wäre? Ein einziger, der dem jährlichen Feste gleicht, das man noch immer zu Toulouse feiert, diesem grausamen Feste, das man auf immer abschaffen sollte, wo ein ganzes Volk in Prozession Gott dankt und sich Glück wünscht, daß es vor zweihundert Jahren viertausend seiner Mitbürger umgebracht hat?

Mit Abscheu sage ich es, aber es ist wahr. Wir, wir Christen allein sind Verfolger, Henker und Meuchelmörder gewesen. Und gegen wen? Gegen unsre Brüder. Wir haben, das Kruzifix oder die Bibel in der Hand, auf hundert Städte zerstört. Wir haben nicht aufgehört, Blut zu vergießen und Scheiterhaufen anzuzünden, von der Regierung Constantins an bis auf die Wut der Kannibalen, die die Sevennen bewohnten, die Wut, von der es doch, Gott sei Dank, heutigentages kein Beispiel mehr gibt.

Wir sehen noch zuweilen die armen Leute von Poitou, Vivarais, Valence und Montauban am Galgen hängen. Wir haben seit dem Jahr 1745 acht sogenannte Prädikanten oder Diener des Evangeliums aufgehängt, weil sie das Wohl des Königs in plattem Französisch von Gott erfleht und einigen Bauern von schwachem Verstande einen Tropfen Wein und ein Stückchen ungesäuertes Brot gereicht hatten. Davon weiß man freilich nichts in Paris, wo das Vergnügen das einzige Ding von Wichtigkeit ist, wo man von allem nichts weiß, was in der Provinz und bei den Ausländern vorgeht. Diese Prozesse werden in einer Stunde abgetan, oft geschwinder, als ein Deserteur gerichtet wird. Der König würde die Unglücklichen begnadigen, wenn er's erführe.

So behandelt man in keinem protestantischen Lande die katholischen Priester. In England und Irland sind ihrer über zweihundert. Man kennt sie und hat sie im vorigen Kriege ruhig leben lassen.

Sollen wir denn stets die letzten sein, die die vernünftigen Meinungen andrer Nationen annehmen? Sie haben ihre Fehler abgelegt. Wann werden wir's tun? Sechzig Jahre gebrauchte es, um uns zu bewegen, das anzunehmen, was

Newton bewiesen hatte. Kaum fangen wir an, unsern Kindern durch die Inokulation das Leben zu retten. Erst seit etwa dreißig Jahren haben wir die wahren Grundsätze des Ackerbaues in Ausübung gebracht. Wann werden wir anfangen, die wahren Grundsätze der Menschlichkeit in Ausübung zu bringen? Wie können wir – ich möchte sagen, unverschämt genug sein, den Heiden vorzuwerfen, daß sie Märtyrer gemacht haben, solange wir uns unter gleichen Umständen einer gleichen Grausamkeit schuldig machen? Eingestanden, daß die Römer eine Menge Christen bloß um der Religion willen hingerichtet haben, so ist dies Verfahren der Römer höchst verdammungswürdig. Wollen wir eben die Ungerechtigkeit begehen? Wollen wir ihnen ihre Verfolgungen vorwerfen und selbst Verfolger sein?

Wenn jetzt jemand unredlich oder schwärmerisch genug sein sollte, um mir einzuwenden: Warum entwickelst du uns hier unsre Irrtümer und Fehler? Warum wirfst du unsre falschen Wunder und falschen Tugenden über den Haufen? Sie sind mehreren Leuten ein Nahrungsmittel für ihre Frömmigkeit; es gibt notwendige Irrtümer. Reißt dem Körper nicht ein verjährtes Geschwür aus, das die Zerstörung des ganzen Körpers nach sich ziehen würde! – so würde ich folgendes antworten.

Alle falschen Wunder, wodurch man den Glauben an die wahren wankend macht, alle falschen Legenden, die man zu den Wahrheiten des Evangeliums hinzusetzt, dienen dazu, die Religion in den Herzen der Menschen auszutilgen. Mehrere, die sich gern unterrichten wollen und doch nicht Zeit haben, sich ganz zu unterrichten, sagen: »Meine Lehrer haben mich betrogen; folglich gibt es keine Religion; lieber will ich mich der Natur als dem Irrtum in die Arme werfen; lieber will ich vom natürlichen Gesetz als von den Irrtümern der Menschen abhängen.« Andere gehen noch weiter. Sie sehen, daß ihnen der Betrug einen Zaum angelegt hat, wollen auch den Zaum der Wahrheit nicht länger

dulden und neigen sich zum Atheismus. So werden die Menschen verderbt, weil einige von ihnen unwahr und grausam gewesen sind.
Dies sind die notwendigen Folgen jedes Aberglaubens und jedes frommen Betrugs. Die Menschen von gewöhnlichem Schlage räsonnieren nur halb, und zwar mit sehr schlimmen Gründen: Doragine, der Verfasser der *Goldenen Legende*, und der Jesuit Ribadeneira, der Sammler des *Heiligenblümleins (Fleur des Saints)*, sagen ungereimtes Zeug; folglich gibt es keinen Gott. Die Katholiken haben eine gewisse Zahl Hugenotten und die Hugenotten eine gewisse Zahl Katholiken umgebracht; folglich gibt es keinen Gott. Ich würde im Gegenteil schließen: folglich gibt es einen Gott, der uns nach diesem kurzen Leben, worin wir so vieles mißverstanden und in seinem Namen so viele Verbrechen begangen haben, wegen alles dieses schrecklichen Elends trösten wird. Denn bedenkt man die Religionskriege, die vierzig Schismen der Päpste, die fast alle blutig gewesen sind, die Betrügereien, die fast alle einen traurigen Ausgang gehabt haben, den unversöhnlichen Haß, der durch die verschiednen Meinungen bewürkt worden ist; sieht man alle die durch falschen Religionseifer veranlaßten Übel an, so sind die Menschen in diesem Leben lange genug in der Hölle gewesen.

11. Missbrauch der Intoleranz

Aber wie? Soll es denn jedem Bürger erlaubt sein, nur seiner Vernunft zu trauen und nur das zu glauben, was ihm diese aufgeklärte oder getäuschte Vernunft sagen wird? Das muß ihm wohl erlaubt werden, solange er nicht die öffentliche Ruhe stört.[1] Denn es hängt nicht von dem Menschen

1 Man sehe des berühmten Locke vortrefflichen Brief über diesen Gegenstand.

ab, zu glauben oder nicht zu glauben, aber es hängt von ihm ab, den Gebräuchen seines Vaterlandes Achtung zu bezeigen. Sagt ihr aber, es sei Verbrechen, nicht an die herrschende Religion zu glauben, so beschuldigt ihr dessen die ersten Christen, eure Vorfahren, und rechtfertigt die Heiden, die sie hinrichten ließen.

Ihr antwortet mir: Alle Religionen sind Menschenwerk, und allein die römisch-katholisch-apostolische Kirche ist das Werk Gottes. Aber im Ernst, muß denn unsre Kirche, weil sie göttlich ist, durch Haß, Wut, Verweisung, Plünderung, Gefangenschaft, Quälen, Foltern und Mord und durch Dankbezeugungen gegen Gott für alles dies herrschen? Je göttlicher die christliche Religion ist, desto weniger hat der Mensch darin zu befehlen. Ist sie von Gott, so wird sie Gott ohne unsre Hülfeleistung zu erhalten wissen. Die Intoleranz bringt nur Heuchler oder Rebellen hervor. Eine traurige Alternative! Und wollt ihr durch Henkershände die Religion eines Gottes behaupten, der durch Henkershände gestorben ist und nur Sanftmut und Geduld gepredigt hat?

Überlegt doch die schrecklichen Folgen des Rechts der Intoleranz! Wenn es erlaubt wäre, einen Bürger, der unter einem gewissen Grade der Breite nicht die unter diesem Grade der Breite erlaubte Religion bekennte, seines Vermögens zu berauben, in den Kerker zu werfen und umzubringen: welche Ausnahme würde dann die ersten Personen des Staates von eben den Strafen befreien? Die Religion verbindet auf gleiche Art den Monarchen und den Bettler. Auch haben mehr als fünfzig Doktoren und Mönche den scheußlichen Satz verteidigt, daß es erlaubt sei, Regenten, die nicht denken wie die herrschende Kirche, abzusetzen und umzubringen. Die Parlamente haben unaufhörlich diese abscheulichen Lehren abscheulicher Theologen verbannt.[1]

1 Der Jesuit Busenbaum, den der Jesuit Croix kommentiert hat, sagt, es sei erlaubt, einen vom Papst exkommunizierten Fürsten zu töten, in welchem Lande man ihn anträfe; denn die Welt gehöre dem Papste, und wer

Noch dampfte das Blut Heinrichs des Großen, als das Pariser Parlament ein Edikt ergehen ließ, das die Unabhängigkeit der Krone als ein Grundgesetz festsetzte. Der Kardinal Duperron, der Heinrich dem Großen den Purpur zu danken hatte, lehnte sich bei der Versammlung der Stände im Jahr 1614 gegen dies Parlamentsedikt auf und ließ es unterdrücken. Alle Journale der damaligen Zeit erwähnten der

seinen Auftrag vollzöge, der tue ein gutes Werk. Dieser im Tollhause der Hölle erfundne Satz hat Frankreich am meisten gegen die Jesuiten aufgebracht. Man hat ihnen damals mehr als je diese so oft von ihnen gelehrte und so oft abgeleugnete Lehre vorgeworfen. Sie haben sich dadurch zu rechtfertigen geglaubt, daß sie im heiligen Thomas und andern jakobinischen Schriften eben die Entscheidung zeigten; und wirklich behauptet der heilige Thomas von Aquino, der evangelische Lehrer und Ausleger des Willens Gottes (dies sind seine Titel), daß ein abtrünniger Fürst sein Recht an der Krone verliert und daß man ihm keinen Gehorsam schuldig ist (s. th. II, II, qu. 12, a. 2); daß die Kirche am Leben strafen kann; daß man den Kaiser Julian nur geduldet hat, weil man zu schwach war (ibid.); daß man von Rechts wegen jeden Ketzer töten muß (ibid. qu. 11 und 12); daß diejenigen, die das Volk von einem tyrannischen Fürsten befreien, das größte Lob verdienen, usw. – Man hat noch viele Ehrfurcht vor diesem Engel der Schule. Aber wenn er zu den Zeiten Jacques Cléments, seines Mitbruders, und des Barfüßers Ravaillac solche Grundsätze in Frankreich vorgetragen hätte, wie würde man mit dem Engel der Schule umgegangen sein?

Es ist nicht zu leugnen, daß Johann Gerson, der Kanzler der Universität Paris, noch weiter ging als der heilige Thomas, und der Franziskaner Jean Petit noch viel weiter als Gerson. Mehrere Franziskaner behaupteten die entsetzlichen Sätze dieses Mannes. Es ist nicht zu leugnen, daß diese teuflische Lehre vom Königsmorde einzig und allein aus der törichten Lehre entstanden ist, mit der sich die Mönche so lange getragen haben, daß der Papst ein Gott auf Erden ist, der willkürlich über Thron und Leben der Könige disponieren kann. Darin standen wir tiefer als die Tataren, die den großen Lama für unsterblich halten. Er verteilt unter sie den Inhalt seines Nachtstuhls, und sie trocknen diese Reliquien, schließen sie sorgfältig bei und küssen sie andächtig. Ich für mein Teil gestehe, daß ich, um in Frieden zu leben, lieber solche Reliquien an meinem Halse tragen als glauben will, daß der Papst das mindeste Recht an dem Zeitlichen der Könige hat, und an dem meinigen nicht minder; der Fall mag sein, welcher er will.

Ausdrücke, deren sich Duperron bediente: »Wenn ein Prinz Arianer wird, so ist man verbunden, ihn abzusetzen.«
Nein, gewiß nicht, Herr Kardinal! Ich habe große Lust, ihre Behauptung schimärisch zu finden; und wenn einer unsrer Könige, der die Geschichte der Konzilien und der Kirchenväter gelesen hat oder sonst auf den Vers in der Bibel gefallen ist: »Mein Vater ist größer als ich«, ihn zu buchstäblich genommen und nach einigem Schwanken zwischen dem Nicäischen und Konstantinopolitanischen Konzilium sich für den Eusebius von Nicomedia erklärt, so werde ich nichtsdestoweniger meinem Könige gehorchen, nichtsdestoweniger mich ihm durch den Eid, den ich ihm geleistet habe, verpflichtet halten. Und wenn Sie, mein Herr Kardinal, sich gegen ihn auflehnten und ich einer Ihrer Richter wäre, so würde ich Sie des Verbrechens der beleidigten Majestät schuldig erkennen.
Duperron trieb den Streit weiter, als ich ihn wiederholen mag. Es ist hier nicht der Ort, seine empörenden Schimären gründlich zu prüfen. Ich begnüge mich, mit allen meinen Mitbürgern zu sagen, daß man Heinrich IV. Gehorsam schuldig war, nicht nur, weil er zu Chartres gesalbt war, sondern weil ein unwidersprechliches Erbrecht diesem Fürsten die Krone gab, die er durch seinen Mut und seine Güte verdiente. Nach eben dem Rechte muß also auch jeder Bürger das Vermögen seines Vaters erben, und es ist nicht abzusehen, warum er desselben beraubt und an den Galgen geschleppt zu werden verdienen soll, weil er der Meinung des Ratram gegen Pafkasius Tarkert oder des Berengar gegen den Scotus zugetan ist.
Es ist bekannt, daß unsre Dogmen nicht immer deutlich auseinandergesetzt und allgemein in unsrer Kirche angenommen worden sind. Da uns Christus nicht gesagt hatte, woher der heilige Geist ausgeht, so hat die lateinische Kirche lange Zeit mit der griechischen geglaubt, er gehe nur vom Vater aus, bis sie zuletzt zu dem Symbol hinzufügte, daß er

auch vom Sohne ausgehe. Nun frage ich, würde ein Bürger, der den Abend vor dieser Entscheidung noch der alten Meinung anhing, des folgenden Morgens am Leben gestraft worden sein? Und ist die Grausamkeit und Ungerechtigkeit minder groß, heutigentages denjenigen zu bestrafen, der denkt, wie man ehemals dachte? War es zur Zeit Honorius' I. ein Verbrechen zu glauben, daß Jesus nicht zwei Willen hätte?

Noch vor nicht gar langer Zeit ist die Lehre von der unbefleckten Empfängnis eingeführt, und die Dominikaner glauben noch nicht daran. Wann werden die Dominikaner Bestrafung in dieser und jener Welt dafür verdienen?

Wenn wir lernen wollen, wie wir uns in unsern endlosen Streitigkeiten betragen müssen, so laßt uns die Evangelisten und Apostel zum Muster nehmen. Unter Paulus und Petrus hätte leicht ein heftiges Schisma entstehen können. Paulus sagt ausdrücklich in seinem Briefe an die Galater, daß er dem Petrus ins Angesicht widersprochen habe, weil Petrus tadelnswürdig gewesen sei, weil er sowohl als Barnabas sich der Verstellung bedienten, weil beide vor der Ankunft des Jakobus mit den Heiden zu Tische saßen und darauf sich im Stillen zurückzogen und von den Heiden trennten, um die Beschnittenen nicht zu beleidigen. »Ich sahe«, sagt er, »daß sie nicht wandelten nach dem Evangelio, und sprach zu Kephas: Wenn du ein Jude bist, so lebe wie die Heiden und nicht wie die Juden. Warum nötigst du die Heiden zum Judentum?«

Das war Grund genug zu einer heftigen Zänkerei. Es kam darauf an zu wissen, ob die neuen Christen jüdisch werden sollten oder nicht. Paulus opferte um diese Zeit selbst im Tempel zu Jerusalem. Man weiß, daß die fünfzehn ersten Bischöfe von Jerusalem beschnittene Juden gewesen sind, die den Sabbat beobachteten und sich der verbotenen Speisen enthielten. Ein spanischer oder portugiesischer Bischof, der sich beschneiden ließe oder den Sabbat feierte, würde im Autodafé verbrannt werden. Unter den Aposteln und ersten Christen wurde die Eintracht über diesen wichtigen Punkt nicht gestört.

Hätten die Evangelisten unsern heutigen Schriftstellern geglichen, welch ein geräumiges Feld stand ihnen offen, um sich miteinander herumzutummeln! Matthäus zählt achtundzwanzig Generationen von David bis Christus; Lucas zählt zweiundvierzig; und beide gehen in der Geschlechtsfolge selbst voneinander ab. Gleichwohl hat man über diese scheinbaren Widersprüche, die auch nachher von mehreren Kirchenvätern sehr wohl ausgeglichen worden sind, nicht den mindesten Streit sich unter ihnen erheben sehen. Die christliche Liebe wurde nicht verletzt und der Friede hochgehalten. Welche große Lehre für uns, einander in unsern Streitigkeiten zu ertragen und uns zu demütigen in dem, was wir nicht verstehen!

Paulus beweiset in seinem Briefe an einige römische, zum Christentum bekehrte Juden im ganzen Schlusse des dritten Kapitels, daß der Glaube allein selig mache und daß die Werke niemand rechtfertigten. Jakobus dagegen sagt im zweiten Kapitel seines Briefes an die über den ganzen Erdboden zerstreuten zwölf Stämme unaufhörlich, daß man ohne Werke nicht selig werden kann. Diese Verschiedenheit der Meinungen, die unter uns zwei große Gemeinden getrennt hat, machte keine Spaltung unter den Aposteln.

Wenn die Verfolgung derer, mit denen wir disputieren, eine heilige Handlung ist, so ist unstreitig derjenige, der die meisten Ketzer hat umbringen lassen, der größte Heilige im Paradiese. Welche Figur wird da ein Mensch spielen, der sich damit begnügt hat, seine Brüder auszuplündern, sie in Kerker zu werfen, gegen einen Eiferer, der ihrer Hunderte in der Bartholomäusnacht niedergemetzelt hat? Hier ist der Beweis.

Der Nachfolger des heiligen Petrus mit seinem Konsistorium kann nicht irren. Sie billigten, feierten und weihten die Handlung in der Bartholomäusnacht. Folglich war diese Handlung eine höchstheilige Handlung. Folglich, wenn von zwei an Frömmigkeit gleichen Meuchelmördern der eine vierundzwanzig und der andre nur zwölf schwangeren hugenottischen Frauen den Leib aufgerissen hat, so muß jener zu einer zweifachen Herrlichkeit erhoben werden. Ebenso mußten die Fanatiker in den Sevennen glauben, daß sie nach Verhältnis der Priester, Mönche und katholischen Weiber, die sie umgebracht haben, zur Herrlichkeit erhoben werden würden. Wahrlich, seltsame Ansprüche an die ewige Seligkeit!

12. War die Intoleranz dem göttlichen Rechte im Judentum gemäss, und ist sie stets in Ausübung gebracht worden?

Unter dem Namen *göttliches Recht* versteht man, wenn ich nicht irre, die Vorschriften, die Gott selbst gegeben hat. Er wollte, daß die Juden ein Lamm mit Lattich essen sollten, und die Gäste sollten dabeistehen, einen Stab in der Hand zum Andenken des Auszuges aus Ägypten. Er befahl, daß man dem Hohenpriester bei seiner Einweihung das rechte Ohr und die rechte Hand und den rechten Fuß mit Blut besprützen sollte; seltsame Gebräuche in unsern Augen, aber nicht in den Augen des Altertums. Er wollte, daß man den Bock *Hazazel* mit den Sünden des Volks belastete. Er verbot, Fische ohne Schuppen[1], Hasen, Igel, Nachteulen, Greife usw. zu essen.

Er verordnete Feste und Zeremonien. Alle diese Dinge, die bei andern Nationen willkürlich und dem positiven Rechte und Herkommen unterworfen waren, wurden bei den Juden, denen sie Gott selbst vorschrieb, zum göttlichen Recht,

1 5. Mos. Kap. 14.

auf eben die Art, wie alles, was Christus, der Sohn Gottes und der Maria, verordnet hat, für uns göttliches Recht ist. Wir wollen uns hüten, hier zu untersuchen, warum Gott an die Stelle des durch Moses gegebenen Gesetzes ein neues Gesetz gegeben hat, warum er Mosen mehr Dinge befohlen hat als dem Abraham und Abraham mehr als dem Noah. Es scheint, daß er sich hierin nach den Zeiten und der Ausbreitung des menschlichen Geschlechts richtet, in einer Art von väterlicher Stufenfolge. Aber diese Abgründe sind für unser schwaches Auge zu tief.[1] Wir wollen nicht über die Grenzen

1 Unserm Plane, dieser Schrift einige nützliche Anmerkungen beizufügen, gemäß bemerken wir hier, daß es heißt, Gott habe mit Noah und allen seinen Tieren einen Bund gemacht. Gleichwohl erlaubt er dem Noah, *alles zu essen, was sich regt und lebet*; nur Blut soll er nicht essen; und zwar fügt Gott noch hinzu, *daß er sich rächen wolle an allen Tieren, die Menschenblut vergossen haben.*
Aus diesen und mehreren Stellen kann man folgern, was das ganze Altertum bis auf unsre Zeit geglaubt hat und was alle vernünftigen Menschen noch glauben, daß die Tiere einige Vorstellungen haben. Gott schließt keinen Vertrag mit Bäumen und Steinen und empfindungslosen Dingen, aber er hat einen Bund mit den Tieren geschlossen und sie mit einer Empfindung begabt, die oft richtiger ist als die unsrige, und mit einigen Ideen, die sich an diese Empfindung knüpfen. Deswegen will er nicht, daß man so barbarisch sein soll, sich von ihrem Blute zu nähren, weil das Blut würklich der Grund des Lebens und folglich der Empfindung ist. Man beraube ein Tier seines Blutes, und alle seine Organe stehn still. Mit Recht sagt daher die heilige Schrift an hundert Stellen, daß die Seele, das heißt, *das fühlende Wesen*, im Blute sei. Alle Völker haben diese so natürliche Meinung gehabt.
Auf diese Idee gründet sich auch die Erbarmung, die wir den Tieren schuldig sind. Unter den sieben von den Juden angenommenen Gesetzen der Noachiden ist eins, das verbietet, das Glied eines lebendigen Tieres zu essen. Dieses Verbot beweiset, daß die Menschen die Grausamkeit gehabt hatten, Tiere zu verstümmeln, um ihre abgehackten Glieder zu speisen, und daß sie sich so nach und nach von den Teilen ihres Körpers nährten. Würklich herrschte diese Gewohnheit noch länger bei einigen barbarischen Völkern, z. B. auf der Insel Chio bei den Opfern das Bacchus Omadios, d. i. des Rohenfleischessers. Gott, der erlaubt, daß wir uns der Tiere zur Speise bedienen, befiehlt daher zugleich Menschlichkeit gegen sie. Es ist auch wahre Barbarei, sie zu quälen. Bloß die Gewohnheit kann den

unsers Gegenstandes hinausgehen und untersuchen, was die Intoleranz bei den Juden war.
Es ist nicht zu leugnen, daß im zweiten, dritten, vierten und fünften Buch Mosis sehr strenge Gesetze in Ansehung des Gottesdienstes und noch strengere Züchtigungen vorkommen. Mehrere Kommentatoren haben Mühe gehabt, die Berichte des Moses mit den Stellen im Jeremias und Amos[1] und mit der berühmten Rede des Stephanus in der Apostelgeschichte zu vereinigen. Amos sagt, daß die Juden in der Wüste beständig den Moloch, Rempham und Kium angebetet hätten. Jeremias sagt ausdrücklich[2], daß Gott von ih-

Schmerz in uns mindern, den wir sonst notwendig empfinden müßten, wenn wir ein Tier umbringen, das wir selbst genährt haben. Es hat immer Völker gegeben, die sich einen großen Skrupel daraus gemacht haben, und noch gegenwärtig dauert derselbe in Indien fort. Die ganze Sekte der Pythagoräer in Griechenland und Italien enthielt sich standhaft alles Fleischessens. Porphyr wirft in seinem Buche von der Enthaltsamkeit seinem Schüler vor, daß er von der Sekte abgesprungen sei, um nur seinen barbarischen Appetit zu befriedigen.
Man muß, glaub' ich, allem Menschenverstande entsagen, um zu behaupten, daß die Tiere bloße Maschinen sind. Ist es nicht ein wahrer Widerspruch, daß Gott den Tieren Empfindungswerkzeuge gegeben hat, und daß sie doch keine Empfindung haben sollen? Man muß nie Tiere beobachtet haben, um nicht bei ihnen die verschiednen Stimmen des Bedürfnisses, des Schmerzens, der Freude, der Furcht, der Liebe, des Zorns und aller ihrer Leidenschaften zu unterscheiden. Seltsam wäre es, wenn sie Empfindungen ausdrückten, die sie nicht hätten.
Ein geübter Verstand kann durch diese Bemerkung zu manchen Reflexionen über die Weisheit und Güte des Schöpfers veranlaßt werden, des Schöpfers, der den von seiner allmächtigen Hand organisierten Wesen Leben, Empfindung, Vorstellungen gegeben hat. Wie die Organe sich bilden, wie sie sich entwickeln, wie das Leben entsteht, nach welchen Gesetzen Empfindungen, Vorstellungen, Gedächtnis und Wille mit dem Leben verknüpft sind, von dem allen wissen wir nichts. Und in dieser gänzlichen und unaufhörlichen in unsre Natur verwebten Unwissenheit disputieren wir und verfolgen einander unaufhörlich, wie die Stiere, die ihre Hörner gebrauchen, um sich zu stoßen, ohne zu wissen, woher und warum sie die Hörner haben.

1 Amos, Kap. 5. V. 26.

2 Jeremias, Kap. 7.

ren Vätern, als sie aus Ägypten zogen, kein Opfer verlangte. Der heil. Stephan drückt sich in seiner Rede an die Juden so aus: »Sie beteten das Heer des Himmels an, opferten weder Opfer noch Schlachtopfer in der Wüste vierzig Jahre hindurch, trugen die Stiftshütte des Gottes Moloch und das Gestirn ihres Gottes Rempham.«[1]
Andre Kritiker schließen aus der Anbetung der vielen Götter, daß Moses sie geduldet habe, und führen zum Beweise folgende Stelle aus dem fünften Buch Mosis an[2]: »Wenn ihr im Lande Kanaan sein werdet, dann werdet ihr's nicht mehr machen wie itzt, wo jeder tut, was ihm gut dünkt.«[3]

1 Apostelgesch. Kap. 7. V. 42, 43.
2 5. Moses, Kap. 12. V. 8.
3 Mehrere Schriftsteller schließen sehr kühn aus dieser Stelle, daß das Kapitel, worin vom goldnen Kalbe, d. i. vom Gott Anubis, geredet wird, ebenso wie mehrere andere Kapitel an die Bücher Moses angeflickt worden ist.
Eben-Esra war der erste, der zu beweisen glaubte, daß der Pentateuch erst zu den Zeiten der Könige gesammelt worden sei. Woollaston, Collins, Tindale, Shaftesbury, Bolingbroke und viele andre haben angeführt, daß die Kunst, seine Gedanken in geglätteten Stein, Ziegel, Blei oder Holz einzugraben, damals die einzige Art zu schreiben gewesen sei. Sie sagen, daß zu Mosis Zeiten die Chaldäer und Ägypter noch nicht anders geschrieben hätten. Auf diese Weise konnte man damals nur sehr abgekürzt und in Hieroglyphen, nur das Wesentliche von dem, was man der Nachwelt überliefern wollte, und nicht ausführliche Geschichten aufschreiben. Sie sagen, es sei unmöglich gewesen, ein großes Buch in einer Wüste zu verfertigen, wo man so oft seinen Aufenthalt veränderte, wo niemand war, der Kleider anschaffen und machen und nicht einmal Sandalen ausbessern konnte, und wo Gott genötigt war, ein vierzigjähriges Wunder zu tun, um sein Volk in Kleidern und Schuhen zu erhalten. Sie sagen, es sei nicht wahrscheinlich, daß man so viele Leute gehabt habe, deren Geschäft es sein mußte, Charaktere einzugraben, weil es an den notwendigen Künsten fehlte und man nicht einmal Brot zu backen verstand. Wenn man ihnen dagegen einwendet, daß die Säulen der Stiftshütte von Erz und die Kapitäler von echtem Silber waren, so antworten sie, daß der Befehl dazu vielleicht in der Wüste gegeben, die Ausführung aber in glücklichern Zeiten geschehen sei.
Sie können nicht begreifen, daß dies arme Volk ein goldenes Kalb verlangt haben soll, um es vor dem Berge anzubeten, auf welchem Gott mit Moses redete, mitten unter Donnern und Blitzen, die das Volk vor Augen sah, mit-

Sie stützen ihre Meinung darauf, daß nie von einer Religionshandlung des Volks in der Wüste geredet, daß gar kein Passa und Pfingsten gefeiert wird und auch des Laubhüttenfestes keine Erwähnung geschieht. Wir finden auch damals kein öffentliches Gebet eingeführt und sogar die Beschnei-

ten im Schall der Trompete, die es hörte. Sie wundern sich, daß noch am Abend vor dem Tage, wo Moses vom Berge herabstieg, das ganze Volk sich an den Bruder Mosis wandte, um dies goldne Kalb zu erhalten. Wie fing es denn Aaron an, daß er es in einem einzigen Tage goß? Wie fing es Moses an, es zu Pulver zu verbrennen? Sie sagen, daß es einem Künstler unmöglich ist, in weniger als drei Monaten eine goldne Statue zu machen; und um sie in Pulver zu verwandeln, das man verschlucken kann, dazu reicht die gelehrteste Chemie nicht hin. Auf diese Art wären die Tat Aarons, der es beiden Teilen recht machen wollte, und die Operation des Moses zwei Wunder gewesen. Ihre Menschlichkeit und ihr gutes Herz läßt sie nicht glauben, daß Moses dreiundzwanzigtausend Menschen habe umbringen lassen, um diese Sünde abzubüßen. Sie können sich nicht einbilden, daß dreiundzwanzigtausend Menschen sich so ruhig hätten von den Leviten niedermachen lassen, ohne Hülfe eines dritten Wunders.
Endlich finden sie es seltsam, daß Aaron, der die meiste Schuld von allen hatte, für das Verbrechen belohnt wurde, das die andern so teuer büßen mußten, und daß er zum Hohenpriester gemacht wurde, da noch die blutigen Leichname seiner dreiundzwanzigtausend Brüder um den Altar herum lagen, auf welchem er opfern sollte.
Gleiche Bedenklichkeiten finden sie bei der Niedermetzelung der vierundzwanzigtausend Israeliten, die auf Mosis Befehl geschehen sein soll, um die Sünde eines einzigen gutzumachen, den man bei einem indianischen Mädchen angetroffen hatte. Jüdische Könige, und vorzüglich Salomo, haben ungestraft Ausländerinnen geheiratet. Die Kritiker können daher nicht einräumen, daß es ein so gewaltiges Verbrechen sei, sich mit einer Midianiterin zu verbinden. Ruth war eine Moabiterin, obgleich ihre Vorfahren von Bethlehem herstammten. In der Bibel heißt es stets *die Moabiterin*. Gleichwohl legte sie sich auf Anraten ihrer Mutter zum Boas ins Bette, erhielt dafür sechs Scheffel Gersten, heiratete ihn in der Folge und wurde Davids Großmutter. Rahab war nicht nur eine Ausländerin, sondern noch dazu ein Weib für jedermann. Die Vulgata nennt sie schlechtweg *Meretrix*. Sie heiratete Salomon, den Fürsten von Juda; und auch dieser Salomon kommt in Davids Geschlechtsregister vor. Man sieht sogar die Rahab als ein Bild der christlichen Kirche an, nach der Meinung mehrerer Kirchenväter, vorzüglich des heiligen Origenes in seiner siebten Homilie über das Buch Josua.

dung, dieses Siegel des Bundes Gottes mit Abraham, außer Gebrauch.

Die Kritiker berufen sich auch auf die Geschichte Josuas. Dieser Eroberer sprach zu den Juden: »Euch ist Freiheit gegeben. Wählet nun, was ihr wollet, entweder die Götter an-

Bathsieba, die Frau des Urias, mit der David den Salomo erzeugte, war eine Heidin. Geht man noch weiter hinauf, so heiratete der Patriarch Juda eine Kanaaniterin. Seine Kinder hatten Thamar vom Stamme Aram zur Frau. Diese Thamar, mit welcher Juda, ohne es zu wissen, Blutschande beging, war keine Israelitin. Ebenso geschah die Menschwerdung Christi unter den Juden in einer Familie, in deren Stamm fünf Ausländer waren, um zu zeigen, daß auch fremde Nationen an seinem Erbe teilhaben sollten.

Der Rabbi Eben-Esra war, wie schon gesagt, der erste, der zu behaupten wagte, der Pentateuch sei erst lange Zeit nach Moses gesammelt. Er gründet sich auf mehrere Stellen. »Der Kanaaniter war damals in diesem Lande. – Der Berg Moria hieß der Berg Gottes. – Das Bette Ogs, des Königs zu Basan, ist noch zu sehen zu Rabath, und von ihm heißt das ganze Land Basan und die Dörfer Jair bis auf diesen Tag. – Nie ist in Israel ein Prophet erstanden wie Moses. – Dies sind die Könige, welche in Edom regierten, ehe in Israel ein König regierte.« – Er behauptet, daß diese Stellen, worin von Dingen gesprochen wird, die sich nach Moses zugetragen haben, nicht von Moses sein können. Man antwortet dagegen, daß diese Stellen in spätern Zeiten von den Abschreibern zugesetzt worden sind.

Newton, dessen Namen man übrigens nicht ohne Ehrfurcht nennen muß, der sich aber irren konnte, weil er ein Mensch war, schreibt in seiner Einleitung zu den Kommentarien über den Propheten Daniel und den Johannes die Bücher Mosis, Josua und der Richter heiligen aber viel spätern Verfassern zu. Er gründet sich auf 1. Mos. Kap. 34; Buch der Richter Kap. 17, 18, 19 und 21; Buch Samuel Kap. 8; Bücher der Chronika Kap. 2; Buch Ruth Kap. 4. – Und in der Tat, wenn im ersten Buch Mosis und dem Buch der Richter von Königen gesprochen wird und im Buche Ruth die Rede von David ist, so sollte man wohl glauben, daß alle drei erst zu den Zeiten der Könige verfaßt worden sind. Auch einige Theologen, an deren Spitze der berühmte Le Clerc steht, sind dieser Meinung, die indes nur eine kleine Zahl von Anhängern hat, die Neugierde genug haben, diese Abgründe zu sondieren. Eine solche Neugierde gehört unstreitig nicht unter die Zahl der menschlichen Pflichten. Wenn die Gelehrten und die Unwissenden, die Fürsten und die Hirten nach diesem kurzen Leben vor dem Herrn der Ewigkeit erscheinen, so wird jeder von uns wünschen, gerecht, menschlich, mitleidig und edelmütig gewesen zu sein. Keiner wird sich

zubeten, denen ihr im Lande der Amoniter gedient, oder die ihr in Mesopotamien erkannt habt. Und das Volk antwortete: Dem sei nicht also! Wir wollen dienen Adonai dem Herrn. Und Josua sprach weiter: Weil ihr denn selbst gewählt habt, so werft die fremden Götter von euch.« Josua, Kap. 14, V. 15 usf.

dann rühmen, daß er genau gewußt, in welchem Jahre der Pentateuch geschrieben ist, und den Text zu den Noten enthüllt hat, welche bei den Abschreibern üblich waren. Gott wird uns nie fragen, ob wir für die Masoreten gegen den Talmud Partei genommen, ob wir jemals ein Kaph für ein Beth, ein Jod für ein Bau, ein Daleth für ein Res angesehen haben. Gewiß wird er uns nach unsren Handlungen richten und nicht nach unsrer Kenntnis der hebräischen Sprache. Wir halten uns fest an die Entscheidungen der Kirche, der vernünftigen Pflicht eines Gläubigen gemäß. Ich schließe diese Anmerkung mit einer wichtigen Stelle aus dem dritten Buch Mosis, das nach der Anbetung des goldnen Kalbes verfaßt worden ist. Sie verbietet, den Juden (3. Mos. Kap. 17), nicht mehr die Felle anzubeten, *die Böcke, mit denen sie schändliche Greuel getrieben haben*. Man weiß nicht, ob dieser seltsame Gottesdienst aus Ägypten, dem Vaterlande des Aberglaubens und der Wahrsagerkunst, herstammt; aber man glaubt, daß die Gewohnheit unsrer angeblichen Hexenmeister, den Sabbat zu besuchen, da einen Bock anzubeten und mit ihm unaussprechliche Greuel, deren bloße Vorstellung Abscheu erregt, zu treiben, sich von den alten Juden herschreibt. Es ist ausgemacht, daß sie in verschiednen Teilen von Europa die Hexerei gelehrt haben. Welch ein Volk! Eine so seltsame Schändlichkeit scheint keine geringere Züchtigung zu verdienen, als die ihnen die Anbetung des goldnen Kalbes zuzog; und doch läßt es der Gesetzgeber bei einem bloßen Verbote bewenden. Ich erwähne dies Faktum nur, um die jüdische Nation kenntlich zu machen. Die Bestialität muß dieser Nation gewöhnlich gewesen sein; denn ihre Gesetzgeber allein haben ein Verbrechen zu verhindern gesucht, woran andre Gesetzgeber gar nicht gedacht haben.
Man sollte beinahe glauben, daß durch die Mühseligkeiten und den Mangel, den die Juden in den Wüsten Pharan, Oreb und Kades-Baran gelitten haben, das weibliche als das schwächere Geschlecht aufgerieben sei. Notwendig muß es den Juden an Mädchen gefehlt haben, da ihnen stets befohlen wird, wenn sie sich eines Fleckens oder Dorfes zur Rechten oder Linken des toten Meeres bemächtigen, alles umzubringen außer den mannbaren Mädchen.
Die Araber, die noch jetzt einen Teil dieser Wüsten bewohnen, bedingen sichs von den Karavanen, mit denen sie Verträge schließen, immer aus, daß man ihnen erwachsene Mädchen geben soll. Wahrscheinlich trieben

Sie hatten also unstreitig unter Moses noch andre Götter als den Adonai.
Es wäre eine sehr unnütze Arbeit, die Kritiker zu widerlegen, die behaupten, Moses habe den Pentateuch nicht selbst geschrieben. Was sich hierüber sagen läßt, ist längst gesagt. Und wenn auch ein kleiner Teil dieser Bücher erst zu den Zeiten der Richter und Hohenpriester verfaßt wäre, so würden sie darum nicht weniger inspiriert und göttlich sein.
Es ist, dünkt mich, genug, aus der heiligen Schrift selbst bewiesen zu haben, daß die Juden ohngeachtet der außerordentlichen Strafe, die sie sich durch die Verehrung des Apis zugezogen hatten, lange Zeit eine völlige Religionsfreiheit behielten. Vielleicht lernte Moses selbst aus der Niedermetzelung der dreiundzwanzigtausend Israeliten um des von seinem Bruder aufgerichteten Kalbes willen, daß man durch Strenge nichts gewönne, und wurde genötigt, über den leidenschaftlichen Hang des Volks nach fremden Gottheiten ein Auge zuzudrücken.
Er selbst scheint bald darauf sein eigenes Gesetz übertreten zu haben. Er verbot jedes Bildnis und richtete doch eine eherne Schlange auf. Eben dieselbe Ausnahme vom Gesetze findet man nachher im Tempel Salomons. Dieser Fürst ließ zwölf Ochsen von Erz machen, um das eherne Meer zu tragen. Die Cherubim an der Bundeslade haben einen Adlerskopf und einen Kalbskopf. Ein schlecht gearbeiteter Kalbskopf dieser Art, den die römischen Soldaten im Tempel fanden, veranlaßte wahrscheinlich lange Zeit die Meinung, daß die Juden einen Esel anbeten.

die jungen Leute in diesem abscheulichen Lande die Verdorbenheit der menschlichen Natur so weit, daß sie sich mit Ziegen abgaben, wie man noch jetzt von den Hirten in Kalabrien erzählt.
Es bleibt nur noch zu wissen übrig, ob wohl diese Vermischungen monströse Bastarde hervorgebracht haben und ob die alten Geschichten von den Satyrn, Faunen, Kentauren und Minotauren einigen Grund haben. Die Geschichte sagt es, und die Naturgeschichte hat uns über diesen häßlichen Punkt noch nicht genug aufgeklärt.

Vergebens war die Anbetung fremder Götter verboten. Salomo war ungestört ein Götzendiener. Jerobeam, dem Gott zehn Teile des Reichs gab, ließ zwei goldne Kälber errichten und regierte zweiundzwanzig Jahr, indem er zugleich die Würde eines Monarchen und eines Hohenpriesters in sich vereinigte. Das kleine Königreich Juda errichtete unter Rehabeam Altäre und Bildsäulen fremder Götter. Der heilige König Assa zerstörte sie nur auf den hohen Örtern.[1] Der Hohepriester Urias errichtete im Tempel an der Stelle des Altars für Brandopfer einen Altar des Königs von Syrien. Kurz, man sieht nicht den mindesten Religionszwang. Ich weiß wohl, daß die meisten jüdischen Könige ausrotteten und umbrachten, aber dies geschah immer nur ihres Eigennutzes und nie um ihres Glaubens willen.
Unter den Propheten gab es freilich einige, die den Himmel zur Rache bewegten. Elias ließ Feuer vom Himmel kommen, das die Priester Baals verzehrte. Elisa ließ Bären aus dem Walde kommen, um zweiundvierzig Kinder zu zerreißen, die ihn Kahlkopf genannt hatten. Aber dies sind seltne Wunder und Handlungen, die doch ein wenig hart wären, wenn man sie nachahmen wollte.
Man wendet uns ferner ein, daß die Juden ein sehr unwissendes und barbarisches Volk waren. In dem Kriege,[2] den sie mit den Midianitern[3] führten, heißt es, daß Moses befohlen habe, alle Kinder männlichen Geschlechts und alle Mütter zu töten und die Beute unter sich zu verteilen. Die Sieger fanden im Lager 675 000 Schafe, 72 000 Ochsen, 61 000 Esel und 32 000 junge Mädchen. Sie teilten sie unter-

1 2. Chronika Kap. 14.

2 4. Mos. Kap. 31.

3 Midien oder Madien gehörte nicht mit zum gelobten Lande. Es ist ein kleiner Strich Landes in Idumäa im steinigten Arabien. Es erstreckt sich im Norden vom Flusse Arnon bis an den Fluß Zared zwischen lauter Felsen am östlichen Ufer des toten Meeres. Heutigentages wird es von einer kleinen Herde von Arabern bewohnt und ist auf's höchste acht Meilen lang und nicht völlig so breit.

einander und töteten, was übriges da war. Mehrere Kommentatoren behaupten sogar, daß 32 Mädchen dem Herrn geopfert worden wären: »Cesserunt in partem Domini triginta duae animae.«

Es ist nicht zu leugnen, daß die Juden der Gottheit Menschenopfer gebracht haben. Beweis ist das Opfer Jephatas[1] und der König Agag, den der Priester Samuel in Stücken hieb.[2] Ezechiel selbst verspricht ihnen, um ihnen Mut einzu-

1 Der Grundtext sagt ausdrücklich, daß Jephata seine Tochter *opferte.* Gott *mißbilligt dergleichen Gelübde*, sagt Dom Calmet in seiner Abhandlung über das Gelübde Jephatas, *aber wenn man sie getan hat, will er auch, daß man sie halte, sollte es auch nur sein, um diejenigen zu bestrafen, die sie tun, oder um dem Leichtsinn zu steuern, mit dem man sie tun würde*, wenn man sich nicht vor dem Halten fürchtete.

Der heilige Augustin und die meisten Kirchenväter verdammen die Handlung Jephatas. Indes sagt die heilige Schrift, er sei *voll des Geistes Gottes* gewesen, und Paulus lobt ihn im 11. Kap. seines Briefes an die Hebräer, und stellt ihn neben David und Samuel.

Der heilige Hieronymus sagt in seinem Briefe an Julian: *Jephata opferte seine Tochter dem Herrn und wird deshalb von den Aposteln unter die Heiligen gezählt.* Dies sind Urteile von zwei Seiten, worüber wir das unsrige nicht fällen dürfen. Man muß sich sogar fürchten, hier eine Meinung zu haben.

2 Der Tod des Königs Agag ist ein wahres Opfer. Saul hatte diesen König der Amalekiter gegen ein Lösegeld zum Kriegsgefangenen gemacht; aber Samuel der Priester hatte befohlen, daß man nichts verschonen sollte, und zwar mit diesen Worten: »Töte sie alle, Mann und Weib und die unmündigen Kinder und die, so noch an der Brust liegen.« – Und Samuel hieb den König Agag in Stücken vor dem Herrn zu Galgal.

»Der Eifer, der den Propheten beseelte,« sagt Dom Calmet, »gab ihm bei dieser Gelegenheit das Schwert in die Hand, um die Ehre des Herrn zu rächen und Saul zu beschämen.« Wir sehen bei dieser unangenehmen Begebenheit ein Gelübde, einen Priester und einen Gegenstand der Opferung. Es war folglich ein Opfer.

Alle Völker, deren Geschichte uns bekannt ist, haben der Gottheit Menschen geopfert, außer den Chinesern. Plutarch berichtet es selbst von den Römern zu den Zeiten der Republik. Aus den Kommentarien Cäsars sehen wir, daß die alten Deutschen eben im Begriff waren, die Geiseln, die er ihnen gegeben hatte, zu opfern, als er sie ihnen durch seinen Sieg wieder abnahm.

Schon bei einer andern Gelegenheit habe ich angemerkt, daß diese Beleidi-

flößen, daß sie Menschenfleisch essen sollen. »Ihr werdet,« sagt er, »das Roß und den Reuter essen und trinken das Blut der Fürsten.« Mehrere Kommentatoren deuten zwei Verse dieser Prophezeiung auf die Juden selbst, und die übrigen auf die fleischfressenden Tiere. In der ganzen Geschichte dieses Volks findet man keinen Zug von Größe, Edelmut und Wohltätigkeit; aber durch die Wolke dieser langen und schrecklichen Barbarei brechen doch stets einige Strahlen von allgemeiner Toleranz hervor.

Der von Gott begeisterte Jephata, der seine Tochter opferte, sagt zu den Ammonitern:[1] »Gehört euch dasjenige nicht von Rechts wegen, was euch euer Gott Chamos gegeben hat?

gung des Völkerrechts gegen Cäsars Geiseln und die Menschenopfer, die überdem, um die Abscheulichkeit vollkommen zu machen, von Weibern verrichtet wurden, die Lobeserhebungen, die Tacitus in seinem Buche *de moribus Germanorum* den Deutschen macht, etwas zweifelhaft machen. Tacitus scheint mehr die Absicht gehabt zu haben, eine Satire gegen die Römer als eine Lobrede der Deutschen schreiben zu wollen, die er nicht kannte. Im Vorbeigehen gesagt: Tacitus liebte die Satire mehr als die Wahrheit. Er will alles verhaßt machen, sogar gleichgültige Handlungen, und sein Verdruß gefällt uns beinahe ebensosehr als sein Stil, weil wir Verleumdung voll Witz wohl leiden mögen.

Um wieder auf die Menschenopfer zu kommen, so machten es unsre Vorfahren, die alten Gallier, darin nicht besser als die Deutschen. Es ist der äußerste Grad der Dummheit der sich selbst überlassenen Natur und eine von den Früchten der Schwäche unsres Verstandes. Wir urteilen so: Man muß Gott das Kostbarste und Schönste opfern; nun gibt es aber nichts Kostbareres und Schöneres als unsre Kinder; folglich muß man die schönsten und jüngsten darunter auswählen, um sie der Gottheit darzubringen. Philo sagt, daß man im Lande Kanaan Kinder geopfert habe, noch ehe Gott dem Abraham befahl, ihm seinen einzigen Sohn Isaak zu schlachten, um seinen Glauben zu prüfen.

Sanchuniathon, den Eusebius anführt, berichtet, daß die Phönizier das liebste von ihren Kindern opferten, wenn sie in großer Gefahr waren, und daß Jehud seinen Sohn Jehud kurze Zeit darauf schlachtete, als Gott den Glauben Abrahams auf die Probe stellte. Es ist schwer, das Dunkel des Altertums zu durchdringen, aber nur zu wahr, daß die Menschenopfer fast allenthalben üblich gewesen sind. Die Völker haben sie abgeschafft in dem Maß, wie sie sich verfeinert haben. Verfeinerung macht menschlich.

1 Buch der Richter, Kap. 11, V. 24 f.

Leidet es also, daß wir das Land für uns nehmen, das unser Gott versprochen hat.« – Diese Erklärung ist bestimmt und kann ziemlich weit führen. Indes beweiset sie, daß Gott den Chamos duldete. Denn die heilige Schrift sagt nicht: »Ihr glaubt, Recht zu haben an den Ländern, die euch der Gott Chamos gegeben haben soll«, sondern: »Ihr habt ein Recht daran«, nach dem wahren Sinn der hebräischen Worte: *Otho thirasch*.

Die Geschichte von Micha und dem Leviten, die im 17. und 18. Kapitel des Buchs der Richter vorkömmt, ist noch ein unstreitiger Beweis der großen Toleranz und Freiheit unter den Juden. Die Mutter des Micha, eine sehr reiche Frau vom Stamme Ephraim, hatte elfhundert Stück Silber verloren. Ihr Sohn brachte sie ihr wieder. Sie weihte das Geld dem Herrn und ließ Götzenbilder daraus machen und bauete eine kleine Kapelle. Ein Levit besorgte den Gottesdienst in dieser Kapelle für jährlich zehn Stück Silber, einen Rock, einen Mantel und seinen Unterhalt. Und Micha rief[1]: »Nun wird mir der Herr Gutes verweisen, denn ich habe bei mir einen Priester vom Stamme Levi.«

Unterdes kamen sechshundert Mann vom Stamme Dan, die sich eines Dorfes im Lande zu bemächtigen und sich daselbst niederzulassen suchten, aber keinen Priester vom Stamme Levi bei sich hatten. Weil sie aber eines Leviten bedurften, damit Gott ihrer Unternehmung beistünde, so gingen sie zu Micha, nahmen ihm seinen Götzen, seinen Leibrock und seinen Leviten weg, trotz den Einwendungen des Priesters und dem Geschrei des Micha und seiner Mutter. Drauf griffen sie voll Zuversicht ein Dorf namens Lais an und verheerten nach ihrer Gewohnheit alles mit Feuer und Schwert. Sie gaben dem Dorfe Lais zum Andenken ihres Sieges den Namen Dan und setzten den Götzen des Micha auf einen Altar; und, was noch merkwürdiger ist, Jonathan,

1 Buch der Richter, Kap. 17., der letzte Vers.

Mosis Enkel, wurde Hoherpriester dieses Tempels, wo man den Gott Israel und den Götzen des Micha anbetete.
Nach dem Tode Gideons verehrten die Hebräer nahe an zwanzig Jahr den Baal-Berith und entsagten der Verehrung des Adonai, ohne daß irgendein Oberhaupt oder Richter oder Priester um Rache geschrien hätte. Ihr Verbrechen war unstreitig groß. Aber wenn sogar Abgötterei geduldet wurde, um wieviel mehr mußte man Verschiedenheiten in der Verehrung des wahren Gottes dulden?
Einige führen als einen Beweis der Intoleranz an, daß Gott, als er zugegeben hatte, daß die Philister in einer Schlacht seine Bundeslade wegnahmen, sie nicht weiter bestrafte, als daß er sie mit einer Krankheit schlug, die den Hämorrhoiden glich, daß er die Bildsäule des Dagon umkehrte und ihnen eine Menge Ratten ins Land schickte. Sobald aber die Philister, um seinen Zorn zu besänftigen, vier Kühe mit ihren Kälbern vor die Bundeslade gespannt und sie so zurückgeschickt und daneben dem Herrn fünf goldne Ratten und fünf goldne Ärsche dargebracht hatten, so ließ der Herr siebzig Älteste in Israel und fünfzigtausend aus dem Volke sterben, weil sie die Bundeslade angesehn hatten. Man antwortet daher auf jenen Einwurf, daß die Züchtigung nicht den Glauben, nicht die Verschiedenheit des Gottesdienstes und nicht die Abgötterei traf.
Hätte der Herr die Abgötterei bestrafen wollen, so hätte er müssen alle Philister umkommen lassen, die es wagten, seine Bundeslade wegzunehmen, und den Dagon anbeteten. Aber er ließ fünfzigtausend und siebzig von seinem Volke umkommen, bloß weil sie die Bundeslade angesehen hatten, die sie nicht ansehen durften. So sehr weichen die Gesetze und Sitten dieser Zeit und die jüdische Ökonomie von allem ab, was wir kennen. So unerforschlich sind uns die Wege Gottes. »Die Strenge Gottes gegen eine so große Zahl von Menschen«, sagt der verständige Dom Calmet, »scheint nur denen übertrieben, die nicht begriffen haben, wie sehr

Gott von seinem Volke gefürchtet und geehrt sein wollte, und die die Absichten und Pläne Gottes nach dem schwarzen Lichte ihrer Vernunft beurteilen.«

Gott bestraft also nicht einen fremden Gottesdienst, sondern eine Entweihung seines eignen Dienstes, eine unüberlegte Neugierde, einen Ungehorsam, vielleicht selbst einen Empörungsgeist. Man merkt bald, daß dergleichen Züchtigungen Gott allein, und zwar nur in der jüdischen Theokratie, zugehören. Man kann es nicht oft genug wiederholen, daß diese Zeiten und Sitten mit den unsrigen in gar keinem Verhältnis stehen.

Endlich, als in den spätern Zeiten der Götzendiener Naeman den Elisa fragte, ob es ihm erlaubt sei, seinem Könige in den Tempel Remnons zu folgen und daselbst anzubeten,[1] antwortete ihm da nicht eben der Elisa, der vorher die Kinder hatte von den Bären zerreißen lassen: »Gehe hin in Frieden«?

Noch mehr. Der Herr befiehlt dem Jeremias, er sollte Stricke und Halseisen und Joche um seinen Hals tun[2] und sie

1 2. Buch der Könige, Kap. 5, V. 19.

2 Wer nicht mit den Gebräuchen des Altertums bekannt ist und alles nur nach den Dingen beurteilt, die er um sich sieht, der muß sich über dergleichen Seltsamkeiten nicht wenig wundern. Aber man bedenke, daß damals in Ägypten und dem größten Teile von Asien das meiste durch Bilder, Hieroglyphen, Zeichen und Sinnbilder ausgedrückt wurde. Die Propheten, die sich bei den Ägyptern und Juden *die Seher* nannten, sprachen nicht nur in Allegorien, sondern stellten sogar die Begebenheiten, die sie verkündigten, durch würkliche Bilder vor. So nimmt Jesaias (Kap. 8.), der erste unter den großen Propheten, eine Rolle, schreibt darauf *Shas bas; Auf und macht Beute!* und begibt sich so zu einer Prophetin. Diese wird schwanger und gebiert einen Sohn, den er Mahor-Salab-Has-Bas nennt. Und dies ist ein Bild der Plagen, die die Assyrer und Ägypter den Juden zufügen werden. »Denn«, sagt der Prophet, »ehe das Kind so alt sein wird, daß es vermag, Butter und Honig zu essen und Gutes vom Bösen zu unterscheiden, soll das von euch verworfne Land zween Königen preisgegeben werden. Der Herr wird pfeifen den Fliegen von Ägyptenland und den Bienen von Assur. Aber der Herr wird ein Schermesser leihen und dem König von Assur den ganzen Bart und alle Haare seiner Füße abscheren.«

versenden an die kleinen Könige, die Melchim von Moab, Ammon, Edom, Tyrus und Sidon; und Jeremias läßt ihnen durch den Herrn sagen: »Ich habe alle eure Länder an Nebukadnezar den König zu Babel, meinen Diener gegeben.« Hier sehen wir einen König, der Götzen anbetete, für einen Diener und Liebling Gottes erklärt.
Eben dieser Jeremias, den der jüdische Melk oder kleine Kö-

Die Prophezeiung von den Fliegen und Bienen und von dem Abscheren des Barts und der Haare an den Füßen ist nur denen verständlich, die wissen, daß man die Gewohnheit hatte, Bienenschwärme mit einer Hirtenpfeife oder einem andern ländlichen Instrumente zu locken und daß man einen Mann nicht ärger beschimpfen konnte, als wenn man ihm den Bart und die Haare an den Füßen, das ist an der Pubes, abschnitt. Das letztere geschah eigentlich nur bei unreinen Krankheiten, z. B. dem Aussatz. Alle diese nach unserm Stile so seltsamen Redensarten heißen nichts weiter, als daß der Herr sein Volk nach einigen Jahren wieder von der Unterdrükkung befreien wird. Eben dieser Jesaias geht (Kap. 20) ganz nackt umher, um anzuzeigen, daß der König von Assyrien aus Ägypten und Äthiopien einen Haufen von Gefangnen wegführen wird, die nicht so viel haben werden, daß sie ihre Blöße bedecken können. Ezechiel verzehrt (Kap. 4 und ff.) ein pergamentnes Buch, das ihm gereicht wird. Drauf backt er sein Brot mit Mist und schläft dreihundertneunzig Tage auf der linken und vierzig Tage auf der rechten Seite, um zu verstehn zu geben, daß die Juden Brot essen werden und wieviel Jahre ihre Gefangenschaft dauern wird. Er behängt sich mit Ketten, um die Ketten des Volks anzudeuten. Er schneidet sich die Haare und den Bart ab und teilt sie in drei Teile. Ein Drittel bedeutet diejenigen, die in der Stadt umkommen, ein Drittel diejenigen, die um die Mauern her fallen, und ein Drittel die übrigen, die nach Babylon geführt werden sollen.
Der Prophet Hoseas (Kap. 3) begibt sich zu einer Ehebrecherin, die er für fünfzehn Silberlinge und anderthalb Homer Gersten erkauft. »Du wirst mich«, sagt er zu ihr, »mehrere Tage erwarten, und während dieser Zeit wird sich keine Mannsperson dir nahen. So werden die Kinder Israel lange Zeit ohne Könige, ohne Fürsten, ohne Opfer, ohne Altäre und ohne Leibrock sein.« Kurz, die Rabbi, Propheten und Seher sagen nie etwas vorher, ohne die vorhergesagte Sache durch ein Zeichen anzudeuten.
Jeremias bequemt sich also nur nach der Gewohnheit, indem er sich mit Stricken bindet und seinen Rücken mit Halseisen und Jochen belastet, um die Sklaverei derer zu bezeichnen, denen er diese Sinnbilder zuschickt.
Die Zeiten, worin dies geschah, gehören zur alten Welt, die überhaupt von der heutigen durchaus verschieden ist. Gesetze, bürgerliches Leben,

nig Zedekias hatte ins Gefängnis werfen lassen, rät, nachdem er Begnadigung erhalten hat, diesem König an, sich dem König von Babel zu ergeben. »Wenn du dich«, sagt er Kap. 27, V. 17, »seinen Hauptleuten ergeben wirst, so wird deine Seele leben bleiben.« Gott nimmt also zuletzt völlig die Partei eines abgöttischen Königs, läßt ihn die Bundeslade, deren bloßer Anblick fünfzigtausend und siebzig Juden das Leben gekostet hatte, und das Allerheiligste wegnehmen, und dazu noch den Rest des Tempels, der hundertachttausend Pfund Goldes, eine Million und siebzehntausend Pfund Silber zu bauen gekostet hatte. David und seine Leute hatten diese Summe zur Erbauung des Tempels hinterlas-

die Art, Kriege zu führen, die Religionszeremonien, alles ist anders. Man braucht nur den Homer und das erste Buch Herodots aufzuschlagen, um sich zu überzeugen, daß wir mit den Völkern des höchsten Altertums gar keine Ähnlichkeit haben und daß wir unserm eignen Verstande nicht trauen müssen, wenn wir unsre Zeiten und Sitten damit vergleichen wollen. Die Natur selbst ist nicht mehr, was sie damals war. Die Zauberer hatten eine Macht über sie, die sie nicht mehr haben; sie bezauberten Schlangen, zitierten Tote usf. Gott sandte Träume, und die Menschen legten sie aus. Die Gabe der Prophezeiung war gemein. Man sah Verwandlungen. Nebukadnezar wurde in einen Ochsen, Loths Weib in eine Salzsäule und fünf Städte wurden in einen Schwefelpfuhl verwandelt. Es gab Arten von Menschen, die ganz ausgestorben sind. Das Geschlecht der Riesen Rephaim, Emim, Rephilim und Enakim ist verschwunden. Der heilige Augustin sagt im 5. Buche seiner *Stadt Gottes*, er habe den Zahn von so einem Riesen gesehen, der so groß gewesen sei als hundert unsrer Backenzähne. Ezechiel spricht von Zwergen Gamadim, die eine halbe Elle hoch waren und bei der Belagerung von Tyrus mitstritten.
In den meisten dieser Dinge stimmen auch die profanen Schriftsteller mit den heutigen überein. Selbst die Krankheiten und Heilungsmittel waren anders als bei uns. Die Besessenen wurden durch eine Wurzel geheilt, die man Barard nannte. Man faßte diese Wurzel in einen Ring und hielt sie den Besessenen unter die Nase.
Mit einem Wort, die alte Welt war von der unsrigen so verschieden, daß wir gar keine Verhaltungsregeln aus derselben nehmen können. Und gesetzt, die Menschen hätten in diesen grauen Zeiten sich eins ums andre der Religion halber gedrückt und verfolgt, so müßten wir ihre Grausamkeit darin nicht nachahmen, da wir im Reich der Gnade leben.

sen, die, außer dem von Salomon zugestoßnen Gelde, etwa neunzehntausendundzweiundsechzig Millionen heutige Livres beträgt. Nie ist Abgötterei so gut bezahlt worden. Die Rechnung ist wohl übertrieben. Wahrscheinlich liegt ein Schreibfehler zugrunde. Aber wenn wir die Summe auch nur zur Hälfte, nur zum Viertel, nur zum Achtel nehmen, so ist sie noch immer erstaunlich groß. Die Schätze, die Herodot im ephischen Tempel gesehn haben will, erregen keine geringere Verwunderung. Mit einem Wort, die Schätze sind nichts in den Augen Gottes, und der Name seines Dieners, den er dem Nebukadnezar gibt, ist der wahre, unschätzbare Schatz.

Gott begünstigt nicht minder den Kir oder Koresch oder Kosroes, den wir Cyrus nennen.[1] Er nennt ihn seinen Christ, seinen Gesalbten, ohngeachtet er im wahren Sinn des Worts nicht gesalbt war und der Religion Zoroasters anhing. Er nennt ihn seinen Hirten, ob er gleich vor den Augen der Menschen ein Thronräuber war. In der ganzen heiligen Schrift gibt es keinen größeren Beweis von der Vorliebe Gottes.

Aus dem Maleachi sehen wir, daß der Name Gottes vom Aufgang bis zum Niedergang unter allen Völkern groß ist und daß man ihm allenthalben reine Opfer darbringt. Gott sorgt für die abgöttischen Niniviten wie für die Juden. Er bedroht sie und verzeiht ihnen. Melchisedech, der kein Jude war, war ein Priester Gottes. Der Götzendiener Bileam war ein Prophet.

Die heilige Schrift lehrt uns also, daß Gott nicht nur alle Völker duldete, sondern sogar väterliche Sorgfalt für sie trug. Und wir wollen intolerant sein?

1 Jesaias, Kap. 44 und 45.

13. Äusserste Toleranz der Juden

So sehen wir also unter Moses, unter den Richtern und unter den Königen beständig Beispiele von Toleranz. Aber noch mehr. Moses sagt verschiedne Male, daß Gott die Väter in den Kindern bestraft bis ins vierte Glied.[1] Diese Bedrohung war für ein Volk notwendig, dem Gott weder die Unsterblichkeit der Seele noch die Belohnungen und Bestrafungen in einem künftigen Leben offenbart hatte. Wir finden diese Wahrheiten so wenig in den zehn Geboten als in den Gesetzen des dritten und fünften Buchs Mosis verkündigt. Die Perser, Babylonier, Ägypter, Griechen und Kretenser hatten sie unter ihren Dogmen; aber bei der jüdischen Religion lagen sie durchaus nicht zum Grunde. Moses sagt nicht: »Ehre deinen Vater und deine Mutter, wenn du in den Himmel kommen willst«; sondern: »Ehre deinen Vater und deine Mutter, auf daß du lange lebst auf Erden.«[2] Er bedroht sie nur mit körperlichen Plagen, mit der trockenen und feuchten Krätze, mit bösen Geschwüren an den Knien und Waden, mit der Untreue ihrer Weiber. Er droht ihnen, daß sie von Fremden Geld auf Zinsen leihen, Hungers sterben und ihre eignen Kinder verzehren sollen; aber nie sagt er ihnen, daß ihre unsterblichen Seelen nach dem Tode Qualen leiden oder Seligkeiten genießen werden. Gott, der selbst sein Volk leitete, bestrafte und belohnte die guten und bösen Handlungen desselben unmittelbar nach der Tat. Alles war bei ihnen zeitlich; eine Wahrheit, welche Warburton mißbraucht, um zu beweisen, daß das jüdische Gesetz göttlich sei, indem Gott, der selbst König war und unmittelbar auf den Gehorsam gegen das Gesetz und die Übertretung desselben die Gerechtigkeit folgen ließ, nicht nötig gehabt hätte, seinem Volke eine Lehre zu offenbaren, die er bis in

1 2. Moses, Kap. 20, V. 5.
2 5. Moses, Kap. 28.

die Zeiten verspart, wo er es selbst nicht mehr regierte.[1] Diejenigen, die aus Unwissenheit behaupten, daß Moses die Unsterblichkeit der Seele lehrt, nehmen dem neuen Testamente einen seiner Hauptvorzüge vor dem alten. Es ist zuverlässig, daß das Gesetz Mosis nichts lehrt als zeitliche Strafen bis ins vierte Glied. Indes, trotz dem bestimmten Aus-

1 Nur eine einzige Stelle kommt in den Gesetzen des Moses vor, woraus man schließen könnte, daß ihm die bei den Ägyptern herrschende Meinung, daß die Seele nicht mit dem Körper stirbt, bekannt gewesen sei. Die Stelle ist sehr wichtig. Sie steht im 18. Kap. des 5. Buchs. »Fraget nicht die Wahrsager um Rat, die aus der Betrachtung des Himmels wahrsagen; die die Schlangen bezaubern und den Geist Python befragen; die Seher und Kenner, welche sich an die Toten wenden und Antwort bei ihnen suchen.« Aus dieser Stelle scheint zu folgen, daß, wenn man die Toten um Rat fragte, die Fortdauer der Seele geglaubt wurde. Möglich ist es indes auch, daß die Zauberer, von denen Moses spricht, als große Betrüger selbst nicht einmal von ihrer Zauberei einen deutlichen Begriff hatten. Sie machten vielleicht glauben, daß sie die Toten zu reden zwängen und sie durch ihre Zauberei wieder in den Stand versetzen, worin sie bei ihrem Leben gewesen waren, ohne einmal daran zu denken, ob man aus diesen lächerlichen Operationen die Unsterblichkeit der Seele folgern könnte oder nicht. Hexenmeister sind nie Philosophen, nie etwas mehr als plumpe Gaukler gewesen, die die Schwachköpfe zum besten hatten.
Merkwürdig und sonderbar genug ist hierbei, daß das Wort *Python* im 5. Buch Moses vorkömmt, also weit früher, ehe die Hebräer dies griechische Wort kennen konnten. Der Ausdruck *Python* steht auch nicht im Hebräischen, und die Übersetzung ist nicht genau.
Die hebräische Sprache hat unüberwindliche Schwierigkeiten. Sie ist ein Gemisch vom Phönizischen, Syrischen, Ägyptischen und Arabischen, und dieses ehemalige Gemisch hat sich gegenwärtig sehr verändert. Die hebräischen Verba haben nur zwei Modos, das Präsens und Futurum: die übrigen muß man aus dem Zusammenhange erraten. Die verschiednen Vokale werden oft mit einerlei Zeichen ausgedrückt; oder vielmehr, sie drükken gar keine Vokale aus, und die Erfinder der Punkte haben die Schwierigkeiten noch vermehrt. Jedes Adverbium hat zwanzig verschiedene Bedeutungen. Mehrere Wörter kommen im ganz entgegengesetzten Sinne vor.
Zu dieser Verwirrung kommt noch die Trockenheit und Armut der Sprache. Die Juden, denen es an Künsten fehlte, konnten nicht ausdrücken, was sie nicht wußten. Mit einem Wort, das Hebräische verhält sich zum Griechischen wie die Sprache eines Bauern zur Sprache eines Akademikers.

spruche dieses Gesetzes, trotz der Erklärung Gottes, daß er bis ins vierte Glied bestrafen will, verkündigt Ezechiel den Juden ganz das Gegenteil, indem er sagt,[1] der Sohn solle nicht tragen die Missetat seines Vaters. Er geht sogar so weit, daß er Gott sagen läßt,[2] er habe ihnen Vorschriften gegeben, die nicht gut gewesen wären.[3]

Das Buch Ezechiels wurde darum nicht weniger in den Kanon der von Gott eingegebenen Bücher aufgenommen. Der heilige Hieronymus lehrt uns zwar, daß die Synagoge nicht vor dem dreißigsten Jahre es zu lesen erlaubte; aber dies geschah, damit die Jugend nicht die gar zu natürlichen Gemälde, die man im 16. und 23. Kapitel von den Ausschweifungen der beiden Schwestern Oolla und Oaliba findet, mißbrauchen möchte. Kurz, sein Buch wurde stets aufgenommen, ohnerachtet des förmlichen Widerspruchs mit Moses.

Endlich, als die Lehre von der Unsterblichkeit der Seele als ein Glaubensartikel angenommen wurde[4] (wahrscheinlich

1 Ezechiel, Kap. 18, V. 20.

2 Ibid. Kap. 20, V. 25.

3 Die Meinung Ezechiels behielt zuletzt in der Synagoge die Oberhand. Aber es hat Juden gegeben, die, ohngeachtet sie an ewige Strafen glaubten, dennoch annahmen, daß Gott die Sünden der Eltern an den Kindern räche. Itzt sind sie nun über die fünfte Generation hinaus bestraft und haben noch ewige Strafen zu fürchten.
Man kann fragen, warum die Nachkommen der Juden, die nicht am Tode Christi teilnahmen, die auch in Jerusalem keinen Teil daran nahmen, und endlich diejenigen, die in der Welt zerstreut lebten, in ihren Kindern, die so unschuldig sind als ihre Väter, zeitlich bestraft werden können? Diese zeitliche Strafe, oder vielmehr diese Art zu leben, die sie von allen Völkern unterscheidet, daß sie Handlung treiben, ohne ein Vaterland zu haben, kann man gar nicht als Strafe ansehen in Vergleichung mit den ewigen Qualen, die sie sich durch ihren Unglauben zuziehen und denen sie durch eine aufrichtige Bekehrung entgehen können.

4 Diejenigen, die die Lehre von der Hölle und dem Himmel, so wie wir sie uns vorstellen, in den Büchern Mosis haben finden wollen, haben sich sehr getäuscht. Ihr Irrtum gründet sich auf einen bloßen Wortstreit. Die Vulgata übersetzt das hebräische Wort *Sheol* (Grube) durch *Infernum*,

geschah dies seit der babylonischen Gefangenschaft), so beharrte dennoch die Sekte der Sadduzäer bei dem Glauben, daß es nach dem Tode weder Belohnungen noch Bestrafun-

woraus wir die *Hölle* gemacht haben und durch diesen Doppelsinn veranlaßt worden sind zu glauben, daß die Juden die Begriffe der Griechen von *Tartarus* und *Orcus* gehabt hätten, die auf diese Art andern Nationen schon früher bekannt gewesen wären.

Im 16. Kap. des 4. Buchs Mose kömmt vor, daß die Erde ihren Mund aufgetan habe unter den Zelten der Rotte Kora, Dathan und Abiram, und daß diese mit ihren Zelten und allem, was sie hatten, lebendig ins Grab, in den Abgrund versanken. Hier ist gewiß so wenig von den Seelen dieser drei Hebräer als von der Hölle und den ewigen Strafen die Rede.

Es ist sonderbar, daß im *Dictionnaire encyclopédique* unter dem Artikel *Hölle* gesagt wird, daß die alten Hebräer die Würklichkeit derselben anerkannt hätten. Wenn dies wäre, so müßte in den Büchern Mosis ein unbegreiflicher Widerspruch sein. Wie wäre es möglich, daß Moses an einer einzelnen und einzigen Stelle von Strafen nach dem Tode geredet und ihrer in seinen Gesetzen gar nicht erwähnt haben sollte? Man zitiert das 32. Kapitel des 5. Buchs, aber man verstümmelt es. Hier ist es ganz. »Sie haben mich gereizt an dem, das nicht Gott ist. Mit ihrer Abgötterei haben sie mich erzürnt. Und ich will sie wieder reizen an dem, das nicht ein Volk ist. An einem närrichten Volk will ich sie erzürnen. Denn das Feuer ist angegangen durch meinen Zorn und wird brennen bis in die unterste Hölle, und wird verzehren das Land mit seinem Gewächs, und wird anzünden die Grundfeste der Berge. Ich will alles Unglück über sie häufen. Ich will alle meine Pfeile in sie schießen. Von Hunger sollen sie verschmachten und verzehrt werden von Fieber und jähem Tod. Ich will der Tiere Zähne unter sie schicken und der Schlangen Gift.« Ist hier die mindeste Ähnlichkeit zwischen diesen Ausdrücken und den Ideen von höllischen Strafen, so wie wir sie uns denken? Vielmehr scheint diese Stelle ganz deutlich zu verraten, daß unsere Hölle den alten Juden unbekannt war.

Der Verfasser des Artikels in der Enzyklopädie führt ferner eine Stelle aus dem Hiob an, Kap. 24: »Das Auge des Ehebrechers hat acht auf das Dunkel und spricht, mich siehet kein Auge, und meint, er sei verborgen. Im Finstern bricht er zu den Häusern ein. Des Tages verbergen sie sich miteinander und scheuen das Licht. Denn wo ihnen der Morgen kömmt, ist's ihnen wie eine Finsternis; denn er fühlet den Schrecken der Finsternis. Er fähret leichtfertig wie auf einem Wasser dahin. Seine Gabe wird gering im Lande, und er bauet seinen Weinberg nicht. Die Hölle nimmt weg, die da sündigen, wie die Hitze und Dürre das Schneewasser verzehret.« – In den letzten Worten sind überdem die Übersetzungen verschieden, und selbst die Septuaginta übersetzt: »Das Grab nimmt weg, und ihr Gedächtnis verschwindet.«

gen gäbe und daß das Vermögen, zu empfinden und zu denken, ebenso wie die tätige Kraft, das Vermögen, zu gehen und zu verdauen, mit dem Körper untergingen. Sie leugne-

Ich führe diese Stellen vollständig und buchstäblich an; denn ohne dies kann man unmöglich die richtigen Begriffe damit verbinden. Ist nun wohl das geringste Wort darunter, woraus man schließen könnte, daß Moses den Juden einfache und klare Lehren von Strafen und Belohnungen nach dem Tode beigebracht habe? Das Buch Hiob hat mit den Gesetzen Mosis gar nichts zu tun. Ja es ist sehr wahrscheinlich, daß Hiob kein Jude war, wie auch der heilige Hieronymus in seinen hebräischen Untersuchungen über das erste Buch Mosis glaubt. Das Wort *Satan*, das im Buch Hiob vorkömmt, war den Juden ganz unbekannt und findet sich nicht ein einziges Mal im Pentateuch. Die Juden lernten diesen Namen erst in Chaldäa, ebenso wie die Namen *Gabriel* und *Raphael*, die sie auch vor der babylonischen Gefangenschaft nicht kannten.

Ferner zitiert man das letzte Kapitel des Jesaias: »Und alles Fleisch wird einen Monden nach dem andern und einen Sabbat nach dem andern kommen anzubeten vor mir, spricht der Herr.

Und sie werden hinausgehen und schauen die Leichname der Leute, die an mir mißhandelt haben, denn ihr Wurm wird nicht sterben und ihr Feuer nicht verlöschen und allem Fleisch ein Greuel sein.«

Wahrhaftig, wenn sie auf den Schindanger geworfen werden, so müssen sie wohl allem Fleische ein Greuel sein, und wenn sie von den Würmern gefressen werden, so beweiset das nicht, daß Moses die Unsterblichkeit der Seele gelehrt habe. Die Worte »Ihr Feuer wird nicht verlöschen« können auch nicht wohl bedeuten, daß die Leichname, die dem Volke zum Greuel da liegen, ewig Strafe leiden werden.

Wie kann man auch eine Stelle aus dem Jesaias zitieren, um zu beweisen, daß die Juden zu Mosis Zeit die Unsterblichkeit der Seele geglaubt haben? Jesaias prophezeite, nach der hebräischen Zeitrechnung, ums Jahr der Welt 3380. Moses lebte ums Jahr der Welt 2500. Also sind zwischen beiden achthundert Jahr verflossen. So die Freiheit des Zitierens mißbrauchen heißt einen Spaß machen oder den gesunden Menschenverstand zum besten haben. Welche Idee, beweisen zu wollen, daß ein Schriftsteller eine gewisse Meinung gehabt habe, weil achthundert Jahr nachher ein andrer Schriftsteller gekommen ist, der nicht einmal von dieser Meinung geredet hat! Unbezweifelt ist es, daß die Unsterblichkeit der Seele und die Belohnungen und Bestrafungen nach dem Tode im Neuen Testamente verkündigt, erkannt und bestätigt werden und daß sie sich nirgends im Pentateuch finden, wie es auch der große Arnaud in seiner *Apologie de Portroyal* klar und kräftig beweiset.

Ohnerachtet die Juden nachher die Unsterblichkeit der Seele glaubten, so

ten das Dasein der Engel. Sie unterschieden sich von den übrigen Juden weit mehr, als die Protestanten sich von den Katholiken unterscheiden. Demohngeachtet lebten sie in

waren sie doch nicht aufgeklärt über die Geistigkeit derselben. Sie glaubten, wie fast alle andren Nationen, daß sie etwas Feines und Luftiges, eine leichte Substanz sei, die einen Schein des Körpers behielte, den sie beseelt hatte. Dies nannte man die Schatten und Manen der Verstorbenen. Auch mehrere Kirchenväter waren dieser Meinung zugetan. Tertullian drückt sich im 10. Kap. seines Buchs *Von der Seele* so aus: »Definimus animam Dei flatu natam, immortalem, corporalem, effigiatam, substantiam simplicem – Wir denken uns die Seele als ein durch den Hauch Gottes erzeugtes, unsterbliches, körperliches, gestaltetes und einfaches Wesen.«
Der heilige Irenäus sagt im 2. Buch im 34. Kapitel: »Incorporales sunt animae quantum ad comparationem mortalium corporum – Die Seelen sind unkörperlich in Vergleichung mit sterblichen Körpern.« Er setzt hinzu, Christus habe gelehrt, daß die Seelen die Gestalt des Körpers beibehalten: »characterem corporum; in quo adoptantur« etc. Man findet nicht, daß dies Christus sagt, und es ist schwer zu erraten, was der heilige Irenäus eigentlich meint.
Der heilige Hilarius drückt sich in seinem Kommentar über den Matthäus förmlicher und bestimmter aus. Er gibt der Seele geradezu ein körperliches Wesen; »corpoream naturae suae substantiam sortiuntur.«
Der heilige Ambrosius sagt in seinem Buch über Abraham im 2. Buch im 8. Kapitel, daß nichts von der Materie frei ist außer höchstens die Substanz der heiligen Dreifaltigkeit. Man könnte diesen ehrwürdigen Männern vorwerfen, daß sie in der Philosophie schlecht bewandert gewesen sind; aber man muß glauben, daß ihre Theologie desto gesunder war, weil sie die Seele, deren unbegreifliche Natur sie nicht kannten, für unsterblich hielten und christlich machen wollten.
Daß die Seele ein geistiges Wesen ist, wissen wir; aber was ein Geist ist, davon wissen wir nicht das geringste. Die Materie kennen wir vollkommen, aber es ist uns unmöglich, einen deutlichen Begriff zu haben von irgend etwas, das nicht Materie ist. Sehr wenig bekannt mit dem, was unsre Sinnen berührt, können wir von dem, was jenseits der Sinnen liegt, gar nichts erkennen. Wir übertragen einige Worte aus unsrer gewöhnlichen Sprache in die Abgründe der Metaphysik und Theologie, um eine ohngefähre Vorstellung zu erhalten, die wir weder denken noch ausdrücken können, und stützen uns auf diese Worte, um womöglich unsren schwachen Verstand in unbekannten Regionen aufrecht zu erhalten.
So bedienen wir uns des Wortes *Geist*, das im Grunde nichts mehr sagt als *Wind* oder *Hauch*, um etwas Immaterielles zu bezeichnen, und gerade dies Wort führt uns wider unsern Willen zu der Vorstellung von einer zarten,

Gemeinschaft mit ihren Brüdern, und man nahm sogar Hohepriester aus ihrer Sekte.

Die Pharisäer glaubten alle an ein unbedingtes Schicksal und an die Seelenwanderung.[1] Die Essäer glaubten, daß

flüchtigen Substanz, von der wir soviel wie möglich wegdenken, um zu dem Begriff von reiner Geistigkeit zu gelangen. Aber wir gelangen nie dazu. Wir wissen nicht einmal, was wir mit dem Worte *Substanz* eigentlich sagen. Nach der buchstäblichen Erklärung heißt es *etwas das oben steht*, und schon daraus sehen wir, daß es unbegreiflich ist; denn was ist im Grunde oben! Es ist nicht die Bestimmung dieses Lebens, Gottes Geheimnisse zu verstehen. In dichte Finsternis eingehüllt streiten wir und schlagen auf gut Glück gegeneinander ein, ohne eigentlich zu wissen, worüber wir streiten. Will man über alles aufmerksam nachdenken, so wird jeder Vernünftige daraus den Schluß ziehen, daß wir Nachsicht gegen die Meinungen andrer haben müssen und Nachsicht gegen die unsrigen fordern können.

Alle bisherigen Bemerkungen liegen gar nicht außerhalb des Gebiets der Frage, ob man einander tolerieren muß. Denn wenn sie zeigen, wie sehr man sich von jeher von beiden Teilen geirrt hat, so beweisen sie, daß die Menschen zu jeder Zeit sich untereinander mit Nachsicht behandeln müssen.

1 Die Lehre vom Fatalismus ist alt und allgemein. Im Homer findet man sie alle Augenblick. Jupiter wollte gern seinem Sarpedon das Leben retten, aber das Schicksal hatte ihn zum Tode verdammt; und Jupiter mußte gehorchen. Die Philosophen dachten sich unter dem Schicksal entweder die notwendige Verkettung der Ursachen und Würkungen nach den Gesetzen der Natur oder nach dem Willen der Vorsehung. Das letztere war das Vernünftigste. Das ganze System des Fatalismus ist in dem Vers des Seneca enthalten:

»Volentem ducunt fata, nolentem trahunt.«

Man ist stets darüber einverstanden gewesen, daß Gott die Welt nach ewigen, allgemeinen und unwandelbaren Gesetzen regiere. Diese Wahrheit war die Quelle aller unverständlichen Streitigkeiten über die Freiheit, weil man niemals die Freiheit definierte, bis der verständige Locke uns bewies, daß Freiheit das Vermögen zu handeln ist. Gott gibt dies Vermögen, und der Mensch, der nach vernünftigen Regeln frei handelt, ist ein Rad in der großen Weltmaschine.

Das Altertum stritt über die Freiheit, aber niemand verfolgte darum den andern, bis auf unsre Zeiten. Wie schrecklich und ungereimt war es, über diesen Streit einen Arnaud, Sacy und Nicole und so viele andre Männer, die das Licht Frankreichs waren, ins Gefängnis zu werfen und Landes zu verweisen.

die Seelen der Gerechten auf den glücklichen Inseln wohnten[1] und die Seelen der Bösen in einer Art von Tartarus. Sie opferten nicht. Sie hatten für sich eine besondre Synagoge.

Mit einem Wort, wenn man das Judentum in der Nähe betrachtet, so erstaunt man über die größte Toleranz unter so vielen Greueln. Freilich ein Widerspruch; aber die meisten Völker sind von Widersprüchen regiert worden. Glücklich der Widerspruch, der sanfte Sitten erzeugt, wo man blutige Gesetze hat.

Der theologische Roman von der Seelenwanderung stammt aus Indien her, woher wir überhaupt mehr Fabeln erhalten haben, als man gemeiniglich glaubt. Die ganze Lehre ist vortrefflich auseinandergesetzt im fünfzehnten Buche der Ovidischen Metamorphosen. Beinahe über den ganzen Erdboden hat man sie angenommen und bestritten; aber nirgends finden wir, daß ein Priester des Altertums gegen einen Schüler des Pythagoras eine *Lettre de cachet* ausgewürkt hätte.

1 Weder die ältern Juden, noch die Ägypter, noch die Griechen, die ihre Zeitgenossen waren, glaubten, daß die Seele nach dem Tode in den Himmel käme. Die Juden glaubten, die Sonne und der Mond wären einige Meilen über uns in ebendemselben Zirkel und das Firmament wäre ein dichtes und stetes Gewölbe, um die Last des Wassers zu tragen, das durch einige Öffnungen herabstürzte. Der Palast der Götter war bei den alten Griechen der Berg Olymp. Der Aufenthalt der Heiden nach dem Tode war zu Homers Zeiten eine Insel jenseits des Ozeans, und dies war auch die Meinung der Essäer.

Nach Homers Zeiten wies man den Göttern Planeten an; aber die Menschen hatten nicht mehr Grund, einen Gott auf den Mond als die Mondbewohner, einen Gott auf den Planeten der Erde zu setzen. Juno und Iris hatten weiter keinen Palast als die Wolken; und da konnten sie nicht einmal zutreten. Bei den Sabäern hatte jeder Gott seinen Stern; da aber jeder Stern eine Sonne ist, so ist es unmöglich, da zu wohnen, für jedes Wesen, das nicht die Natur des Feuers hat.

Die Frage, was die Alten von dem Himmel gedacht haben, ist demnach sehr unnütz, und die beste Antwort ist, daß sie gar nicht daran dachten.

14. Hat Christus die Intoleranz gelehrt?

Jetzt laßt uns sehen, ob Christus blutgierige Gesetze gegeben und die Intoleranz befohlen, ob er Inquisitionskerker bauen lassen und die Henker des Autodafé eingeführt hat.
Es gibt, wo ich nicht irre, nur sehr wenige Stellen im Evangelium, aus denen der Verfolgungsgeist schließen könnte, daß Intoleranz und Gewissenszwang rechtmäßig sind. Die eine ist das Gleichnis, wo das Himmelreich mit einem König verglichen wird, der Gäste zur Hochzeit seines Sohnes ladet und ihnen durch seine Diener sagen läßt: »Meine Ochsen und mein Mastvieh sind geschlachtet und alles bereit; kommet zur Hochzeit.«[1] Einige, ohne sich um die Einladung zu bekümmern, gingen auf ihre Landhäuser, andre an ihre Geschäfte; andre mißhandelten und töteten sogar die Diener des Königs. Da wurde der König zornig und ließ seine Heere gegen diese Mörder ausrücken und zerstörte ihre Stadt. Er befahl, auf den Heerstraßen alles zum Gastmahl einzuladen, was man fände; aber einer von diesen, der sich mit an den Tisch gesetzt hatte, ohne ein hochzeitliches Kleid anzuhaben, ward in Fesseln gelegt und in die äußerste Finsternis geworfen.
Da diese Allegorie nur vom Himmelreich spricht, so darf doch wahrlich kein Mensch ein Recht daraus hernehmen, seinen Nachbar, der, ohne ein hochzeitliches Kleid anzuhaben, bei ihm zum Abendessen kömmt, in Ketten und Kerker zu werfen. Mir ist kein König in der Geschichte bekannt, der einen Höfling um einer ähnlichen Ursach willen hätte henken lassen. Es ist auch keine Gefahr mehr, daß, wenn der Kaiser etwa einmal seine Ochsen und sein Mastvieh schlachten und Pagen an die Reichsfürsten abschicken sollte, um sie zum Essen einzuladen, diese die Pagen umbringen würden. Die Einladung zum Gastmahl bedeutet

1 Matth. K. 22.

die Predigt des Heils und die Ermordung der Abgesandten die Verfolgung derer, die Weisheit und Tugend predigen. Die zweite Stelle[1] ist das Gleichnis von einem Privatmanne, der seine Freunde zu einem großen Abendessen einladet. Als er so weit ist, daß er zu Tisch gehen will, schickt er seine Bedienten ab, um es ihnen zu melden. Der eine entschuldigt sich damit, daß er einen Acker gekauft habe, den er besehen müsse; eine, wie es scheint, ungültige Entschuldigung; denn des Nachts besieht man seinen Acker nicht. Ein andrer sagt, er habe fünf Joch Ochsen gekauft und müsse sie probieren; eine ebenso ungegründete Entschuldigung; man probiert seine Ochsen nicht um die Zeit des Abendessens. Ein dritter läßt sagen, er habe eben eine Frau genommen; und diese Entschuldigung ist sehr bündig. Der Hausvater aber ergrimmt und läßt Lahme und Blinde zu seinem Mahle einladen, und da er dennoch leere Plätze sieht, sagt er zu seinem Knechte: »Gehe an die Heerstraßen und an die Zäune und nötige (zwinge) sie hereinzukommen.«

Daß dieses Gleichnis auch ein Bild des Himmelreichs sein soll, ist zwar nicht ausdrücklich gesagt. Man hat die Worte »nötige (oder zwinge) sie hereinzukommen« nur zu oft gemißdeutet; aber so viel ist sichtbar, daß ein einziger Knecht nicht alle Leute, die er antrifft, zwingen kann, bei seinem Herrn zu speisen. Überdem würden solche gezwungene Gäste die Mahlzeit nicht sehr angenehm machen. »Zwinge sie hereinzukommen« heißt nach den zuverlässigsten Auslegern nichts weiter als »bitte, beschwöre, dringe in sie«. Was hat nun ums Himmels willen dies Gastmahl mit der Verfolgung zu tun?

Wenn man die Sache buchstäblich nehmen will, muß man denn lahm und blind und mit Gewalt genötigt sein, um in den Schoß der Kirche zu gelangen? Jesus sagt in eben dem Gleichnis: »Gebt euren reichen Freunden und Verwandten

1 Lukas K. 14.

nicht zu essen.« Hat schon jemand daraus gefolgert, daß man seine Freunde und Verwandten nicht zum Essen bitten müsse, wenn sie ein wenig Vermögen haben?

Christus sagt nach dem Gleichnisse von dem Gastmahl:[1] »Wenn jemand zu mir kömmt und hasset nicht seinen Vater, seine Mutter, seine Brüder, seine Schwestern, ja selbst seine eigne Seele, so kann er nicht mein Jünger sein, usw. Denn wer ist unter euch, der einen Turm bauen wollte und nicht zuvor einen Überschlag machte von den Kosten?« Wird jemand wohl so unnatürlich sein, daraus zu schließen, daß man seinen Vater und seine Mutter hassen muß? Begreift man nicht leicht, daß diese Worte sagen wollen: »Schwanket nicht zwischen mir und euren Lieblingsneigungen«?

Noch führt man eine Stelle aus dem Matthäus an: Wer die Kirche nicht hört, der sei wie ein Heide und Zöllner. Das heißt doch sicherlich nicht, man soll die Heiden und die königlichen Zollpächter verfolgen. Verflucht werden sie freilich genug, aber nicht den weltlichen Armen ausgeliefert. Weit entfernt, den Zollpächtern ein bürgerliches Vorrecht zu nehmen, hat man ihnen vielmehr große Privilegien gegeben. Dieser Stand ist der einzige, der in der Bibel verdammt wird, und gerade er wird von der Regierung am meisten begünstigt. Warum sollen wir unsern irrenden Brüdern nicht so viele Nachsicht als unsern Brüdern, den Generalpächtern, Achtung erweisen?

Eine andre Stelle, die man gröblich gemißbraucht hat, ist die Stelle bei Matthäus und Markus, wo es heißt, daß Jesus, als ihn einmal des Morgens gehungert, einen Feigenbaum angetroffen habe, der nichts als Blätter hatte; denn es war nicht die Zeit der Feigen. Jesus verfluchte den Baum und er verdorrte.

Man hat mehrere Auslegungen über dies Wunder; aber

1 Lukas, K. 14, V. 26.

kann eine derselben die Verfolgung rechtfertigen? Ein Feigenbaum konnte gegen das Ende des Märzes keine Feigen geben und mußte dafür verdorren. Sollen wir deswegen unsre Brüder in allen Jahreszeiten vor Schmerzen verdorren machen? Laßt uns dasjenige in der Bibel mit Ehrfurcht ansehen, was unserm neugierigen und eitlen Verstande Schwierigkeiten macht, aber es nicht mißbrauchen, um hart und unmenschlich zu sein.

Der Verfolgungsgeist, der alles mißbraucht, sucht auch seine Rechtfertigung in der Austreibung der Krämer aus dem Tempel und in der Legion der Teufel, die aus einem Besessenen in zweitausend unreine Tiere gejagt wurden. Aber wer sieht nicht, daß diese Beispiele nichts weiter andeuten als die Gerechtigkeit Gottes gegen die Übertreter seines Gesetzes? Es war ein Mangel an Achtung gegen das Haus des Herrn, daß man seinen Vorhof in einen Krämerladen verwandelte. Umsonst erlauben das Sanhedrin und die Priester dies Gewerbe der Bequemlichkeit der Opfer wegen. Der Gott, dem man opferte, konnte unstreitig, ob er gleich in menschlicher Hülle verborgen war, dieser Entweihung ein Ende machen. Ebenso konnte er diejenigen bestrafen, die ganze Herden von solchen Tieren ins Land führten, die durch das Gesetz, das er selbst seiner Aufsicht würdigte, verboten waren. Diese Beispiele haben nicht die mindeste Beziehung auf Verfolgungen und Meinungen. Der Verfolgungsgeist muß sich schon auf schlechte Gründe stützen, weil er allenthalben Vorwand sucht.

Fast alle übrigen Handlungen Christi predigen Sanftmut, Geduld und Nachsicht. Er ist der Hausvater, der den verlornen Sohn wieder aufnimmt. Er ist es, der den Arbeiter, der zur letzten Stunde kömmt, wie alle andern bezahlt. Er ist der mildtätige Samariter. Er selbst verteidigt seine Jünger, da sie nicht fasten. Er verzeiht der Sünderin. Er begnügt sich, der Ehebrecherin Treue anzuempfehlen. Er läßt sich selbst herab, an den unschuldigen Freuden der Hochzeit

zu Kana teilzunehmen, und da die schon vom Wein erhitzten Gäste noch mehr verlangen, tut er ihnen zu Gefallen ein Wunder und verwandelt Wasser in Wein.
Er bricht gegen Judas, der ihn verraten will, nicht in Ungestüm aus. Er befahl dem Petrus nie, das Schwert zu gebrauchen. Er tadelt die Kinder des Zebedäus, die nach dem Beispiele des Elias Feuer vom Himmel auf eine Stadt herabbeten wollten, die sie nicht hatte beherbergen wollen.
Er starb zuletzt als ein Opfer des Neides. Wenn man das Heilige mit dem Weltlichen, einen Gott mit einem Menschen vergleichen darf, so hat sein Tod, nach menschlicher Weise davon zu reden, sehr viel ähnliches mit dem Tode des Sokrates. Der griechische Philosoph starb durch den Haß der Priester, Sophisten und Ersten seines Volks. Der Gesetzgeber der Christen unterlag dem Hasse der Schriftgelehrten, Pharisäer und Priester. Sokrates konnte dem Tode entgehen und wollte nicht; Christus opferte sich freiwillig. Der griechische Philosoph vergab nicht nur seinen Verleumdern und ungerechten Richtern, sondern bat sie sogar, seine Kinder einmal wie ihn zu behandeln, wenn sie so glücklich wie er werden sollten, ihren Haß zu verdienen. Der unendlich erhabnere Gesetzgeber der Christen bat seinen Vater, seinen Feinden zu verzeihen.
Wenn Christus den Tod zu fürchten scheint, wenn die Todesangst, die er duldet, ihn Blutstropfen schwitzen macht (ein äußerst heftiges und ungewöhnliches Symptom), so unterwarf er sich aller Schwäche des menschlichen Körpers, den er angenommen hatte. Sein Leib zitterte, aber seine Seele war unerschütterlich. Er lehrte uns, daß die wahre Stärke und Größe darin bestehe, die Übel zu dulden, denen unsre Natur unterliegt. Es gehört ein gewaltiger Mut dazu, dem Tode entgegenzugehen, wenn man ihn fürchtet.
Sokrates hatte die Sophisten als Ignoranten behandelt und sie der Unredlichkeit überführt. Jesus, der sich seiner göttlichen Rechte bediente, behandelte die Schriftgelehrten und

Pharisäer als Heuchler, Narren, Blinde, Bösewichter, Schlangen und Otterngezücht.[1]
Sokrates wurde nicht beschuldigt, daß er eine neue Sekte habe stiften wollen, und Christus ebensowenig.[2] Die Fürsten und Priester, heißt es, und der ganze Rat suchten ein falsches Zeugnis gegen Jesum, damit sie ihn umbrächten. Da sie dies nötig hatten, so konnten sie ihm nicht öffentlich vorwerfen, daß er gegen das Gesetz Mosis gepredigt habe, dem er sich auch würklich von seiner Kindheit an bis an seinen Tod unterwarf. Er war wie alle anderen Kinder am achten Tag beschnitten worden. Wenn er nachher im Jordan getauft wurde, so war dies bei den Juden eine heilige Zeremonie wie bei allen morgenländischen Völkern. Alle gesetzlichen Unreinigkeiten wurden durch die Taufe abgespült. Auch die Priester wurden auf diese Art geweiht. Man tauchte sie am Fest der feierlichen Sühnung ins Wasser. Man taufte auch die Proselyten. Jesus beobachtete alle Punkte des Gesetzes. Er feierte den Sabbat. Er enthielt sich der verbotenen Speisen. Selbst vor seinem Tod feierte er noch das Passah. Man beschuldigte ihn keiner neuen Meinung, keiner Beobachtung eines fremden Gottesdienstes. Als geborner Israelit lebte er stets als Israelit.
Zwei Zeugen, die sich stellten, klagten ihn an, er habe gesagt, daß er den Tempel zerstören und in drei Tagen wieder aufbauen könne.[3] Das war freilich den fleischlich gesinnten Juden unbegreiflich, aber keine Beschuldigung, daß er eine neue Sekte habe stiften wollen.
Der Hohepriester fragte ihn: »Ich beschwöre dich bei dem lebendigen Gott, daß du uns sagest, ob du bist Christus der Sohn Gottes.« Wir sind nicht darüber unterrichtet, wie er das Wort *Sohn Gottes* verstanden hat. Man bediente sich

1 Matth. K. 23.
2 Matth. K. 25, V. 59, 60.
3 Matth. K. 26.

zuweilen dieses Ausdrucks, um einen gerechten Mann[1] zu bezeichnen, so wie man einen Bösewicht einen Sohn Belials nannte. Die plumpen Juden hatten keinen Begriff von einem Sohne Gottes, der, selbst Gott, auf die Erde gekommen war.
Jesus antwortete ihm: »Du sagst es. Aber bald werdet ihr sehen des Menschen Sohn sitzen zur Rechten Gottes und kommen in den Wolken des Himmels.«
Diese Antwort sah das aufgebrachte Sanhedrin als eine Gotteslästerung an, und weil es das Recht über Leben und Tod nicht mehr besaß, so führte es Jesum vor den römischen Gouverneur der Provinz und klagte ihn verleumderisch an als einen Störer der öffentlichen Ruhe, welcher sagte, daß man dem Cäsar den Tribut nicht mehr zahlen müsse, und sich selbst einen König der Juden nannte. Offenbar warf man ihm also ein Staatsverbrechen vor.
Sowie Pilatus, der Gouverneur, erfuhr, daß er ein Galiläer war, so schickte er ihn an Herodes, den Tetrarchen von Galiläa. Herodes hielt es für unmöglich, daß Jesus hätte auf den Gedanken geraten können, sich an die Spitze einer Partei zu stellen und nach der Königswürde zu streben. Er behandelte ihn verächtlich, schickte ihn an Pilatus zurück, und dieser hatte die schändliche Schwachheit, ihn zu verdammen, um den gegen ihn selbst erregten Tumult zu stil-

1 Es war in der Tat den Juden sehr schwer, wo nicht gar unmöglich, ohne eine besondre Offenbarung das unaussprechliche Geheimnis der Menschwerdung des Sohnes Gottes, der selbst Gott ist, zu begreifen. Im ersten Buch Mosis (K. 6) heißen die Söhne mächtiger Männer *Kinder Gottes*. Die großen Zedern heißen in den Psalmen *Zedern Gottes*. Samuel sagt, daß ein *Schrecken Gottes*, d. i. ein großer Schrecken, das Volk befiel. Ein großer Wind heißt ein *Wind Gottes*; Sauls Melancholie eine *Melancholie Gottes*. Indes scheint es, daß die Juden von Christo verstanden, er nenne sich Sohn Gottes im eigentlichen Sinn; aber sie sahen diese Benennung als Gotteslästerung an; ein neuer Beweis ihrer Unwissenheit in Absicht der Menschwerdung des Sohnes Gottes, der selbst Gott und zum Heil der Menschen auf diese Erde gesandt worden ist.

len. Er tat dies um soviel mehr, weil er, nach Josephus' Bericht, schon einmal einen Aufstand unter den Juden zu bekämpfen gehabt hatte. Pilatus besaß nicht soviel Edelmut als nachher der Gouverneur Festus.
Jetzt frage ich: Ist die Toleranz oder Intoleranz göttlichen Rechtes? Wollt ihr Christo gleichen, so werdet Märtyrer, aber nicht Henker.

15. Zeugnisse gegen die Intoleranz

Es ist Gottlosigkeit, in Religionssachen den Menschen ihre Freiheit zu nehmen und ihnen hinderlich zu sein, daß sie sich selbst einen Gott wählen. Kein Mensch und noch weniger ein Gott mag einen erzwungenen Dienst leiden. *(Apologetikon, Kap. XXIV.)*
Wenn man zur Beschützung des Glaubens Gewalt gebrauchte, so würden sich die Bischöfe dagegensetzen. *(St. Hilarius, 1. Buch.)*
Erzwungene Religion ist keine Religion. Man muß überreden und nicht zwingen. Religion läßt sich nicht befehlen. *(Laktanz, 3. Buch.)*
Es ist verfluchte Ketzerei, diejenigen durch Gewalt, Schläge und Gefängnisse an sich zu ziehen, die man durch Gründe nicht überreden kann. *(St. Athanasius, 1. Buch.)*
Nichts ist der Religion mehr zuwider als Zwang. *(St. Justin der Märtyrer, 5. Buch.)*
Sollen wir diejenigen verfolgen, die Gott duldet, sagte der heilige Augustin, ehe ihn sein Streit mit den Donatisten zu streng gemacht hatte.
Man tue den Juden keine Gewalt an. *(Viertes Concilium von Toledo. Canon 56.)*
Ratet, und zwingt nicht. *(Briefe des hl. Bernhard.)*
Wir sind gar nicht gesonnen, die Irrtümer mit Gewalt auszurotten. *(Rede des französischen Clerus an Ludwig XIII.)*

Wir haben stets den Weg der Strenge gemißbilligt. *(Versammlung des Clerus, am 11. August 1560.)*
Wir wissen, daß man zum Glauben überreden, aber nicht zwingen kann. *(Flechier, Bischof von Nîmes, Brief 19.)*
Man muß sich auch aller verspottenden Ausdrücke enthalten. *(Bischof von Bellay in einem Hirtenbriefe.)*
Erinnert euch, daß die Krankheiten der Seele sich nicht durch Zwang und Gewalt heilen lassen. *(Kardinal le Camus in einem Hirtenbrief von 1688.)*
Bewilligt allen bürgerliche Duldung. *(Fénelon, Erzbischof von Cambrai, an den Herzog von Bourgogne.)*
Erzwungener Religionsdienst ist ein Beweis, daß der Geist, der diese Religion leitet, ein Feind der Wahrheit ist. *(Dirois, Doktor der Sorbonne, Buch VI. Kap. 4.)*
Gewalt kann Heuchler machen. Man überredet nicht, wenn man allenthalben Drohungen erschallen läßt. *(Tillemont, Kirchengeschichte, 6. Teil.)*
Es hat uns der Billigkeit und der Vernunft gemäß geschienen, in den Fußtapfen der alten Kirche zu wandeln, die nie Gewalt gebraucht hat, um die Religion einzuführen und auszubreiten. *(Remonstration des Pariser Parlaments an Heinrich II.)*
Erfahrung lehrt uns, daß Übel, die sich im Verstande gründen, durch Gewalt mehr verschlimmert als geheilt werden. *(De Thon, Zueignungsschrift an Heinrich IV.)*
Schwertstreiche können keinen Glauben einflößen. *(Cerisiers über die Regierungen Heinrichs IV. und Ludwigs XIII.)*
Der Religionseifer, der die Religion mit Gewalt in die Herzen pflanzen will, ist ein barbarischer Eifer; als wenn Überzeugung die Folge von Zwang sein könnte! *(Boulainvilliers, Zustand Frankreichs.)*
Die Religion gleicht darin der Liebe, daß Befehl nichts bei ihr ausrichtet und Zwang noch weniger. Nichts ist unabhängiger als Glauben und Lieben. *(Amelot de la Houssaie über die Briefe des Kardinals d'Ossat.)*

Wenn der Himmel euch so günstig gewesen ist, daß ihr die Wahrheit sehet, so hat er euch eine große Gnade erzeigt. Aber müssen die Kinder, die das Erbteil ihres Vaters empfangen haben, diejenigen hassen, die es nicht empfangen haben? *(Montesquieu, Geist der Gesetze, Buch 24.)*

Man könnte ein großes Buch von solchen gesammelten Stellen machen. Unsre Geschichten, unsre Reden, unsre moralischen Schriften, unsre Predigten, unsre Katechismen, alles atmet und lehrt uns die heilige Pflicht der Duldung. Welches unselige Schicksal, welche Inkonsequenz bewegt uns denn, den von uns verkündigten Theorien durch unsre Handlungen zu widersprechen? Glauben wir etwa, daß es uns Vorteil bringt, das Gegenteil von dem zu tun, was wir lehren? Denn aus diesem Grunde stehn oft die Handlungen der Menschen mit ihrer Moral im Widerspruch. Aber es ist doch wahrhaftig kein Vorteil davon zu erwarten, wenn wir die, die nicht unserer Meinung sind, verfolgen und uns bei ihnen gehässig machen. Also, noch einmal, Intoleranz ist Absurdität.

Aber, kann man sagen, diejenigen, denen der Gewissenszwang etwas einbringt, sind doch so dumm und absurd nicht. Diesem widme ich folgendes kleine Gespräch.

16. Gespräch zwischen einem Sterbenden und einem Menschen, der sich sehr wohl befindet

Ein Bürger in einer Provinzialstadt lag in den letzten Zügen. Ein Mensch, der bei guter Gesundheit war, kam zu ihm und hatte ihn in seinen letzten Augenblicken auf folgende Art zum besten:

»Elender! Den Augenblick denke wie ich! Unterzeichne diese Schrift! Bekenne, daß fünf Sätze in einem Buche, das keiner von uns beiden gelesen hat, wahr sind! Nimm den Augenblick die Meinung des Lanfranc gegen Berengar und des

St. Thomas gegen St. Bonaventura an! Bekenne dich zum zweiten Nicäischen gegen das Frankfurter Konzilium! Erkläre mir sogleich, wie die Worte »Mein Vater ist größer als ich« ausdrücklich bedeuten: »Ich bin so groß als mein Vater«!

Sag mir, wie der Vater dem Sohne alles mitteilt, außer der Väterlichkeit; oder ich werde deinen Leichnam auf den Schindanger werfen; deine Kinder sollen kein Erbteil an dir haben; dein Weib soll ihr Eingebrachtes verlieren, und deine Familie soll um Brot betteln, das ihr meinesgleichen nicht geben werden.

Der Sterbende: Ich verstehe kaum, was du mir da sagst. Deine Drohungen höre ich nur undeutlich und verworren. Sie beunruhigen meine Seele. Sie machen mir den Tod schwer. Um Gottes willen, habe Mitleiden mit mir!

Der Barbar: Mitleiden? Das kann ich nicht haben, wenn du nicht in allen Stücken meiner Meinung bist.

Der Sterbende: Ach! Du siehst ja wohl, daß in diesem letzten Augenblick alle meine Sinne matt sind. Alle Tore meines Verstandes sind verschlossen. Meine Gedanken entfliehen. Mein Verstand erlischt. Kann ich disputieren?

Der Barbar: Nun, wenn du nicht glauben kannst, was ich dir sage, so sag mir nur, daß du es glaubst. Das ist mir genug.

Der Sterbende: Wie kann ich denn meineidig werden, um dir einen Gefallen zu tun? Ich soll ja in einem Augenblicke vor Gott erscheinen, der den Meineid bestraft.

Der Barbar: Tut nichts. Dafür hast du das Vergnügen, auf einem Kirchhofe begraben zu werden, und dein Weib und deine Kinder werden zu leben haben. Stirb als Heuchler! Heuchelei ist etwas Gutes, ein Opfer, wie man zu sagen pflegt, das das Laster der Tugend bringt. Ein wenig Heuchelei, lieber Freund, was kostet denn die?

Der Sterbende: Ach! Du verachtest Gott, oder du erkennst ihn nicht. Kannst du von mir im Todeskampfe eine Lüge fordern, du, der auch bald sein Urteil empfangen und die Lügen verantworten soll?

Der Barbar: Wie? Verwegener! Ich erkenne Gott nicht?

Der Sterbende: Vergib mir, lieber Bruder! Es kam mir vor, als ob du ihn nicht erkenntest. Der Gott, den ich anbete, belebt in diesem Augenblick meine Kraft, um dir mit sterbender Stimme zu sagen, daß du mich, wenn du würklich an Gott glaubst, mit christlicher Liebe behandeln mußt. Er hat mir Weib und Kind gegeben. Bring du sie nicht ins Elend! Mit meinem Körper mach, was du willst. Den überlaß' ich dir. Aber glaub' an Gott, ich beschwöre dich!

Der Barbar: Tu, ohne Räsonnieren, was ich dir gesagt habe. Ich will es. Ich befehle es dir.

Der Sterbende: Was hast du denn davon, daß du mich so marterst?

Der Barbar: Wie? Was ich davon habe? Ein gutes Kanonikat, wenn ich deine Unterzeichnung bringe!

Der Sterbende: Bruder, bedenke! Dies ist mein letzter Augenblick. Ich sterbe. Ich will beten, daß Gott dein Herz rühren und dich bekehren wolle.

Der Barbar: Hol der Teufel den unverschämten Kerl dafür, daß er nicht unterzeichnet hat. Aber – wart! Ich will für ihn unterzeichnen und seine Hand nachmachen.«[1]

Der folgende Brief bestätigt dieselbe Moral.

1 Man halte dies nicht für übertriebenen Scherz. Bei dem Tode Pascals machte man öffentlich bekannt, daß er in seinen letzten Augenblicken den Jansenismus abgeschworen habe, und es wurde bewiesen, daß er nur deswegen mit den Jansenisten nicht zufrieden gewesen war, weil sie bei einem kurzen Frieden mit dem römischen Hofe zu viele Nachgiebigkeit gezeigt hatten. Man schob in der Folge einen Widerruf des Herrn von Monclan, General-Prokurator von Provence, unter. Man schmiedete auf eben die Art eine unechte Erklärung der alten Magd des Calas.

17. Brief eines Benefiziaten an den Jesuiten Le Tellier vom 6. Mai 1714[1]

Hochwürdiger Vater,
Ich gehorche dem Befehl, den mir Ew. Hochwürden gegeben haben, Ihnen die schicklichsten Mittel zu zeigen, um Jesum und seine Gesellschaft von ihren Feinden zu befreien. Ich glaube, daß nicht mehr als fünfhunderttausend Hugenotten noch im Königreiche sind; andre sagen indes, eine Million, und noch andre, fünfzehnhunderttausend. Es mögen ihrer übrigens soviel sein, als da wollen, so ist hier meine unvorgeifliche Meinung, die ich schuldigermaßen der Meinung Ew. Hochwürden untertänigst unterwerfe.

1. Es wird leicht sein, an einem Tage alle Prediger zu ergreifen und sie alle auf einmal an einem Platze aufzuhenken, nicht nur der öffentlichen Erbauung, sondern auch der Schönheit des Schauspiels wegen.

2. Alle Väter und Mütter werde ich in ihren Betten umbringen lassen; denn wenn es auf der Straße geschähe, so könnte dadurch einiger Tumult erregt werden; ja, einige könnten sich vielleicht retten, und das muß vor allen Dingen verhütet werden. Diese Exekution ist ein notwendiger Folgesatz aus unsern Grundsätzen. Denn wenn man *einen* Ketzer umbringen muß, wie es so viele große Theologen beweisen, so muß man sie unstreitig alle umbringen.

3. Den Tag darauf werde ich alle Mädchen an gute Katholiken verheiraten, sintemal man den Staat nach dem letzten Kriege nicht zu sehr entvölkern muß. Was aber die Knaben

1 Als dies 1762 geschrieben wurde, war der Jesuitenorden in Frankreich noch nicht aufgehoben worden. Wären die Jesuiten unglücklich gewesen, so würde der Verfasser zuverlässig Achtung gegen sie gezeigt haben. Aber man erinnere sich ein für allemal, daß sie nur verfolgt worden sind, weil sie Verfolger waren. Möchten doch diejenigen vor diesem Beispiele zittern, die, noch intoleranter als die Jesuiten, gern einmal alle ihre Mitbürger, die nicht ihre harten ungereimten Meinungen annehmen, unterdrükken möchten.

von vierzehn und fünfzehn Jahren betrifft, als welche bereits die schädlichen Grundsätze so eingesogen haben, daß man nicht wohl hoffen kann, sie wieder auszurotten, so ist meine Meinung, daß man sie sämtlich ihrer Mannheit beraube, damit diese Zucht sich nicht fortpflanzen könne. Anlangend die jüngern Kinder, so wird man sie in unsern Schulen erziehen und so lange peitschen, bis sie die Werke des Sanchez und Molina auswendig wissen.

4. denke ich, nach meiner unvorgreiflichen Meinung, daß man es mit allen Lutheranern im Elsaß ebenso machen muß, sintemal ich im Jahr 1704 zwei alte Weiber daselbst über die Schlacht bei Hochstädt habe lachen sehen.

5. Was aber die Jansenisten betrifft, so möchte dieser Punkt etwas mehr Schwierigkeiten zu haben scheinen. Ich schätze ihre Anzahl auf wenigstens sechs Millionen. Aber ein Geist, wie ihn Ew. Hochwürden besitzen, wird davor nicht erschrecken. Ich verstehe unter Jansenisten auch alle die Parlamente, die so schändlicher Weise die Freiheiten der gallikanischen Kirche verteidigen. Ew. Hochwürden mögen mit Ihrer gewöhnlichen Klugheit alle Mittel erwägen, um sich diese widerspenstigen Köpfe zu unterwerfen. Die Pulververschwörung hatte nicht den erwünschten Fortgang, weil einer der Verschwornen so unvernünftig war, das Leben seines Freundes retten zu wollen. Da aber Ew. Hochwürden keinen Freund haben, so ist dieses Hindernis nicht zu befürchten, und es wird Ihnen ein Leichtes sein, alle Parlamente des Königreichs mit der Erfindung des Mönchs Schwarz, die man *Pulvis Pyrius* nennt, in die Luft zu sprengen. Nach meinem Überschlage brauchte man, eins ins andre gerechnet, etwa für jedes Parlament sechsunddreißig Tonnen Pulver. Dieses, nach der Zahl der Parlamente mit zwölf multipliziert, macht nicht mehr als vierhundertzweiunddreißig Tonnen, welche, das Stück zu 100 Taler gerechnet, 129.600 Livres kosten würden, eine wahre Kleinigkeit für den hochwürdigen Pater General.

Sind die Parlamente in die Luft gesprengt, so können Ew. Hochwürden die Stellen mit Ihren Kongregatisten besetzen, welche mit den Gesetzen des Landes völlig bekannt sind.

6. Es wird sehr leicht sein, den Kardinal von Noailles zu vergiften, da er ein einfältiger Herr ist, der in niemanden Mißtrauen setzt.

Ew. Hochwürden können sich eben dieses Bekehrungsmittel bei einigen widerspenstigen Bischöfen bedienen. Ihre Bistümer kämen alsdann vermittelst eines päpstlichen Breve in die Hände der Jesuiten, worauf dann alle Bischöfe der Partei der guten Sache zugetan sein und alle Pfarren von diesen Bischöfen schicklich besetzt werden würden. Dies ist ein Vorschlag zu Ew. Hochwürden beliebigem Gebrauch.

7. Da man sagt, daß alle Jansenisten wenigstens um Ostern kommunizieren, so könnte es nicht schaden, wenn man den Hostien ein kleines Pülverchen beimischte, etwa von der Materie, deren man sich bediente, um sich gegen Kaiser Heinrich VII. Gerechtigkeit zu verschaffen. Ein Kritikus könnte mir einwenden, daß man bei dieser Operation Gefahr liefe, auch den Molinisten Rattenpulver zu reichen. Der Einwurf ist stark; aber jedes Projekt zieht von einer Seite üble Folgen nach sich. Wer sich durch kleine Schwierigkeiten abschrecken läßt, kömmt mit nichts zustande. Da es überdem hier darauf ankömmt, das allgemeine Beste nach Vermögen zu besorgen, so muß man keinen Anstoß daran nehmen, wenn dies allgemeine Beste einige böse Folgen mit sich bringt, die gar nicht in Betracht kommen.

Wir haben uns auch nichts vorzuwerfen, da es bewiesen ist, daß alle angeblichen Reformierten sowohl als die Jansenisten zur Hölle verstoßen sind. Wir hassen sie also nur von dem Augenblick an, wo sie in den Besitz derselben eintreten.

Daß den Molinisten das Paradies von Rechts wegen gehört,

ist ebenso klar. Wenn wir ihnen also aus Irrtum und ohne böse Absicht zum Tode verhelfen, so beschleunigen wir nur ihre Freuden. In beiden Fällen sind wir demnach Diener der Vorsehung.

Denjenigen, denen die Anzahl etwas auffallend sein möchte, dürfen Ew. Hochwürden nur väterlichst bemerklich machen, daß von den blühenden Zeiten der Kirche an bis aufs Jahr 1707, d. i. binnen etwa vierzehnhundert Jahren, die Theologie über fünfzehn Millionen Menschen zum Tode befördert hat und daß ich ihrer nicht über sechs Millionen und fünfhunderttausend zu erhenken, zu erstechen und zu vergiften vorschlage.

Man könnte mir einwenden, daß meine Rechnung nicht ganz richtig sei und daß ich gegen die Regul de Tri gesündigt habe. Denn wenn in vierzehnhundert Jahren nicht mehr als fünfzehn Millionen Menschen um der theologischen Distinktionen, Dilemmen und Antidilemmen willen gestorben sind, so macht dies jährlich nur fünfunddreißigtausendsiebenhundertundvierzehn Personen, nebst dem Bruche. Demnach tötete ich sechs Millionen vierundsechzigtausendundfünfundachtzig, nebst dem Bruche, zuviel. Aber in der Tat, diese Schikane ist kindisch, ja, man kann wohl sagen gottlos. Denn rette ich nicht durch mein Verfahren allen Rechtgläubigen das Leben bis ans Ende der Welt? Wenn man alle Einwürfe beantworten wollte, würde man nie fertig. Mit der tiefsten Ehrfurcht verharre ich

Ew. väterlichen Hochwürden
untertänigster, andächtigster
und mildchristlichster
R***
gebürtig aus Angoulême,
Präfekt der Kongregation

Das Projekt wurde nicht ausgeführt, weil der Pater Le Tellier einige Schwierigkeiten dabei fand und überdem seine väterliche Hochwürden das Jahr darauf Landes verwiesen wurde. Aber da man doch das Pro und Contra prüfen muß, so ist es gut zu untersuchen, in welchen Fällen die Vorschläge des Korrespondenten des Paters Le Tellier rechtmäßigerweise zu befolgen sind.

In allen Punkten dies Projekt auszuführen, möchte wohl hart sein; aber man muß doch sehen, bei welcher Gelegenheit man Leute, die nicht unsrer Meinung sind, zu Galgen, Rad und Galeeren verdammen muß. Dies ist der Gegenstand des folgenden Artikels.

18. Einzige Fälle, wo die Intoleranz den menschlichen Rechten gemäss ist

Wenn eine Regierung nicht das Recht haben soll, die Irrtümer der Menschen zu bestrafen, so müssen diese Irrtümer keine Verbrechen sein. Dies sind sie, sobald sie das Wohl der menschlichen Gesellschaft stören. Dieses Wohl stören sie, sobald sie Fanatismus einflößen. Die Menschen müssen also vor allen Dingen keine Fanatiker sein, wenn sie der Toleranz wert sein wollen.

Wenn einige junge Jesuiten, die wohl wissen, daß die Kirche sie verabscheuet und verworfen hat, daß die Jansenisten durch eine Bulle verdammt und gleichfalls verabscheuet und verworfen sind, eins von den Häusern der Väter des Oratoriums in Brand stecken, weil Quesnel, ein Mitglied des Oratoriums, ein Jansenist war, so ist man offenbar genötigt, diese Jesuiten zu bestrafen.

Eben dies ist der Fall, wenn sie schädliche Grundsätze ausbreiten, wenn ihr Orden den Gesetzen des Reichs entgegenläuft. Da kann man nicht umhin, die Gesellschaft zu trennen, um aus den Jesuiten Bürger zu machen. Und ist dies nicht ein eingebildetes Übel und ein wahres Gut für sie? Wo liegt denn das Übel, wenn man ein kurzes Kleid statt einer Soutane trägt und frei ist, statt Sklave zu sein? Man reformiert im Frieden ganze Regimenter, ohne daß sie sich beschweren. Warum machen die Jesuiten so ein gewaltiges Geschrei, daß man sie reformiert, um Frieden zu haben? Wenn die Franziskaner im heiligen Eifer für die heilige Jungfrau Maria die Kirche der Jakobiner zerstören wollen, weil diese glauben, daß Maria mit der Erbsünde geboren ist, so wird man sich genötigt sehen, die Franziskaner auf eine ähnliche Art wie die Jesuiten zu behandeln.

Eben dies gilt von den Lutheranern und Calvinisten. Sie mögen noch soviel sagen: Wir folgen den Regungen unsers Gewissens; es ist besser, Gott gehorchen, als den Menschen; wir sind die wahre Herde; wir müssen die Wölfe ausrotten. Alsdann sind sie offenbar selbst Wölfe.

Eins der auffallendsten Beispiele des Fanatismus hat eine kleine Sekte in Dänemark gegeben, deren Grundsatz der beste von der Welt war. Diese Leute wollten das ewige Heil ihrer Brüder besorgen; aber sie zogen daraus gar seltsame Schlüsse. Sie wußten, daß alle Kinder, die ohne Taufe sterben, verdammt und alle, die unmittelbar nach der Taufe sterben, der ewigen Seligkeit teilhaftig werden. Diesem Grundsatze gemäß brachten sie alle kleinen Knaben und Mädchen ums Leben, die sie nur fassen konnten. Das war ohne Bedenken der größte Dienst, den man den Kindern erzeigen konnte; denn man bewahrte sie dadurch auf einmal vor der Sünde, den Plagen des Lebens und der Hölle und schickte sie unmittelbar in den Himmel. Aber diese christlichen Leute bedachten nicht, daß es unerlaubt ist, um des größten Guten willen das kleinste Böse zu tun, daß sie an dem Leben dieser Kinder gar kein Recht hatten, daß die meisten Väter und Mütter fleischlich genug gesinnt sind, ihre Söhne und Töchter lieber bei sich zu sehen, als sie töten zu lassen, damit sie in dem Himmel kommen, und daß, kurz davon zu reden, die Obrigkeit den Mord bestrafen muß, er mag noch so gut gemeint sein.

Die Juden könnten wohl mehr als sonst jemand das Recht zu haben scheinen, uns zu bestehlen und umzubringen. Denn ohnerachtet es im Alten Testament hundert Beispiele von Toleranz gibt, so gibt es darin nicht minder Beispiele und Gesetze, die Strenge verraten. Gott hat ihnen zu wiederholten Malen befohlen, alle Götzendiener umzubringen und nur der erwachsenen Mädchen zu schonen. Wir sind Götzendiener in ihren Augen, und ohngeachtet wir sie itzt dulden, so könnten sie doch wohl, wenn sie unsre Herren würden, nur unsre Töchter leben lassen.
Vorzüglich möchten sie wohl gehalten sein, alle Türken ohne Ausnahme umzubringen; denn die Türken besitzen die Länder der Hethiter, Intusiter, Amoriter, Jerseniter, Horiter, Arakiter, Keniter, Hemathiter und Samariter. Alle diese Völker lagen unter dem Fluche. Ihr Land, das über fünfundzwanzig Meilen lang war, wurde den Juden durch mehrere bündige Verträge gegeben. Sie müssen ihr Eigentum wieder haben. Die Mohamedaner sind seit länger als tausend Jahren in unrechtmäßigem Besitz desselben.
Wenn die Juden itzt so räsonnierten, so wäre die einzige Antwort, die man ihnen geben müßte, daß man sie auf die Galeeren schickte.
Dies sind etwa die Fälle, wo die Intoleranz vernünftig scheint.

19. Bericht von einer Religionsstreitigkeit in China

In den ersten Regierungsjahren des großen Kaisers Ram-Hi hörte ein Mandarin in der Stadt Kanton in einem benachbarten Hause einen gewaltigen Lärm. Er erkundigte sich, ob man etwa jemand umbrächte, und vernahm, daß ein Almosenier von der Dänischen Kompagnie, ein Kapellan aus Batavia und ein Jesuit miteinander disputierten. Er ließ sie

zu sich kommen, setzte ihnen Tee und Gebacknes vor und fragte sie, was sie eigentlich vorhätten.
Es tut mir sehr weh, antwortete der Jesuit, daß ich, da ich stets recht habe, mich mit Leuten abgeben muß, die immer unrecht haben. Anfangs argumentierte ich mit der größten Fassung, aber am Ende riß mir die Geduld.
Der Mandarin gab ihnen mit der möglichsten Diskretion zu verstehen, wie notwendig die Feinheit beim Disputieren sei; sagte, daß man in China nie böse gegeneinander würde, und fragte noch einmal, wovon denn eigentlich die Rede wäre.
Hochgeehrter Herr, antwortete der Jesuit, ich will Sie selbst richten lassen. Diese beiden Herren weigern sich, den Entscheidungen des tridentinischen Konziliums sich zu unterwerfen.
Das wundert mich, sagte der Mandarin. Drauf wandte er sich zu den beiden andern und sagte: Meine Herren, für die Meinungen einer großen Versammlung müßtet Ihr doch, wie es mir vorkömmt, Achtung hegen. Ich weiß nicht, was das tridentinische Konzilium ist, aber mehrere sind doch immer besser unterrichtet als Einer. Niemand muß glauben, daß er mehr weiß als alle andre Menschen und daß die Vernunft allein in seinem Kopfe wohnt. So lehrt unser großer Konfuzius, und wenn ihr mir folgen wollt, so tut ihr immer gut, dies auf das tridentinische Konzilium anzuwenden.
Der Däne nahm darauf das Wort und sagte: Hochgeehrter Herr, Sie reden höchst vernünftig und weise. Wir haben, wie sich's gebührt, Achtung vor großen Versammlungen, die vor der tridentinischen gehalten worden sind.
Oh, erwiderte der Mandarin, wenn dem also ist, so bitte ich euch um Verzeihung, so könnt ihr doch wohl Recht haben. Nun dann, Ihr und der Holländer stimmt also überein gegen den armen Jesuiten?
Im mindesten nicht, sagt der Holländer. Dieser Mann hat

Meinungen, die noch weit ungeheurer sind als die Meinungen des Jesuiten hier, der bei Ihnen den Sanften spielt. Es ist nicht möglich, dabei auszuhalten.
Ich verstehe euch nicht, antwortete der Mandarin. Seid ihr nicht alle drei Christen? Kommt ihr nicht alle drei her, um das Christentum in unserm Reiche zu lehren? Müßt ihr folglich nicht einerlei Dogmen haben?
Sie sehen, hochgeehrter Herr, erwiderte der Jesuit, diese beiden Leute sind unter sich geschworne Feinde und disputieren beide gegen mich. Das beweist offenbar, daß sie unrecht haben und daß das Recht allein auf meiner Seite ist.
Noch nicht so offenbar, fiel der Mandarin ein. Es ist noch ein möglicher Fall übrig, daß ihr alle drei Unrecht habt. Ich bin neugierig, euch einen nach dem andern zu hören.
Der Jesuit hielt darauf eine lange Rede, während welcher der Däne und der Holländer die Achseln zuckten. Der Mandarin begriff kein Wort davon. Der Däne sprach auch, als die Reihe an ihn kam; beide Gegner sahen einander mitleidig an; und der Mandarin verstand ebensowenig davon. Mit dem Holländer ging's ebenso. Endlich sprachen sie alle drei zugleich und sagten einander grobe Beleidigungen. Der gute Mandarin hatte Mühe, sie zum Schweigen zu bringen, und entließ sie mit folgenden Worten: Wenn ihr wollt, daß man eure Lehre hier dulden soll, so seid selbst erst verträglich und erträglich.
Beim Weggehen aus der Audienz begegnete der Jesuit einem jakobinischen Missionär, sagte ihm, daß er einen Streit gewonnen habe und daß die Wahrheit immer oben bleibe.
Wenn ich dabei gewesen wäre, solltet ihr ihn nicht gewonnen haben, erwiderte der Jakobiner. Ich würde euch der Lügen und der Abgötterei überführt haben.
Der Streit wurde hitzig. Der Jesuit und der Jakobiner gerieten sich in die Haare. Der Mandarin, dem der Skandal gemeldet wurde, ließ sie beide beistecken.

Wie lange wollen denn, sagte ein Untermandarin zum Richter, Ew. Exzellenz diese Leute im Arreste sitzen lassen? Bis sie eins werden, antwortete der Mandarin. Ach, sagte der Untermandarin, so müssen sie zeitlebens im Gefängnisse bleiben. Nun, dann, sagte der Richter, bis sie einander verzeihen. Das wird nie geschehen, antwortete jener; ich kenne sie. Nun, sagte der Mandarin, so mögen sie sitzen, bis sie tun, als ob sie einander verzeihen.

20. Ist es gut, ein Volk im Aberglauben zu unterhalten?

Die Schwachheit und Verkehrtheit des menschlichen Geschlechts ist so groß, daß es unstreitig besser für uns ist, allem möglichen Aberglauben, wenn er nur nicht blutdürstig ist, zu frönen, als ohne Religion zu leben. Der Mensch bedarf stets eines Zügels, und so lächerlich es auch war, den Faunen, Sylvanen und Najaden zu opfern, so war es doch immer vernünftiger und nützlicher, diese phantastischen Bilder der Gottheit anzubeten, als sich in Atheismus zu stürzen. Ein Atheist, der mit Ungestüm und Gewalt räsonniert, ist nicht minder eine Geißel der menschlichen Gesellschaft als ein blutdürstiger Sklav des Aberglaubens.
Wenn die Menschen keine gesunden Begriffe von der Gottheit haben, so haben sie falsche, so wie man in üblen Zeiten mit schlechtem Gelde bezahlt, weil man kein gutes hat. Der Heide scheute sich, ein Verbrechen zu begehen, um nicht von seinen falschen Göttern bestraft zu werden. Der Malabar fürchtet sich vor seinem Pagoden. Überall, wo es eine bürgerliche Gesellschaft gibt, ist Religion unentbehrliches Bedürfnis. Die Gesetze wachen über die bekannten, die Religion wacht über die geheimen Verbrechen.
Aber wenn einmal die Menschen dahin gekommen sind, eine reine und heilige Nation zu besitzen, dann ist der Aber-

glaube nicht nur unnütz, sondern sogar gefährlich. Man muß nicht diejenigen mit Eicheln zu nähren suchen, die Gott selbst mit Brot nährt.

Der Aberglaube verhält sich zur Religion wie die Astrologie zur Astronomie. Er ist der unvernünftige Sohn einer sehr vernünftigen Mutter. Astrologie und Aberglaube haben lange Zeit den ganzen Erdboden beherrscht.

Als es in unsern barbarischen Zeiten kaum zwei Lehnsherren gab, die ein Neues Testament im Vermögen hatten, da war es wohl verzeihlich, wenn man den großen Haufen, das heißt diese Lehnsherren und ihre schwachköpfigen Weiber und ihre dummen Vasallen mit Fabeln unterhielt. Man machte ihnen weis, daß der große St. Christoph das Jesuskind von einem Ufer des Flusses bis zum andern getragen habe. Man fütterte sie mit Geschichten von Hexen und Besessenen. Sie glaubten sehr gern, daß die heil. Genoveva die Gicht und die heil. Klara die Augenkrankheiten kuriere. Die Kinder glaubten an den Werwolf und die Ältern an den Strick des heil. Franziskus. Die Menge der Reliquien war unzählbar.

Der Rost von allem diesen Aberglauben hat sich bei manchen Völkern selbst nach der Läuterung der Religion noch nicht abgeschliffen. Es ist bekannt, daß die ganze Stadt Châlons ihren Bischof, den Herrn von Noailles, verklagte, weil er ihre angeblichen Reliquien, den Nabel des Jesuskindes, wegnehmen und ins Feuer werfen ließ. Aber dieser Mann besaß soviel Mut als Frömmigkeit. Er brachte es dahin, daß man Christum im Geist und in der Wahrheit anbeten kann, ohne seinen Nabel in der Kirche zu haben.

Die sogenannten Jansenisten haben nicht wenig dazu beigetragen, die meisten falschen Ideen, die die christliche Religion entehrten, unvermerkt auszurotten. Man glaubte nicht mehr, daß man nur dreißig Tage hindurch das Ave Maria zu beten brauchte, um alles zu erhalten, was man wünschte und um ungestraft sündigen zu können.

Die Bürgerschaft fängt an zu glauben, daß es nicht die hl. Genoveva ist, die Regen bringt und zurückhält, sondern daß Gott selbst über die Elemente gebietet. Die Mönche wundern sich, daß ihre Heiligen gar keine Wunder mehr tun wollen; und wenn die Lebensbeschreiber des hl. Franziskus itzt wieder auflebten, so würden sie es nicht wagen, der Welt zu erzählen, daß dieser Heilige neun Tote auferweckt, zu gleicher Zeit sich zu Wasser und zu Lande befunden und sein Kruzifix ins Meer habe fallen lassen, worauf es ihm ein großer Krebs wiedergebracht habe.
Ebenso steht es mit den Exkommunikationen. Unsre Geschichtschreiber erzählen uns, daß das Gesinde des Königs Robert, der vom Papste Gregor V. exkommuniziert worden war, weil er die Prinzessin Bertha, seine Gevatterin, geheiratet hatte, das für den König aufgetragene Essen zum Fenster hinauswarf und daß die Königin zur Strafe für diese blutschänderische Ehe mit einer Gans niederkam. Wenn heutigentages ein König von Frankreich exkommuniziert würde, so ist sehr zu bezweifeln, daß sein Haushofmeister sein Essen aus dem Fenster werfen und daß die Königin mit einer Gans in die Woche kommen würde.
Wenn es im Winkel irgendeiner Vorstadt einige Konvulsionärs gibt, so ist dies eine schmutzige Krankheit, die nur den niedrigsten Pöbel angreift. Die Vernunft dringt in Frankreich täglich weiter vor, sowohl in den Kaufmannsläden als den Häusern der Großen, und die Früchte dieser Vernunft muß man so lange pflegen, bis es unmöglich ist, ihr fortdauerndes Wachstum wieder zu verhindern. Seitdem Frankreich durch die Pascal, Nicole, Arnaud, Bossuet, Descartes, Gassendi, Bayle, Fontenelle usw. aufgeklärt worden ist, läßt es sich nicht mehr auf eben dem Fuß regieren als zu den Zeiten der Garnasse und Menot.
Wenn die Irrlehrer, die großen Irrlehrer, mein' ich, die man so lange Zeit dafür bezahlt und geehrt hat, daß sie die menschliche Natur zur tierischen erniedrigten, itzt anfan-

gen zu glauben, daß das Korn verfaulen muß, um zu keimen, daß die Erde unbeweglich auf ihrem Grunde stehe und sich nicht um die Sonne dreht, daß Ebbe und Flut keine natürlichen Folgen der Schwerkraft sind, daß der Regenbogen nicht durch die Brechung der Lichtstrahlen gebildet wird, so möchten sie sich immerhin auf mißverstandne Schriftsteller gründen, um ihren Befehlen Nachdruck zu geben. Aufgeklärte Menschen würden sie ansehen wie – darf ich sagen: Tiere? Oder ist der Ausdruck zu hart? Und wenn diese weisen Lehrer Gewalt und Verfolgung zu Hülfe nähmen, um ihre unverschämte Unwissenheit herrschend zu machen, wird dann der Name wilde Tiere bei ihnen übel angebracht sein?

Je mehr man die abergläubischen Gaukeleien der Mönche verachtet, desto mehr ehrt man die Bischöfe und achtet die Pfarrer.

Aber ist nicht von allem Aberglauben derjenige am gefährlichsten, der seinen Nächsten um Meinungen hassen lehrt? Ist es nicht unendlich vernünftiger, den heiligen Nabel, die heilige Vorhaut und die Milch und den Rock der heiligen Jungfrau anzubeten, als seinen Bruder zu verabscheuen und zu verfolgen?

21. Tugend ist mehr wert als Wissenschaft

Je weniger Dogmen, desto weniger Streitigkeiten. Je weniger Streitigkeiten, desto weniger Unglück. Wenn das nicht wahr ist, so will ich unrecht haben.

Die Religion ist bestimmt, uns in diesem und jenem Leben glücklich zu machen. Und was hat man zu tun, um in jenem Leben glücklich zu sein? Man muß gerecht sein in diesem. Es wäre die höchste Torheit, alle Menschen dahin bringen zu wollen, daß sie über metaphysische Fragen auf gleiche Art dächten. Leichter ist's, den ganzen Erdboden mit den

Waffen in der Hand zu erobern, als sich die Köpfe einer einzigen Stadt unterwürfig zu machen.

Euklides kam leicht damit zustande, alle Menschen von seinen geometrischen Wahrheiten zu überzeugen. Warum? Weil sie sämtlich Folgesätze sind aus dem kleinen Axiom: *Zweimal zwei macht vier.* So steht es nicht ganz mit dem Gewirr der Metaphysik und Theologie.

Als der Bischof Alexander und der Priester Arius anfingen, über die Art und Weise, wie der Sohn vom Vater ausgegangen sei, zu disputieren, schrieb ihnen der Kaiser Konstantin gleich zu Anfang folgende uns vom Eusebius und Sokrates aufbehaltenen Worte: »Ihr seid große Toren, wenn ihr über Dinge disputiert, die ihr nicht verstehen könnt.«

Wären beide Parteien vernünftig genug gewesen, dem Kaiser rechtzugeben, so wäre die christliche Welt nicht dreihundert Jahre hindurch mit Blut befleckt worden.

Was kann man auch in der Tat den Menschen Närrischeres und Schrecklicheres sagen als dieses: »Lieber Freund! Es ist nicht genug, daß ihr getreue Untertanen, gehorsame Kinder, zärtliche Väter, billige Nachbarn seid. Es ist nicht genug, daß ihr alle Tugenden ausübt, die Freundschaft hoch haltet, die Undankbarkeit flieht und Jesum Christum in Frieden anbetet. Ihr müßt auch wissen, wie er von Ewigkeit her gezeugt ist; und wenn ihr nicht das *Omousion* oder die Gleichheit in der Hypostasis oder Persönlichkeit zu unterscheiden wißt, so werdet ihr ewig verbrannt werden. Unterdes wollen wir den Anfang damit machen, daß wir euch umbringen.«

Wenn man einem Archimedes, Posidonius, Varro, Cato und Cicero eine solche Entscheidung vorgelegt hätte: was würden sie wohl geantwortet haben?

Konstantin beharrte nicht bei seinem Entschlusse, beiden Parteien Stillschweigen aufzuerlegen. Er hätte die Häupter des Ergotismus können zu sich in seinen Palast kommen lassen. Er konnte fragen, wer ihnen das Recht gegeben habe,

die Welt in Gärung zu bringen. »Habt ihr die Geschlechtsregister der göttlichen Familie? Was geht es euch an, ob der Logos geschaffen oder gezeugt ist? Genug, wenn man ihm getreu ist, eine gute Moral predigt und sie nach Vermögen ausübt. Ich habe viele Fehler in meinem Leben begangen, und ihr gleichfalls. Ihr seid ehrgeizig, und ich bin es auch. Die Herrschaft hat mich Schurkereien und Grausamkeiten gekostet. Ich habe fast alle meine Verwandten umgebracht. Aber ich bereue es. Ich will meine Sünden dadurch wieder gut machen, daß ich die Ruhe des Reichs wieder herstelle. Hindert mich nicht, das einzige Gute zu tun, was ich kann, um meine vorigen Grausamkeiten in Vergessenheit zu bringen, und helft mir, meine Tage in Frieden zu beschließen.«
Doch vielleicht hätte er gegen die disputiersüchtigen Priester nichts ausgerichtet. Vielleicht schmeichelte es ihm, im langen roten Gewande, den Kopf mit Edelgesteinen belastet, bei einem Konzilium zu präsidieren. Indes eröffnete dieser Auftritt allen Plagen die Tür, die von Asien aus den Okzident überschwemmten. Aus jedem bestrittenen Vers entstand eine Furie mit Dolch und Sophisma bewaffnet, die alle Menschen unsinnig und grausam machte. Die Hunnen, Heruler, Gothen und Vandalen, die dazukamen, taten bei weitem nicht soviel Böses, und das Ärgste, was sie taten, war, daß sie sich zuletzt selbst in die unseligen Streitigkeiten einließen.

22. Allgemeine Toleranz

Es bedarf keiner großen Kunst, keiner gesuchten Beredsamkeit, um zu beweisen, daß die Christen einander zu dulden schuldig sind. Ich gehe weiter; ich sage, man muß alle Menschen wie seine Brüder ansehen. – Wie, der Türke mein Bruder? der Chineser, der Jude, der Siameser mein Bruder? – Ja,

zuverlässig. Denn sind wir nicht alle Kinder *eines* Vaters? Hat uns nicht *ein* Gott erschaffen?
Aber diese Völker verachten uns! Sie behandeln uns wie Abgötter! Gut; ich will ihnen sagen, daß sie daran höchst unrecht tun. Mich dünkt doch, ich würde die stolze Halsstarrigkeit eines Iman oder Talopoin ziemlich aus der Fassung bringen, wenn ich etwa so zu ihm redete:
»Dieser kleine Erdball, der nicht mehr als ein Punkt ist, dreht sich im Raume so gut als andre Weltkugeln. Wir verlieren uns in dieser Unermeßlichkeit. Der etwa fünf Schuh hohe Mensch ist gewiß eine Kleinigkeit in der Schöpfung. Eins dieser kleinen unmerklichen Wesen redete einmal einige seiner Nachbarn in Arabien oder auf der Küste der Kaffern folgendergestalt an: ›Hört mir zu, denn der Schöpfer aller dieser Welten hat mich erleuchtet. Es gibt neunhundert Millionen kleiner Ameisen wie wir auf der Erde; aber Gott liebt nur meinen Ameisenhaufen; alle andern sind ihm von Ewigkeit her ein Greuel. Mein Ameisenhaufen allein wird glücklich und alle übrigen werden ewig unglücklich sein.‹«
Hier wird man mich sogleich unterbrechen und fragen, wer der Narr gewesen ist, der so unvernünftig Zeug geredet hat. Und ich werde mich genötigt sehen, ihnen zu antworten: »Ihr selbst.« Ich werde dann sie wieder zu besänftigen suchen; aber dies wird schwer halten.
Itzt werde ich mich zu den Christen wenden und zum Beispiel zu einem Pater Inquisitor aus dem Dominikanerorden etwa so reden: »Lieber Bruder, du weißt, daß jede Provinz in Italien ihre eigene Sprache hat und daß man zu Venedig und Bergamo nicht spricht wie zu Florenz. Die Akademie della crusca hat der Sprache Bestimmtheit gegeben. Ihr Wörterbuch ist eine Richtschnur, von der man sich nicht entfernen, und die Grammatik des Buon Mattei ein Führer, dem man folgen muß. Aber glaubst du wohl, daß der Konsul der Akademien oder in seiner Abwesenheit Buon Mattei

allen Venezianern und Bergamasken, die auf ihrem platten Dialekt beharrten, auf ihr Gewissen hätten die Zungen abschneiden können?«

Der Inquisitor wird mir antworten: »Das ist eine ganz andre Sache. Da ist die Rede nicht vom Heil eurer Seele. Es geschieht zu eurem Besten, daß das Direktorium der Inquisition euch ergreifen läßt auf die Angabe eines einzigen Menschen, sollte er auch infam und vor Gericht verwerflich sein; daß ihr keinen Advokaten erhaltet, euch zu verteidigen; daß euch nicht einmal der Name eures Anklägers bekannt wird; daß der Inquisitor euch Gnade verspricht und darauf verdammt; daß er euch die fünf Grade der Tortur geben läßt; daß ihr darauf gepeitscht, auf die Galeeren geschickt oder feierlich verbrannt werdet. Darüber sind der Vater Ivonet, der Doktor Cuchalon, Zanchinus, Campegius, Roias, Felynus, Gomarus, Diabarus eins, und dieser fromme Gebrauch leidet keinen Widerspruch.«

Ich würde mir die Freiheit nehmen, ihm darauf zu erwidern: »Lieber Bruder, du kannst recht haben. Ich bin überzeugt, daß du mir Gutes erweisen willst. Aber kann meine Seele nicht ohne das gerettet werden?« Freilich wird die Erde nicht täglich von diesen ungereimten Greueln befleckt; aber sie geschehen doch häufig, und man könnte ein Buch darüber schreiben, das größer wäre als die Evangelien, die sie mißbilligen. Es ist nicht nur grausam, in diesem kurzen Leben diejenigen zu verfolgen, die anders denken als wir, sondern auch, wie es scheint, sehr kühn, sie für ewig verdammt zu erklären. Mich dünkt, Atome eines Augenblicks wie wir sollen nicht so den Urteilen Gottes vorgreifen. Ich bin weit entfernt, die Lehre der Kirche: »Außer der Kirche ist keine Seligkeit« zu bestreiten. Ich habe Achtung davor wie vor allem, was sie lehrt. Aber kennt ihr denn alle Wege Gottes und den ganzen Umfang seiner Barmherzigkeit? Ist es nicht ebenso erlaubt, zu ihm zu hoffen, als ihn zu fürchten? Ist es nicht genug, der Kirche getreu zu bleiben? Muß ein einzelner Mensch die Rechte der Gottheit an sich reißen und noch eher als sie das ewige Schicksal aller Menschen entscheiden?

Wenn wir über einen König von Schweden, Dänemark, England und Preußen Trauer anlegen, sagen wir dann, daß wir um einen Verworfnen trauern, der ewig in der Hölle bratet? In Europa wohnen vierzig Millionen Menschen, die nicht zur römischen Kirche gehören. Sollen wir zu jedem derselben sagen: »Herr, weil ihr doch unausbleiblich verdammt werdet, so mag ich mit euch weder essen, noch trinken, noch handeln, noch umgehen«?

Welcher französische Gesandte, der dem Großsultan vorgestellt wird, wird im Grunde seines Herzens denken: Seine Hoheit wird die Ewigkeit hindurch unausbleiblich verbrannt werden, weil sie sich der Beschneidung unterworfen hat? Glaubt er in der Tat, daß der Großsultan ein tödlicher Feind Gottes und der Gegenstand seiner Rache ist, wie kann er dann mit ihm reden? Hätte man ihn dann zu dem Sultan schicken müssen? Wie kann man denn mit solch einem Menschen etwas zu tun haben? Welche Pflicht des bürgerlichen Lebens kann man gegen ihn erfüllen, wenn man fest überzeugt ist, daß man mit einem Verworfnen zu tun hat?

O ihr Sektierer, die ihr einen gnädigen Gott anbetet! Wenn euer Herz grausam gewesen ist; wenn ihr den verehrt, dessen ganzes Gesetz in diesen Worten besteht: »Liebe Gott und deinen Nächsten«, und dieses reine, heilige Gesetz mit Sophismen und unverständlichen Zänkereien belastet habt; wenn ihr bald um eines Worts, bald um eines einzigen Buchstabens willen die Fackel der Zwietracht angezündet; wenn ihr mit der Auslassung einiger Worte, einiger Zeremonien, die andre Völker nicht kennen konnten, ewige Strafen verknüpft habt: so werd' ich mit Tränen, die ich der Menschheit weihe, zu euch sagen:

»Versetzt euch mit mir an jenen Tag, wo Gott alle Men-

schen richten wird, einen jeden nach seinen Werken. Ich sehe die Toten der Vorzeit und unserer Zeit vor ihm erscheinen. Seid ihr versichert, daß unser Schöpfer, unser Vater zu dem weisen und tugendhaften Konfuzius, zum Gesetzgeber Solon, zu Pythagoras, Zaleukus, Sokrates, Plato, zu den göttlichen Antoninen, zum guten Trajan, zu Titus, dem Wohlgefallen des menschlichen Geschlechts, zu Epiktet, zu so vielen andern, die Muster der Menschheit gewesen sind, sagen wird: Fort, ihr Ungeheuer! Geht hin in ewige, an Dauer und Stärke unendliche Strafen! Eure Qual sei ewig wie ich bin! Und ihr, meine Geliebten, Jean Châtel, Ravaillac, Damiens, Cartouche usf., die ihr nach vorgeschriebnen Formeln gestorben seid, kommt her zu meiner Rechten und nehmt teil an meinem Reich und an meiner Seligkeit!«
Ihr schaudert zurück vor diesen Worten; und nachdem sie mir entwischt sind, hab' ich euch nichts mehr zu sagen.

23. Gebet

Nicht mehr zu den Menschen, zu Dir wende ich mich, Gott aller Wesen und aller Zeiten! Wenn es schwachen Geschöpfen, die sich im Unermeßlichen verlieren und von dem übrigen Teile des Weltalls nicht einmal bemerkt werden, erlaubt ist, Dich um etwas zu bitten, Dich, der Du alles gegeben hast, Dich, dessen Gesetze unwandelbar sind und ewig: siehe mitleidsvoll herab auf die Irrtümer unsrer Natur! Laß diese Irrtümer nicht unser Elend werden! Du gabst uns nicht ein Herz, daß wir einander hassen, nicht Hände, daß wir einander erwürgen sollten. Gib, daß wir einander helfen, die Last des kurzen, flüchtigen Lebens zu tragen; daß kleine Verschiedenheiten unter den Bedeckungen unsrer schwachen Körper, unter unsern unvollständigen Sprachen, unter unsern lächerlichen Gebräuchen, unsern mangelhaften Gesetzen, unsern törichten Meinungen, unter allen in unsern

Augen so getrennten und vor Dir so gleichen Ständen, daß alle diese kleinen Abweichungen der Atome, die sich Menschen nennen, nicht Losungszeichen des Hasses und der Verfolgung werden! Gib, daß diejenigen, die am hellen Mittage Wachslichter anzünden, um Dich zu ehren, diejenigen ertragen, die mit dem Licht Deiner Sonne zufrieden sind; daß diejenigen, die ihr Kleid mit einer weißen Leinwand bedecken, um zu sagen, daß man Dich lieben muß, diejenigen nicht verabscheuen, die eben dasselbe unter einem Mantel von schwarzer Wolle sagen; daß es einerlei sei, ob man in einer nach einer alten Sprache gebildeten oder in einer neuern Reihe von Worten zu Dir betet! Gib, daß die, deren Kleid rot oder violett gefärbt ist und die über ein kleines Teilchen eines kleinen Haufens dieses Staubkorns herrschen, und die einige abgerundete Stückchen von einem gewissen Metall besitzen, ohne Stolz dessen, was sie Größe und Reichtum nennen, genießen und daß die andern sie nicht beneiden! Denn Du weißt, daß es unter den Eitelkeiten dieses Lebens nichts gibt, was verdiente, einander darum zu beneiden und stolz darauf zu sein.

Möchten doch alle Menschen sich erinnern, daß sie Brüder sind! Möchten sie doch alle Tyrannei über die Seele ebenso wie den Straßenraub verabscheuen, der ihnen die Früchte ihrer Arbeit und ihres ruhigen Fleißes nimmt! Wenn die Plagen des Krieges unvermeidlich sind, so laß uns doch im Schoße des Friedens einander nicht hassen und zerreißen! Laß uns den Augenblick unsers Daseins anwenden, auf gleiche Weise, in tausend andern, verschiednen Sprachen, von Siam bis Kalifornien Deine Güte zu preisen, die uns diesen Augenblick gegeben hat!

Während ich an diesem Werk arbeitete, in der einzigen Absicht, die Menschen mitfühlender und sanftmütiger zu machen, schrieb ein anderer Mann in einer ganz entgegengesetzten Absicht, denn jeder hat seine eigene Meinung. Dieser Mann ließ einen kleinen Kodex der Verfolgung drucken, mit dem Titel: *Die Übereinstimmung der Religion mit der Humanität.* (Dies ist ein Druckfehler, lies: *der Inhumanität.*)

Der Autor dieser heiligen Schmähschrift stützt sich auf den heiligen Augustinus, der, nachdem er zunächst Sanftmut gepredigt hatte, schließlich die Verfolgung lehrte, denn er war dann ja auch der Stärkere und wechselte oft seine Ansicht. Er zitiert den Bischof von Meaux, der den berühmten Fénelon, den Erzbischof von Cambrai, für die Schuld verfolgte, daß er hatte drucken lassen, Gott sei es wert, daß man ihn um seiner selbst willen liebe.

Ich gebe zu, Bossuet war ein eloquenter Mann; der Bischof von Hippo war zwar zuweilen inkonsequent, aber doch beredter als die übrigen Afrikaner, auch das gebe ich zu; aber ich erlaube mir doch, dem Autor jenes heiligen Büchleins mit Armande in den *Gelehrten Frauen* zu sagen:

> »Wählst du ein Vorbild dir, so hat das zu bedeuten,
> daß du dich hältst allein an seine guten Seiten.«

Zu dem Bischof von Hippo würde ich sagen: »Hochwürdigster Herr, Sie haben Ihre Ansicht geändert. Erlauben Sie mir, Ihrer ersten zu folgen, denn ich halte sie in der Tat für die bessere.«

Zu dem Bischof von Meaux würde ich sagen: »Hochwürden, Sie sind ein großer Mann, ich finde Sie mindestens so gelehrt wie den heiligen Augustinus und weitaus beredter. Aber warum quälen Sie so sehr Ihren Amtsbruder, der in einer anderen Art ebenso eloquent ist wie Sie und außerdem liebenswürdiger?« Der Autor der heiligen Flugschrift über die Inhumanität ist weder ein Bossuet noch ein Augustinus. Mir erscheint er ganz befähigt, einen hervorragenden Inquisitor abzugeben. Ich wünschte, er wäre in Goa an der Spitze dieses schönen Gerichtshofes. Außerdem ist er ein Staatsmann, der große politische Grundsätze entfaltet. »Gibt es bei euch viele Ketzer«, so sagt er, »so behandelt sie schonend, überzeugt sie. Gibt es aber nur eine kleine Zahl, so setzt Galgen und Galeere in Gebrauch, und ihr werdet euch dann sehr wohl befinden.« Diesen Rat gibt er auf Seite 89 und 90.

Gottlob bin ich ein guter Katholik; ich habe gar nicht zu befürchten, was die Hugenotten das Martyrium nennen; aber wenn dieser Mensch jemals Premierminister werden sollte, wie er sich in seiner Schrift zu schmeicheln scheint, dann kündige ich ihm hiermit an, daß ich an dem Tage nach England aufbreche, an dem er seine Ernennungsurkunde erhält. Einstweilen kann ich nur der Vorsehung dafür danken, daß sie Leute seiner Art stets schlechte Denker sein läßt. Er geht so weit, Bayle unter die Parteigänger der Intoleranz zu rechnen: das ist verständig und geschickt. Und daraus, daß Bayle einräumt, man müsse Aufrührer und Schurken bestrafen, schließt unser Mann, daß ehrliche und friedliche Leute mit Feuer und Schwert verfolgt werden müßten.

Sein Buch ist fast gänzlich der *Apologie der Bartholomäusnacht* nachempfunden. Es ist derselbe Autor oder sein Echo. Im einen wie im andern Falle ist zu hoffen, daß weder der Meister noch der Schüler jemals den Staat regieren werden. Aber wenn es doch geschehen sollte, daß sie dessen Herren werden, dann reiche ich ihnen aus der Ferne dies Gesuch aus Anlaß zweier Zeilen der heiligen Schmähschrift ein: »Darf man dem Glück des zwanzigsten Teils der Nation das Glück der ganzen Nation aufopfern?«

In der Tat, angenommen, daß in Frankreich zwanzig römische Katholiken auf einen Hugenotten kommen, so behaupte ich doch nicht, daß der Hugenotte die zwanzig Katholiken auffrißt; aber warum sollten umgekehrt zwanzig Katholiken jenen einen Hugenotten fressen, und warum sollte man den Hugenotten daran hindern zu heiraten? Gibt es nicht Bischöfe, Äbte, Mönche, die in der Dauphiné, im Gévaudan, um Agde, um Carcassonne Land besitzen? Haben diese Bischöfe, Äbte, Mönche nicht Pächter, die unglücklicherweise nicht an die Transsubstantiation glauben? Liegt es nicht im Interesse jener Bischöfe, Äbte, Mönche und auch der Öffentlichkeit, daß diese Pächter zahlreiche Familien haben? Soll es nur Leuten, die auf eine einzige Weise zur Kommunion gehen, erlaubt sein, Kinder zu haben? Das ist wahrlich weder gerecht noch anständig.

»Die Aufhebung des Edikts von Nantes hat durchaus nicht so viele Unzuträglichkeiten hervorgebracht, wie man ihr zuschreibt«, sagt der Autor.

Gewiß, wenn man ihr mehr zuschreibt, als sie hervorgebracht hat, so übertreibt man, und der Fehler fast aller Geschichtsschreiber ist die Übertreibung; aber es ist auch der Fehler aller Glaubensstreiter, alles Übel, das man ihnen vorwirft, auf ein Nichts herabzusetzen. Vertrauen wir in dieser Sache weder den Doktoren von Paris noch den Predigern von Amsterdam.

Nehmen wir den Herrn Grafen von Avaux zum Richter, der von 1685 bis 1688 Botschafter in Holland war. Er sagt, daß ein einziger Mann ihm angeboten habe zu beweisen, daß die Verfolgten zwanzig Millionen aus Frankreich fortgeschafft haben. Ludwig XIV. antwortet Herrn d'Avaux: »Die Hinweise, die ich jeden Tag über eine unendliche Zahl von Konversionen erhalte, lassen mich nicht mehr daran zweifeln, daß auch die Hartnäckigsten dem Beispiel der anderen folgen werden.«

Man sieht durch diesen Brief Ludwigs XIV., daß er sehr guten Glaubens über den Umfang seiner Macht war. Man sagt zu ihm jeden Morgen: »Majestät, Sie sind der größte König des Universums; das ganze Universum wird sich die

Ehre geben, so zu denken wie Sie, sobald Sie gesprochen haben.« Pellisson, der sich im Amt des ersten Finanzverwalters bereichert hat; Pellisson, der als Komplize Fouquets drei Jahre in der Bastille war; Pellisson, der erst als Calvinist Diakon und Pfründenbesitzer geworden war, der dann Gebete für die Messe und galante Gedichte an Iris veröffentlichte, der die Stelle eines Verwalters und Bekehrers erhalten hatte, – dieser Pellisson, sage ich, legte alle drei Monate eine große Liste von Abschwörungen vor, die jede mit sieben oder acht Talern bezahlt wurde. Er machte seinen König glauben, daß er alle Türken zum selben Preis bekehren würde, wenn er nur wollte. Man gab sich Mühe, ihn hinters Licht zu führen: Konnte er einer solchen Versuchung widerstehen?

Indessen meldet dieser selbe Herr d'Avaux dem König, daß ein gewisser Vincent in der Gegend von Angoulême mehr als fünfhundert Arbeiter beschäftigt und daß dessen Auswanderung Schaden verursachen werde (Band V, S. 194). Derselbe Herr d'Avaux spricht von zwei Regimentern, die der Prinz von Oranien bereits durch geflohene französische Offiziere hat ausheben lassen; er spricht auch von Matrosen, die von drei Schiffen dersertiert sind, um auf denen des Prinzen von Oranien Dienst zu tun. Außer diesen beiden Regimentern bildet der Prinz von Oranien noch eine Kadettenkompanie aus Flüchtlingen, die von zwei Kapitänen befehligt wird: S. 240. Der Botschafter schreibt weiterhin am 9. Mai 1686 an Herrn de Seignelai, daß er ihm nicht die Sorge verheimlichen könne, die es ihm bereite, wenn er französische Manufakturen in Holland sich niederlassen sehe, von wo sie niemals wieder abwandern würden.

Man füge allen diesen Zeugnissen noch die aller Haushofmeister des Königreiches im Jahre 1699 hinzu und urteile dann, ob die Aufhebung des Edikts von Nantes nicht doch mehr Böses als Gutes bewirkt hat, trotz der Meinung des ehrenwerten Autors der *Übereinstimmung der Religion mit der Inhumanität.*

Ein Marschall von Frankreich, der für seinen bedeutenden Geist bekannt war, sagte vor einigen Jahren: »Ich weiß nicht, ob die Dragonnade notwendig war, wohl aber ist es notwendig, sie nicht zu wiederholen.«

Ich gestehe, daß ich geglaubt habe, ein wenig zu weit zu gehen, wenn ich den Brief eines Korrespondenten des Pater Le Tellier der Öffentlichkeit preisgäbe, in welchem dieser Laienbruder Pulverfässer vorschlägt. Ich sagte mir: Man wird mir nicht glauben und diesen Brief für ein untergeschobenes Stück halten. Meine Skrupel lösten sich glücklicherweise auf, als ich in der *Übereinstimmung der Religion mit der Inhumanität* auf S. 149 die folgenden zarten Worte las: »Die vollständige Ausrottung der Protestanten in Frankreich würde Frankreich nicht mehr schwächen, als es ein Aderlaß bei einem sonst gut konstituierten Kranken tut.« Dieser mitfühlende Christ, der gerade gesagt hat, daß die Protestanten ein Zwanzigstel der Nation ausmachen, möchte, daß das Blut dieses zwanzigsten Teils vergossen werde, und sieht diese Maßnahme nur als einen Aderlaß an!

Wenn also dieser Ehrenmann vorschlägt, ein Zwanzigstel der Nation zu töten, warum sollte dann nicht auch der Freund des Pater Le Tellier vorgeschlagen haben, ein Drittel in die Luft zu sprengen, zu erwürgen, zu vergiften? Es ist also sehr wahrscheinlich, daß der Brief an den Pater Le Tellier wirklich geschrieben wurde.

Der heilige Autor kommt am Ende zu dem Schluß, daß die Intoleranz eine vorzügliche Sache sei, »denn sie wurde von Jesus Christus nicht ausdrücklich verdammt«. Aber Jesus Christus hat auch jene nicht verdammt, die Paris an vier Ecken in Brand stecken würden. Ist das ein Grund, die Brandstifter heiligzusprechen? Wenn also die Natur auf der einen Seite ihre sanfte und wohltätige Stimme vernehmen läßt, stößt der Fanatismus, dieser Feind der Natur, sein Geheul aus; und während doch der Friede sich den Menschen anbietet, schmiedet die Intoleranz ihre Waffen. O Ihr Schiedsrichter der Nation, die ihr Europa den Frieden gegeben habt, entscheidet zwischen dem Geist des Friedens und dem Geist des Mordes!

25. Fortsetzung und Schluss

Wir erfahren, daß am 7. März 1763 auf einer Versammlung des gesamten Staatsrates im Beisein der Staatsminister und unter dem Vorsitz des Kanzlers Herr de Crosne, Maître des requêtes, die Affäre Calas mit der Unparteilichkeit eines Richters vortrug, mit der Genauigkeit eines vollkommen unterrichteten Mannes, mit der einfachen und wahrhaften Eloquenz eines staatsmännischen Redners, die allein einer solchen Versammlung angemessen ist. Eine gewaltige Menge von Personen aller Stände erwartete in der Galerie des Schlosses die Entscheidung des Rates. Bald schon meldete man dem König, daß alle Stimmen ohne eine einzige Ausnahme dem Parlament von Toulouse befohlen hätten, die Akten des Prozesses zu schicken und auch die Gründe für die Entscheidung anzugeben, die Johann Calas auf dem Rade sterben ließ. Seine Majestät billigte die Entscheidung des Rates.

Es gibt also doch noch Humanität und Gerechtigkeit unter den Menschen und besonders im Rat eines Königs, der geliebt wird und dessen würdig ist. Die Angelegenheit einer unglücklichen Familie von unbekannten Bürgern hat Seine Majestät, ihre Minister, den Kanzler und den ganzen Rat beschäftigt, und sie wurde mit einer so gründlichen Prüfung erörtert, wie es sonst nur mit den großen Fragen von Krieg und Frieden geschehen könnte. Die Liebe zur Billigkeit, das Wohl der Menschheit hat alle Richter gelei-

tet. Dank sei dafür einem gnädigen Gott bezeugt, der allein Billigkeit und alle Tugenden verleihen kann!
Wir bestätigen, daß wir weder jenen unglücklichen Calas, den die acht Richter von Toulouse aufgrund der schwächsten Indizien gegen die Verordnungen unserer Könige und gegen die Gesetze aller Völker umbrachten, noch seinen Sohn Mark-Anton, dessen außergewöhnlicher Tod jene acht Richter in den Irrtum stürzen ließ, noch die achtbare und unglückliche Mutter, noch ihre unschuldigen Töchter, die mit ihr zweihundert Meilen gereist sind, ihr Elend und ihre Unschuld am Fuße des Thrones zu bezeugen, jemals gekannt haben.
Gott weiß, daß wir nur vom Geist der Gerechtigkeit, der Wahrheit und des Friedens beseelt waren, als wir unsere Gedanken über die Toleranz niederschrieben, veranlaßt durch Johann Calas, den der Geist der Intoleranz sterben ließ. Wir haben die acht Richter von Toulouse nicht beleidigen wollen, wenn wir sagten, daß sie sich geirrt haben, wie auch der gesamte Rat angenommen hat. Im Gegenteil, wir haben ihnen einen Weg eröffnet, sich vor ganz Europa zu rechtfertigen. Dieser Weg besteht darin zuzugeben, daß widersprüchliche Indizien und das Geschrei einer wahnsinnigen Menge ihre Gerechtigkeit überrannt haben; darin, die Witwe um Verzeihung zu bitten, und darin, soweit es in ihrer Macht steht, das völlige Verderben einer unschuldigen Familie wieder gutzumachen, indem sie sich jenen anschließen, die ihr in ihrer Verzweiflung helfen. Sie haben den Vater ungerecht sterben lassen: es ist nun an ihnen, die Stelle des Vaters für die Kinder einzunehmen, vorausgesetzt, die Waisen wollen von ihnen überhaupt ein so ohnmächtiges Zeichen ehrlicher Reue annehmen. Es wäre anständig, wenn die Richter es anböten, und Sache der Familie, es abzulehnen.
Es ist vor allem an Herrn David, Ratsherrn zu Toulouse, wenn er wirklich der erste Verfolger der Unschuld gewesen

ist, ein Beispiel der Reue zu geben. Er hat einen Familienvater auf dem Schafott verhöhnt. Diese Grausamkeit ist wohl unglaublich, aber da ja auch Gott vergibt, schulden auch die Menschen jemandem Vergebung, der sein Unrecht gutmacht.

Aus dem Languedoc wird mir unter dem 20. Februar 1763 der folgende Brief geschrieben:
»... Ihr Werk über die Toleranz scheint mir erfüllt von Humanität und Wahrheit; aber ich fürchte, es wird der Familie Calas mehr Böses als Gutes bringen. Es kann die acht Richter erbittern, die für das Rad gestimmt haben. Sie werden beim Parlament beantragen, Ihr Buch zu verbrennen, und die Fanatiker (denn es gibt sie immer noch) werden auf die Stimme der Vernunft mit dem Schrei blinder Wut antworten.« usw.

Hier meine Entgegnung:
»Die acht Richter von Toulouse können mein Buch verbrennen lassen, wenn es ihnen gut scheint. Nichts ist einfacher als dies. Man hat auch die *Lettres provinciales* verbrannt, die ohne Zweifel sehr viel wertvoller sind; jeder mag zu Hause die Bücher und Papiere verbrennen, die ihm mißfallen.
Mein Werk kann den Calas, die ich gar nicht kenne, weder Gutes noch Böses tun. Der feste und unparteiische Rat des Königs urteilt nach den Gesetzen, nach der Billigkeit aufgrund der Akten und der Prozeßordnung, aber nicht aufgrund einer Schrift, die gar nicht juristisch ist und deren Kern von der Sache gänzlich unterschieden ist, über die er urteilt.
Man hätte wohl Folianten für oder gegen die acht Richter von Toulouse, für oder gegen die Toleranz schreiben können, – weder der Rat noch irgendein Gericht würde diese Bücher als Prozeßakten ansehen.

Jene Schrift über die Toleranz ist eine Bittschrift, welche die Humanität ganz untertänig der Macht und der Einsicht vorlegt. Ich säe ein Korn, aus dem einstmals eine Ernte hervorgehen könnte. Erwarten wir alles vom Lauf der Zeit, von der Güte des Königs, von der Weisheit seiner Minister und vom Geist der Vernunft, der überall sein Licht auszubreiten beginnt.

Die Natur hat zu allen Menschen gesprochen: Ich ließ euch alle schwach und unwissend geboren werden, damit ihr einige Minuten auf dieser Erde lebt und sie mit euren Leichnamen düngt. Da ihr schwach seid, helft euch; da ihr unwissend seid, klärt euch auf und habt Nachsicht untereinander. Seid ihr alle derselben Meinung, was sicher nie geschehen wird, so solltet ihr, wenn es auch nur einen einzigen Menschen mit einer anderen Ansicht gibt, sie ihm zugute halten, denn ich bin es, der ihn so denken läßt, wie er denkt. Ich habe euch Arme gegeben, um das Land zu bebauen, und einen kleinen Schimmer Vernunft, um euren Weg zu finden; in eure Herzen habe ich einen Keim von Mitleid gesetzt, damit ihr einander helft, das Leben zu ertragen. Erstickt diesen Keim nicht, verderbt ihn nicht, wißt, daß er göttlich ist, und ersetzt nicht die Stimme der Natur durch den armseligen Eifer der Schule.

Ich allein bin es, die euch ohne euer Zutun durch eure gegenseitigen Bedürfnisse einigt, und dies sogar inmitten eurer grausamen und so leichtfertig angezettelten Kriege, in diesem ewigen Theater der Fehler, Zufälle und Unglücksfälle. Ich allein bin es, die in einem Volk die verderblichen Folgen endlosen Zwistes zwischen Adel und Beamtenschaft, zwischen diesen beiden Ständen und dem der Geistlichkeit und schließlich zwischen Bürgern und Bauern aufhält. Sie verkennen alle die Grenzen ihrer Rechte, aber auf lange Sicht hören sie alle unwillkürlich meine Stimme, die zu ihrem Herzen spricht. Ich allein bewahre die Billigkeit bei den Gerichtshöfen, wo ohne mich alles der Unbestimmtheit und

den Launen ausgeliefert wäre, inmitten eines wirren Haufens von Gesetzen, die oft zufällig und für ein vorübergehendes Bedürfnis gemacht werden, von Provinz zu Provinz, von Stadt zu Stadt verschieden sind und am gleichen Ort fast immer einander widersprechen. Ich allein vermag die Gerechtigkeit anzuregen, wo die Gesetze zur Schikane anregen. Wer auf mich hört, urteilt stets gut, wer aber nur danach strebt, einander widersprechende Meinungen miteinander zu versöhnen, geht in die Irre.
Es gibt ein unermeßliches Gebäude, dessen Fundamente ich mit den eigenen Händen gelegt habe. Es war solide und einfach, alle Menschen konnten in Sicherheit eintreten; sie haben aber willkürlich die seltsamsten, plumpesten und unnützesten Ornamente angebracht; das Gebäude stürzt nun an allen Seiten in Trümmer; die Menschen nehmen die Steine auf und werfen sie sich an den Kopf. So rufe ich ihnen zu: Haltet ein, entfernt den schädlichen Abfall, der euer Werk ist, und wohnt mit mir friedlich in dem unerschütterlichen Gebäude, welches das meine ist.«

Neuerlich hinzugefügter Artikel, in welchem über die letzte Gerichtsentscheidung zugunsten der Familie Calas berichtet wird.

Seit dem 7. März bis zum endgültigen Urteil sind noch zwei Jahre vergangen: So einfach ist es für den Fanatismus, der Unschuld das Leben zu rauben, und so schwierig für die Vernunft, ihr Gerechtigkeit widerfahren zu lassen. Es war noch einige unvermeidliche Verzögerung auszuhalten, die mit den Formalitäten notwendig verbunden ist. Je weniger diese Formalitäten bei der Verurteilung von Calas beachtet worden waren, desto strenger mußte sie der Staatsrat beachten. Ein ganzes Jahr reicht nicht aus, das Parlament von Toulouse zu zwingen, dem Rat die gesamten Unterlagen zu übergeben, um deren Prüfung vorzunehmen und die Sache wieder aufzurollen. Herr de Crosne wurde erneut mit dieser mühsamen Arbeit beauftragt. Eine Versammlung von ungefähr achtzig Richtern hob das Urteil von Toulouse auf und ordnete die Gesamtrevision des Prozesses an.

Andere wichtige Sachen beschäftigten zu dem Zeitpunkt fast alle Gerichtshöfe des Königreiches. Die Jesuiten wurden vertrieben. Ihre Gesellschaft wurde in Frankreich abgeschafft: Sie waren intolerant und Verfolger; jetzt wurden sie ihrerseits verfolgt.

Die Überspanntheit der Bekenntnisschriften, deren heimliche Autoren man in ihnen vermutete und deren öffentliche Parteigänger sie jedenfalls waren, hatte bereits den Haß der Nation gegen sie angefacht. Ein riesiger Bankrott eines ihrer Missionare, ein Bankrott, den man teilweise für betrügerisch hielt, besiegelte ihr Verderben. Die bloßen Worte *Missionare* und *Bankrotteure*, die so wenig zu einer Verbindung geeignet sind, ließen in allen Köpfen den Beschluß zu ihrer Verurteilung reifen. Schließlich erhoben sich die Ruinen von Port Royal und die Gebeine so vieler berühmter Männer, die sie sogar noch in den Gräbern beleidigt hatten und die zu Anfang dieses Jahrhunderts aufgrund von allein durch sie diktierten Anordnungen exhumiert wurden, gegen ihr schwindendes Ansehen. Man kann die Geschichte ihrer Ächtung in einem vorzüglichen Buch mit dem Titel *Sur la destruction des Jésuites en France*[1] nachlesen, einem unparteiischen, weil von einem Philosophen stammenden Werk, das mit der Feinheit und Beredsamkeit eines Pascal, vor allem aber mit der Überlegenheit des Geistes geschrieben ist, die nicht, wie bei Pascal, durch Vorurteile verdunkelt ist, wie sie manchmal selbst große Männer verführt haben.

Dieser große Streit, bei dem einige Parteigänger der Jesui-

1 Der Autor ist d'Alembert. (Anm. d. Hg.)

ten behaupteten, die Religion werde mit Füßen getreten, die Mehrheit aber glaubte, daß sie gerächt werde, ließ die Öffentlichkeit den Prozeß Calas mehrere Monate aus den Augen verlieren; aber nachdem der König das letzte Urteil einem Gericht übertragen hatte, das *Les requêtes de l'hôtel* genannt wird, vergaß eben diese Öffentlichkeit, die von einem Schauspiel zum anderen überzugehen liebt, die Jesuiten, und die Calas nahmen ihre ganze Aufmerksamkeit gefangen.

Die Kammer der *Requêtes de l'hôtel* ist ein oberster Gerichtshof, der aus den Maîtres des requêtes zusammengesetzt ist und in Prozessen zwischen Bediensteten des Hofes sowie in Sachen entscheidet, die der König ihr zuweist. Man konnte kein Gericht wählen, das mit der Sache mehr vertraut gewesen wäre: Es waren genau dieselben Richter, die schon zweimal die vorläufigen Entscheidungen der Revision getroffen hatten und die über Materie und Formalitäten vollständig im Bilde waren. Die Witwe von Johann Calas, sein Sohn und Herr de Lavaisse begaben sich wieder ins Gefängnis; man ließ aus dem Languedoc jene alte katholische Dienerin kommen, die nicht einen Augenblick ihren Herrn und ihre Herrin im Stich gelassen hatte in der Zeit, als gegen jede Wahrscheinlichkeit behauptet wurde, sie hätten ihren Sohn und Bruder erdrosselt. Es wurde schließlich über dieselben Beweisstücke beraten, die dazu gedient hatten, Johann Calas zum Rad und seinen Sohn Peter zur Verbannung zu verurteilen.

Zu diesem Zeitpunkt erschien eine neue Denkschrift des beredten Herrn de Beaumont und noch eine weitere des jungen Herrn de Lavaisse, den die Richter von Toulouse so ungerecht in diesen Strafprozeß hineingezogen hatten, den sie aber – Gipfel der Widersprüchlichkeit – nicht freigesprochen hatten. Dieser junge Mann verfaßte selbst eine Darstellung des Tatbestandes, die von jedermann für würdig befunden wurde, zusammen mit der des Herrn de Beaumont zu erscheinen. Er hatte den doppelten Vorteil, für sich selbst und zugleich für eine Familie zu sprechen, deren Ketten er geteilt hatte. Es hatte nur von ihm abgehangen, die seinen zu zerreißen und die Gefängnisse von Toulouse zu verlassen, wenn er nur hätte aussagen wollen, daß er die Calas zu dem Zeitpunkt, zu dem der Vater und die Mutter angeblich ihren Sohn ermordet haben sollten, für einen Augenblick verlassen habe. Man hatte ihm mit der Todesstrafe gedroht; Folter und Tod waren ihm vor Augen geführt worden: ein Wort hätte ihm die Freiheit verschafft: Er aber wollte lieber sich hinrichten lassen, als jenes Wort aussprechen, das eine Lüge gewesen wäre. Alle diese Einzelheiten legte er in seiner Denkschrift mit einer so vornehmen und schlichten Aufrichtigkeit dar, so entfernt von aller Wichtigtuerei, daß er die Leute ergriff, die er nur hatte überzeugen wollen, und sich Bewunderung verschaffte, ohne nach Ansehen zu streben.

Sein Vater, ein berühmter Advokat, hatte an diesem Werk keinen Anteil. Er sah nun plötzlich seinen Sohn sich selbst an Verdienst gleich, obwohl er nie Advokat gewesen war.

Inzwischen kamen Personen höchsten Ansehens in großer Zahl zu Frau Calas ins Gefängnis, die dort mit ihren Töchtern eingesperrt war. Man war zu Tränen gerührt. Humanität und Großherzigkeit kamen ihnen reichlich zu Hilfe. Was man aber die christliche Nächstenliebe nennt, hatte hieran keinen Anteil. Die christliche Nächstenliebe, die zudem so oft kleinlich und demütigend ist, liegt im Wesen der Mucker, und die Mucker standen immer noch gegen die Calas.

Der Tag kam (der 9. März 1765), an dem die Unschuld vollends triumphierte. Nachdem Herr de Bacquencourt den ganzen Hergang berichtet und die Sache bis in die kleinsten Begleitumstände dargelegt hatte, erklärten alle Richter die Familie einstimmig für unschuldig, für gewaltsam und widerrechtlich durch das Parlament von Toulouse verurteilt.

Sie rehabilitierten das Andenken des Vaters. Sie erlaubten der Familie, beim zuständigen Gericht zu klagen und jene Richter zur Verantwortung zu ziehen, um die Gerichtskosten, die Vermögenseinbuße samt Zinsen zurückzuerhalten, was die Toulouser Richter schon von sich aus hätten anbieten sollen.

Das war eine allgemeine Freude in Paris: Man versammelte sich auf Straßen und Plätzen; man lief zusammen, um jene so unglückliche und so glänzend gerechtfertigte Familie zu sehen; man klatschte die Hände, als man die Richter vorbeigehen sah. Man überhäufte sie mit Glückwünschen. Dies Schauspiel war um so ergreifender, als gerade jener Tag, der 9. März, der Tag war, an dem Calas durch die grausamste Hinrichtung verschieden war, drei Jahre zuvor.

Die Herren Maîtres des requêtes hatten der Familie Calas vollkommene Gerechtigkeit erwiesen, und darin hatten sie nur ihre Pflicht getan. Es gibt noch eine andere Pflicht, die der Wohltätigkeit, die viel seltener von den Gerichten erfüllt wird, da sie offenbar glauben, sie seien nur zur Billigkeit gehalten. Die Maîtres des requêtes beschlossen, gemeinsam einen Brief an Seine Majestät zu schreiben und sie zu ersuchen, den Ruin der Familie durch eine Schenkung gutzumachen. Der Brief wurde geschrieben. Der König antwortete darauf, indem er 36 000 Livres an die Mutter und ihre Kinder auszahlen ließ; und von diesen 36 000 Livres waren 3000 für jene tugendhafte Dienerin bestimmt, die standhaft die Wahrheit verteidigt hatte, indem sie ihre Herrschaft in Schutz nahm.

Der König verdiente durch diese Güte, wie durch so viele andere Taten, den Beinamen, den die Liebe des Volkes ihm verliehen hat. Möge dies Beispiel den Menschen dazu dienen, sich von der Toleranz leiten zu lassen, ohne welche der Fanatismus die Erde verwüsten oder wenigstens für immer trübselig machen würde! Gewiß, es handelt sich hier nur um eine einzelne Familie, und die Wut der Sekten hat

Tausende vernichtet; aber heute, wo die christlichen Gesellschaften nach Jahrhunderten des Gemetzels in einer Ahnung von Frieden sich erholen, in dieser Zeit der Ruhe muß das Unglück der Calas einen weit größeren Eindruck machen, wie der Donner, der die Heiterkeit eines schönen Tages zerschlägt. Diese Fälle sind selten, aber sie ereignen sich dennoch, und sie sind die Folge jenes finsteren Aberglaubens, der schwache Seelen dazu bringt, jeden, der nicht denkt wie sie, des Verbrechens zu zeihen.

Ingrid Gilcher-Holtey
Nachwort

Paris, den 11. Juni 1791: Vier Schimmel ziehen am Montag morgen den Sarkophag mit dem Leichnam Voltaires durch die Straßen von Paris zum Pantheon. In einem öffentlichen Triumphzug, angeordnet von der Nationalversammlung, kehrt der Schriftsteller und Philosoph, dem in seinem Todesjahr 1778 ein Begräbnis in der Hauptstadt verweigert worden war, nach Paris zurück. Voltaire, so ist auf dem Sarkophag, dem Tausende von Menschen folgen, zu lesen, habe die »großen Männern schuldigen Ehren verdient«. Die Ehrung Voltaires erfolgt in Zusammenhang mit der Entwicklung der Grundzüge eines neuen Strafgesetzbuches, auf die sich nach langen Debatten die Nationalversammlung am 30. Mai 1791 geeinigt hat.[1] Geehrt wird der Kämpfer für Recht und Gerechtigkeit, der Rächer zu Unrecht Verurteilter und – an erster Stelle genannt – der Verteidiger von Jean Calas. Bereits unter dem Ancien Régime wegen seines Engagements in der Affäre Calas zu einem Mythos geworden, zu einem – wie er sich selbst nannte – »Don Quichotte des Malheureux«,[2] wird er durch die Beisetzung im Pantheon als ein Schriftsteller gewürdigt, dem es »allein durch die Macht seiner Worte und seines Geistes gelungen war, ein Justizsystem in die Knie zu zwingen«.[3]

Voltaires Eingreifen in den Fall Calas, das in diesem Band dokumentiert wird, machte ihn zum Vorkämpfer einer Reform des Strafrechts und zeigt exemplarisch die Wirkungsmacht eines Schriftstellers, der, nach der Auffassung von Jean-Paul Sartre, der erste Intellektuelle war.[4] Sein Engage-

1 Vgl. Eduard Hertz, *Voltaire und die französische Strafrechtspflege im 18. Jahrhundert. Ein Beitrag zur Geschichte des Aufklärungszeitalters*, Stuttgart 1887 (Nachdruck Aalen 1972), S. 503-530, hier S. 526-528.

2 René Pomeau, *»Écraser l'Infâme« 1759-1770*, Oxford 1994, S. 159.

3 Pierre Lepape, *Voltaire. Oder die Geburt der Intellektuellen im Zeitalter der Aufklärung*, Frankfurt a. M. 1994, S. 284.

4 Jean-Paul Sartre, *Plädoyer für die Intellektuellen*, in: ders., *Plädoyer für die Intellektuellen. Interviews, Artikel, Briefe 1950-1973*, Hamburg 1995, S. 90-148; vgl. auch Hauke Brunkhorst, *Sartres Theorie des Intellek-*

ment wirkte beispielgebend für die Ausprägung der sozialen Rolle des Intellektuellen im 19. und 20. Jahrhundert und bildet eine Grundlage für die analytische Unterscheidung von »Affäre« und »Skandal«. Exemplarisch lassen sich am Fall Calas (I) und an den Strategien des eingreifenden Denkens Voltaires (II) zentrale Elemente der sozialen Rolle des Intellektuellen (III) sowie des Idealtypus der »Affäre« als Figur im politischen Repertoire (IV) veranschaulichen.

I. Der Fall Calas

Tod in Toulouse: Der Fall Calas, der, aus der Sicht Voltaires, tragischer als alle Tragödien war, die er jemals geschrieben hat,[1] beginnt am 13. Oktober 1761 mit einem mysteriösen Tod: Marc-Antoine, 29, der älteste Sohn des Kaufmanns Jean Calas, wird gegen 21.30 Uhr in den Geschäftsräumen des Hauses seiner Familie in Toulouse tot aufgefunden. Gemeinsam mit seinem Bruder Pierre, 28, hat er noch kurz zuvor an einem Abendessen teilgenommen, das Jean und Anne-Rose Calas, seine Eltern, zu Ehren eines Gastes bereitet haben. Gast und Gastgeber haben eine Gemeinsamkeit, sie gehören der protestantischen Gemeinde von Toulouse an und damit zur religiösen Minderheit der Stadt. Zwar unterscheiden sich die Calas nach außen nicht von der Mehrzahl der Toulouser; ihre Kinder (vier Söhne, zwei Töchter) sind katholisch getauft, sie selbst katholisch getraut und haben seither eine katholische Hausangestellte, aber sie prak-

tuellen, in: Traugott König (Hg.), *Sartre. Ein Kongreß*, Hamburg 1988, S. 408-428.

1 Voltaire an Ami Camp, Brief vom 27. März 1762, in: Voltaire, *Correspondance VI* (octobre 1760-décembre 1762), hg. von Theodore Besterman, Paris 1980, D. 7100, S. 846-847; hier S. 847, vgl. auch Peter Gay, *Voltaire's Politics. The Poet as Realist*, London [2]1988, S. 275.

tizieren nicht den katholischen, sondern den protestantischen Glauben. Ohne weitere Erklärung und ohne daß den Teilnehmern des Abendessens – wie sie später zu Protokoll geben – irgendeine Besonderheit aufgefallen wäre, hat Marc-Antoine die Runde gegen 20.30 Uhr verlassen.

Seit zwei Jahren hat er sein Jura-Studium abgeschlossen und danach versucht, eine Zulassung als Anwalt zu erlangen, die neben den akademischen Voraussetzungen an eine Bescheinigung seines Katholizismus durch den katholischen Gemeindepriester gebunden ist. Denn in Frankreich ist Protestanten im 18. Jahrhundert offiziell der Zugang zu staatlichen Ämtern wie zu medizinischen und juristischen Berufen verwehrt. Die Praxis der Bescheinigung wird jedoch relativ locker gehandhabt, so daß einige protestantische Studienkollegen Marc-Antoines sie mühelos erworben haben. Marc-Antoines Versuch indes, sie – wie seine Studienkollegen auch – unter Verweis auf die katholische Taufe zu erlangen, ist gescheitert an einer dem Priester zugetragenen Denunziation: der Sohn eines dogmatischen Hugenotten zu sein. Blockiert in seiner beruflichen Laufbahn, hat Marc-Antoine, wenngleich geschäftlichen Dingen abgeneigt, erwogen, sich mit einem befreundeten Händler zusammenzutun oder als Kompagnon in das Geschäft seines Vaters einzutreten.[1] Umgesetzt ist dieser Plan jedoch noch nicht am Abend des 13. Oktober, als beim Aufbruch des Gastes, Gaubert Lavaysse, die Familie durch die geöffnete Tür zu den Geschäftsräumen den toten Marc-Antoine erblickt. Was ist geschehen?

Eine protestantische Verschwörung? Die Ermittlungen der städtischen Behörden, angeführt von Capitoul David de Beaudrigue, gehen davon aus, daß Marc-Antoine umgebracht worden ist, weil er zum katholischen Glauben übertreten wollte. Sein Tod, so die Anklage, sei Folge einer pro-

1 Edna Nixon, *Voltaire and the Calas Case*, London 1961, S. 28 f.

testantischen Verschwörung, die im Laufe des Tages paktiert und am Abend durchgeführt worden sei. Des Mordes angeklagt und festgenommen werden, da alle am Tatort anwesenden Personen bezeugen, die ganze Zeit über beisammen gewesen zu sein, Jean und Anne-Rose Calas, ihr zweitältester Sohn Pierre, ihr Gast Lavaysse sowie die katholische Hausangestellte. Die Angeklagten weisen die Anschuldigungen von sich und geben eine andere Beschreibung der Ereignisse, doch wird ihre Verteidigung durch widersprüchliche Erklärungen erschwert. Bestrebt, die Ehre seines toten Sohnes zu wahren,[1] versucht Jean Calas, den Selbstmord Marc-Antoines zu verheimlichen und damit eine entehrende Prozedur von ihm abzuwenden.[2] Er gibt daher zu Protokoll, Marc-Antoine liegend auf dem Boden des Geschäftsraumes gefunden zu haben. Sein Sohn Pierre bestätigt diese Aussage, während Gaubert Lavaysse schweigt. Zwei Tage später revidieren Jean und Pierre Calas ihre Aussage und erklären, unterstützt vom Gast Lavaysse, Marc-Antoine habe an der Decke gehangen. Jean Calas habe den Strick durchtrennt und Marc-Antoine auf den Boden gelegt. Der Widerspruch mindert die Glaubwürdigkeit der Angeklagten, doch die Mordthese, welche die Ermittlungsinstanzen unterstellen, ist damit noch nicht bewiesen. Um in den Besitz hinreichenden Belastungsmaterials zu gelangen, müssen die im Zuge des eingeleiteten Strafverfahrens erhobenen Indizien erweitert und durch neue Belastungen ergänzt werden.
Der Gemeinderat in Toulouse, der, mit hoher und niederer Gerichtsbarkeit sowie Polizeibefugnissen ausgestattet, sich in Anlehnung an die römische Tradition »Capitoule« nennt, erwirkt zu diesem Zweck ein Monitorium, das, vier

1 Vgl. dazu Hertz, S. 162.

2 Nach französischem Gesetz wurden Selbstmörder nackt an den Fersen durch die Straße geschleift und als ehrlose Verbrecher gehängt. Vgl. Peter Gay, *Voltaire als Kämpfer für die Menschlichkeit*, in: Horst Baader (Hg.), *Voltaire*, Darmstadt 1980, S. 152-191, hier S. 153.

Tage nach dem Tod von Marc-Antoine in allen Kirchen verlesen, die katholischen Gläubigen auffordert, sich beim Priester zu melden und Auskünfte über das Verbrechen zu geben. Die Unterlassung wird mit Exkommunikation bedroht. Die Aufzeichnungen der Pfarrer nach dem Aufruf werden zur Grundlage des Prozesses. 65 von 87 Zeugen im Prozeß sind solche, welche erst infolge des Monitoriums gewonnen wurden; unter ihnen befindet sich nur einer, der für die Familie Calas aussagt.[1] Die Zeugenaussagen, welche die Pfarrer notieren, antworten auf einen Fragenkatalog, der, im Monitorium enthalten, auf suggestive Weise Tatsachenbehauptungen und Fragen vermischt;[2] z. B. den unmittelbar bevorstehenden Übertritt Marc-Antoines zum Katholizismus unterstellt und um Bestätigungen für diese Absicht von der Bevölkerung ersucht. Der Fragenkatalog[3] ist von derselben Person formuliert worden, die bereits einen Tag nach dem Tod von Marc-Antoine einen Aufruf an die Bevölkerung gerichtet hat, der Zeugen zur Bestätigung der Aussage suchte, Jean Calas habe seinem Sohn in der Vergangenheit mehrfach gedroht, ihn umzubringen, sofern er vom protestantischen Glauben abfalle. Er ist vom Assistenten des königlichen Prokurators verfaßt, der als öffentlicher Ankläger fungiert, und umfaßt ferner die Nachsuche um Bekräftigung, daß Marc-Antoine in der Nacht seines Todes um Hilfe gerufen habe.[4] In der Bevölkerung werden dadurch antiprotestantische Einstellungen und Vorurteile freigesetzt, welche in der Stadtgeschichte von Toulouse traditionell eine feste Verankerung haben.

Antiprotestantische Vorurteile: Toulouse war ein Zentrum des Antiprotestantismus in Frankreich, in dem jedes Jahr

1 Vgl. dazu Hertz, S. 170.

2 David D. Bien, *The Calas Affair. Persecution, Toleration, and Heresy in Eighteenth-Century Toulouse*, Princeton 1960, S. 130 ff.

3 Abgedruckt in Nixon, S. 59 f.

4 Ebd., S. 134.

am 17. Mai die Erinnerung daran wachgehalten wurde, daß Protestanten und Katholiken im Mai 1562 in der Stadt einen Bürgerkrieg ausgetragen hatten, der die Gewalttätigkeit der Bartholomäusnacht in Paris zehn Jahre später in Teilen vorwegnahm. Gedacht wurde der katholischen Opfer dieses Kampfes, beschworen die protestantische Gefahr, die damals sowie mehrfach danach die Stadt bedroht habe. So sahen sich die Toulouser im 18. Jahrhundert mit der sogenannten Rebellion der Camisards konfrontiert, einer religiös inspirierten Bauernbewegung, die sich im Languedoc zwischen 1702 und 1710 bewaffnete Kämpfe mit königlichen Truppen geliefert hatte. Schlecht bewaffnet und organisiert, waren die Camisards – ohne jemals eine ernsthafte Gefahr darzustellen – niedergekämpft worden. Indes, ihr Aufstand war in der Erinnerung verankert und als Angriff auf die Autoritäts- und Institutionenstruktur Frankreichs gedeutet worden, so daß die Protestanten fortan nicht nur als religiöse, vielmehr auch als politische Widersacher galten, die Frankreich zu zerstören suchten.[1] Kurz vor dem Fall Calas waren ein protestantischer Pfarrer, François Rochette, der Taufen und Hochzeiten vorgenommen hatte, sowie fünf Personen, denen unterstellt wurde, ihn befreien zu wollen, hingerichtet worden. Eine Art antiprotestantischer Hysterie lag seitdem über der Stadt, die durch die Vorbereitungen der 200-Jahr-Feier der Ereignisse vom 17. Mai 1562 bestärkt wurde. In dieser Situation, in der die kulturell tradierten Vorurteile gegen Protestanten durch Ereignisse sowie symbolische Erinnerung erneut manifest geworden waren, fiel die Unterstellung, Marc-Antoine sei durch seine Glaubensbrüder ermordet worden, auf fruchtbaren Boden. Wie ein Lauffeuer verbreitete sich das Gerücht in der Stadt. Die öffentliche Meinung teilte die Auffassung der Ermittlungsinstanzen, die einer Vorverurteilung gleichkam, und

1 Graham Gargett, *Voltaire and Protestantism*, Oxford 1980, S. 51 ff.

wurde darin bestärkt durch einen außergewöhnlichen Akt der katholischen Kirche.

Die Erschaffung eines Märtyrers: Noch bevor die Ermittlungen abgeschlossen und der Prozeß eröffnet worden ist, bemächtigt sich die katholische Kirche des Leichnams von Marc-Antoine. Er wird in einer feierlichen Zeremonie aufgebahrt und zum Märtyrer seines Glaubens erklärt. Damit sanktioniert die katholische Kirche das von den Ermittlungsinstanzen lancierte Gerücht vom angeblichen Übertritt Marc-Antoines zum Katholizismus. Ihm wird ein Ehrenbegräbnis zuteil; eine Requiem-Messe wird in der Kathedrale der Stadt zelebriert sowie eine Zeremonie »für die Seele des Märtyrers« in der Kapelle des Ordens der Weißen Büßermönche, zu der alle religiösen Orden Vertreter entsenden. Letztere treiben die Repräsentationsformen auf die Spitze. Die Weißen Büßermönche haben in einem völlig weiß ausgekleideten Raum einen schwarzen Katafalk aufgestellt, auf dem ein Skelett ruht, das in der einen Hand einen Palmwedel hält als Symbol des Märtyrertums und in der anderen ein Emblem mit den Worten »Abschwörung der Häresie«.[1] Unter der katholischen Bevölkerung von Toulouse gibt es nach dieser Zeremonie niemanden mehr, der Zweifel an den kriminellen Vorgängen im Haus von Jean Calas hegt.

Die Urteile: Im Prozeß vor dem Capitoule werden am 18. Dezember 1761, wenngleich keine Beweise für die Schuld vorliegen, alle Angeklagten für schuldig befunden. Die Mitglieder der Familie Calas werden zur Folter verurteilt, in bezug auf Gaubert Lavaysse und die Haushälterin wird entschieden, sie lediglich der Konfrontation mit den Folterwerkzeugen auszusetzen. Eine Verteidigung wird keinem der Angeklagten zuteil. Zwar gewannen die Töchter der Familie Calas den angesehenen Advokaten Théodore Sudre

1 Vgl. dazu Nixon, S. 67 f.

als Verteidiger, doch vermag dieser kein Plädoyer zugunsten seiner Klienten zu verfassen, da ihm jegliche Unterredung mit diesen untersagt wurde, ebenso wie die Einsichtnahme in die Akten der Anklage. Freunde von Jean Calas, die eine Eingabe zu seinen Gunsten verfassen, können sie dem Gericht nicht einreichen, weil ihnen als Ausweis ihrer Vollmacht eine Unterschrift des Angeklagten fehlt, die zu erlangen die Behörden verhinderten.[1]

Das Urteil des Capitoule wird vom königlichen Prokurator angefochten, ein neuer Prozeß eingeleitet, diesmal vor der Strafkammer des Parlaments (Gerichtshofs) von Toulouse. Ihr liegen mehrere Verteidigungsschriften vor – zwei für Lavaysse – eine angeblich von ihm selbst geschrieben, die zweite verfaßt vom Anwalt Lavaysse, dem Vater des Angeklagten –, vier zugunsten von Calas – davon ist eine anonym erschienen, drei stammen von Sudre (er büßt dafür seinen Ruhm als Anwalt und seine Klienten ein, jahrelang wird sich niemand mehr in Toulouse von ihm verteidigen lassen). Die Denkschriften verfehlen ihre Wirkung nicht. Denn von den 13 Mitgliedern der Strafkammer stimmen in einer ersten Abstimmung sieben für den Tod durch das Rad, damit ist die für ein Todesurteil erforderliche Mehrheit verfehlt. Indes, nach langen Debatten zieht ein Mitglied sein Votum für einen Freispruch zurück.[2]

Das Urteil des Parlaments von Toulouse ergeht am 9. März 1762 – es lautet für Jean Calas: Tod auf dem Rad, für Frau Calas, den Sohn Pierre sowie den Gast Lavaysse: Tod am Galgen, für die Haushälterin: lebenslange Gefängnisstrafe. Das Urteil gegen Jean Calas wird am 10. März vollstreckt. Er wird im Hemd, barfuß und mit einem Strick um den Hals durch die Straßen von Toulouse geführt, bevor er auf ein Rad geflochten und zweistündigen Qualen ausgesetzt wird, die ein Geständnis des Mordes erwirken sollen. In-

1 Vgl. dazu Hertz, S. 171.

2 Ebd., S. 182.

des, auch nach dieser Tortur, bei dem ihm Arme und Beine gebrochen werden, gesteht Calas nicht. Er wendet, als David de Beaudrigue an seiner Seite erscheint, lediglich den Kopf und beteuert vor Gott seine Unschuld, bevor er erhängt und auf einem Scheiterhaufen verbrannt wird.[1] Die Haltung von Jean Calas bleibt nicht ohne Wirkung auf seine Richter. Sie mildern die Strafen für die übrigen Angeklagten. Pierre Calas wird zu lebenslänglicher Verbannung verurteilt, gegen die übrigen das Verfahren eingestellt.[2] Die Strafe gegen Pierre Calas wird jedoch nicht vollstreckt. Zwar wird er gefesselt vor die Stadt gebracht, aber zu einem anderen Stadttor wieder hereingeholt und in ein Kloster eingeschlossen, in dem er verbleibt, bis ihm am 4. Juli die Flucht gelingt. Er entkommt nach Genf, wo sich bereits sein jüngster Bruder Donat, der am Abend der Tat nicht im Hause der Familie war, befindet. Genfer Protestanten haben sich seiner angenommen und ihn zu Voltaire geführt.

II. Voltaires eingreifendes Denken

Voltaire ist Mitte März 1762 erstmals über den Fall in Kenntnis gesetzt worden, d. h. wenige Tage nach dem Tod Calas'.[3] Dominique Audibert, ein Kaufmann aus Marseille, hat ihn auf die Ereignisse in Toulouse aufmerksam gemacht und die Unschuld des getöteten Calas beschworen. Voltaire ist von der Geschichte, die Audibert ihm erzählt, tief bewegt,[4] doch bevor er sich auf die Angelegenheit einläßt und

1 Vgl. Pomeau, S. 142.

2 Vgl. Hertz, S. 183.

3 Voltaire erwähnt den Fall erstmals in einem Brief an Antoine Le Bault vom 22. März 1762. Vgl. Voltaire, *Correspondance VI*, D. 7094, S. 837-838.

4 Vgl. Voltaire an Kardinal François-Joachim de Pierres de Bernis, Brief vom 25. März 1762, in: ebd., D. 7096, S. 839-840. Dt. Übersetzung in diesem Band S. 9 f.

sich der Sache annimmt, versucht er weitere Informationen einzuholen über die Tat, deren Umstände sowie den Prozeß. Auch bemüht er sich, die Meinung einiger seiner Bekannten über die Angelegenheit im politischen und kirchlichen Milieu sowie im Kreise der Philosophen in Erfahrung zu bringen. Brieflich fragt er u. a. bei Kardinal de Bernis,[1] dem früheren Außenminister, sowie bei seinen Pariser Vertrauten Graf und Gräfin d'Argental an.[2] Beide bittet er nicht nur um Stellungnahme, sondern um Information über das Geschehen. Er selbst hält sich bedeckt. Offen Partei ergreift er für Calas zunächst nicht. »Il faut«, heißt es im Brief an Kardinal de Bernis, »regarder le parlement de Toulouse, ou les protestants, avec des yeux d'horreur.«[3] Indes, ob Calas schuldig ist oder nicht, eines steht für Voltaire bereits fest, daß das schreckliche Geschehen in Toulouse »déshonore la nature humaine«.[4]

Ein Aufschrei der Empörung: Erst am 4. April 1762, in einem Brief an den Aufklärer Etienne Noël Damilaville, wird er deutlicher. Voltaire ist, wie er schreibt, nun von der Unschuld Calas' überzeugt. Seit der Bartholomäusnacht habe nichts die menschliche Natur derart entehrt wie das Urteil des Toulouser Parlaments und die Hinrichtung des unschuldigen Jean Calas. Und in einem weiteren Brief an Damilaville, der über diesen hinaus an die Partei der Aufklärer gerichtet ist, fügt er die Formel an: »Criez, et qu'on crie.«[5] Sie

1 Ebd; vgl. auch Voltaire an de Bernis, Brief vom 15. Mai 1762, in: ebd., D. 7136, S. 881-882. Dt. Übersetzung in diesem Band S. 14 f.

2 Voltaire an Charles-Augustin Ferriol, comte d'Argental, und Jeanne-Grâce Bosc du Bouchet, comtesse d'Argental, Brief vom 27. März 1762, in: ebd., D. 7099, S. 845-846. Dt. Übersetzung in diesem Band S. 10-12.

3 Voltaire an de Bernis, Brief vom 25. März 1762, ebd., S. 839 f. Dt. Übersetzung in diesem Band S. 9-10.

4 Voltaire an Ferriol und Bosc du Bouchet, Brief vom 27. März 1762, ebd., D. 7099, S. 846.

5 Voltaire an Étienne-Noël Damilaville, Brief vom 4. April 1762, in: ebd., D. 7112, S. 858-859, hier S. 858. Dt. Übersetzung in diesem Band S. 12.

ist ein Aufschrei der Empörung gegen den Fanatismus und zugleich eine Aufforderung, die Empörung weiterzutragen. Denn »wenn etwas die Wut des Fanatismus bei den Menschen aufhalten kann«, schreibt Voltaire am 15. April 1762, »so ist es die Öffentlichkeit«.[1] Ein Feldzug gegen den Fanatismus kündigt sich an, geführt als Kampf um die Aufklärung der Öffentlichkeit. Warum führt Voltaire diesen Kampf? Welche Motive bewegen ihn?

Die Antworten auf Voltaires Briefe sind verhalten ausgefallen. Kardinal de Bernis hat ihm mitgeteilt, er verfüge weder über Informationen noch könne er solche erschließen und möchte sich im übrigen von allen Geschäften zurückziehen, d. h. auch aus dieser Sache heraushalten.[2] Die Antwort von Jean le Rond d'Alembert ist nicht weniger deutlich ausgefallen. »Ecrasez l'infâme, me répétez vous sans cesse; Eh mon dieu, laissez la se précipiter elle même, elle y court plus vite que vous ne pensez.«[3] Es ist neben dem Fanatismus, den Voltaire beklagt, nicht zuletzt der Attentismus und die Indifferenz, die, sich auch in diesen Briefen widerspiegelnd, ihn stören und anstacheln. »Parce que personne ne s'en chargait, [...] parce que les hommes étaient trop indifférents sur les malheurs d'autrui«,[4] nehme er sich, wie er schreibt, des Falles an.

Warum Voltaire? Warum nicht Rousseau? Auch er war in-

1 Voltaire an eine unbekannte Adressatin, Brief vom 15. April 1762, in: ebd., D. 7116, S. 861-862. Dort heißt es: »[...] wenn irgend etwas unter den Menschen das Wüten des Fanatismus aufhalten kann, dann sind es das Veröffentlichen und der Beweis des Sohnesmordes.« Dt. Übersetzung in diesem Band S. 14.

2 De Bernis an Voltaire, Brief vom 18. Mai 1762, in: *The complete works of Voltaire: Correspondence and related documents*, hg. von Theodore Besterman, XXIV (October 1761-May 1762), Banbury/Oxfordshire 1972, D. 10455, S. 415 f.

3 Jean le Rond d'Alembert an Voltaire, Brief vom 4. Mai 1762, in: ebd., D. 10436, S. 396-398, hier S. 397.

4 Zit. nach Pomeau, S. 145.

formiert über die Ereignisse in Toulouse, und zwar bereits seit dem 17. März 1762 durch einen protestantischen Geistlichen, der ihn aufgefordert hatte, Stellung zu nehmen. Außerdem hatte sein Verleger Rey (in Amsterdam) ihn zu bewegen versucht, etwas über den Fall zu schreiben. Ohne Erfolg. Denn zeitgleich mit dem Prozeß gegen Calas war Rousseaus *Émile* verboten und gegen ihn selbst ein Haftbefehl ausgestellt worden. Rousseau mußte fliehen,[1] stand also nicht zur Verfügung, als Voltaire seine Kampagne begann. Nicht ganz so dramatisch, aber nicht weniger gefährdet war die Lage von Denis Diderot, des Redakteurs der *Enzyklopädie*. Nach vorübergehendem Erscheinungsverbot war ihm deren Fortführung zwar wieder ermöglicht, aber unter restriktiven Bedingungen, die jederzeit verschärft werden konnten.[2] Ein öffentliches Engagement hätte das Projekt der *Enzyklopädie* erneut gefährden können – und damit nicht zuletzt Diderots finanzielle Grundlage, da er auf das Einkommen als Redakteur angewiesen war. Indes, diese Gebundenheit seiner Existenz wird von Diderot geschickt überspielt, als er in einem Brief an Sophie Volland das Engagement Voltaires für Calas ironisiert. »Oh! mon amie«, schreibt er im August 1762, »le bel emploi du génie! [...] Car que lui sont les Calas? qu'est-ce qui peut l'intéresser pour eux? quelle raison a-t'il de suspendre des tra-

1 Ebd.

2 Die *Enzyklopädie* war 1752 verboten worden, weil sie als Angriff auf die Autorität des Königs gedeutet wurde. Der Druck der beiden ersten Bände war auf Erlaß des Staatsrates eingestellt, doch war vergessen worden, das königliche Druckprivileg zu widerrufen, so daß Diderot, flankiert von Zensoren, an der Veröffentlichung seines Lexikons weiterarbeiten konnte. Vgl. u. a. Lepape, S. 201. Am 8. März 1759 war ein erneutes Verbot ergangen, diesmal mit Entzug des Druckprivilegs. Die sieben gedruckten Bände durften daraufhin vom Buchhandel nicht mehr verkauft werden. Unterstützt von einer kleinen Gruppe, beschloß Diderot jedoch, das Unternehmen im geheimen weiterzuführen. 1765 erschienen – immer noch verboten – auf einen Schlag zehn Textbände, die das Lexikon vollendeten. Vgl. u. a. Lepape, S. 253.

vaux qu'il aime, pour s'occuper de leur défense? Quand il y auroit un Christ, je vous assure que De Voltaire seroit sauvé.«[1] Neben unterschwelliger Ironie schwingt in den Zeilen Diderots auch die Frage nach den Motiven Voltaires mit und nach seinem Kosten-Nutzen-Kalkül. Was bedeuten die Calas ihm? Voltaire schreibt 473 Briefe in der Angelegenheit Calas, 131 allein im Jahre 1762 (von insgesamt 730 Briefen in diesem Jahr).[2] Mit welchem Ziel?

Voltaires Interventionsstrategien: Vor Unrecht bewahren und damit retten konnte Voltaire Calas nicht mehr, lediglich die finanziell ruinierte, sozial diskriminierte Familie, die durch den Prozeß auseinandergerissen worden war.[3] Gerechtigkeit konnte in bezug auf die Erinnerung an Jean Calas hergestellt werden, wenn es gelang, ihn vom Odium der Ermordung seines Sohnes zu befreien. Aber war es das, was Voltaire bewegte? Er setzte, so die These, die Macht seiner Worte, sein Renommee als Schriftsteller und sein Netzwerk von Beziehungen ein, um aus dem Einzelfall Calas eine allgemeine Angelegenheit, eine Frage der Moral und öffentlichen Meinung zu machen.[4] Sein Handeln folgte wertrationalen Kriterien, die er mit der Formel »Écrasez l'infâme« zunächst negativ umschrieb. Voltaires Interventionsstrategien liegt ein Handeln zugrunde, das als »Eingreifendes Denken« definiert werden kann, d. h. als Veränderung von Einstellungen, Verhaltensdispositionen und politischem

1 Denis Diderot an Sophie Volland, Brief vom 8. August 1762, in: Georges Roth (Hg.), Denis Diderot, *Correspondance IV* (février 1762-décembre 1764), Paris 1958, S. 93-98, hier S. 97.

2 Vgl. Gargett, S. 289.

3 Anne-Rose Calas hatte sich nach Montauban geflüchtet, Donat und Pierre Calas hatten Zuflucht in Genf gesucht, die Töchter, Anne und Anne-Rose Calas, wurden in einem Kloster festgehalten.

4 »Si jamais la vérité a dû être éclaircie«, so Voltaire, »c'est, ce me semble, dans une telle occasion.« Voltaire an Ferriol und Bosc du Bouchet, Brief vom 15. Mai 1762, in: Voltaire, *Correspondance VI*, D. 7135, S. 878-881, hier S. 879.

Handeln durch die Veränderung von Deutungs-, Wahrnehmungs- und Klassifikationsschemata der sozialen Welt.[1]

Voltaire eröffnet seine Kampagne für Calas mit einer Strategie, die man, Sartre folgend, als »Entschleierung« der Vorgänge in Toulouse bezeichnen könnte.[2] Er beginnt mit Informationen und der Aufklärung über den »wahren« Sachverhalt, um seine Interventionen allmählich zu einer abstrahierenden Deutung des Geschehens unter Bezugnahme auf Prinzipien mit Anspruch auf allgemeine Gültigkeit zu steigern. Seine Interventionsstrategien lassen sich nach Adressat, Wahl der Mittel und Argumentation unterscheiden.

Briefe und Gespräche: Persönliche Kontakte ausnutzend, versucht Voltaire zunächst durch Briefe und persönliche Gespräche, Einfluß auf die Entscheidungsträger im Fall Calas zu erlangen, d. h. auf den Conseil d'État, der für Wiederaufnahmeverfahren in Strafrechtsprozessen zuständig ist. Er wendet sich deshalb an ihm bekannte und verbundene Mitglieder des Hofs[3] sowie an Honoratioren in Paris, um sie von der Unschuld Calas' und dem der Ungerechtigkeit des Verfahrens gegen ihn zu überzeugen. In die Versailler Hofkreise werden seine Überzeugungen vermittelt durch den Herzog von Harcourt, die Marquise d'Argence, die Herzöge Richelieu und Villars sowie die Marquise de Pompadour. Von letzterer erhält er das Versprechen, sie werde mit dem König über Calas reden.[4] Auf das Haupt der Justizverwaltung, den 80jährigen Kanzler Guillaume II von Lamoignon, von dem Voltaire annimmt, er werde sich aus ei-

1 Der Begriff »Eingreifendes Denken« wurde von Bertolt Brecht geprägt. Vgl. dazu Ingrid Gilcher-Holtey, *Theater und Politik. Bertolt Brechts Eingreifendes Denkens*, in: dies., *Eingreifendes Denken. Die Wirkungschancen von Intellektuellen*, Weilerswist 2007, S. 86-125.

2 Sartre, S. 94.

3 Vgl. Gargett, S. 292.

4 Vgl. Hertz, S. 194. Daß sie es tatsächlich einlöste, zeigt ihr Brief an Charles, Duc de Fitzjames vom 27. August 1762, abgedruckt in: Nixon, S. 139 f.

genem Antrieb nicht für die Sache interessieren, versucht er einzuwirken über den Marquis von Nicolai sowie durch einen Vermittler, den Pariser Anwalt Jean-Baptiste-Jacques Elie de Beaumont, dem er aufträgt, den ganzen Advokatenstand aufzuwiegeln und den Vorsitzenden des Conseil d'État mit dem Ruf: Calas, Calas »in den Ohren« zu liegen.[1] Den für die Revision des Verfahrens entscheidenden Berichterstatter vor dem Conseil d'État, Thiroux de Crosne, versucht er direkt sowie durch dessen Schwiegervater zu beeinflussen.[2] Den Auftrag, die »gens de lettres« und insbesondere den Kreis der Philosophen der Aufklärung in Sachen Calas zu informieren und zu agitieren, erhalten Jean le Rond d'Alembert, seit 1754 Mitglied der Académie française, sowie Voltaires Vertrauter in Paris, Etienne-Noël Damilaville.

Voltaires Intervention verfolgt das Ziel, die Aufmerksamkeit der »repräsentativen« und »räsonierenden« Öffentlichkeit auf die Ereignisse in Toulouse zu lenken und den Fall Calas dadurch von einer lokalen zu einer nationalen Angelegenheit zu machen. Die Reichweite seiner Briefe ist groß, geht doch ihre Leserschaft weit über den Empfängerkreis der Briefe hinaus, da diese in den gesellschaftlichen Umkreisen der Adressaten vorgelesen und weitergereicht werden. Als Multiplikator über die Grenzen Frankreichs hinaus wirkt Friedrich Melchior Grimm, der einen großen Teil der Briefe Voltaires in Sachen Calas im Abstand von acht Monaten bis zu einem Jahr nach ihrer Ankunft in Paris in die von ihm herausgegebene und an europäische Fürsten-

1 Voltaire an Ferriol und Bosc du Bouchet, Brief vom 7. August 1762, in: Voltaire, *Correspondance VI*, D. 7286, S. 1006-1007, hier S. 1007, vgl. auch Hertz, S. 194.

2 Voltaire an Louis Thiroux de Crosne, Brief vom 30. Januar 1763, in: Voltaire, *Correspondance VII* (janvier 1763-mars 1765), hg. von Theodore Besterman, Paris 1981, D. 7554, S. 77 sowie Voltaire an Jean-Baptiste-François de la Michodière, Brief vom 13. Februar 1763, in: ebd., D. 7585, S. 103-104. Dt. Übersetzung beider Briefe in diesem Band S. 25-27.

häuser versandte *Correspondance Littéraire* aufnimmt.[1] Nicht zuletzt weiten die Mandate, die Voltaire in persönlichen Gesprächen seinen Besuchern in Ferney erteilte, den Kreis der Beziehungen aus. Doch reicht, wie Voltaire nach den ersten Antworten registrieren kann, die Mobilisierung persönlicher Netzwerke nicht aus, um hinreichenden Druck auf den Conseil d'État zu erzeugen. Er flankiert daher seine direkten persönlichen Interventionen durch eine zweite Strategie.

Pièces originales concernant la mort des Sieurs Calas et le jugement rendu à Toulouse: Voltaire wendet sich, um seine Kritik am Prozeß gegen Calas zu artikulieren, mittels Publikationen direkt an die Öffentlichkeit, bestrebt, die öffentliche Meinung für ein Revisionsverfahren zu gewinnen. Bereits im Juli 1762 – drei Monate nach dem Tod Calas' und zwei Monate nachdem Voltaire beschlossen hat, gegen dieses Urteil vorzugehen – erscheinen als kleine Flugblätter *Pièces originales concernant la mort des Sieurs Calas*. Veröffentlicht werden u. a. ein Auszug aus einem Brief der Witwe Calas vom 15. Juni 1762 sowie ein Brief von Donat, dem jüngsten der Söhne Calas', vom 22. Juli 1762 an seine Mutter, ein Brief an Monseigneur le chancelier, ebenfalls von Donat, sowie eine *Déclaration* von Pierre Calas, datiert vom 23. Juli 1762. Wird die Urheberschaft Voltaires für den Brief von Anne-Rose Calas nur vermutet, kann sie für die übrigen Dokumente als sicher gelten.[2] Er hat den Mitgliedern der Familie Calas, wenn man so will, seine Stimme

1 Émile Lizé, *Voltaire »Collaborateur« de la CL*, in: Bernard Bray, Jochen Schlobach, Jean Varloot (Hg.), *La Correspondance Littéraire de Grimm et de Meister (1754-1813), Colloque de Saarebrueck (22-24 février 1974)*, Paris 1976, S. 53 f.; vgl. Auch Kirill Abrosimov, *Die Genese der Intellektuellen im Prozess der Kommunikation. Friedrich Melchior Grimms »Correspondance littéraire«, Voltaire und die Affäre Calas*, in: *Geschichte und Gesellschaft* 33 (2007). S. 163-197, hier S. 183.

2 Vgl. dazu Jutta Lietz, *Voltaires Korrespondenz zur Affäre Calas*, in: *Romanistisches Jahrbuch*, 49 (1998), S. 68-97, hier S. 93 f.

und seine Worte geliehen, um sie in die Lage zu versetzen, die Ereignisse zu erzählen.[1] Der Stil ist ergreifend, auf die Erweckung von Mitleid und Identifikation mit den Opfern ausgerichtet. Doch darin erschöpft sich die Strategie Voltaires nicht. Die Briefe dienen zugleich der Vermittlung von Informationen über einen Prozeß, der unter Ausschluß der Öffentlichkeit geführt, dessen Urteilsbegründung nicht veröffentlicht worden und dessen Strafmaß – auf der Basis der unterstellten Schuld aller angeklagten Personen – widersprüchlich ist. Sie sollen zugleich zwei französische Protestanten präsentieren, die nicht das Bild des dogmatischen Protestanten widerspiegeln, das die Mehrheit der Franzosen hat, sondern Protestanten zeigen, die noch im größten Unglück, das eine Familie treffen kann, Staatsbürger bleiben, mithin nicht einfach als Staatsfeinde abzustempeln sind. »Le roi veut la justice: C'est la base de son gouvernement; son conseil n'a certainement nul intérêt que cette justice ne soit pas rendue«, läßt Voltaire Donat Calas im Brief an seine Mutter sagen, in dem er sie beschwört, den Conseil d'État anzurufen, um eine Revision des Urteils herbeizuführen.[2]

Es ist die antiprotestantische Grundhaltung, der Voltaire stilistisch und inhaltlich damit entgegenzuwirken sucht; das Vorurteil, das er in einem Brief an seinen Arzt Théodore Trochin mit Verweis auf eine Vielzahl von Franzosen beschreibt, die argumentieren: »qu'importe qu'on ait roué, ou non roué, un caliviniste? C'est toujours un ennemi de moins dans l'État.«[3] Daß Protestanten nicht nur keine Staatsfeinde, vielmehr Personen sind, die mit Ehrerbietung

1 *Pièces originales concernant la mort des Sieurs Calas et le jugement rendu à Toulouse*, in: *Mélanges*, hg. von Jacques van den Heuvel, Paris 1961, S. 529-552, sowie die deutsche Übersetzung in diesem Band.

2 Ebd., S. 533. Dt. Übersetzung in diesem Band S. 47.

3 Voltaire an Théodore Trochin, Brief vom 28. Juli 1762, in: Voltaire, *Correspondance VI*, D. 7268, S. 990; vgl. auch Gilbert Collard, *Voltaire, l'affaire Calas et nous*, Paris 1994, S. 176.

von der katholischen Religion reden, ohne die eigene zu verleugnen, ist das Ziel der *Erklärung von Pierre Calas*, die Voltaire initiiert. Sie schließt mit dem Gedanken, es gehe nicht um einen ungerechten Richterspruch und die durch ihn betroffenen Personen, es handle sich beim Fall Calas darüber hinaus um eine öffentliche Angelegenheit, deren Wahrheit aufgedeckt werden müsse. So eindringlich Voltaire auch schreibt und argumentiert, die öffentliche Wirkung der *Pièces originales* bleibt geringer als von ihm erhofft. Spöttisch quittiert er den ausbleibenden Erfolg: »Man kann hundert Unschuldige rädern, Paris denkt nur an ein neues Theaterstück und ein Souper.«[1] Der Vertrieb der *Pièces originales* wurde jedoch durch zahlreiche Beschlagnahmungen behindert, so daß die Flugblätter, selbst in Paris, wie d'Alembert schreibt, nur geringe Verbreitung gefunden haben. Die Wahrnehmung der Öffentlichkeit ändert sich erst mit einem anderen Dokument, das im August 1762 erscheint und von Voltaire mit eigenem Namen unterzeichnet ist.[2]

L'Histoire d'Élisabeth Canning et des Calas: Die Schrift berichtet von einem englischen Kriminalfall aus dem Jahre 1753.[3] Im Zentrum steht die Öffentlichkeit in Kriminalprozessen, die in England gegeben ist, weshalb die englische Presse darüber berichten konnte. Voltaire legt dar, wie ein englischer Gelehrter aufgrund der Berichterstattung die Widersprüche des Falles aufgedeckt, seine Kritik öffentlich geäußert und dadurch eine Wiederaufnahme des Verfahrens erzwungen habe. Das geheime Prozeßverfahren in Frankreich, so die Schlußfolgerung, gewähre philosophisch denkenden Köpfen diese Möglichkeit nicht. Zudem erlaube die französische Regelung, die Exekution unmittelbar nach dem

1 Zit. nach Hertz, S. 202.
2 Vgl. Collard, S. 177.
3 Vgl. *L'Histoire d'Élisabeth Canning et des Calas*, in: Voltaire, *Mélanges*, S. 552-562, sowie die dt. Übersetzung in diesem Band S. 77-89.

Urteil vorzunehmen, es seien weder ein Appell an die Gnade des Königs noch Recherchen wie die des englischen Gelehrten möglich, der seine Kampagne erfolgreich durchführen konnte, bevor der Urteilsspruch vollstreckt war. Durch Problematisierung der Verfahrensregeln lenkt Voltaire die Aufmerksamkeit auf Themen, die Gegenstand der Justizkritik der Aufklärung waren. In der Darstellung des Falles Canning vermischt er Fakten und Fiktionen. Er stilisiert Elisabeth zu einer schönen, aufreizend-verführerischen Frau und erklärt ihr mysteriöses Verschwinden aus ihrem Haus in London, das einen Prozeß gegen neun Personen wegen Entführung nach sich zog, mit ihrer Schwangerschaft, wenngleich die reale Elisabeth nicht schwanger war, im Prozeß nur eine Person wegen Entführung angeklagt und nie geklärt wurde, warum sie verschwunden war. Er setzt Erotik als Stilmittel ein, um seine Leserschaft zu bannen, seine Botschaft zu vermitteln und zu verhindern, daß durch eine allzu komplexe Schilderung sein Publikum sich langweilt.[1]

Memoranden: Voltaires Vorstoß wird flankiert durch die Intervention dreier angesehener Advokaten: Élie de Beaumont, berühmter Advokat des Parlaments zu Paris, Maître Pierre Mariette, Advokat mit Zulassung zum Conseil d'État, und Loyseau de Mauléon. Alle drei veröffentlichen sogenannte *Mémoires* (Memoranden), in denen sie zum Verfahren Stellung nehmen.[2] Beaumonts Memorandum ist sogar von fünfzehn weiteren Advokaten unterzeichnet worden.

1 Vgl. Gay, *Voltaire's Politics*, S. 299f.

2 Jean-Baptiste Élie de Beaumont, *Mémoire à consulter, et consultation pour la Dame Anne-Rose Cabibel, veuve Calas & ses enfants*, Paris 1762; Pierre Mariette, *Réflexions pour Dame Anne-Rose Cabibel, veuve du Sieur Jean Calas, Marchand à Toulouse; Louise et Louis Donat Calas, leurs fils, Anne et Anne-Rose Calas, leurs filles, demandeur en Cassation d'un Arrêt du Parlement du Toulouse, du 9 mars 1762*, Paris 1762; Alexandre Jérôme Loyseau de Mauléon, *Mémoire pour Donat, Pierre et Louis Calas, au sujet du jugement rendu à Toulouse contre le Sieur Jean Calas leur père*, Paris 1762.

Voltaire hat dies erwirkt: »J'ai fait faire à Paris un mémoire signé de quinze avocats«, schreibt er am 7. Oktober 1762 an Élie Bertrand.[1] Mit der Unterschriften-Aktion zielt er darauf, die Entscheidung des Conseil d'État vorzustrukturieren, ihn gleichsam zu zwingen, dem Beispiel der Anwälte zu folgen.[2] Die juristischen Memoranden, die nach 1770 in großer Zahl veröffentlicht werden sollten, stellen eine Innovation dar. Jenseits der Informationen, die sie transportieren, sind sie, so Roger Chartier, ein Mittel, das »Publikum als eine Instanz zu konstituieren, deren Dekrete mehr Macht besaßen als die etablierten Autoritäten«.[3] Sie stellen, so gesehen, ein zentrales Medium zur Herstellung einer »räsonierenden Öffentlichkeit« dar. Zu geringen Verkaufspreisen in hoher Auflage erscheinend, finden sie weite Verbreitung, nicht zuletzt aufgrund ihres Stils und ihrer Argumentation.[4] Um das öffentliche Interesse zu wecken, muß der Sache, die es zu verteidigen gilt, eine allgemeine und exemplarische Bedeutung beigemessen werden. Neben der Veröffentlichung des Geheimen steht daher in den Memoranden die Strategie der Verallgemeinerung des Besonderen, um an die öffentliche Meinung zu appellieren und sich selbst zugleich als deren autorisierte Interpreten einzusetzen. Alle drei betonen die extreme Voreingenommenheit der Richter in Toulouse, die das Prinzip der Unparteilichkeit verletzten, und stellen den »Justizirrtum«,[5] der sich im Urteil ausdrückt, als Folge dieser Parteilichkeit dar. Nicht Calas habe »fanatisch« gehandelt, vielmehr sei er ein Opfer

1 Voltaire an Élie Bertrand, Brief vom 7. Oktober 1762, in: Voltaire, *Correspondance VI*, D. 7375, S. 1075.

2 Vgl. dazu Voltaire an Mariette, Brief vom 7. Oktober 1762, in: ebd. D 7378, S. 1077, sowie die dt. Übersetzung in diesem Band S. 24.

3 Roger Chartier, *Die kulturellen Ursprünge der Französischen Revolution*, Frankfurt a. M. 1995, S. 48.

4 Ebd., S. 49.

5 Vgl. Mariette, S. 1.

des Fanatismus in Toulouse geworden.[1] Der religiöse Fanatismus sei eine Bedrohung für alle: »Car enfin«, so heißt es im Memorandum von Mariette, »est-il un père, un chef de famille, qui entendant le récit de la catastrophe de Jean Calas, ne se soit dit à lui-même, je ne suis à l'abri d'un pareil sort?«[2]

Voltaire nahm die Memoranden mit Begeisterung zur Kenntnis. Es sind, schrieb er, »les trois batteries de canons qui battent la persécution en brèche«.[3] In einem Brief an d'Alembert wurde er noch deutlicher: »A vous parler sérieusement, je trouve que si quelque chose fait honneur au siècle, ce sont les trois factums de MM. Mariette, de Beaumont, de Loyseau en faveur de la famille infortunée de Calas. Employer ainsi sa peine, son temps, son éloquence, son crédit; et loin de recevoir un salaire, procurer des secours à des opprimés, c'est là qui est véritablement grand.«[4] Die Memoranden der drei Advokaten werden ins Deutsche, Englische und Holländische übersetzt.[5] Voltaire selbst setzt sich für die Publikationen im Ausland ein.[6] Zusammenfassend läßt sich sagen, daß es Voltaire, unterstützt von den Advokaten, gelingt, eine breite Öffentlichkeit herzustellen und ein Publikum zu schaffen, das die Geschehnisse in Toulouse nicht nur zur Kenntnis nimmt, sondern den Fall – strukturiert durch die abstrahierenden Argumente – abzuwägen und zu debattieren beginnt. Die Indolenz scheint gebrochen, aus dem Fall Calas ist die Affäre Calas geworden.

Performative Aktionen: Um der Problematik der Affäre auch symbolisch inmitten der Hauptstadt Ausdruck zu ver-

1 Vgl. Loyseau de Mauléon, S. 60.

2 Vgl. Mariette, S. 3.

3 Zit. nach Rémy Bijaoui, *Voltaire Avocat. Calas, Sirven et autres affaires*, Paris 1994, S. 59.

4 Ebd.

5 Ebd.

6 José Cubero, *L'affaire Calas. Voltaire contre Toulouse*, Paris 1993, S. 208.

leihen, läßt Voltaire die Witwe des Hingerichteten im Juni 1762 nach Paris reisen. Untergebracht bei den Bankiers Dufour und Mallet, betreut von Gaubert Lavaysse, der unter falschem Namen in Paris untergetaucht ist, sowie vom Händler Dominique Audibert, zeigt Madame Calas sich einer von Voltaire ausgewählten Pariser Öffentlichkeit. Voltaire, der für ihre Reisekosten sowie ihren Lebensunterhalt aufkommt, präsentiert sie zunächst im Salon von Graf und Gräfin d'Argental sowie im Salon des Advokaten Mariette. Überzeugt, daß sie selbst nicht in der Lage ist, ihr Anliegen zu erläutern und zu vertreten, gibt er die Devise aus: »dans le moment présent, il faut qu'elle se montre peu, et qu'on agisse beaucoup pour elle«.[1] Nach und nach tritt sie in immer größeren Kreisen auf, bis Voltaire eine große europäische Kampagne zugunsten der ihres gesamten Vermögens beraubten Witwe startet, eine Kampagne, die u. a. vom Markgrafen von Baden-Durlach sowie vom Landgrafen von Hessen-Cassel finanziell unterstützt wird.[2]

Um die Haltung der Witwe Calas bekannt zu machen, die der Vorstellung von Protestanten in weiten Teilen der Öffentlichkeit widerspricht, läßt er von Jean-Baptiste Carmontelle einen Stich anfertigen, der »La Malheureuse Famille Calas« zeigt, und als Briefmarke vervielfältigen. In einer Auflage von fünftausend Stück gedruckt, wird sie in ganz Europa durch ein von Friedrich Melchior Grimm geleitetes Subskriptionsverfahren verteilt, dessen Erlös den Hinterbliebenen des Jean Calas zukommt.[3] Voltaire subskribiert zwölf Exemplare.[4]

Alle Schritte, die Madame Calas in Paris unternimmt und

1 Voltaire an Philippe Debrus, Brief vom 7. August 1762, in: Voltaire, *Correspondance VI*, D. 7287, S. 1008, vgl. auch Pomeau, S. 148.

2 Ebd., S. 156.

3 Emile Lizé, *Voltaire, Grimm et la Correspondance Littéraire*, Oxford 1979, S. 43.

4 Pomeau, S. 158.

die er zu ihren Gunsten unternimmt, verfolgen einen Zweck: öffentlichen Druck auf die Richter auszuüben, die über die Revision und das Rehabilitierungsgesuch entscheiden. Es handele sich, schreibt er am 7. August 1762, nicht um eine Sache der Gunst oder Gnade. Was man verlange, sei eine Justiz, die sorgfältig vorgehe. »Tout dépend de l'opinion des juges, et cette opinion dépend beaucoup de celle du public«, schrieb er an den Genfer Protestanten Philippe Debrus. Es gelte, Madame Calas den Richtern vorzuführen. Ihre Präsenz wiege »mehr als hundert Seiten« auf.[1]

Die erste Entscheidung auf dem Weg zur Rehabilitierung von Jean Calas fällt am 7. März 1763. Der Conseil d'État, zusammengesetzt aus hundert Personen, darunter drei Bischöfe und alle Minister, beschließt einstimmig ein Wiederaufnahmeverfahren und fordert vom Toulouser Parlament die Prozeßunterlagen an. Damit sind die Weichen gestellt in Richtung der Rehabilitierung von Jean Calas. Indes, entschieden ist der Kampf noch nicht. Das Toulouser Parlament weigert sich, der Aufforderung des Conseil d'État nachzukommen, gibt die Unterlagen nicht heraus und bietet lediglich die Möglichkeit einer Abschrift der Dokumente an. Das kostet Zeit und Geld. 25 Buch Stapelpapier und 1500 Livres verlangt das Gericht;[2] eine Summe, die von der Familie Calas nicht aufgebracht werden kann. Voltaire ist außer sich, doch er übernimmt die Kopierkosten, um seine Sache weiterzuführen. Während in einem langwierigen Verfahren die Prozeßakten abgeschrieben werden, veröffentlicht er 1764 zwei Bände eines *Philosophischen Taschenwörterbuchs* (»Dictionnaire philosophique portatif«), das Begriffe der Aufklärung in alphabetischer Reihenfolge erklärt, sowie eine Schrift, die, bereits 1762 fertiggestellt, zunächst von ihm zurückgehalten und lediglich eini-

1 Voltaire an Philippe Debrus, Brief vom 7. August 1762, in: Voltaire, *Correspondance VI*, D. 7287, S. 1008.

2 Vgl. Pomeau, S. 155, sowie Hertz, S. 208.

gen wenigen Vertrauten zugängig gemacht worden ist: »*Le Traité sur la tolérance*«.

Das *Philosophische Taschenwörterbuch*[1] knüpft an eine Idee an, die Voltaire bereits in Gesprächen mit Friedrich dem Großen in Potsdam entfaltet hat und als ein privates Konkurrenzunternehmen zur *Enzyklopädie* versteht. Es sollte mehr Ideenpropaganda als Sachinformation liefern und handlich sein. »Zwanzig Folianten«, schreibt er 1762, »werden niemals eine Revolution bewirken. Es sind die kleinen Taschenbücher zu vierzig Sous, die man zu fürchten hat.«[2] Die französische Zensur verbietet das *Taschenwörterbuch*, weil es die »Fundamente der katholischen Kirche« untergrabe. Die Stadt Genf läßt es zerreißen und öffentlich verbrennen.

1766 wird der neunzehnjährige Jean-François Lefèbvre, Chevalier de La Barre, der ein Kruzifix auf einer Brücke in Abbéville beschädigt hat, wegen Gotteslästerung zum Tode verurteilt. Die Ermittlungen ergeben, daß er das *Philosophische Taschenwörterbuch* besaß, angeblich sogar bei der Tat in der Tasche trug.[3] Voltaire nimmt sich seines Falles an.[4] Beim Erscheinen des *Taschenwörterbuchs*, das u. a. die in diesem Band dokumentierten Artikel *Fanatisme* und *Tolérance* enthält,[5] galt sein Hauptaugenmerk der Affäre Calas.

Le Traité sur la tolérance. Die Schrift leitet eine neue Etap-

1 Voltaire hatte ursprünglich den Titel *Dictionnaire philosophique portatif. Opinion par alphabet* vorgeschlagen, sein *Taschenwörterbuch* später *in La raison par alphabet* umgetauft, doch durchgesetzt hat sich der Titel *Dictionnaire philosophique*. Vgl. dazu Jürgen von Stackelberg, *Voltaire*, München 2006, S. 91, sowie Theodore Besterman, *Voltaire*, München 1971, S. 371.

2 Zit. ebd.

3 Vgl. dazu Stackelberg, S. 91 f.

4 Vgl. dazu Elisabeth Claverie, »La naissance d'une forme politique. L'affaire du chevalier de La Barre«, in : Philippe Roussin (Hg.), *Critiques et affaires de blasphème à l'époque des Lumières*, Paris 1998, S. 185-265.

5 Vgl. zum Inhalt der Erstausgabe Besterman, *Voltaire*, S. 372 f.

pe ein in dieser Affäre Calas. Sie markiert den Höhepunkt seiner Kampagne und eine neue Interventionsstrategie: die Konstruktion und Verteidigung, wie Voltaire es nennt, eines »der heiligsten Rechte der Menschheit«:[1] der Toleranz. Voltaire entfaltet das »ideelle Interesse«, das er mit seiner Kampagne verfolgt, das universelle Prinzip, das in Toulouse verletzt worden ist und das es zu restituieren gilt. Offiziell tritt er nicht als Verfasser auf, und er rät den Aufklärern, sich zu hüten, ihm diesen Text zuzuschreiben. Als die Schrift bei Cramer in Genf gedruckt worden ist, sendet er selbst jedoch einige Exemplare an hochgestellte Persönlichkeiten, denen er Vertrauen schenkt,[2] und fordert sie auf, sie an vertrauenswürdige Personen weiterzugeben.[3] Voltaire versteht den *Traité sur la tolérance* als eine Art »Bittschrift, welche die Humanität ganz untertänig der Macht und der Einsicht vorlegt«.[4] Kein Zweifel: Adressat der Schrift sind die Macht- oder politischen Entscheidungsträger. Das Bittgesuch richtet sich an »diejenigen«, wie es im Traktat heißt, »die an der Spitze der Regierung stehn oder zu wichtigen Posten bestimmt sind«.[5] Ausgehend vom Fall Calas, der durch »den Geist der Intoleranz« entstanden sei, beschreibt Voltaire das Prinzip der Toleranz als allgemeinen Grundwert »menschlicher Gesellschaften«. In einem historischen Längsschnitt von der Antike bis zum Westfälischen Frieden legt er die Vorteile der Toleranz dar, um schließlich für ihre Anerkennung auch in Frankreich zu plädieren. Auch hier müsse möglich werden, was in England, Deutschland und Holland, wo es nicht weniger Dogmenstreitigkeiten gegeben habe, bereits möglich sei: das Nebeneinander von

1 Zit. nach Cubero, S. 238.

2 Voltaire an Paul Claude Moultou, Brief vom 3. April 1763, in: Voltaire, *Correspondance VII*, D. 7709, S. 201.

3 Vgl. Cubero, S. 238 ff.

4 Voltaire, *Über die Toleranz*, in diesem Band S. 241.

5 Ebd., S. 131.

Juden und Christen, Katholiken, Lutheranern und Calvinisten. Dabei zeichnet sich das Nebeneinander für ihn nicht durch einfache Duldung aus etwa dergestalt, wie – was unschwer aus der Bibel zu beweisen sei – Christen sie einander schuldig seien. »Ich«, so heißt es im *Traktat*, »gehe weiter; ich sage, man muß alle Menschen wie seine Brüder ansehen.« Und um mögliche Einwände vorwegzunehmen, spricht er sie aus: »Wie, der Türke mein Bruder? der Chinese, der Jude, der Siameser mein Bruder?« Voltaires Antwort ist kurz, aber bestimmt. »Ja, zuverlässig.«[1]
Toleranz ist für Voltaire mehr als das christliche Gebot der Duldung. Toleranz ist ein »Menschenrecht«, das Gewissens-, Glaubens- und Denkfreiheit einschließt und das er mit Intoleranz kontrastiert, verstanden als »Recht der Tiger«, mit anderen Worten als »unvernünftig« und »barbarisch«.[2] Gerichtet auf das »physische und moralische Beste der menschlichen Gesellschaft«, diene die Toleranz zugleich dem Interesse der Nationen.[3] Nicht nur daß Toleranz noch nie einen bürgerlichen Krieg veranlaßt habe, »während die Intoleranz [...] Blutvergießen über die Erde ausgebreitet« habe[4] und mithin Toleranz den wahren Prinzipien der Staatsräson entspreche, wendet er ein, sondern er führt auch ökonomisch-rationale Gründe an. Frankreich beraube sich eines zentralen Wirtschaftsfaktors, wenn es die Protestanten vertreibe oder unterdrücke. Daraus folgt: Voltaire akzentuiert und dramatisiert Toleranz als einen Leit- und Orientierungswert, der den Interessen der »menschlichen Gemeinschaft« wie denen des Staates entspricht. Indem er seinen Ruhm als Schriftsteller, die Macht seiner Worte, sein Geld und über drei Jahre hinweg einen großen Teil seiner Arbeitskraft einsetzt, um diesem Prinzip Geltung zu verlei-

1 Ebd., S. 227 f.
2 Ebd., S. 143.
3 Ebd., S. 138.
4 Ebd.

hen, mischt er sich zwangsläufig ein in Dinge, die außerhalb seiner Kompetenz liegen. Er greift nicht nur die Rechtsprechung eines Parlaments, auch die Regeln der Strafjustiz in Frankreich an. Er agitiert von Ferney aus die Mitglieder des Conseil d'État, definiert Staatsräson und Staatsinteressen und setzt zugleich die politischen Entscheidungsträger unter den Druck der öffentlichen Meinung. Als Schriftsteller handelt er weit über seine Kompetenzen hinaus, aber er erfüllt zugleich ein Kriterium, das ihn, wenn man so will, zum klassischen Intellektuellen macht. »Un intellectuel«, so Jean-Paul Sartre, »est quelqu'un qui se mêle de ce qui ne le regarde pas.«[1] Die Formel, die Sartre zur Grundlage seiner Definition des Intellektuellen macht, entspricht, wie er schreibt, der Fremdwahrnehmung der Philosophen zur Zeit Voltaires, »qui utilisent leurs methodes pour un autre but que celui qu'elles devaient atteindre«.[2]
Als radikaler Aufklärer verläßt Voltaire in der Affäre Calas die Sphäre der Kultur, greift ein in die Sphäre der Macht, gestützt auf die reflektierte »öffentliche Meinung« als einer Art Gegenmacht, die er für den wahren Gesetzgeber hält. »Gesetze werden von der öffentlichen Meinung gemacht«,[3] schreibt er 1763, aber er stellt die Monarchie damit nicht in Frage. Wie John Locke, der das Law of opinion als moralische Instanz der politischen Instanz des Staates gegenübergestellt hatte, ohne klar zu bestimmen, wie sich beide zueinander verhalten,[4] geht Voltaire von einer indirekten Wirkung des Law of opinion aus.[5] Er setzt auf den

1 Jean-Paul Sartre, *Situations philosophiques*, Paris 1991, S. 221.

2 Ebd., S. 227.

3 Zit. nach Besterman, *Voltaire*, S. 353, der Voltaires *Remarques pour servir de suppléments à l'Essai sur les mœurs* (1763) als Kommentar zur Funktion der öffentlichen Meinung deutet.

4 Vgl. Reinhart Koselleck, *Kritik und Krise. Eine Studie zur Pathogenese der bürgerlichen Welt*, Frankfurt a. M. 1979, S. 46.

5 »Es liegt im Interesse des Königs und des Staates«, schreibt er an Helvétius, »daß die Philosophen die Gesellschaft regieren.« Voltaire an Claude

Conseil d'État und den Monarchen als Institutionen, die seiner Wertidee soziale Geltungs- und Wirkungsmacht verleihen. Er kämpft an der Seite der Monarchie gegen die Parlamente (fünf von dreizehn haben sich mit dem Toulouser Parlament solidarisiert); es ist ein Kampf, dessen Ausgang bis zum Schluß ungewiß bleibt. Am 4. Juni 1764 hebt der Conseil Privé des Königs das Urteil des Toulouser Parlaments auf und leitet die Sache an die Renquête-Kommission (Requêtes de l'hôtel) weiter, die über die Rehabilitierung entscheidet.[1] Wenige Tage bevor diese ihre Entscheidung fällt, greift Voltaire nochmals zur Feder, um seine Kampagne für Calas zu verteidigen. Er verknüpft die Entscheidung in der Affäre Calas mit dem Schicksal der Philosophie der Aufklärung. In einem Brief an Damilaville, der als Flugblatt gedruckt und in Paris verteilt wurde, schrieb er: »Je sais avec quelle fureur le fanatisme s'élève contre la philosophie. Elle a deux filles qu'il voudrait faire périr comme Calas, ce sont la vérité & la tolérance.«[2]

Rehabilitierung: Die Entscheidung fällt am 9. März 1765. Auf den Tag genau drei Jahre nach dem Toulouser Urteilsspruch werden Jean Calas und seine Familie rehabilitiert. Der Familie wird das Recht eingeräumt, die Richter auf Reparationszahlungen zu verklagen. Da dieser Klage jedoch geringe Chancen eingeräumt werden, gewährt der König ihr Gratifikationen.[3] Voltaire ist euphorisch. »Die öffentliche Meinung«, schrieb er, »regiert die Welt und am Ende

Adrien Helvétius, Brief vom 15. September 1763, in: Voltaire, *Correspondance VII*, D. 7923, S. 372-374.

1 Vgl. Gay, *Voltaire's Politics*, S. 284 sowie den Artikel »Calas«, in: Raymond Trousson, Jeroom Vercruysse (Hg.), *Dictionnaire de Voltaire*, Paris 2003, S. 155-162, hier S. 159.

2 Voltaire an Damilaville, Brief vom 1. März 1765, in: Voltaire, *Correspondance VII*, D. 8739, S. 1069.

3 Anne-Rose Calas erhält 12 000 Livres, ihre Töchter jeweils 6000, jeder Sohn 3000, ebenso die katholische Haushälterin. Vgl. dazu Pomeau, S. 158.

regieren die *philosophes* die Meinung der Menschen.«[1] Die Philosophen der Aufklärung haben ihn allerdings nur bedingt und indirekt unterstützt. Es gibt keine gemeinsamen öffentlichen Aufrufe oder Erklärungen, in denen sie sich mit der Kampagne für Calas solidarisieren (mit denen ein Jahrhundert später Wissenschaftler und Künstler die Intervention Émile Zolas in der Dreyfus-Affäre flankieren). Mangelnde Autonomie, finanzielle Abhängigkeit und die Zensur erschweren und verhindern eine offene Solidarisierung. So wirkt Diderot nur hinter den Kulissen mit, indem er z. B. die ersten Memoranden der Anwälte kritisiert und Verbesserungsvorschläge macht. Er stellt das Schicksal der *Enzyklopädie* über ein potentielles Engagement in der Affäre Calas. Nach der von Voltaire erkämpften Rehabilitierung gesteht er jedoch: »Lieber hätte ich das vollbracht als die schönste seiner Tragödien.«[2]

Die Rehabilitierung Calas' wirkt nach. Nicht nur in Toulouse, wo der Stadtrat fortan die Ausgaben für die jährlichen Erinnerungsfeiern an den 17. Mai 1562 um die Hälfte reduziert, sondern im ganzen Land. 1787 wird ein neues Toleranzedikt in Kraft gesetzt. 1788 werden erste Anläufe zu einer Strafrechtsreform unternommen, welche die Nationalversammlung fortsetzt. Noch unter dem Konvent Robespierres wirkt die Affäre Calas als Mahnmal und Symbol. Der Konvent erläßt, um auch die soziale Diskriminierung auszugleichen, den Kindern Calas' die Schulden, die durch die Auflösung des Geschäftes Jean Calas' infolge des gegen ihn geführten Prozesses entstanden sind. Sie werden aus der Staatskasse gezahlt. Doch damit nicht genug: Als

1 Voltaire an Ferriol und Bosc du Bouchet, Brief vom 27. Januar 1766, in: Voltaire, *Correspondance VIII* (avril 1765-juin 1767), hg. von Theodore Besterman, Paris 1983, D. 9300, S. 356-357, hier S. 357. Die deutsche Übersetzung folgt Besterman, *Voltaire*, S. 365.

2 *Correspondance littéraire*, 15. März 1765, hier zit. nach Lepape, S. 274.

1898 eine neue Affäre in Frankreich in die Wahrnehmung der Öffentlichkeit rückt, ist es der Vergleich mit dem Fall Calas und das Vorbild Voltaires, die zwei der Hauptprotagonisten – den Schriftsteller Émile Zola und den Vizepräsidenten des Senats Auguste Scheurer-Kestner – zu »Dreyfusards« machen und damit zu Intellektuellen, die, ihre Kompetenz überschreitend, unter Berufung auf allgemeine Werte an die Öffentlichkeit appellieren, eine Revision des Verfahrens des wegen Landesverrats verurteilten jüdischen Hauptmannes Alfred Dreyfus einzuleiten.[1] Versucht man, ein Resümee zu ziehen, lassen sich am Beispiel von Voltaires Engagement im Fall Calas zentrale Elemente der Rolle des Intellektuellen bestimmen.

III. Der Schriftsteller als Intellektueller

Als »Intellektueller« vor der Erfindung des Begriffs[2] prägte Voltaire die Rolle und Funktion des Intellektuellen in einem Maße, daß der Fall Calas als eines der wichtigsten Referenzereignisse für die Interventionen von Intellektuellen gelten kann. Was den »klassischen Intellektuellen« Voltaire auszeichnet, läßt sich in vier Thesen resümieren.

Erste These: Im Zentrum des Engagements des Intellektuellen steht die Entfaltung eines generellen Problems aus diffusen Ereigniszusammenhängen und divergierenden Inter-

1 Vgl. dazu Ingrid Gilcher-Holtey, *Menschenrechte oder Vaterland: Émile Zola und die Affäre Dreyfus*, in: dies., *Eingreifendes Denken*, S. 73-85.

2 Der Begriff findet sich erstmals in Claude-Henri de Saint-Simon, *Du système industriel*, Paris 1821, S. 10, 150-161. Er erhält seine Verbreitung aber erst im Zuge der Dreyfus-Affäre. Vgl. dazu Christophe Charle, *La naissance des »intellectuels« (1880-1900)*, Paris 1990; ders., *Vordenker der Moderne. Die Intellektuellen im 19. Jahrhundert*, Frankfurt a. M. 1996; Dietz Bering, *Die Intellektuellen. Geschichte eines Schimpfwortes*, Berlin 1982.

essenlagen. Seine »Leistung« besteht in der Konstruktion und Isolierung eines »ideellen Interesses«, welches die komplexen Geschehenszusammenhänge und Interessenkonflikte erhellt und zugleich durchbricht. Aus dem Einzelfall wird dadurch ein prinzipieller Fall. Das Fehlurteil und das Unrecht, das Calas widerfuhr, wurden zum Ausgangspunkt einer Problematisierung der Verfahrensregeln in Strafprozessen sowie der Haltung der Kirche und führten zu einer Debatte, die Prinzipien mit Anspruch auf allgemeine Gültigkeit hervortreten ließ: Gerechtigkeit und Toleranz. Zwar ging es Voltaire auch um die Rehabilitierung der Familie Calas, aber sie war nur die wahrnehmbare Konkretisierung der Prinzipien, die er vertrat.
Zweite These: Voraussetzung für die Mobilisierungskraft von Intellektuellen ist die Durchbrechung der Kontextgebundenheit der Ereignisse und der Transfer des generalisierten Falles in andere Arenen der Problembehandlung und der Entscheidung. Die Rolle des Intellektuellen besteht dabei darin, einen Adressaten zu finden, der in seinem Sinne bei der weiteren Behandlung und Lösung des definierten Problems tätig werden kann. Findet er ihn nicht, bleibt das intellektuelle Engagement wirkungslos. Voltaire fand einen Adressaten: den Conseil d'État, der ein Revisionsverfahren im Fall Calas einleiten und durchführen konnte. Um auf ihn einzuwirken, mobilisierte er sein persönliches Beziehungsnetz, wandte er sich an Personen, die, aus seiner Sicht, indirekt Einfluß auf das Entscheidungsgremium nehmen konnten. Er suchte »Vermittler« und fand sie in Versailler Hofkreisen sowie unter Pariser Honoratioren; wobei ein Kreis von Pariser Parlaments- und Conseiladvokaten ihn dabei unterstützte, Informationen und Argumente zu verbreiten, die eine – vom Urteil des Toulouser Parlaments abweichende – Beurteilung des Falles Calas möglich machten. Daraus folgt: Ein zentrales Kriterium des Intellektuellen ist, daß er selbst die von ihm erstrebte Änderung der

Situation nicht herbeiführen kann – d. h., im konkreten Fall kein neues Urteil mit allgemeiner Geltung fällen kann. Er ist mithin abhängig von anderen: zum einen von Entscheidungsinstanzen und zum anderen von »Vermittlern«, die Einfluß auf die Träger der Entscheidungsinstanzen auszuüben vermögen. Die fehlende Entscheidungskompetenz des Intellektuellen entspricht jedoch der Distanz, die ein Engagement ohne direkte Betroffenheit und unter ausschließlicher Bezugnahme auf die »ideellen Interessen« und allgemeinen Prinzipien ermöglicht.

Dritte These: Erfolgreiche Mobilisierung durch Intellektuelle ist an die Verknüpfung von Primär- und Sekundärmobilisierung gebunden. Der Einsatz persönlicher Netzwerke (primäre Mobilisierung) ist selbst bei Voltaire nicht ausreichend, dessen Briefe Leser fanden, die weit über den Empfängerkreis hinausgingen. Er hätte allein gestützt auf seine Korrespondenz- und Ansprechpartner keinen hinreichenden Druck auf die Entscheidungsinstanzen ausüben können, um im Fall Calas eine Änderung der Wahrnehmung und des Urteils herbeizuführen. Ohne den Einsatz von Publikationen und damit die Herstellung von Öffentlichkeit (sekundäre Mobilisierung) – sei es durch veröffentlichte Briefe, Memoranden, anonyme Schriften wie *Le Traité sur la Tolérance* oder Flugschriften – hätte er seine Rolle als Intellektueller nicht ausüben können. Die Herstellung von Öffentlichkeit und die Mobilisierung eines anonymen Publikums durch sie sind, so gesehen, notwendige Elemente einer von Intellektuellen getragenen Aufklärungskampagne. Über die Publikationen wurden in der Affäre Calas die »gens de lettres« und das aufklärerisch gesonnene Publikum (bestehend aus Bürgerlichen und Adeligen) angesprochen, das als Trägergruppe der öffentlichen Meinung indirekten Druck auf die Entscheidungsinstanzen ausübte. Voltaires Kampagne für Calas trug, so Mona Ozouf, entscheidend zur Konstituierung eines für alle sichtbaren »Tribunals der öffentlichen Meinung« bei, das reflektierten Kriterien folgte.[1]

Vierte These: Die Vermittlungs- und Wirkungschance intellektuellen Engagements ist besonders hoch, wenn die Verknüpfung von universellen Werten, konkreten Zielen und Maßnahmen gelingt. Voltaires Interventionen im Fall Calas boten verschiedene Kriterien für eine Urteilsbildung. Sie reichen von der Hervorhebung der Verfahrensmängel über die Problematisierung des Prozeßverfahrens in Strafrechtsfällen allgemein zur Kritik der Vorurteilsbildung unter Berufung auf das Moralgebot der Toleranz im christlichen Sinne bis zum universellen Postulat der Toleranz als Menschenrecht. Diese Kriterien ermöglichten unterschiedliche Parteinahmen für Calas auf verschiedenen Ebenen, ohne daß damit schon grundsätzliche Zustimmung zum universalisierten »letzten« Wert eingeschlossen war. Das breite Spektrum der (Reform-)Ziele erhöhte die Zustimmungsbereitschaft und den Kreis der potentiellen Unterstützer seiner Kampagne. Voltaire vermied zugleich den Zusammenschluß der potentiellen Gegner zu einer Partei der Verteidigung des Status quo. Seine Ziele verletzten die politischen Strukturen der Zeit nicht und trugen den herrschenden Mentalitätsstrukturen Rechnung. Voltaire forderte nicht die Abschaffung des Königtums, die Demokratisierung der Herrschaft sowie die Absetzung Gottes und dessen Ersetzung durch die Herrschaft der Vernunft. Darin unterschied er sich von Rousseau und Robespierre. Er war, wenn man so will, dem »Zeitgeist« angepaßter, jedenfalls im Hinblick auf die Konsequenzen der von ihm verfochtenen Prinzipien. So setzte er sich für die Glaubensfreiheit der Protestanten ein, sah diese aber schon hergestellt, wenn Protestanten das Recht auf Versammlungen in geschlossenen Gebäuden er-

1 Mona Ozouf, »L'opinion publique«, in: Keith Michael Baker (Hg.), *The French Revolution and the Creating of Modern Political Culture*, Bd. 1: *The Political Culture of the Old Regime*, Oxford 1987, S. 419-434, S. 425.

hielten; das Recht auf öffentliche Demonstration ihres Glaubens verfocht er nicht.

Kein Zweifel, Voltaire war eine Ausnahmegestalt. Er war zur Zeit der Affäre Calas ein weit über die Grenzen Frankreichs hinaus berühmter Schriftsteller und Publizist, ökonomisch unabhängig und hatte sich, nicht zuletzt durch die Wahl seines Wohnsitzes, eventuellen Repressionen entzogen. Seit 1758 lebte er in Ferney, auf einem Gut unweit der Schweizer Grenze (bei Genf), hinter die er sich jederzeit zurückziehen konnte, zumal er auf der Schweizer Seite mit Les Délices über einen weiteren Landsitz verfügte. Diese Unabhängigkeit hob ihn heraus aus der Mehrzahl der »gens de lettres« seiner Zeit und befähigte ihn, Wahrheit und Gerechtigkeit zu verfechten, und zwar gemäß der von allen geteilten, aber nicht von allen realisierbaren Regel persönlicher Interesselosigkeit und Uneigennützigkeit. Seine Autonomie ermöglichte es ihm, einen Feldzug zur Durchsetzung moralischer und ethischer Prinzipien zu führen und zu finanzieren. Er mußte sich nicht aus ökonomischen Gründen »vergesellschaften«, er konnte seine Intellektuellenrolle als Einzelperson ausfüllen. Dennoch trug auch er ein Risiko: Die Durchbrechung von institutionalisierten Kompetenzräumen mußte keineswegs zwangsläufig erfolgreich enden. Er konnte scheitern. Voltaire nahm das in Kauf und durchbrach die Schranken der Diskursmilieus seiner Zeit.

IV. Affäre und Skandal

Als Voltaire 1778 nach Paris kam, um der Aufführung seiner letzten Tragödie *Irène* in der Comédie-Française beizuwohnen, wurde ihm großer Beifall zuteil, nicht nur im Theater, sondern auch auf den Straßen. Das Volk, schrieb eine Zeitzeugin, lief hinter ihm her und nannte ihn »l'homme aux Calas«.[1] Kein Zweifel, mit seiner Kampagne für Calas hatte er sich in das kollektive Gedächtnis Frankreichs eingeschrieben und Maßstäbe gesetzt, nicht nur für die Rolle des Intellektuellen, sondern auch für den Idealtypus der Affäre. Der französische Soziologe Luc Boltanski und die Historikerin Elisabeth Claverie haben jüngst, im Rahmen einer »Soziologie der Kritik«, den historischen Konnotationen des Begriffs »affaire« in der Calas- und Dreyfus-Affäre Rechnung tragend, zugleich aber vom historischen Geschehen abstrahierend, eine analytische Definition der »Affäre« als Figur im politischen Repertoire vorgenommen,[2] die sich klar vom »Skandal«, wie ihn die Skandalforschung definiert, abgrenzen läßt. Was zeichnet die analytische Definition des Begriffs – in der Soziologie der Kritik »forme d'affaire« genannt – aus?

Kennzeichen der Affäre: Eines ihrer zentralen Elemente ist, folgt man Boltanski und Claverie, die Verteidigung eines zu Unrecht Beschuldigten, präziser noch: einer zu Unrecht beschuldigten gewöhnlichen Person. Die Affäre unterscheidet sich damit deutlich vom Skandal, in dem eine »moralische Verfehlung« (Hondrich) oder »Regelverletzung« (Neckel) durch hochgestellte Personen oder »Institutionen« im Zentrum stehen. Während eine »moralische Verfehlung«, deren »Enthüllung« sowie die dadurch ausgelöste allgemeine »Entrüstung« den Skandal ausmachen,[3] sind die Umkehr der Rollen von Ankläger und Beschuldigtem, die An-

1 Victor Klemperer, *Voltaire*, Berlin 2004, S. 48; Pomeau, S. 159.

2 Luc Boltanski, Elisabeth Claverie, *Affaires, Scandales et Grandes Causes*, in: Luc Boltanski, Elisabeth Claverie, Nicolas Offenstadt, Stéphane Van Damme (Hg.), *Affaires, Scandales et Grandes Causes. De Socrate à Pinochet*, Paris 2007, S. 395-453, hier S. 422.

3 Vgl. zur Soziologie des Skandals Karl Otto Hondrich, *Enthüllung und Entrüstung. Eine Phänomenologie des politischen Skandals*, Frankfurt a. M. 2002, S. 59 ff.; Sighard Neckel, *Das Stellhölzchen der Macht. Zur Soziologie des politischen Skandals*, in: Rolf Ebighaus, Sighard Neckel (Hg.), *Anatomie des politischen Skandals*, Frankfurt a. M. 1989, S. 55-82.

klage des Anklägers sowie die Umkehr des Urteils über das Opfer und den Ankläger in der Wahrnehmung der Öffentlichkeit die Merkmale der Affäre.[1] Bleibt die Frage nach ihrer Funktion. Boltanski und Claverie sehen diese in der Subversion der öffentlichen Meinung, in der Umkehr etablierter Wahrnehmungsschemata, in der Entstehung eines neuen Publikums, mithin in Elementen sozialen Wandels. Während der Skandal in Konsensbildung mündet, insofern sich, so die Hypothese der Skandalforschung, in der allgemein geteilten Empörung die in Wertgemeinschaften zerfallende Gesellschaft als ungeteilte erfährt,[2] weist die Affäre über die Empörung hinaus, indem sie diese kritisch reflektiert, in Frage stellt und abzuändern, d. h., mittels divergierender Sicht- und Teilungskriterien der sozialen Welt in eine andere Richtung zu lenken versucht. Betrachtet man die Mobilisierungsstrategien, tritt ein weiterer Unterschied hervor: Im Skandal erfolgt die Mobilisierung durch Betonung des Persönlichen, in der Affäre durch die Generalisierung des Einzelfalls, durch seine Überführung in eine allgemeine Angelegenheit. Wer löst den Skandal, wer löst die Affäre aus?

Die Soziologie der Kritik nennt, um die Affäre zu charakterisieren, den nicht professionellen Ankläger im öffentlichen Raum, soll heißen: eine Person, die über Autorität verfügt, ohne durch eine Institution legitimiert zu sein, einen unparteiischen Zuschauer, der als Ankläger keine materiellen Interessen verfolgt, wie exemplarisch Voltaire in der Affäre Calas. Es sind vor allem Intellektuelle, einzeln oder in Gruppen, die diese Aufgabe übernehmen. Für den politischen Skandal hingegen gilt, daß Akteure des politisch-administrativen Systems unmittelbar oder auslösend in ihn verwickelt

1 Nicolas Offenstadt, Stephane Van Damme, *Introduction: Une longue histoire*, in: *Affaires, Scandales et Grandes Causes*, S. 7-18, hier S. 9, 11; Boltanski/Claverie, S. 397.

2 Vgl. Hondrich, S. 64, Neckel, S. 57, 62.

sind,[1] mächtige Interessenten oder Interessengruppen ihn anzetteln und damit materielle Interessen verfolgen.[2] Zunehmend fällt, so die Skandalforschung, in demokratischen Gesellschaften auch Presse, Funk und Fernsehen die Rolle des Skandalierers zu, desjenigen, der Verfehlungen denunziert.[3] Für Skandalierer ebenso wie für Ankläger im öffentlichen Raum gilt, daß sie ohne das Votum der Öffentlichkeit nicht auskommen. Sie müssen die öffentliche Meinung gewinnen. Beide setzen dabei Skandalisierung als eine Waffe ein, sei es, um (a) ein Ereignis oder einen Sachverhalt zu skandalisieren oder (b) den Skandal zu skandalisieren. Während der Skandal auch ohne Intellektuelle auskommt, ist die Skandalisierung des Skandals das Metier des Intellektuellen in der Affäre.

Eine Affäre ist, so läßt sich daraus folgern, kein Skandal,[4] auch wenn eine Affäre einen Skandal überlagern kann.[5] Voltaire überführte den Skandal, zu dem führende Repräsentanten von Justiz und Kirche den Todesfall im Hause des hugenottischen Kaufmanns Jean Calas gemacht hatten, indem sie ihn zu einem durch fingierte Zeugenaussagen enthüllten, gemeinschaftlichen hugenottischen Racheakt erklärten, in eine Affäre. Er deckte mit seinen Recherchen zum wahren Tathergang einen Justizirrtum auf und brachte mit der Macht seiner Worte in Briefen und Schriften das Einverständnis zwischen Anklägern und Öffentlichkeit ins Wanken. Religiösen Fanatismus in Gestalt tief verwurzelter antiprotestantischer Vorurteile als Grundlage des Konsenses enthüllend, erwirkte er die Aufhebung des Toulouser Gerichtsurteils und kehrte die öffentliche Meinung in Sachen Calas um.

1 Ebd., S. 57.
2 Vgl. Hondrich, S. 62.
3 Vgl. Neckel, S. 67.
4 Offenstadt/Van Damme, S. 11.
5 Boltanski/Claverie, S. 422.

	»Skandal«	»Affäre«
Merkmale	Normverletzung Enthüllung kollektive Empörung	Verteidigung eines zu Unrecht Beschuldigten Umkehr der Rollen von Ankläger und Angeklagtem Umkehr der Urteile über Ankläger und [Justiz-]Opfer in der Wahrnehmung der Öffentlichkeit
Funktion	Wiederherstellung der Norm Selbstvergewisserung der Gesellschaft über grundlegende Werte	Rehabilitierung Redefinition von Leitideen
Mobilisierungsstrategien	Personalisierung eines Konflikts Skandalisierung einer Person	Generalisierung eines Einzelfalls Skandalisierung eines Skandals
Auslöser	Personen des politisch-administrativen Systems, politische Gegner, Journalisten	nicht professionelle Ankläger im öffentlichen Raum, Intellektuelle

Transfer der Affäre Calas: Ins Deutsche übersetzt und mit nur kurzer Zeitverzögerung gegenüber dem französischen Original publiziert, wurden die *Pièces originales concernant la mort des Sieurs Calas* (1762)[1] und *Le traité sur la tolérance* (1764).[2] Die Zeitungsberichterstattung setzte ein, als 1764 die Aufhebung des Urteils des Toulouser Parlaments verkündet wurde. Als Jean Calas und seine Familie am 9. März 1765 rehabilitiert wurden, war die »Sache Calas« auch deutschen Lesern vertraut.[3] Zur weiteren Verbreitung des Wissens um sein Schicksal trug nicht zuletzt die europaweite Subskription für den Kupferstich *Der Abschied des Calas von seiner Familie* von Daniel Chodowiecki (1767) bei, die von Pariser Aufklärern um die *Correspondance littéraire* 1765/1766 zugunsten der Justizopfer organisiert wurde.[4]

Der Fall Calas wurde in der *Correspandance littéraire* zwischen 1762 und 1766/67 in vierzig Beiträgen angesprochen.[5]

1 *Authentische Briefe welche das traurige Schicksal der reformierten Familie Calas zu Toulouse nach der Wahrheit vor Augen legen.* Aus dem Französischen übersetzt, o. O. 1762.

2 Voltaire, *Abhandlung über die Religionsduldung aus dem Französischen des Herrn Voltaire*, Leipzig 1764.

3 Vgl. zur Presseberichterstattung Alix Winter, *Die Affäre Calas in der deutschen Presse*, Magisterarbeit Potsdam, August 2009. Untersucht werden darin die *Staats- und gelehrte Zeitung des Hamburgischen unpartheyischen Correspondeten*, *Berlinische Nachrichten von Staats- und gelehrten Sachen*, die *Berlinische privilegirte Zeitung*, die *Leipziger Zeitung*, die *Bayreuther Zeitung*, die *Magdeburgische privilegirte Zeitung*, das *Wienerische Diarium.*

4 Vgl. Abrosimov, S. 178. Herausgegeben von Friedrich Melchior Grimm, war die *Correspondance littéraire* ein handschriftliches Nachrichtenorgan, das, von regierenden Fürsten und Fürstinnen bezogen, ein- bis zweimal monatlich erschien. Durch Abschreiber vervielfältigt und mit der diplomatischen Post versandt, unterlag die *Correspondance littéraire* strikter Geheimhaltung.

5 Vgl. Abrosimov, S. 178.

Grimm kommentierte selbst u. a. die Aufhebung des Urteils des Toulouser Parlaments. »Wenn durch ein solches Verfahren ein unbescholtener Greis die schrecklichste und schimpflichste Strafe erleidet«, schrieb er am 15. Juni 1764, »so scheint mir anderes geboten, als es für ungültig zu erklären, und es schmerzt, daran zu denken, daß solche Richter auch weiterhin mit ihren Urteilen über Leben, Ehre und Vermögen der Bürger verfügen. Als man im vergangenen Winter einem Rat dieses Parlements in einer Gesellschaft Vorhaltungen über die unerhörte Verfahrensweise machte, glaubte er seine Kollegen mit den Worten zu verteidigen: ›Auch das beste Pferd strauchelt einmal‹. – ›Bei Gott, mein Herr‹, antwortete ihm da eine geistreiche Dame, ›aber das war ja ein ganzer Stall‹ ...«[1]

Die *Correspondance littéraire* agierte, so Kirill Abrosimov, »als Institution des parti philosophique«. Sich leidenschaftlich für die Opfer religiöser Verfolgung einsetzend, habe sie die Verteidigung universeller Werte mit der Bemühung um schutzbedürftige Opfer verknüpft. Ihr »Leitmotiv« in Sachen Calas sei »die Hilfsbedürftigkeit der Familie Calas« gewesen.[2] Dabei habe sich Grimm um eine eigenständige literarisch-künstlerische Formgebung bemüht und »die Erregung von emotionaler Betroffenheit, der sich niemand entziehen konnte und die ihren konkreten physischen Ausdruck in Tränen fand, als *conditio sine qua non* des Sprechens über die Calas-Affäre« postuliert. Das »Tränengebot«, seit Mitte der 1750er Jahre in Grimms und Diderots Theaterrezensionen entwickelt und von Diderot im *Discours sur la poésie littéraire* (1758) entfaltet, setzte auf Identifikation des Zuschauers mit dem Bühnengeschehen, auf ein kollektives kathartisches Erlebnis zur Erziehung des »›verderbten Volkes‹« zur »Sittlichkeit«. Aus dieser Theorie, so die These Abrosimovs, habe Grimm die Forderung

1 Zit. nach Grimm, S. 225.

2 Vgl. Abrosimov, S. 190.

nach »aus tiefer persönlicher Betroffenheit resultierender Handlungsbereitschaft« abgeleitet und damit das »Selbstverständnis des modernen Intellektuellen« antizipiert, der als »Mensch des Gewissens« zu Gewalt und Ungerechtigkeit nicht schweigen kann.[1]

Wendet man das analytische Instrumentarium der Affären- und Skandalforschung auf diese Skizze der *Correspondance littéraire* im Fall Calas an, ist zu konstatieren, daß die Calas-»Affäre« auf der anderen Rheinseite als »Skandal« vermittelt und inszeniert wurde, zielte Grimms Konzeption der Aufgabe der Intellektuellen doch auf die Schaffung kollektiver Empörung im Kreis der Leser der *Correspondance littéraire* durch Enthüllung der Normverletzung einer hochgestellten Institution, des Parlaments von Toulouse, zum Zwecke der Selbstvergewisserung innerhalb des Abonnenten-/Leserkreises über grundlegende Werte. Dieser Folgerung entspricht Abrosimovs Charakterisierung des Kommunikationsmodells der *Correspondance littéraire* als »der inhaltlichen Selbstverständigung und der symbolischen Integration« dienend.[2] Damit war Voltaires Engagement in der Affäre Calas aber nur zum Teil erfaßt und möglicherweise bewußt beschnitten, da Grimm den Einfluß Voltaires, auch wenn er seine Texte übermittelte, auf die *Correspondance littéraire* zu verhindern suchte.

Voltaire verfolgte durchaus das Ziel, emotionale Betroffenheit zu erzeugen, und erreichte es meisterhaft – so soll der Präsident des Conseil d'État bei der Lektüre der *Pièces originales* in Tränen der Rührung ausgebrochen sein –, doch ging seine Strategie darin nicht auf. Oberstes Ziel sei, wie Jutta Lietz argumentiert, »eine juristische, d. h. höchstrichterliche Überprüfung, möglichst eine Revision« des Urteils des Toulouser Parlaments auf der Grundlage »stichhaltiger Argumente und eines korrekten Verhaltens gegenüber der

1 Ebd., S. 194, 190.
2 Ebd, S. 196.

Toulouser Justiz« gewesen. Zieht man die obengenannten Strategien seines Eingreifenden Denkens heran, verfolgte Voltaire eine Palette von Zielen und verknüpfte sie mit emotionalen und rationalen Argumentationsstrategien auf vielfältige, je nach Adressat ausgerichtete Weise. Er setzte zudem Ironie ein. Grimm kritisierte die ironische Schreibweise Voltaires, die, wie er am Beispiel des *Traité sur la tolérance* behauptete, der Sache nicht förderlich sei. Für Voltaire war sie, so die These, ein Mittel, um Distanz zu kreieren und damit dem Korrespondenzpartner, gerade bei höhergestellten Personen, Entscheidungsfreiheit zu belassen, ihn zur Reflexion anzustoßen, ihm Einsicht in Zusammenhänge zu öffnen, diese aber nicht zu determinieren. Sein Eingreifendes Denken zielte auf Wahrnehmungs- und Einstellungsveränderung relevanter Personen sowie auf die Unterwanderung und Umkehr der öffentlichen Meinung. Ging es Diderot und Grimm um das philosophische Echo der Affäre Calas,[1] war sein Zielkatalog erheblich weiter gesteckt. Um ihn zu realisieren, zog er alle Register seines Talents.

Die Ovationen, die ihm in der Comédie-Française am 30. März 1778 entgegenschlugen, wurden auch in Deutschland registriert und in dem Theaterstück *Voltaire am Abend seiner Apotheose* karikiert. In diesem Stück, geschrieben von H. L. Wagner (1778), trat der »Genius des 19. Jahrhunderts« auf, der auf Voltaires Frage »Kennen Sie mich?« antwortete »Vom Hörensage, ja!« und ihm ein alphabetisch angeordnetes *Dictionnaire raisonné de la littérature françoise* überreichte, in dem Voltaire unter *Voltaire* lesen konnte: »Er war zu seiner Zeit ein Vielschreiber /.../ und mengte sich, weil er sich für einen Vielwisser hielt, in alles: Philosophie ohne reine Logik, Geschichtschreiber ohne Beurteilungsgeist konnte er's freilich in diesen zwei Fächern nicht weit bringen; auch war alles was er von der Art hinge-

1 Vgl. Lepape, S. 274.

schrieben hatte, vergessen, noch ehe er selbst starb. Den einzigen traité sur la tolérance müssen wir hier ausnehmen, als welcher seinem Verfasser eben so sehr zu Ehren gereicht, als schwach und barbarisch die Zeiten müssen gewesen sein, die eines solchen Traktates bedurften.«[1]

Der *Traité de tolérance* wurde 1766 von der katholischen Kirche auf den Index der *libri perniciosissimi* gesetzt. Selbstverständlich und ungefährlich war das Eintreten für die Leitidee der Toleranz mithin weder in Frankreich noch in Deutschland.[2] Dies zeigte nicht zuletzt Christian Felix Weißes Versuch, sein Theaterstück *Der Fanatismus, oder: Jean Calas,*[3] dem er das erste Kapitel des Traktates vorangestellt hatte, in Leipzig aufzuführen. Die Schauspieler hatten ihn bedrängt, ihnen sein Stück zu geben, es aber nicht aufgeführt, da nach der Lektüre vier der Darsteller, die katholisch waren, wie Weiße schrieb, »wegen ihrer hiesigen Beichtväter *und* des Hofes willen darin zu spielen *sich nicht* getrauten«.[4] Weißes Stück endet mit dem Tod Jean Calas'. Voltaire taucht in ihm nicht auf. Die Rolle des Intellektuellen, die er schuf und exemplarisch im Fall Calas durchführte, wurde in Deutschland nicht besetzt, weder auf der Bühne noch im sozialen und politischen Raum. Voltaire schrieb sich als Autor von *Candide* und Gesprächspartner Friedrich des Großen in das deutsche kollektive Gedächtnis ein, nicht als Verteidiger des Tuchhändlers Calas (»L'homme aux Ca-

1 Zit. nach H. A. Korff, *Voltaire im literarischen Deutschland des XVIII.* Jahrhunderts. Ein Beitrag zur Geschichte des deutschen Geistes von Gottsched bis Goethe, Heidelberg 1917, 2. Bde., hier Band II, S. 647.

2 Vgl. dazu Stackelberg, S. 123 f.

3 Christian Felix Weiße, *Der Fanatismus oder Jean Calas. Ein historisches Schauspiel in fünf Aufzügen. Samt einer kurzen Geschichte von seinem Tode*, Leipzig 1780.

4 Weiße in einem Brief an Karl Wilhelm Ramler, Brief vom 26. Januar 1780, zit. nach Katrin Löffler, *Aufklärung und Konfessionspolitik. Weißes Trauerspiel* Der Fanatismus, oder: Jean Calas, in: Katrin Löffler, Ludwig Stockinger (Hg.), *Christian Felix Weisse und die Leipziger Aufklärung*, Hildesheim 2006, S. 95-128, hier S. 100.

las«) und Anwalt der Menschenrechte. »Um einen Intellektuellen zu beurteilen«, zitierte Hans Magnus Enzensberger 1968 Régis Debray, »genügt es nicht, seine Gedanken zu prüfen: was den Ausschlag gibt, ist die Beziehung zwischen dem, was er denkt, und dem, was er tut.«[1] Voltaire hätte der doppelten Prüfung standgehalten.

1 Hans Magnus Enzensberger, *Offener Brief (1968)*, in: Joachim Schikkel (Hg.): *Über Hans Magnus Enzensberger*, Frankfurt a. M., S. 233-238, hier S. 237. Vgl. zu Enzensbergers Konzeption des Intellektuellen Henning Marmulla, *Enzensbergers Kursbuch*, erscheint im Frühjahr 2011 bei Matthes & Seitz, Berlin.

Quellenverzeichnis

Briefe
Die deutsche Übersetzung von Philipp Rang folgt der Ausgabe: Voltaire, *Correspondance*, Band VI, octobre 1760 – décembre 1762, édition Théodore Besterman, Paris: Gallimard 1981, sowie Voltaire, *Correspondance*, Band VII, janvier 1763 - mars 1765, édition Théodore Besterman, Paris: Gallimard 1982.

Authentische Nachrichten, betreffend den Tod des Herren Calas und das in Toulouse gesprochene Urteil
Die deutsche Übersetzung von Philipp Rang folgt der Ausgabe: Voltaire, *Mélanges*. Préface par Emmanuel Berl, Paris: Gallimard 1961, *L' affaire Calas. Pièces originales concernant la mort des Sieurs Calas et le jugement rendu à Toulouse*, S. 525-552.

Die Geschichte von Elisabeth Canning und der Familie Calas
Die deutsche Übersetzung von Philipp Rang folgt der Ausgabe: Voltaire, *Mélanges*. Préface par Emmanuel Berl, Paris: Gallimard 1961, *Histoire d'Élisabeth Canning et des Calas*, S. 553-562.

Philosophisches Wörterbuch

Fanatismus
Die deutsche Übersetzung von Erich Salewski folgt *Oeuvres complètes de Voltaire*, 50 Bände, éditées par Louis Moland, Paris: Garnier Frères 1877-1883, Band 17-20. Sie ist abgedruckt in Voltaire, *Philosophisches Wörterbuch*. Nach der Textauswahl von Rudolf Noack, herausgegeben und eingeleitet von Karlheinz Stierle, Frankfurt am Main: Insel 1985, S. 77-86.

Toleranz
Die deutsche Übersetzung von Karl August Horn, Joachim Timm und Liselotte Ronte stammt aus Voltaire, *Kritische und satirische Schriften*, Winkler: München 1970, S. 724-731.

Über die Toleranz; veranlaßt durch die Hinrichtung des Johann Calas im Jahre 1762
Die zeitgenössische deutsche Übersetzung folgt *Oeuvres complètes de Voltaire*, 70 Bände, Kehl, 1784-1789, édités par P. de la Beaumarchais, Band 25; sie erschien anonym in Berlin 1789. Die dort fehlenden drei Teile hat Angelika Oppenheimer übersetzt, zuerst publiziert in Voltaire, *Recht und Politik*, herausgegeben und mit einem Vorwort versehen von Günther Mensching, Frankfurt am Main: Syndikat 1986, S. 84-256.